Américain, John Grisham est né en 1955 dans l'Arkansas. Il exerce pendant dix ans la profession d'avocat, tout en écrivant des romans à ses heures perdues. Il publie en 1989 son premier roman, *Non coupable*, mais c'est en 1991, avec *La firme*, qu'il rencontre le succès. Depuis, *L'affaire Pélican* (1992), *Le couloir de la mort* (1994), *L'idéaliste* (1995), *Le maître du jeu* (1996) et *L'associé* (1999) ont contribué à en faire la figure de proue du « legal thriller ». Mettant à profit son expérience du barreau, il nous dévoile les rouages du monde judiciaire, et aborde par ce biais les problèmes de fond de la société américaine. Aux États-Unis, où il représente un véritable phénomène éditorial, la vente de ses livres se compte en millions d'exemplaires et ses droits d'adaptation font l'objet d'enchères faramineuses auprès des producteurs de cinéma (*La firme*, *L'affaire Pélican*).

Marié, père de deux enfants, John Grisham est l'un des auteurs les plus lus dans le monde.

JOHN GRISHAM

LA DERNIÈRE RÉCOLTE

DU MÊME AUTEUR
CHEZ POCKET

La firme
L'affaire pélican
Non coupable
Le couloir de la mort
Le client
Le maître du jeu
L'associé
La loi du plus faible
L'idéaliste
Le testament
L'engrenage

JOHN GRISHAM

LA DERNIÈRE RÉCOLTE

*Traduit de l'américain
par Patrick Berthon*

ROBERT LAFFONT

Titre original :
A PAINTED HOUSE

Le Code de la propriété intellectuelle n'autorisant, aux termes de l'article L. 122-5, (2° et 3° a), d'une part, que les « copies ou reproductions strictement réservées à l'usage privé du copiste et non destinées à une utilisation collective » et, d'autre part, que les analyses et les courtes citations dans un but d'exemple ou d'illustration, « toute représentation ou reproduction intégrale ou partielle faite sans le consentement de l'auteur ou de ses ayants droit ou ayants cause est illicite » (art. L. 122-4).
Cette représentation ou reproduction, par quelque procédé que ce soit, constituerait donc une contrefaçon sanctionnée par les articles L. 335-2 et suivants du Code de la propriété intellectuelle.

© Belfry Holdings, Inc., 2001
© Editions Robert Laffont, S.A., Paris, 2002
pour la traduction française
ISBN : 2-266-13210-5

1

Ceux des collines et les Mexicains sont arrivés le même jour. Un mercredi, en ce début du mois de septembre 1952. À trois semaines de la fin de la saison, les Cardinals de Saint Louis avaient cinq points de retard sur les Dodgers de Brooklyn ; la situation paraissait désespérée. Mais le coton montait à la taille de mon père, au-dessus de ma tête. Je l'avais surpris, avant le souper, échangeant à voix basse avec mon grand-père des paroles que nous n'avions pas l'habitude d'entendre ; il était question d'une « bonne récolte ».

C'étaient des fermiers, travailleurs, durs au mal, qui ne cédaient au pessimisme qu'en parlant du temps et de la récolte : trop de soleil ou trop de pluie, des risques d'inondation des terres basses, le prix des semences et des engrais, les incertitudes des marchés. « Sois tranquille, me soufflait ma mère au terme d'une de ces journées qu'aucun nuage n'avait obscurcies, les hommes vont trouver quelque chose qui les chagrine. »

Papy, mon grand-père, s'inquiétait du prix de la main-d'œuvre quand nous sommes partis à la recherche d'ouvriers venant des collines. Ils étaient payés à la centaine de livres de coton. L'année précédente, à l'en croire, ils touchaient un dollar cinquante pour cent livres ; il avait eu vent de rumeurs selon lesquelles un fermier de Lake City proposait un dollar soixante.

Il tournait et retournait ces chiffres dans sa tête au long de notre trajet vers la ville. Il ne parlait jamais en conduisant, pour la bonne et simple raison — d'après ma mère qui n'était pas non plus très à l'aise au volant —, qu'il avait peur des véhicules à moteur. Son camion, un pick-up Ford de 1939, était notre seul moyen de transport, à l'exception du vieux tracteur John Deere. Ce n'était pas gênant, sauf lorsqu'il conduisait à la messe ma mère et ma grand-mère sur leur trente et un, obligées de se tasser à l'avant tandis que je faisais le trajet à l'arrière avec mon père, au milieu d'un nuage de poussière. Les conduites intérieures étaient rares dans les campagnes de l'Arkansas.

Papy avait une théorie selon laquelle chaque automobile a une vitesse optimale ; une méthode, sur laquelle il restait vague, lui avait permis de déterminer que son vieux camion était fait pour rouler à soixante kilomètres à l'heure. Ma mère disait — dans le creux de mon oreille — que c'était ridicule. Elle disait aussi que mon père s'était disputé un jour avec lui à propos de la vitesse. Mais mon père conduisait rarement et, quand je montais avec lui, il maintenait une vitesse constante de soixante kilomètres à l'heure, par respect pour Papy. D'après ma mère, il devait rouler bien plus vite quand il était seul.

Au moment de prendre la nationale 135, comme à mon habitude, j'ai observé attentivement Papy pendant qu'il passait les vitesses, enfonçant doucement la pédale d'embrayage, maniant délicatement le levier de vitesses sur la colonne de direction, jusqu'à ce que le véhicule atteigne son allure de croisière. Je me suis penché pour regarder le compteur : soixante kilomètres à l'heure. Il m'a souri, comme si nous savions tous les deux que le camion était fait pour rouler à cette vitesse.

Droite et plate, la nationale 135 traversait les zones agricoles du delta de l'Arkansas. Des deux côtés, à perte de vue, s'éten-daient des champs blancs de coton. La saison de la cueillette constituait une période merveilleuse pour l'enfant que j'étais, car on fermait l'école deux mois. Pour mon grand-père, au contraire, la récolte représentait une source permanente de soucis.

Sur la droite, chez les Jordan, un groupe de Mexicains travaillait dans le champ bordant la route. Pliés en deux, leur sac dans le dos, leurs mains se déplaçant prestement entre les tiges, ils arrachaient les graines entourées de filaments soyeux. Papy a poussé un grognement. Il n'aimait pas les Jordan, des méthodistes, des supporters des Cubs de Chicago. Le fait d'avoir déjà des ouvriers dans leur champ constituait une raison supplémentaire de les détester.

Notre ferme se trouvait à moins de treize kilomètres de la ville, mais, à soixante kilomètres à l'heure, le trajet prenait vingt minutes. Jamais plus, jamais moins, quelle que soit la circulation. Papy n'avait pas pour habitude de dépasser un véhicule plus lent ; il est vrai que son vieux pick-up était en général le véhicule lent. Près de Black Oak nous avons rattrapé une remorque chargée de tas neigeux de coton fraîchement cueilli. Une bâche couvrait l'avant du plateau : les jumeaux Montgomery, qui avaient mon âge, s'amusaient à sauter sur la montagne de coton. Quand ils nous ont vus sur la route, ils se sont arrêtés pour faire de grands signes. J'ai répondu en agitant la main, pas mon grand-père. Quand il conduisait, il ne saluait jamais personne, ni de la main ni de la tête ; il avait peur de lâcher le volant, avait expliqué ma mère. À l'en croire, on jasait dans le dos de Papy, on lui reprochait d'être impoli et arrogant. Je pense, pour ma part, qu'il se fichait pas mal de ce qu'on disait de lui.

Nous avons suivi la remorque jusqu'à ce qu'elle tourne à la hauteur de l'égreneuse. Elle était tirée par le vieux tracteur Massey Harris que conduisait Frank Montgomery, l'aîné des garçons, qui avait abandonné l'école à onze ans et dont tout le monde à l'église s'accordait à dire qu'il filait un mauvais coton.

La nationale 135 prenait le nom de Grand-rue le long de la courte ligne droite qui traversait Black Oak. Nous sommes passés sans nous arrêter devant l'église baptiste, ce qui n'arrivait pas souvent. L'église, les commerces, tous les magasins et même l'école donnaient sur la Grand-rue. Le samedi, quand tous les fermiers se rendaient à la ville pour y faire leurs achats de la semaine, les véhicules avançaient à touche-touche. Comme c'était un mercredi, nous avons trouvé une place pour garer la voiture devant l'épicerie de Pop et Pearl Watson.

J'ai attendu sur le trottoir que mon grand-père tourne la tête vers le magasin ; c'était le signal indiquant que je pouvais entrer acheter un Tootsie Roll à crédit. Cela ne coûtait qu'un cent, mais je n'étais pas sûr de l'avoir. Il lui arrivait de ne pas remuer la tête. J'entrais quand même et je tournais autour de la caisse enregistreuse jusqu'à ce que Pearl me glisse une friandise dans la main en me demandant instamment de ne rien dire à mon grand-père. Elle avait peur de lui. Eli Chandler était pauvre, mais d'une fierté intransigeante. Il se serait laissé mourir de faim plutôt que d'accepter de la nourriture sans la payer, ce qui, dans son esprit, incluait un Tootsie Roll. J'aurais reçu une correction s'il avait su que j'avais accepté la friandise ; Pearl Watson n'avait aucun mal à me faire jurer de garder le secret.

Cette fois, il fit le signe de tête m'invitant à entrer. Pearl, comme toujours, époussetait le comptoir. Je me suis raidi quand elle m'a serré dans ses bras et j'ai pris un Tootsie Roll dans le bocal placé près de la caisse avant de signer avec élégance sur notre compte.

— De mieux en mieux, Luke, fit Pearl en inspectant mon écriture.

— Oui, pas mal pour un garçon de sept ans.

Grâce à ma mère, je m'entraînais depuis deux ans à écrire mon nom en cursive.

— Où est Pop ?

Ils étaient les seuls adultes qui me demandaient de les appeler par leur petit nom, mais seulement quand il n'y avait pas d'oreilles qui traînaient dans le magasin. Si un client entrait, ils redevenaient aussitôt M. et Mme Watson. Ma mère était la seule à le savoir ; elle m'avait assuré qu'aucun autre enfant n'avait ce privilège.

— Il range les livraisons dans la réserve. Et ton grand-père ?

Pearl s'étant donné pour vocation de suivre les déplacements de la population, elle répondait en général à une question par une autre.

— Au salon de thé, voir s'il y a des Mexicains. Je peux y aller ? J'avais décidé de poser autant de questions qu'elle.

— Il vaut mieux pas. Vous prendrez aussi des gens des collines ?

— Si on en trouve. Eli a dit qu'ils ne descendent plus comme avant. Il pense aussi qu'ils sont à moitié fous. Où est Champ ?

Champ était le vieux beagle des épiciers, qui suivait Pop partout.

Pearl ne pouvait s'empêcher de sourire quand j'appelais mon grand-père par son prénom. Elle s'apprêtait à poser une question quand la clochette de la porte a tinté. Un Mexicain est entré, seul, craintif, comme ils semblaient tous l'être au début. Pearl a salué courtoisement de la tête le nouveau client.

— *Buenos días, señor !* m'écriai-je.

Le Mexicain a souri, l'air emprunté.

— *Buenos dias*, répondit-il avant de disparaître au fond du magasin.

— Ce sont de braves gens, reprit Pearl à voix basse, comme si le Mexicain comprenait l'anglais et risquait d'être froissé par une parole aimable.

J'ai pris une bouchée de mon Tootsie Roll, que j'ai mastiquée lentement. J'ai remballé le reste pour le fourrer dans ma poche.

— Eli se fait de la bile. Il a peur de payer les Mexicains trop cher.

Depuis l'arrivée de son client, Pearl s'affairait à épousseter le comptoir et à mettre de l'ordre autour de la caisse.

— Eli se fait de la bile pour tout.
— C'est un fermier.
— Et toi, tu seras fermier aussi ?
— Non. Joueur de base-ball.
— Dans l'équipe des Cardinals ?
— Évidemment.

Pearl s'est mise à fredonner pendant que j'attendais le Mexicain : j'avais d'autres mots espagnols à essayer.

Les vieux rayonnages de bois croulaient sous les produits d'alimentation. Pendant la saison du coton, j'aimais le magasin que Pop remplissait du sol au plafond ; la récolte battait son plein et l'argent circulait.

Papy a poussé la porte, juste assez pour passer la tête dans l'ouverture.

— En route, me dit-il. Comment va, Pearl ?

— Comment va, Eli ? répondit-elle en me tapotant la tête avant de me pousser vers la porte.

— Où sont les Mexicains ? demandai-je à Papy sur le trottoir.

— Ils devraient arriver dans l'après-midi.

Nous sommes remontés dans le camion pour prendre

la route de Jonesboro, où mon grand-père allait toujours chercher ceux des collines.

Nous nous sommes arrêtés sur l'accotement de la nationale, près du croisement avec une route empierrée. D'après Papy, c'était le meilleur endroit du comté pour mettre la main sur ceux des collines ; je n'en étais pas aussi sûr. Il essayait d'en trouver depuis une semaine, sans résultat. Nous sommes restés assis une demi-heure sur le hayon, dans un silence total, sous un soleil de plomb, avant l'arrivée du premier camion. Il était propre et avait de bons pneus. Si nous avions la chance d'engager des ouvriers venus des collines, ils vivraient avec nous pendant deux mois. Nous voulions des gens soigneux ; un camion en meilleur état que celui de Papy, c'était bon signe.

— 'jour, fit Papy dès que le moteur fut coupé.
— Salut, répondit le conducteur.
— Vous venez d'où ?
— Du nord de Hardy.

Mon grand-père, la mine affable, s'est avancé sur la chaussée déserte pour étudier le camion et ses occupants. Dans la cabine, une petite fille était assise entre le conducteur et sa femme. Trois grands adolescents sommeillaient à l'arrière. Tout le monde était correctement habillé et paraissait bien portant. Je savais que Papy voulait cette famille.

— Vous cherchez du travail ?
— Oui. On se rend chez Lloyd Crenshaw, à l'ouest de Black Oak. Mon grand-père leur a indiqué le chemin et ils sont repartis. Nous avons suivi le camion des yeux jusqu'à ce qu'il disparaisse.

Il aurait pu leur offrir plus que ce que M. Crenshaw proposait ; ceux des collines savaient négocier leur salaire, c'était une chose connue. L'année d'avant, un dimanche soir, au beau milieu de notre première cueillette, les Fulbright de Calico Rock étaient partis sans crier gare pour aller travailler dans une autre ferme, à quinze kilomètres de chez nous.

Papy n'était pas malhonnête et ne voulait pas jouer la surenchère.

Nous avons lancé des balles le long d'un champ de coton en nous arrêtant chaque fois qu'un camion approchait.

Mon gant était un Rawlings que le père Noël m'avait apporté l'année précédente. Je dormais avec lui, je le graissais toutes les semaines : je n'avais rien de plus cher au monde.

Mon grand-père qui m'avait appris à lancer, à attraper et à frapper la balle n'avait pas besoin de gant. Ses grandes mains calleuses recevaient mes lancers sans aucune difficulté.

Discret, ne se mettant jamais en avant, Eli Chandler avait été un joueur de base-ball légendaire. À l'âge de dix-sept ans, il avait signé un contrat avec les Cardinals pour passer professionnel, mais la Première Guerre mondiale avait éclaté et il avait combattu. Son père étant mort peu après son retour, Papy n'avait pas eu le choix : il avait repris la ferme.

Pop Watson adorait me conter les exploits d'Eli Chandler : à quelle distance il frappait la balle, avec quelle force il la lançait.

— Sans doute le meilleur joueur de l'Arkansas de tous les temps, affirmait Pop.

— Meilleur que Dizzy Dean ?

— Dizzy ne lui arrivait pas à la cheville, soupirait Pop. Quand je le répétais à ma mère, elle écoutait en souriant.

— Méfie-toi, disait-elle, Pop enjolive toujours ses histoires.

Papy faisait rouler la balle entre ses battoirs quand le bruit d'un moteur lui fit tourner la tête. De l'ouest arrivait un camion tractant une remorque. À quatre cents mètres nous savions que c'étaient des gens des collines. Nous avons attendu sur le bas-côté pendant que le conducteur rétrogradait en faisant grincer les vitesses. Le camion s'est arrêté.

J'ai compté sept têtes, cinq dans la cabine, deux dans la remorque.

— Bonjour, fit le conducteur d'une voix lente en jaugeant mon grand-père du regard, tandis que nous examinions discrètement les passagers.

— Bonjour, répondit Papy en faisant un pas en avant, sans trop s'approcher.

Du jus de tabac ourlait la lèvre inférieure du conducteur : un signe inquiétant. Ma mère pensait que ceux des collines étaient pour la plupart enclins à négliger l'hygiène et avaient de mauvais penchants. Le tabac et l'alcool étaient interdits chez nous ; nous étions baptistes.

— Je m'appelle Spruill.

— Enchanté. Eli Chandler. Alors, comme ça, vous cherchez du travail ?

— Oui.

— Vous venez d'où ?

— Eureka Springs.

Presque aussi vieux que celui de Papy, le camion avait des pneus lisses, le pare-brise fêlé, les ailes rouillées et une peinture vaguement bleue sous une épaisse couche de poussière. Un espace aménagé au-dessus du plateau était bourré de cartons et de sacs en toile remplis de provisions. Sur un matelas collé contre la cabine, se tenaient deux grands garçons qui me dévisageaient d'un regard sans expression. Pieds et torse nus, un jeune homme aux épaules carrées et au cou de taureau était assis sur le hayon. Il a craché du jus de tabac entre le camion et la remorque sans nous prêter la moindre attention. En balançant lentement les jambes, il a craché une deuxième fois, les yeux toujours fixés sur l'asphalte.

— Je cherche de la main-d'œuvre, reprit Papy.

— Vous payez combien ? demanda M. Spruill.

— Un dollar soixante les cent livres.

M. Spruill a plissé le front et s'est tourné vers la femme assise à ses côtés. Ils ont échangé quelques mots à voix basse.

C'est à ce stade du rituel qu'il fallait, de chaque côté, prendre une décision rapide. À nous de décider si nous voulions que ces inconnus s'installent chez nous ; à eux d'accepter ou de refuser notre proposition.

— C'est quelle variété ? demanda M. Spruill.

— Du Stoneville, répondit mon grand-père. Les graines sont à maturité, la cueillette sera facile.

En regardant autour de lui, M. Spruill pouvait voir les graines bien ouvertes. Le soleil, la terre et la pluie s'étaient unis pour en arriver là. Papy, comme il fallait s'y attendre, s'était fait du mouron à cause d'une prévision de grosse pluie qu'il avait lue dans l'*Almanach du fermier*.

— On a touché un dollar soixante l'an dernier, reprit M. Spruill.

Les histoires d'argent ne m'intéressaient pas. Je me suis approché de la remorque pour l'inspecter : les pneus étaient encore plus lisses que ceux du camion. L'un d'eux était presque à plat à cause de la charge ; heureusement que leur voyage touchait à sa fin. Dans un angle, les coudes posés sur la ridelle, se tenait une très jolie fille. Elle avait des cheveux bruns tirés en arrière et de grands yeux noisette. Elle était plus jeune que ma mère mais bien plus vieille que moi. Je n'ai pas pu m'empêcher de la dévisager.

— Comment tu t'appelles ? demanda-t-elle.

— Luke, répondis-je, les joues en feu, en donnant un coup de pied dans un caillou. Et toi ?

— Tally. Quel âge as-tu ?
— Sept ans. Et toi, t'as quel âge ?
— Dix-sept.
— Ça fait longtemps que tu te balades dans cette remorque ?
— Une journée et demie.

Elle était nu-pieds et portait une robe sale qui moulait son corps jusqu'aux genoux. Pour la première fois de ma vie, j'examinais une fille de haut en bas. Elle m'a observé avec un sourire entendu. Assis sur une caisse à côté d'elle, le garçon qui me tournait le dos s'est lentement retourné et m'a regardé comme si je n'existais pas. Il avait les yeux verts et un front allongé sur lequel retombaient des cheveux noirs et gras. Il semblait ne pas pouvoir se servir de son bras gauche.

— C'est Trot, reprit-elle. Il est pas normal.
— Bonjour, Trot. Il a détourné les yeux, comme s'il ne m'avait pas entendu.
— Quel âge a-t-il ? demandai-je.
— Douze ans. Il est infirme.

Trot s'est brusquement tourné vers un coin de la remorque, le bras ballant. Mon copain Dewayne disait que ceux des collines se mariaient entre cousins, que c'était pour ça qu'il y avait autant de tares dans leurs familles.

Tally, elle, semblait sans défaut. Tandis qu'elle regardait pensivement les champs de coton, j'ai admiré de nouveau sa robe sale.

J'ai compris que mon grand-père et M. Spruill s'étaient mis d'accord quand M. Spruill a mis son camion en marche. J'ai longé la remorque, je suis passé devant le costaud assis sur le hayon, les yeux toujours rivés sur la chaussée, et j'ai rejoint mon grand-père.

— Vous suivez la route sur quinze kilomètres, vous prenez à gauche à la hauteur d'une grange brûlée et vous faites encore dix kilomètres jusqu'à la rivière

Saint Francis. Notre ferme est la première à main gauche, après la rivière.

— Des terrains alluviaux ? demanda M. Spruill, comme si on voulait l'expédier dans des marécages.

— En partie, mais c'est une bonne terre.

M. Spruill a lancé un nouveau coup d'œil à sa femme avant de se retourner vers nous.

— On s'installe où ?

— Vous trouverez de l'ombre à l'arrière, à côté du silo. C'est le meilleur endroit.

Nous avons regardé le camion s'éloigner en bringuebalant. Les vitesses grinçaient, les pneus oscillaient, les caisses, les récipients et la vaisselle s'entrechoquaient.

— Je sais qu'ils ne te plaisent pas, dis-je à mon grand-père.

— Ce sont de braves gens. Différents, c'est tout.

— Nous avons de la chance de les avoir, non ?

— Oui, nous avons de la chance.

Plus les journaliers seraient nombreux, moins j'aurais de coton à cueillir. Pendant un mois, j'allais partir pour les champs dès le lever du jour. Après avoir jeté sur mon épaule un sac de deux mètres cinquante, je regarderais longuement un rang interminable de cotonniers plus hauts que moi avant de m'enfoncer au milieu des tiges et de m'y perdre. Et j'allais détacher à une cadence régulière les graines entourées de filaments soyeux et les fourrer dans le sac de plus en plus lourd, redoutant de lever les yeux devant moi sur le rang qui semblait ne pas avoir de fin, craignant d'attirer l'attention si je ralentissais l'allure. Mes doigts allaient saigner, mon cou brûler, mon dos devenir douloureux.

Oui, je voulais voir des quantités d'ouvriers agricoles dans nos champs. Ceux des collines et des Mexicains.

2

Quand le coton attendait, mon grand-père était encore moins patient que d'habitude. Au volant de son camion, sans dépasser la vitesse idéale, la nervosité le gagnait ; la cueillette était en cours dans certains champs bordant la route, pas dans les nôtres. Nos Mexicains avaient deux jours de retard.

Nous avons trouvé une place devant le magasin de Pop et Pearl, et j'ai suivi mon grand-père dans le salon de thé où il a commencé à s'en prendre à l'homme chargé du recrutement de la main-d'œuvre.

— Calme-toi, Eli. Ils ne vont pas tarder.

Il ne pouvait pas se calmer. Nous avons ensuite traversé la ville pour nous rendre à l'égreneuse ; une longue marche, mais Papy n'avait pas pour habitude de gaspiller de l'essence. Ce matin-là, entre 6 heures et 11 heures, il avait cueilli deux cents livres de coton, mais il marchait si vite que j'étais obligé de trotter pour ne pas me laisser distancer.

Le parking gravillonné était rempli de remorques, certaines vides, d'autres attendant que leur contenu soit égrené. J'ai fait un signe de la main aux jumeaux Montgomery qui rentraient chez eux, leur remorque vide.

De l'égreneuse s'élevait le vacarme de grosses

machines fonctionnant à plein régime. Elles étaient incroyablement bruyantes et dangereuses. Chaque année, au moins un ouvrier était victime d'une horrible blessure provoquée par les machines ; elles me faisaient peur. Quand Papy m'a demandé d'attendre dehors, j'ai obéi avec joie. Il est passé devant un groupe de journaliers attendant leur remorque sans même les saluer de la tête, tellement il était absorbé dans ses pensées.

J'ai trouvé un coin tranquille près du quai, là où on transportait les balles de coton égrené pour les charger sur des camions à destination des deux Carolines. D'un côté de l'égreneuse, le coton fraîchement cueilli était aspiré dans les remorques par un long tuyau de trente centimètres de diamètre ; il disparaissait dans le bâtiment où les machines séparaient les graines et les filaments. Il ressortait de l'autre côté sous forme de balles carrées, enveloppées de toile et liées par des rubans de métal de trois centimètres de largeur. Une bonne égreneuse faisait des balles parfaites, qui s'empilaient comme des briques.

La balle de coton valait à peu près cent soixante-quinze dollars, selon le cours du marché. Une bonne récolte pouvait produire un peu plus de deux balles à l'hectare. Nous exploitions trente-cinq hectares en fermage. Le calcul était à la portée de la plupart des enfants de l'école.

Il était si facile qu'on se demandait comment on pouvait avoir envie de devenir fermier. Ma mère avait tout fait pour que ces chiffres me rentrent dans la tête. Nous étions secrètement convenus que jamais, en aucun cas, je ne resterais à la ferme. J'irais jusqu'au bout de mes études secondaires, après quoi je partirais jouer pour les Cardinals.

Papy et mon père avaient emprunté au mois de mars quatorze mille dollars au propriétaire de l'égreneuse. Une avance sur la récolte à venir ; l'argent avait servi à payer les semences, l'engrais, la main-d'œuvre et à régler diverses dépenses. Jusqu'alors, nous avions eu de la chance : les conditions climatiques avaient été presque parfaites et la récolte s'annonçait bien. Si la chance restait avec nous jusqu'à la fin de la cueillette et si les champs produisaient plus de deux balles à l'hectare, l'année des Chandler se terminerait en équilibre. Tel était notre objectif.

Comme la plupart des fermiers, Papy et mon père traînaient des dettes des années précédentes. Ils devaient au propriétaire de l'égreneuse deux mille dollars de 1951, où la récolte avait été moyenne. Ils devaient aussi de l'argent au concessionnaire John Deere de Jonesboro pour des pièces détachées du tracteur, aux frères Lance pour le carburant, à la Coop pour des semences et des fournitures, à Pearl et Pop Watson pour l'épicerie.

Je n'étais pas censé avoir connaissance de ces emprunts et de ces dettes, mais, les soirs d'été, mes parents aimaient s'asseoir sur les marches du porche. Ils y restaient longtemps, attendant que l'air devienne plus frais pour pouvoir dormir sans être en sueur, et ils parlaient. Mon lit était près d'une fenêtre donnant sur le porche ; ils me croyaient endormi, mais j'entendais des choses que je n'aurais pas dû entendre.

Sans en être absolument sûr, je soupçonnais fortement Papy de devoir faire un nouvel emprunt pour payer les Mexicains et ceux des collines. Je ne sais pas s'il a obtenu l'argent. Il avait le front soucieux en arrivant à l'égreneuse et ses rides étaient encore là quand nous en sommes repartis.

Ceux des collines descendaient des monts Ozarks depuis des décennies pour la cueillette du coton. Ils étaient nombreux à posséder un toit et des terres, et leurs véhicules étaient bien souvent en meilleur état que ceux des fermiers qui les engageaient pour la récolte.

Ils travaillaient dur, épargnaient sur tout et paraissaient aussi pauvres que nous.

Dès la fin des années 1940, la migration saisonnière avait ralenti. La vague de prospérité de l'après-guerre avait fini par atteindre l'Arkansas, du moins certaines régions de l'État ; pour la génération montante des habitants des Ozarks l'argent du coton ne représentait plus la nécessité vitale qu'il avait été pour leurs parents. Ils préféraient rester chez eux. On n'allait pas faire la cueillette du coton quand on pouvait s'en passer. La pénurie de main-d'œuvre subie par les fermiers allait en empirant ; c'est alors qu'on avait découvert les Mexicains.

Le premier camion était arrivé à Black Oak en 1951. Nous avons eu six Mexicains à la ferme, dont Juan, mon copain, celui qui m'avait offert ma première tortilla. Juan et quarante de ses compatriotes avaient passé trois jours à l'arrière d'une longue remorque, serrés comme des sardines, sans rien manger ou presque, sans pouvoir se protéger du soleil ni s'abriter de la pluie. Quand ils ont mis pied à terre dans la Grand-rue, ils étaient épuisés, désorientés. D'après Papy, l'odeur était pire que celle d'un camion de bestiaux. Ceux qui les ont vus arriver ont répandu la nouvelle et les dames des églises baptistes et méthodistes n'ont pas tardé à s'insurger contre les conditions inhumaines dans lesquelles les Mexicains avaient été transportés.

Ma mère avait dit sa façon de penser, du moins à mon père. Je les ai entendus en parler plusieurs fois, après la récolte et le départ des Mexicains. Elle voulait que mon père parle aux autres fermiers et obtienne du responsable de la main-d'œuvre l'assurance que les Mexicains seraient mieux traités par ceux qui nous les envoyaient. Elle estimait que c'était notre devoir de fermiers de protéger les ouvriers, une position que mon père partageait plus ou moins, même s'il semblait rechigner à s'engager personnellement. Papy s'en contrefichait. Les Mexicains aussi : tout ce qui les intéressait, c'était d'avoir du travail.

Ils sont enfin arrivés, un peu après 4 heures. Le bruit avait couru qu'ils voyageaient en car ; j'espérais de tout cœur que c'était vrai. Je ne voulais pas que mes parents se chamaillent encore à ce propos tout l'hiver. Je ne voulais pas non plus que les Mexicains soient maltraités.

Mais ils sont encore arrivés dans une remorque, une vieille, fermée par des planches, sans même une bâche pour les protéger. Mon grand-père avait raison de dire que le bétail était mieux soigné.

Ils ont sauté avec précaution de la remorque, se répandant sur la chaussée par vagues successives de trois ou quatre, avant de se rassembler devant la Coop, sur le trottoir, par petits groupes hébétés. Ils se sont étirés, ils ont plié les genoux, ils ont regardé autour d'eux comme s'ils venaient de débarquer sur une autre planète. J'en ai compté soixante-deux. À ma grande déception, Juan n'était pas parmi eux.

Maigres, les cheveux noirs et la peau brune, ils mesuraient dix centimètres de moins que Papy. Ils tenaient tous à la main un petit sac de vêtements et de provisions.

Pearl Watson s'est avancée devant son magasin, les poings sur les hanches, le regard noir. Les Mexicains étaient ses clients ; elle ne voulait pas qu'ils soient maltraités. Je savais que le dimanche, avant la messe, les dames seraient en effervescence. Je savais aussi que ma mère me presserait de questions dès notre retour à la ferme.

Des insultes ont été échangées entre le responsable de la main-d'œuvre et le conducteur du camion. Quelque part au Texas, quelqu'un avait promis que les Mexicains voyageraient en car. C'était le deuxième chargement qui arrivait dans une remorque en piteux état. Mon grand-père n'était pas homme à hésiter à faire le coup de poing ; je voyais qu'il avait envie de se lancer dans la mêlée et de rouer de coups le conducteur. Mais il en voulait aussi au responsable de la main-d'œuvre ; je pense qu'il ne voyait pas de raison de les tabasser tous les deux. Assis à l'arrière du pick-up, nous avons attendu que les choses se calment.

Quand l'empoignade fut terminée, on commença à remplir les papiers. Les Mexicains restaient agglutinés devant la Coop. De temps en temps, ils lançaient un regard dans notre direction ou celle des autres fermiers qui se rassemblaient le long de la Grand-rue. La nouvelle s'était répandue comme une traînée de poudre : le nouveau contingent venait d'arriver.

Papy a eu les dix premiers. Le chef s'appelait Miguel ; il semblait être le plus vieux du lot. J'ai remarqué dès la première inspection qu'il était le seul à avoir un sac de toile. Les autres transportaient leurs affaires dans des sacs en papier.

L'anglais de Miguel était passable, mais pas aussi bon, et de loin, que celui de Juan. J'ai discuté avec lui pendant que Papy remplissait les papiers. Il m'a présenté ses amis : ils s'appelaient Rico, Roberto, José, Luis, Pablo et d'autres noms que je n'ai pas compris. Je savais depuis l'année d'avant qu'il faudrait une semaine pour les distinguer.

Ils étaient visiblement épuisés, mais chacun d'eux semblait faire un effort pour sourire, à l'exception d'un seul qui a pris un air méprisant quand je l'ai regardé. Miguel a montré son chapeau genre western.

— Il se prend pour un cow-boy, expliqua-t-il. C'est comme ça qu'on l'appelle.

Cow-boy était très jeune et grand pour un Mexicain. Il avait des yeux enfoncés, méchants et une fine moustache qui lui donnait un air encore plus féroce. Il me faisait si peur que l'idée de le dire à Papy me traversa l'esprit ; je ne voulais absolument pas que cet homme vive chez nous pendant des semaines. Mais je me suis dégonflé.

Nos Mexicains ont suivi Papy jusqu'au magasin de Pop et Pearl. J'ai marché derrière eux en faisant attention de rester à une bonne distance de Cow-boy. Nous sommes entrés dans l'épicerie et j'ai pris ma place habituelle, près de la caisse où Pearl attendait de confier à quelqu'un ce qu'elle avait sur le cœur.

— On les traite comme des animaux, me glissa-t-elle dans l'oreille.

— Eli dit qu'ils sont contents d'être là, répondis-je sur le même ton.

Mon grand-père attendait à la porte, les bras croisés, observant les Mexicains qui faisaient leurs modestes emplettes tandis que Miguel débitait des instructions.

Pearl n'allait pas critiquer Eli Chandler, mais elle lui a lancé un regard mauvais qu'il n'a même pas remarqué. Papy ne s'occupait pas plus de Pearl que de moi ; il se rongerait les sangs tant que la cueillette n'aurait pas commencé.

— C'est abominable, reprit Pearl à voix basse.

Je savais qu'elle était impatiente de nous voir vider les lieux pour retrouver ses amies et remettre la question des Mexicains sur le tapis. Pearl était méthodiste.

Leurs achats terminés, les Mexicains se sont présentés l'un après l'autre à la caisse ; Miguel donnait leur nom à Pearl qui ouvrait un compte à chacun. Elle faisait le total, inscrivait la somme sur un registre avec le nom de l'ouvrier et le montrait à Miguel et au client. Crédit immédiat, à l'américaine.

Ils achetaient de la farine et de la graisse pour faire des tortillas, des quantités de haricots en boîte et en sac, et du riz. Pas de superflu : ni sucre ni confiseries ni légumes verts. Ils mangeaient aussi peu que possible, car la nourriture coûtait de l'argent. Leur but était de mettre le maximum de côté pour le rapporter chez eux.

Ces pauvres gens ne pouvaient pas savoir où ils étaient tombés. Ils ignoraient que ma mère était une passionnée de jardinage qui passait plus de temps à s'occuper de ses légumes que du coton. Et ils avaient de la chance, car il n'était pas question pour ma mère que quelqu'un vivant chez nous reste le ventre vide.

Cow-boy était le dernier de la file ; quand Pearl l'a regardé en souriant, j'ai cru qu'il allait lui cracher à la figure. Miguel s'est rapproché. Il venait de passer trois jours avec le jeune homme dans la remorque d'un camion et devait savoir à quoi s'en tenir sur son compte.

J'ai dit au revoir à Pearl pour la deuxième fois de la journée. C'était bizarre ; je la voyais en général une seule fois par semaine.

Papy a ramené les Mexicains au camion. Ils sont montés et se sont assis sur le plateau, épaule contre épaule, jambes entrecroisées. Ils gardaient le silence, les yeux fixés devant eux, comme s'ils ne savaient toujours pas quand leur voyage allait prendre fin.

Le vieux camion surchargé avançait poussivement ; quand le compteur a indiqué soixante kilomètres à l'heure, un sourire a glissé sur les lèvres de Papy. L'après-midi touchait à sa fin ; le temps chaud et sec était parfait pour la cueillette. Avec les Spruill et les Mexicains nous avions assez de main-d'œuvre pour notre récolte. J'ai fouillé dans ma poche pour prendre l'autre moitié de mon Tootsie Roll.

De loin, bien avant d'arriver à la ferme, nous avons vu de la fumée, puis une tente. Nous habitions au bord d'une route de terre où, la plus grande partie de l'année, un nuage de poussière se soulevait au passage d'un véhicule. Papy roulait sans se presser, pour ne pas asphyxier les Mexicains.

— Qu'est-ce que c'est que ça ?

— On dirait une sorte de tente, répondit mon grand-père.

Elle se dressait à côté de la route, au fond de notre cour, sous un chêne centenaire, tout près de l'emplacement du marbre. Le camion a ralenti avant de passer devant notre boîte aux lettres ; les Spruill avaient pris possession de la moitié de notre cour. La grande toile d'un blanc sale, au toit pointu, était tendue sur un assortiment hétéroclite de pieux taillés au couteau et de piquets métalliques. Deux des côtés ouverts laissaient voir des cartons et des couvertures disposés sur le sol ; Tally était allongée par terre.

Sur le camion des Spruill garé à côté de la tente, une autre toile avait été montée. Elle était retenue par des cordes nouées à des piquets plantés dans la terre, de sorte que tout devait être démonté avant que le véhicule puisse démarrer. La vieille remorque avait été en partie déchargée ; les cartons et les sacs de toile étaient éparpillés sur le sol comme après un coup de vent.

Mme Spruill attisait un feu, d'où la fumée que nous avions vue. Pour je ne sais quelle raison, elle avait choisi un endroit dénudé, au fond de la cour. C'était le marbre, le lieu précis où, tous les après-midi ou presque, mon père ou Papy se mettait en position pour recevoir mes balles rapides ou à effet. Les larmes me sont montées aux yeux ; jamais je ne pourrais pardonner à Mme Spruill d'avoir fait ça.

— Je croyais que tu leur avais dit de s'installer derrière le silo.

— C'est ce que j'ai dit, répondit mon grand-père.

Le camion est entré au pas dans notre cour. Le silo se trouvait derrière, près de la grange, à une bonne distance de la maison. Nous avions déjà eu des saisonniers chez nous ; jamais ils n'avaient dressé leur tente dans la cour.

Mon grand-père s'est garé sous un autre chêne, le

plus petit des trois qui ombrageaient la cour et la maison. D'après ma grand-mère, il n'avait que soixante-dix ans. Le camion s'est arrêté tout près de la maison, dans les ornières asséchées où Papy le rangeait depuis des dizaines d'années. Ma mère et ma grand-mère attendaient sur les marches de la cuisine.

Ruth, ma grand-mère, n'appréciait pas que ceux des collines se soient approprié notre cour. Nous l'avons compris, Papy et moi, avant même de descendre du camion : elle avait les mains sur les hanches.

Ma mère était impatiente d'examiner les Mexicains et de m'interroger sur les conditions de leur transport. Elle les a regardés sauter du pick-up, s'est avancée vers moi et m'a pris par l'épaule.

— Il y en a dix.

— Oui, maman.

Grand-mère est allée rejoindre Papy devant le camion.

— Que font ces gens dans la cour de notre ferme ? demanda-t-elle d'une voix douce mais résolue.

— Je leur ai dit de s'installer près du silo, répondit Papy qui n'était pas homme à se dérober, même devant sa femme. Je ne sais pas pourquoi ils ont choisi la cour.

— Peux-tu leur demander de changer de place ?

— Non, je ne peux pas. S'ils rassemblent leurs affaires, ils partiront. Tu sais comment ils sont.

Cela mit fin aux questions de Grand-mère. Ils n'allaient pas se disputer devant leur petit-fils et dix Mexicains fraîchement débarqués. Elle est repartie vers la cuisine en secouant la tête. Papy se contrefichait de l'endroit où ceux des collines avaient dressé leur tente. Ils étaient robustes et semblaient avoir envie de travailler : rien d'autre ne comptait.

Je soupçonnais Grand-mère de ne pas y attacher non plus beaucoup d'importance. La cueillette était vitale :

ils auraient engagé une bande de forçats s'ils avaient pu récolter trois cents livres de coton par jour.

Les Mexicains sont partis avec Papy en direction de la grange qui se trouvait précisément à cent sept mètres de la première marche du porche arrière. Il fallait passer devant le poulailler, la pompe à eau, les cordes à linge, la cabane à outils et un érable à sucre dont le feuillage devenait d'un rouge vif en octobre. Mon père m'avait aidé à mesurer précisément la distance au mois de janvier. J'avais l'impression que cela faisait plus d'un kilomètre. Au Parc des sports de Saint Louis, où jouaient les Cardinals, il y avait cent six mètres du marbre à la limite du champ gauche. Chaque fois que Stan Musial frappait un *home run*, j'allais m'asseoir sur les marches le lendemain et m'émerveillais de la distance parcourue par la balle. À la mi-juillet, contre les Braves, il avait envoyé la balle à cent vingt-deux mètres. « Elle est passée par-dessus la grange, Luke », avait dit Papy.

Les deux jours suivants, assis sur les marches, j'avais rêvé de balles que j'envoyais par-dessus la grange.

— Ils ont l'air bien fatigués, observa ma mère quand les Mexicains eurent dépassé la cabane à outils.

— Ils ont fait le voyage dans une remorque, à soixante-deux, glissai-je, désireux, sans savoir pourquoi, de jeter de l'huile sur le feu.

— C'est ce que je craignais.

— Une vieille remorque. Vieille et sale. Pearl en est toute retournée.

— Ça ne se reproduira pas.

J'ai compris que mon père allait en prendre plein les oreilles.

— File donc aider ton grand-père, ajouta-t-elle.

J'avais passé la plus grande partie des deux dernières semaines dans la grange, seul avec ma mère, à balayer et nettoyer le fenil pour préparer le logement des Mexicains. Les fermiers les logeaient le plus souvent dans une métairie ou une grange abandonnée ; j'avais même entendu dire que chez Ned Shackleford, à cinq kilomètres au sud de chez nous, ils vivaient au milieu des poulets.

Pas question de ça chez les Chandler. Faute de mieux, nos Mexicains seraient obligés de dormir dans le fenil de la grange, mais ils n'y trouveraient pas un grain de poussière. Et il y aurait une bonne odeur. Depuis l'année précédente, ma mère mettait de côté de vieilles couvertures et des courtepointes pour faire des lits.

Je me suis glissé dans la grange, mais je suis resté en bas, près de l'auge d'Isabel, notre vache laitière. Papy prétendait qu'une jeune Française du nom d'Isabelle lui avait sauvé la vie pendant la guerre. En souvenir de la jeune fille, il avait donné son nom à notre vache de Jersey. Ma grand-mère n'avait jamais cru à cette histoire.

Je les entendais se déplacer au-dessus de moi : ils s'installaient. Papy parlait à Miguel, impressionné par la propreté du fenil. Mon grand-père acceptait les compliments comme s'il avait nettoyé lui-même de fond en comble.

En réalité, mes grands-parents n'avaient jamais cru que ma mère réussirait à aménager un dortoir convenable pour les journaliers. Elle avait été élevée dans une petite ferme, à la limite de Black Oak ; elle était presque une fille de la ville. Dans son milieu, les enfants étaient trop bien pour cueillir le coton. Jamais elle n'allait à l'école à pied : son père l'y conduisait en voiture. Elle s'était rendue trois fois à Memphis avant d'épouser mon père. Elle avait grandi dans une maison peinte.

3

Les Chandler louaient leurs terres à M. Vogel, de Jonesboro, un homme que je n'avais jamais vu. On ne parlait pas souvent de lui, mais quand cela se produisait, son nom était prononcé avec un profond respect. Pour moi, il était l'homme le plus riche du monde.

Mes grands-parents les louaient déjà au moment de la Grande Dépression qui avait frappé de bonne heure les campagnes de l'Arkansas et avait duré bien après 1929. Au bout de trente années de labeur éreintant, ils avaient réussi à avoir la maison et les douze mille mètres carrés qui l'entouraient. Ils étaient propriétaires du tracteur John Deere, de deux herses, d'un semoir, de deux remorques dont l'une servait au transport du coton, de deux mules, d'une charrette et du pick-up. Un vague accord passé avec mon père lui donnait des parts dans la propriété de certains de ces biens. Le contrat de location était au nom d'Eli et de Ruth Chandler.

Les seuls à gagner de l'argent étaient les propriétaires de leurs terres. Ceux qui, comme nous, cultivaient les terres en fermage essayaient de ne pas en perdre. Les plus mal lotis étaient les métayers, condamnés à une pauvreté éternelle.

Le but de mon père était de posséder quinze hectares

en toute propriété. Ma mère gardait le secret sur ses rêves pour les partager avec moi quand je grandirais. Mais je savais déjà qu'elle aspirait à abandonner la vie rurale et qu'elle était résolue à ne pas me laisser cultiver le coton. À sept ans, j'y croyais dur comme fer.

Après s'être assurée que les Mexicains étaient convenablement installés, elle m'a envoyé chercher mon père. Il se faisait tard, le soleil descendait derrière les arbres bordant la Saint Francis, il était temps pour lui de peser une dernière fois son sac de coton et de mettre fin à sa journée de travail.

Pieds nus, j'ai suivi un chemin de terre entre deux champs, à la recherche de mon père. La terre était sombre et riche, cette bonne terre arable du delta produisant assez pour qu'on y reste attaché. Devant moi, je voyais la remorque et je savais qu'il allait dans cette direction.

Jesse était le fils aîné des Chandler. Son frère cadet, Ricky, âgé seulement de dix-neuf ans, se battait quelque part en Corée. Ils avaient deux sœurs qui s'étaient empressées de fuir la ferme familiale dès la fin de leurs études secondaires.

Mon père n'avait pas pris la fuite. Il avait décidé d'être fermier, comme son père et son grand-père, mais il serait le premier Chandler à posséder sa terre. Je ne savais pas s'il avait jamais espéré une autre vie que celle des champs. Comme mon grand-père, il avait été un excellent joueur de base-ball ; je suis sûr qu'à un moment ou à un autre, il avait rêvé de devenir une vedette. Mais une balle allemande reçue dans la cuisse à Anzio, en 1944, avait mis un terme à sa carrière.

Il marchait en traînant la patte, mais la plupart de ceux qui travaillaient dans les champs de coton avaient la même démarche.

Je me suis arrêté en arrivant à la remorque ; elle était presque vide. Occupant toute la largeur d'un chemin, elle attendait d'être remplie. Je suis monté dedans. Autour de moi, de tous côtés, les rangs de tiges vert et brun s'étiraient jusqu'aux arbres marquant la limite de nos terres. Au sommet de ces tiges, des graines gonflées s'ouvraient pleinement ; c'était une éclosion générale. Quand je me suis juché à l'arrière de la remorque pour parcourir les champs du regard, un océan de blancheur s'est offert à mes yeux. Tout était silencieux : ni bruit de voix ni moteur de tracteur ni voiture sur la route. L'espace d'un moment, du haut de mon perchoir, j'ai compris pourquoi mon père voulait continuer à cultiver le coton.

J'ai distingué au loin le haut de son vieux chapeau de paille qui avançait entre les rangs ; j'ai sauté de la remorque pour m'élancer dans sa direction. À l'approche du soir, l'espace entre les rangs devenait encore plus sombre ; je me suis dirigé vers mon père en écartant les feuilles entrelacées, épaisses et lourdes grâce à l'action combinée du soleil et de la pluie.

— C'est toi, Luke ? cria-t-il, sachant fort bien que personne d'autre ne pouvait venir le chercher.

— Oui, papa ! répondis-je en me guidant sur la voix. Maman a dit qu'il était l'heure d'arrêter !

— Elle a dit ça ?

— Oui, oui.

Je l'avais raté d'un rang. Je me suis frayé un passage entre les tiges et je suis tombé sur lui, tout courbé, les deux mains se faufilant entre les feuilles pour détacher adroitement les graines entourées de longs poils et les fourrer dans le sac presque plein jeté sur son épaule.

Dans les champs depuis le lever du soleil, il ne s'était interrompu que pour le déjeuner.

— Avez-vous trouvé de la main-d'œuvre ? demanda-t-il sans lever la tête.

— Oui, répondis-je fièrement. Des Mexicains et des gens des collines.

— Combien de Mexicains ?

— Dix ! m'écriai-je, comme si je les avais rassemblés moi-même.

— Bien. Et ceux des collines ?

— Ils s'appellent Spruill. J'ai oublié d'où ils viennent.

— Combien sont-ils ?

Toujours courbé, il fit un pas en avant pour passer à la tige suivante, le sac rebondi traînant par terre.

— Toute une famille dans un camion. Difficile de dire combien ils sont. Grand-mère est furieuse, parce qu'ils se sont installés dans la cour ; ils ont même allumé un feu à l'emplacement du marbre. Papy leur avait demandé d'aller près du silo ; je l'ai entendu. Je ne crois pas qu'ils soient très malins.

— Je ne veux pas t'entendre dire ça.

— Oui, papa. Grand-mère n'est vraiment pas contente, tu sais.

— Elle s'y fera. Nous avons besoin de ceux des collines.

— Je sais, papa. Papy a dit la même chose. N'empêche qu'ils ont mis leur bazar sur le marbre.

— À cette saison, le coton est plus important que le base-ball.

— Sans doute.

Je n'étais pas de cet avis.

— Comment sont les Mexicains ?

— Pas très en forme : ils étaient encore entassés dans une remorque. Maman n'est pas contente.

Ses mains s'immobilisèrent un instant pendant qu'il songeait aux interminables reproches à venir.

— Eux sont contents d'être là, affirma-t-il en reprenant la cueillette.

J'ai fait quelques pas en direction de la remorque avant de me retourner.

— Tu diras ça à maman.

— Juan est revenu ? poursuivit-il après m'avoir regardé d'un drôle d'air.
— Non.
— Dommage.

J'avais parlé de Juan pendant toute l'année ; mon père m'avait promis qu'il reviendrait.

— C'est pas grave. Le nouveau s'appelle Miguel ; il est très gentil.

J'ai fait le récit du voyage en camion, de la rencontre avec les Spruill au bord de la route. J'ai décrit Tally, Trot et le grand costaud assis sur le hayon, j'ai poursuivi par le trajet jusqu'à la ville où Papy s'était disputé avec le responsable de la main-d'œuvre. J'ai aussi parlé de notre passage à l'égreneuse et des Mexicains. Si j'ai raconté tout cela, c'est que ma journée avait certainement été plus riche en événements que la sienne.

Arrivé à la remorque, il a soulevé son sac par les sangles et l'a suspendu au crochet du pied de la balance. L'aiguille s'est arrêtée sur cinquante-huit livres ; il a inscrit le chiffre sur un vieux carnet dépenaillé, attaché à la remorque par un fil de fer.

— Combien ? demandai-je quand il referma le carnet.
— Quatre cent soixante-dix.
— Troisième base !
— Pas mal, approuva-t-il avec un petit haussement d'épaules.

Cinq cents livres représentaient un home run pour un joueur de base-ball, le tour complet qu'il réussissait un jour sur deux.

— Grimpe, fit-il en s'accroupissant.

J'ai sauté sur son dos et nous avons pris le chemin de la maison. Sa chemise et sa combinaison étaient trempées de sueur depuis le début de la journée, mais ses bras avaient des muscles d'acier. Pop Watson m'avait raconté qu'un coup de batte de Jesse Chandler avait un jour envoyé une balle au beau milieu de la Grand-rue. Le lendemain, après avoir mesuré la distance, Pop et Snake Wilcox, le coiffeur, affirmèrent qu'elle avait parcouru cent trente-trois mètres avant de toucher terre. La contestation était rapidement venue du salon de thé où Junior Barnhart proclamait haut et fort que la balle avait rebondi au moins une fois avant d'atterrir dans la Grand-rue.

Pop et Junior étaient restés plusieurs semaines sans s'adresser la parole. Ma mère attestait de la dispute, mais elle n'avait pas mesuré la distance.

Elle nous attendait près de la pompe. Mon père a pris place sur un banc pour enlever ses bottes et ses chaussettes. Il a ensuite déboutonné sa combinaison et retiré sa chemise.

Une de mes tâches matinales consistait à remplir un tub qui restait au soleil toute la journée afin que mon père ait de l'eau chaude le soir. Ma mère a plongé un gant de toilette dans le tub et commencé à lui frotter délicatement le cou.

Elle avait grandi dans une maison remplie de filles et avait été en partie élevée par deux vieilles tantes prudes. Elles devaient prendre des bains plus souvent que les fermiers. Ma mère avait communiqué à mon père son goût de la propreté et le samedi après-midi, sale ou pas, j'avais droit à une toilette en règle.

Quand mon père fut lavé et séché, elle lui tendit une chemise propre : il était temps d'aller voir nos invités. Elle avait rassemblé dans un grand panier une sélection de ses plus beaux légumes, cueillis à la main et lavés depuis moins de deux heures. Tomates indiennes, oignons de Vidalia, pommes de terre à peau rose, poivrons verts et rouges, épis de maïs. Nous les avons emportés à l'arrière de la grange où les Mexicains se reposaient et bavardaient en attendant, pour faire cuire leurs tortillas, que le petit feu qu'ils avaient allumé ne jette plus de flammes. J'ai présenté mon père à Miguel qui, à son tour, a présenté quelques-uns des siens.

Cow-boy était seul, adossé au mur de la grange. Il n'a pas eu un regard dans notre direction, mais je l'ai vu observer ma mère par-dessous le bord rabattu de son chapeau. J'ai eu un moment de panique avant de me dire que Jesse Chandler briserait net son cou de poulet s'il faisait un geste déplacé.

L'année d'avant, les Mexicains nous avaient beaucoup appris. Ils ne mangeaient ni haricots beurre ni haricots verts ni courgettes ni aubergines ni navets : ils préféraient les tomates, les oignons, les pommes de terre, les poivrons et le maïs. Et jamais ils ne demanderaient des légumes du potager ; il fallait les leur offrir.

Ma mère a expliqué à Miguel et aux autres que notre potager regorgeait de légumes et qu'elle en apporterait tous les deux jours. On ne leur demandait rien pour la nourriture.

Nous avons emporté un autre panier dans la cour de devant où le campement des Spruill semblait s'étendre d'heure en heure. Ils avaient encore grignoté du terrain, les cartons et les sacs de toile paraissaient plus nombreux. Trois planches posées sur un carton d'un côté et un tonneau de l'autre formaient une table autour de laquelle ils étaient réunis pour le souper. À notre arrivée, M. Spruill s'est levé pour serrer la main de mon père.

— Leon Spruill, fit-il, des fragments de nourriture sur les lèvres. Content de vous connaître.

— Je suis heureux de vous voir ici, répondit courtoisement mon père.

— Merci, poursuivit M. Spruill en remontant son pantalon. Je vous présente ma femme, Lucy. Elle a souri en continuant à mastiquer avec lenteur.

— Et ma fille, Tally, ajouta M. Spruill en la montrant du doigt.

Quand elle m'a regardé, j'ai senti le rouge me monter aux joues.

— Et voici mes neveux, Bo et Dale, reprit-il en se tournant vers les deux adolescents qui se reposaient sur le matelas quand le camion s'était arrêté au bord de la route.

À côté des deux garçons qui n'avaient probablement pas plus d'une quinzaine d'années était assis le géant que j'avais vu à moitié endormi sur le hayon du camion.

— Mon fils Hank.

Hank avait au moins vingt ans et il était assez grand pour se lever et serrer la main. Mais il a continué à manger, les deux joues gonflées par ce qui devait être du pain de maïs.

— C'est un gros mangeur, expliqua M. Spruill, ce qui nous arracha un petit rire forcé.

— Et voici Trot, acheva M. Spruill.

Trot n'a même pas levé la tête. Son bras gauche inerte restait collé contre son corps ; de la main droite, il serrait une cuillère. Sa place dans la famille n'avait pas été précisée.

Quand ma mère a montré son grand panier rempli de légumes frais, Hank a cessé un instant de mastiquer pour regarder les victuailles, puis il a replongé le nez dans son assiette de haricots.

— Les tomates et le maïs sont particulièrement bons cette année, expliqua ma mère. Et il y en a en quantité. Dites-moi simplement ce que vous aimez.

Tally m'observait en mâchant lentement. J'ai fixé les yeux sur mes chaussures.

— C'est bien aimable à vous, madame, déclara M. Spruill.

Sa femme a ajouté un mot de remerciement. Pas de danger que les Spruill soient à court de nourriture ; ils ne devaient jamais sauter un repas. Hank était un grand gaillard dont la poitrine puissante s'amincissait légèrement au point de rencontre avec son cou de taureau. Les parents avaient tous deux un corps râblé et l'air robuste ; Bo et Dale étaient minces sans être maigres. Tally était parfaitement proportionnée. Seul Trot, tout chétif, n'avait que la peau sur les os.

— Nous n'allons pas vous déranger plus longtemps, dit mon père en commençant à s'éloigner.

— Merci encore, fit M. Spruill.

Je savais par expérience que d'ici peu nous en saurions plus que nous n'aurions voulu sur les Spruill. Ils allaient partager notre cour, notre eau, nos toilettes. Nous leur apporterions des légumes du potager, du lait d'Isabel, des œufs du poulailler. Nous leur proposerions de les conduire en ville le samedi et à l'église le dimanche. Nous travaillerions côte à côte dans les champs du lever du soleil à la nuit tombante. Quand la récolte serait terminée, ils reprendraient la route des collines. Les arbres perdraient leurs feuilles, l'hiver arriverait et nous passerions bien des nuits glaciales, serrés autour de l'âtre, à raconter des histoires sur les Spruill.

Il y avait pour le souper des pommes de terre sautées en minces rondelles, des gombos bouillis, des épis de maïs et du pain de maïs tout chaud ; pas de viande, car l'automne approchait et nous avions mangé un rôti la veille. Grand-mère faisait du poulet deux fois par semaine, mais jamais le mercredi. Le potager de ma mère donnait assez de tomates et d'oignons pour nourrir toute la ville : nous en avions à chaque repas.

La cuisine était petite et chaude. Un ventilateur oscillant bourdonnait sur le réfrigérateur et brassait péniblement l'air pendant que ma mère et ma grand-mère préparaient le repas. Leurs mouvements étaient lents mais sûrs ; elles étaient fatiguées et il faisait trop chaud pour se presser.

Elles n'avaient pas véritablement d'affection l'une

pour l'autre, mais toutes deux étaient résolues à vivre en paix. Jamais je ne les avais entendues se disputer, jamais ma mère n'avait dit devant moi du mal de sa belle-mère. Elles vivaient sous le même toit, se partageaient la cuisine et la lessive, cueillaient le même coton. Il y avait tellement à faire ; comment auraient-elles trouvé le temps de se chamailler ?

Grand-mère qui était née et avait passé sa jeunesse au cœur du pays du coton savait qu'elle finirait dans la terre qu'elle avait travaillée toute sa vie. Ma mère rêvait de s'échapper.

Elles étaient parvenues à un accord tacite sur la répartition des tâches culinaires. Grand-mère restait près de son fourneau pour surveiller la cuisson du pain et tourner les pommes de terre, les gombos et les épis de maïs. Ma mère ne s'éloignait pas de l'évier où elle pelait les tomates et empilait la vaisselle sale. Je les observais de la table de la cuisine, à ma place habituelle, où j'épluchais des concombres. Elles aimaient toutes deux la musique ; il arrivait que l'une d'elles fredonne un air tandis que l'autre chantait à mi-voix. La musique permettait d'évacuer la tension.

Pas ce soir-là. Elles étaient trop préoccupées pour fredonner ou chantonner. Ma mère bouillait de savoir que les Mexicains avaient été transportés comme du bétail. Grand-mère n'arrivait pas à digérer l'envahissement de notre cour par les Spruill.

À 18 heures tapantes, Grand-mère a retiré son tablier et s'est assise en face de moi. Le bout de la table, collé contre le mur, servait d'étagère où s'accumulaient des objets. Au milieu était posé un poste de radio en ronce de noyer ; elle l'a allumé en me souriant. Le bulletin d'information de CBS était présenté par Edward R. Murrow, en direct de New York. Depuis une semaine, les combats faisaient rage à Pyongyang, près de la mer du Japon ; nous avions vu sur la vieille carte que Grand-mère gardait sur sa table de nuit que la division d'infanterie de Ricky se trouvait dans cette zone. Sa dernière lettre était arrivée quinze jours plus tôt. C'était un petit mot écrit en vitesse, mais nous avions eu l'impression, en lisant entre les lignes, qu'il était au cœur de l'action.

Edward Murrow termina le premier sujet traitant d'un désaccord avec les Russes et passa à la Corée ; Grand-mère a fermé les yeux. Elle a croisé les doigts, porté les deux index à ses lèvres et elle a attendu.

Je ne savais pas ce qu'elle attendait : le présentateur n'allait pas annoncer à la nation que Ricky Chandler était mort ou encore en vie.

Ma mère aussi écoutait. Adossée à l'évier, elle s'essuyait les mains avec un torchon, fixant sur la table un regard vide. La scène se répétait tous les soirs ou presque en cet été 1952.

Des négociations de paix avaient été ouvertes puis rompues ; les Chinois s'étaient retirés, puis ils avaient lancé un nouvel assaut. Par la voix d'Edward Murrow et les lettres de Ricky nous vivions la guerre jour après jour.

Papy et mon père ne voulaient pas écouter les nouvelles. Ils s'affairaient dehors, dans la cabane à outils ou autour de la pompe, s'occupaient à de menues tâches qui auraient pu attendre, parlaient de la récolte, cherchant d'autres sujets d'inquiétude que Ricky. Tous deux avaient fait la guerre. Ils n'avaient pas besoin qu'on leur lise de New York la dépêche d'un correspondant en Corée ni qu'on leur explique ce qui se passait dans telle ou telle bataille. Ils savaient.

En tout cas, les nouvelles étaient brèves ce soir-là, ce qui, dans notre petite ferme, fut pris comme un signe encourageant. Edward Murrow est passé à d'autres sujets et Grand-mère m'a souri.

— Ricky va bien, fit-elle en caressant le dos de ma main. Il reviendra plus tôt que tu ne penses.

Elle avait gagné le droit d'y croire. Après avoir attendu Papy pendant la Première Guerre mondiale, elle avait prié au cours de la suivante pour la guérison des blessures de mon père. Ses hommes revenaient toujours ; Ricky ne nous laisserait pas tomber.

Elle a éteint la radio pour reporter son attention sur les pommes de terre et les gombos. Elle s'est remise à ses fourneaux avec ma mère en attendant que Papy entre par la porte de derrière.

Je crois que Papy redoutait le pire. Jusqu'alors, les Chandler avaient eu de la chance dans les guerres successives. Il refusait d'écouter les nouvelles, mais voulait savoir quelle tournure prenaient les choses. Il faisait en général son entrée dans la cuisine quand il n'entendait plus la radio. Ce soir-là, il s'est arrêté devant la table pour m'ébouriffer les cheveux ; Grand-mère l'a regardé.

— Pas de mauvaises nouvelles, dit-elle en souriant.

Ma mère m'avait dit que mes grands-parents ne dormaient souvent pas plus d'une heure ou deux avant de se réveiller et de se ronger les sangs pour leur fils cadet. Grand-mère était convaincue que Ricky allait bientôt revenir. Pas Papy.

À 6 h 30, nous sommes passés à table ; nous avons prié en nous tenant les mains, rendant grâce à Dieu pour la nourriture sur notre table et tous ses bienfaits. Papy dirigeait la prière, du moins pour le souper. Il a remercié le Seigneur pour les Mexicains, les Spruill et la belle récolte qui nous attendait. J'ai prié en silence, uniquement pour Ricky. J'étais content d'avoir toute cette nourriture, mais cela paraissait tellement moins important.

Les adultes mangeaient lentement et ne parlaient de rien d'autre que du coton. On ne me demandait pas de prendre part à la conversation. Grand-mère en particulier estimait qu'on devait seulement voir les enfants, pas les entendre.

J'avais envie d'aller m'assurer dans la grange que tout allait bien pour les Mexicains. J'avais aussi envie de me glisser dans la cour où je pourrais peut-être apercevoir Tally. Ma mère devait se douter de quelque chose : à la fin du repas, elle m'a demandé de l'aider à faire la vaisselle. J'aurais préféré une bonne fessée, mais je n'avais pas le choix.

Tout le monde s'est dirigé vers le porche avant, comme tous les soirs. Le rite semblait simple, mais il n'en était rien. Nous commencions à digérer avant de nous intéresser au base-ball et d'allumer la radio ; en direct de Saint Louis, Harry Caray commentait sur KMOX les rencontres de nos chers Cardinals. Les femmes écossaient des pois ou des haricots beurre. Les sujets de conversation du souper étaient repris. On ne manquait pas de revenir sur la récolte pour laquelle on se faisait du mouron.

Ce soir-là, il tombait des cordes à Saint Louis, à trois cents kilomètres de chez nous ; la rencontre avait été annulée. Assis sur les marches, mon gant Rawlings à la main, serrant ma balle glissée à l'intérieur, je regardais au loin les ombres des Spruill en me demandant comment on pouvait se soucier si peu des autres pour faire un feu sur notre marbre.

La radio que nous écoutions dehors était un petit poste General Electric que mon père avait acheté à Boston pendant la guerre, à sa sortie de l'hôpital. Il ne servait qu'à faire entrer les Cardinals dans notre vie ; il était rare que nous rations une rencontre. Le poste était posé sur une caisse de bois, près de la balancelle grinçante où les hommes se détendaient. Ma mère et ma grand-mère occupaient leurs fauteuils rembourrés, de l'autre côté du porche. J'étais à ma place, au milieu, sur les marches.

Avant l'arrivée des Mexicains, nous avions un ventilateur portable que nous placions près de la porte grillagée ; il bourdonnait en sourdine et brassait juste ce qu'il fallait d'air pour rendre la chaleur du soir supportable. À cause de ma mère, l'appareil se trouvait maintenant dans le fenil. Cela avait provoqué des frictions dont on m'avait épargné la plus grande partie.

Sans radio, sans ventilateur, le silence de la nuit n'était entrecoupé que par les mots lents de fermiers brisés de fatigue, attendant que la température baisse de quelques degrés.

La pluie qui tombait à Saint Louis incitait les hommes à se préoccuper du temps. Les cours d'eau, grands et petits, du delta débordaient avec une régularité exaspérante. Tous les quatre ou cinq ans, ils sortaient de leur lit et noyaient les récoltes. Je n'avais pas le souvenir d'une crue, mais j'en avais tellement entendu parler que c'était tout comme. Nous appelions des semaines durant de nos prières une bonne pluie ; quand elle arrivait enfin, dès que le sol était gorgé d'eau, Papy et mon père commençaient à observer les nuages et à raconter des histoires d'inondation.

Les Spruill se couchaient ; leurs voix s'estompaient. Je voyais des ombres se déplacer autour des tentes. Le feu a jeté quelques lueurs vacillantes avant de s'éteindre.

Le silence est tombé sur la ferme des Chandler. Nous avions ceux des collines. Nous avions les Mexicains. Le coton attendait.

4

Dans le courant de l'immensité obscure de la nuit, Papy, notre réveille-matin humain, a ouvert les yeux, chaussé ses bottes et commencé à aller et venir d'un pas lourd dans la cuisine pour préparer le premier café du jour. La maison n'était pas grande — trois chambres, une pièce commune et la cuisine — et elle était si vieille que les lames du plancher s'affaissaient par endroits. Celui qui avait décidé de réveiller les autres le faisait sans difficulté.

J'avais le droit de rester au lit jusqu'à ce que mon père vienne me chercher. Mais il n'était pas facile de dormir avec tous ces gens à la ferme et tout le coton à cueillir. J'étais réveillé quand il est venu me secouer en disant que c'était l'heure. Je me suis habillé en vitesse pour le rejoindre sous le porche.

Le soleil n'était pas levé quand nous avons traversé la cour, les bottes trempées de rosée. Arrivé devant le poulailler, mon père s'est plié en deux pour se glisser à l'intérieur. Je devais attendre dehors : le mois d'avant, en ramassant des œufs dans l'obscurité, j'avais marché sur une grosse couleuvre et pleuré pendant deux jours. Mon père n'avait pas cherché à me consoler : inoffensives, les couleuvres faisaient partie de la vie à la ferme.

Mais ma mère était intervenue avec vigueur et, depuis ce jour, je n'avais plus le droit d'entrer seul dans le poulailler.

Mon père est ressorti avec une jatte en paille remplie d'œufs qu'il m'a tendue. Nous avons pris la direction de la grange où Isabel attendait. Les coqs, réveillés par le passage de mon père, commençaient à chanter.

La seule lumière provenait d'une ampoule nue suspendue au plafond du fenil : les Mexicains avaient allumé un feu derrière la grange et se serraient autour des flammes comme s'ils avaient froid. La marche dans l'herbe humide m'avait déjà donné chaud.

Je savais traire la vache ; le plus souvent, cette tâche me revenait. Mais la rencontre avec la couleuvre m'avait rendu craintif et nous devions être dans les champs au lever du soleil. Mon père a rapidement tiré sept ou huit litres de lait, ce qui m'aurait pris la moitié de la matinée. Nous avons emporté la nourriture à la cuisine où les femmes s'activaient déjà ; le jambon rissolant dans les poêlons nous chatouillait les narines.

Nous avions pour le petit déjeuner les œufs du jour, le lait d'Isabel, du jambon fumé, des biscuits chauds et du sirop de sorgho pour ceux qui en voulaient. Tandis que le repas se préparait, à ma place habituelle, j'ai fait courir le bout de mes doigts sur la toile cirée humide en attendant ma tasse de café, le seul vice que ma mère m'autorisait.

Grand-mère a placé la tasse et la soucoupe devant moi, puis le sucrier et la crème fraîche. J'ai préparé mon café, jusqu'à ce qu'il soit bien sucré, et j'ai commencé à le boire à petites gorgées.

Pendant le petit déjeuner, la conversation était réduite au minimum. Il était excitant d'avoir tant de monde à la ferme, mais nous étions douchés par la perspective de passer le plus clair des douze prochaines heures sous le feu du soleil, pliés en deux dans les rangs de coton, les doigts en sang.

Nous avons mangé rapidement, accompagnés par le vacarme des coqs dans la cour. Les biscuits de ma grand-mère, lourds et parfaitement ronds, étaient encore si chauds que la noisette de beurre soigneusement placée au centre du mien a fondu instantanément. J'ai regardé disparaître la tache d'un jaune crémeux. Ma mère reconnaissait que Ruth Chandler confectionnait les meilleurs biscuits qu'elle avait jamais goûtés. J'aurais tellement aimé en manger deux ou trois, comme mon père, mais je ne l'aurais pas supporté. Les femmes en prenaient un chacune, mon grand-père deux, mon père trois. Quelques heures plus tard, au milieu de la matinée, nous ferions une pause à l'ombre d'un arbre ou près de la remorque pour manger les biscuits restants.

En hiver, nous prenions notre temps pour le petit déjeuner ; il n'y avait pas grand-chose d'autre à faire. Nous nous pressions un peu plus au printemps, à l'époque des semailles et en été, quand il fallait éclaircir et sarcler. En automne, au moment de la récolte, avant que le soleil ne nous rattrape, le temps nous était compté.

Les adultes ont échangé quelques mots sur le temps. La pluie qui avait provoqué l'annulation du match des Cardinals tarabustait Papy. Saint Louis était si loin qu'à part lui personne à notre table n'y avait jamais mis les pieds, mais le temps qu'il y faisait était devenu un élément vital pour notre récolte. Ma mère écoutait patiemment ; je n'ouvrais pas la bouche.

Mon père qui avait lu l'almanach a affirmé que le temps resterait favorable tout le mois de septembre. Mais les prévisions pour la mi-octobre étaient inquiétantes : le mauvais temps allait arriver. Il était impératif pendant les six semaines à venir de travailler jusqu'à ce que nous tombions de fatigue. Plus nous en ferions, plus les Mexicains et les Spruill en feraient. C'était ainsi que mon père concevait un discours de stimulation.

Ils ont ensuite abordé le sujet des journaliers, des gens du pays qui allaient de ferme en ferme à la recherche du meilleur salaire. La plupart étaient de la ville et nous les connaissions. L'année d'avant, Sophie Turner, qui dirigeait la classe des grands de l'école primaire, nous avait profondément honorés en choisissant nos champs pour y cueillir le coton.

Nous avions besoin de tous les journaliers qui se présenteraient, mais ils choisissaient en général qui ils voulaient.

La dernière bouchée avalée, Papy a remercié les femmes pour la bonne nourriture et les a laissées nettoyer la table. J'ai suivi fièrement les hommes sous le porche.

Notre maison était orientée au sud, la grange et les champs au nord et à l'ouest. À l'orient les premières lueurs orangées commençaient à apparaître au-dessus des plaines du delta de l'Arkansas. Le soleil se levait, sans un nuage menaçant à l'horizon ; dans mon dos, ma chemise collait déjà à la peau.

Dès que la remorque fut accrochée au tracteur John Deere, les Mexicains sont montés. Papy est allé chercher les Spruill tandis que mon père s'avançait pour dire quelques mots à Miguel. « Bonjour. Vous avez bien dormi ? Vous êtes prêts à travailler ? »

J'avais ma place sur le tracteur, un petit coin à moi entre le garde-boue et le siège, où j'avais passé des heures les mains serrées sur le manche métallique du parasol qui protégeait le conducteur, Papy ou mon père, quand nous traversions les champs pour labourer, semer ou répandre de l'engrais. Une fois installé, j'ai tourné la tête vers la remorque où s'entassaient les Mexicains d'un côté, les Spruill de l'autre. À cet instant, je me suis senti privilégié, à la fois parce que j'étais sur le tracteur et qu'il nous appartenait. Ce sentiment de supériorité n'allait pas tarder à se dissiper : tout le monde était égal devant les cotonniers.

Je m'étais demandé si le pauvre Trot nous accompagnerait dans les champs ; il fallait deux bons bras pour la cueillette. Trot était pourtant là, assis sur la ridelle, le dos tourné aux autres, les jambes ballantes, seul dans son monde. Il y avait aussi Tally, le regard perdu au loin, qui ne m'avait même pas fait un signe.

Sans un mot, Papy a passé la première : le tracteur et sa remorque se sont mis en marche avec une secousse. Je me suis assuré que personne n'était tombé. Par la fenêtre de la cuisine je distinguais le visage de ma mère qui nous regardait partir en faisant la vaisselle. Quand elle aurait terminé les travaux ménagers, elle passerait une heure dans son potager avant de nous rejoindre dans les champs pour une dure journée de travail. Pareil pour Grand-mère. Personne ne se reposait quand le coton était prêt.

Nous sommes passés au ralenti devant la grange avec le bruit sourd du diesel et les grincements de la remorque avant de prendre au sud la direction des terres du bas, la parcelle de seize hectares bordant le Siler. Nous commencions toujours par le bas, pour le cas où le petit cours d'eau aurait débordé. Avec les terres du haut, nous avions trente-cinq hectares, ce qui représentait déjà une belle exploitation.

En quelques minutes, nous sommes arrivés à la remorque à coton ; Papy a coupé le moteur. Avant de sauter du tracteur, en regardant vers l'est, j'ai vu les lumières de la maison, distante de plus d'un kilomètre. Derrière le toit le ciel était marbré de traînées orange et jaunes. Pas un nuage en vue, donc pas d'inondation dans un avenir proche. Mais rien ne nous protégerait du soleil de plomb.

— Bonjour, Luke, fit Tally en passant près de moi.

J'ai réussi à lui répondre sans bafouiller. Elle m'a souri, comme si elle connaissait un secret qu'elle ne me révélerait jamais.

Papy n'a donné aucune indication ; personne n'en avait besoin. On choisissait un rang d'un côté ou de l'autre et la cueillette commençait. Pas de bavardages, pas d'étirements, pas de prévisions sur le temps. Sans un mot, les Mexicains ont jeté le long sac sur leur épaule et ont pris à la file indienne la direction du sud. Ceux des collines ont choisi la direction opposée.

Un instant, dans la pénombre de ce matin déjà chaud de septembre, mon regard s'est porté le long du rang, très long et tout droit, qui m'avait été attribué. Je me suis dit que je n'arriverais jamais au bout et j'ai ressenti un coup de fatigue.

J'avais des cousins à Memphis, les fils et les filles des deux sœurs de mon père, qui ne savaient pas ce qu'était la cueillette du coton. Des enfants de la ville, qui vivaient dans de jolies petites maisons de banlieue, avec des toilettes à l'intérieur. Ils venaient dans l'Arkansas pour les enterrements, parfois pour Thanksgiving. En regardant mon rang qui semblait s'étirer à perte de vue, j'ai pensé à eux.

J'avais une double motivation. La première, la plus importante, était que mon père et mon grand-père qui se trouvaient de chaque côté de moi ne supportaient ni l'un ni l'autre les fainéants. Enfants, ils avaient travaillé aux champs et je ferais certainement comme eux. Ensuite, j'étais payé, exactement comme les autres ouvriers. Un dollar soixante pour cent livres de coton. Et j'avais de grands projets avec cet argent.

— Allons-y, ordonna mon père d'une voix décidée.

Papy était déjà en place au milieu des cotonniers, à quatre ou cinq mètres ; je voyais sa silhouette et son chapeau de paille. Quelques rangs plus loin j'entendais les Spruill bavarder entre eux. Ceux des collines aimaient chanter et il n'était pas rare de les entendre fredonner un air grave et mélancolique. Quelque chose a provoqué un éclat de rire de Tally dont la voix sensuelle s'est répercutée dans les rangs.

Elle n'avait que dix ans de plus que moi.

Le père de Papy, qui avait combattu pendant la guerre de Sécession, s'appelait Jeremiah Chandler. À en croire la tradition familiale, il avait remporté à lui seul ou presque la bataille de Shiloh. À la mort de sa deuxième épouse, Jeremiah en prit une troisième, une jeune fille du pays, de trente ans sa cadette, qui, quelques années plus tard, donna naissance à Papy.

Une différence d'âge de trente années entre Jeremiah et sa femme. Dix ans seulement entre Tally et moi : cela pouvait marcher.

Avec gravité et résolution, j'ai jeté sur mon dos le sac de deux mètres cinquante, passé la sangle sur mon épaule droite et attaqué le premier cotonnier encore humide de rosée. C'est une des raisons pour lesquelles nous commencions si tôt. Pendant la première heure, avant que le soleil soit trop haut et trop ardent, le coton était doux et soyeux sous la main. Plus tard, après avoir été déversé dans la remorque, il sécherait et deviendrait facile à égrener. Le coton imbibé d'eau de pluie ne pouvait être égrené, comme tous les fermiers l'avaient appris à leurs dépens.

Je cueillais aussi vite que possible, à deux mains, et poussais le coton au fond du sac. Mais il fallait faire attention. Papy ou mon père — peut-être les deux — inspecterait mon rang dans le courant de la matinée. Si je laissais trop de coton sur les graines, on me ferait des réprimandes dont la sévérité dépendrait de la distance à laquelle se trouverait ma mère à ce moment-là.

Je glissais aussi adroitement que je le pouvais mes petites mains à travers l'enchevêtrement de tiges pour saisir les graines entourées de filaments soyeux, en essayant d'éviter celles qui n'étaient pas ouvertes ; pointues, elles pouvaient faire saigner. Montant et descendant le haut du corps, passant d'un pied sur l'autre, j'avançais lentement, de plus en plus loin de mon père et de Papy.

Notre coton était si dense que les branches entrelacées des rangs voisins m'effleuraient le visage. Depuis ma rencontre avec la couleuvre, je faisais attention où je mettais les pieds, surtout dans les champs, car il y avait des mocassins, des serpents très venimeux, près de la rivière. J'en avais vu beaucoup du haut du tracteur, pendant les semailles.

Il n'a pas fallu longtemps pour que je me retrouve seul, un enfant distancé par ceux qui avaient les mains plus vives et le dos plus musclé. Le globe orange du soleil se rapprochait rapidement de la position d'où il allait brûler la terre jusqu'au soir. Dès que Papy et mon père ont été hors de vue, j'ai décidé de faire ma première pause. Tally était la plus proche, à cinq rangs et une quinzaine de mètres de moi. Je distinguais à peine son chapeau de toile décolorée au-dessus des cotonniers.

À l'ombre des grandes feuilles je me suis étendu sur mon sac qui, au bout d'une heure, restait désespérément plat. Il y avait bien quelques bosses, mais à peine visibles. L'année d'avant, on me demandait de cueillir cinquante livres par jour ; je redoutais que ce quota ne soit augmenté.

Allongé sur le dos, je regardais à travers le feuillage le ciel limpide en espérant apercevoir des nuages et en rêvant de ce que je ferais de mon argent. Tous les ans, au mois d'août, nous recevions par la poste la dernière édition du catalogue Sears, Roebuck. L'événement était pour moi de la plus haute importance. Il arrivait de Chicago, emballé dans un papier brun et Grand-mère exigeait qu'il reste au bout de la table de la cuisine, à côté de la radio et de la bible familiale. Les femmes étudiaient les pages consacrées aux vêtements et à l'ameublement, les hommes examinaient les outils et les fournitures automobiles. Je me plongeais pour ma part dans les pages les plus importantes : les jouets et les équipements sportifs. Je dressais en secret des listes de Noël ; j'avais peur de mettre noir sur blanc toutes les choses qui me faisaient rêver. Si quelqu'un était tombé sur une de ces listes, on m'aurait pris pour un garçon exigeant ou un malade mental.

La page 308 du dernier catalogue présentait une publicité pour des maillots d'échauffement de base-ball : il y avait celle de toutes les équipes professionnelles ou presque. Elle était géniale, car le jeune homme qui servait de mannequin portait le maillot des Cardinals. Rouge vif, taillé dans un tissu brillant, avec des boutons blancs sur le devant. Parmi toutes les équipes, quelqu'un de chez Sears, Roebuck avait judicieusement choisi les Cardinals.

Le maillot coûtait sept dollars et cinquante *cents*, port non compris. Et il se faisait dans les tailles enfant, ce qui me mettait dans l'embarras ; j'allais nécessairement grandir, mais je voulais porter ce maillot toute ma vie.

Dix jours de travail éreintant et j'aurais de quoi l'acheter. J'étais sûr que personne n'avait jamais vu un maillot pareil à Black Oak, Arkansas. Ma mère le trouvait un peu criard — je ne comprenais pas bien pourquoi —, mon père disait que j'avais besoin de bottes. Papy affirmait que c'était de l'argent fichu en l'air, mais je savais qu'il l'admirait en secret.

Dès que le temps se rafraîchirait un peu, je mettrais mon maillot pour aller à l'école, tous les jours, et à l'église le dimanche. Je le porterais aussi en ville le samedi, une tache d'un rouge éclatant au milieu des habits ternes de la foule traînant sur les trottoirs, et j'attirerais l'envie de tous les garçons de Black Oak. De pas mal d'adultes aussi.

Jamais ils n'auraient la chance de jouer pour les Cardinals. Moi, au contraire, je deviendrais célèbre à Saint Louis. Il était important d'entrer dans la peau du personnage.

— Luke !

La voix sévère a vibré dans la quiétude des champs. Des branches ont craqué tout près de moi.

— Oui, papa, répondis-je en bondissant sur mes pieds et en me penchant en avant, les mains tendues vers les graines les plus proches.

Mon père s'est dressé devant moi.

— Que faisais-tu ?

— J'avais envie de faire pipi, répondis-je sans cesser de remuer les mains.

— Il t'en a fallu du temps, rétorqua-t-il d'un ton peu convaincu.

— C'est à cause du café.

En levant les yeux vers lui, j'ai compris qu'il savait à quoi s'en tenir.

— Essaie de suivre, ajouta-t-il avant de s'éloigner.

— Oui, papa, fis-je en regardant son dos.

Mais je savais que je ne pourrais jamais le suivre.

Un sac de trois mètres cinquante comme ceux des adultes contenait à peu près soixante livres de coton ; vers 8 h 30 ou 9 heures, les hommes étaient prêts à peser. Papy et mon père s'occupaient de la balance fixée à l'arrière de la remorque. L'un ou l'autre hissait les sacs qu'on leur présentait et passait les sangles sur les crochets placés au pied de la balance. L'aiguille tournait à toute allure comme la grande aiguille d'une grosse pendule. Tout le monde pouvait voir ce que chacun avait cueilli.

Papy notait les poids sur un petit carnet, puis le contenu du sac était vidé dans la remorque. Pas le temps de se reposer : on attrapait au vol le sac vide et on choisissait un autre rang où on disparaissait pendant deux heures.

J'avais atteint la moitié d'un rang interminable, trempé de sueur, cuisant sous le soleil, les épaules baissées, m'efforçant de travailler aussi vite que possible, m'arrêtant de loin en loin pour surveiller les mouvements de mon père et de Papy, dans l'espoir de faire une nouvelle pause. Mais aucune occasion de poser mon sac ne se présentait. J'ai donc continué à travailler d'arrache-pied en attendant que le sac se remplisse ; je commençais à me demander si j'avais vraiment besoin du maillot des Cardinals.

Après ce qui me sembla être une éternité de solitude, en entendant le moteur du tracteur qui se mettait à tourner, j'ai compris que l'heure du déjeuner était arrivée. Je n'avais même pas terminé mon premier rang, mais ce manque d'efficacité ne me tracassait pas vraiment. Nous nous sommes retrouvés devant le tracteur et j'ai vu Trot roulé en boule sur le plateau de la remorque ; Mme Spruill et Tally étaient penchées sur lui. J'ai cru au début qu'il était peut-être mort, mais je l'ai vu bouger un peu.

— C'est la chaleur, murmura mon père à mon oreille. Il a pris mon sac, l'a jeté par-dessus son épaule comme s'il était vide. Je l'ai suivi jusqu'à la balance où Papy a pesé le sac. Tout ce travail éreintant pour trente et une livres de coton.

Après nous être assurés que tous les Mexicains et les Spruill étaient là, nous avons pris la route de la maison : le déjeuner était servi à midi pile. Les femmes avaient quitté les champs une heure plus tôt pour le préparer.

Juché sur mon perchoir à l'avant du tracteur, la main gauche égratignée et douloureuse serrée sur le manche du parasol, j'ai observé les ouvriers secoués par les cahots. M. et Mme Spruill tenaient Trot, tout pâle, qui paraissait encore sans vie. Tally était assise à côté d'eux, ses longues jambes étendues sur le plateau de la remorque. Bo, Dale et Hank ne semblaient pas s'inquiéter du sort du pauvre Trot. Comme tout le monde, ils avaient chaud, ils étaient fatigués et attendaient la pause.

De l'autre côté, les Mexicains étaient alignés épaule contre épaule, les pieds dans le vide, touchant presque le sol. Deux d'entre eux ne portaient ni bottes ni chaussures.

En arrivant près de la grange, mon attention a été attirée par un mouvement ; j'ai eu de la peine à en croire mes yeux. Assis au bout de la remorque, Cow-boy a brusquement tourné la tête vers Tally. Elle devait attendre qu'il la regarde, car elle lui a aussitôt adressé un joli petit sourire, semblable à ceux qu'elle me faisait. Il ne le lui a pas rendu, mais il a eu l'air très content.

Cela s'était passé en un clin d'œil ; personne d'autre que moi ne l'avait vu.

5

S'il fallait en croire ma grand-mère et ma mère qui étaient de mèche, la sieste jouait un rôle essentiel pour la bonne croissance d'un enfant. Je ne les approuvais que pendant la saison de la cueillette du coton ; le reste de l'année, je m'y opposais avec l'énergie que je mettais à planifier ma carrière de joueur de base-ball.

Mais, pendant la récolte, tout le monde se reposait après le déjeuner. Après avoir pris leur repas en vitesse, les Mexicains sont allés s'allonger sous un érable, près de la grange. Les Spruill ont fini leurs restes de jambon avec des biscuits et se sont mis à l'ombre de leur côté.

Comme j'étais sale après la matinée dans les champs, je n'ai pas eu le droit d'utiliser mon lit ; j'ai dormi par terre, dans ma chambre. J'étais fatigué et je me sentais tout raide. Je redoutais l'après-midi qui paraissait toujours plus long et était bien plus chaud. Je me suis endormi tout de suite ; à mon réveil, au bout d'une demi-heure, j'étais encore plus raide.

Dans la cour on se faisait du souci pour Trot. Grand-mère, qui se prenait pour une sorte de guérisseuse, était allée le voir sur le vieux matelas où on l'avait étendu, à l'ombre d'un arbre, un linge humide sur le front. Elle devait avoir l'intention de concocter une de ses affreuses mixtures et de l'obliger à l'avaler. Il sautait aux yeux que Trot ne pouvait pas repartir aux champs et les Spruill hésitaient à le laisser seul.

Ils venaient cueillir le coton pour gagner de quoi vivre. Pas moi. On s'était donc mis d'accord en mon absence pour que je reste auprès de Trot jusqu'à la fin de l'après-midi, pendant que les autres travaillaient en plein soleil. Si l'état de Trot empirait, je devais courir à fond de train jusqu'aux terres du bas et prévenir le premier Spruill que je rencontrerais. Quand ma mère m'a mis au courant, j'ai fait semblant de ne pas paraître enchanté par cette perspective.

— Et mon maillot des Cardinals ? lançai-je en feignant l'inquiétude.

— Il y a bien assez de coton, répondit-elle. Reste avec lui cet après-midi. Il devrait aller mieux demain.

Il faudrait en effet récolter trente-cinq hectares de coton dans les deux mois à venir, avec un double passage. Si je devais renoncer à mon maillot des Cardinals, ce ne serait pas à cause de Trot.

J'ai regardé partir la remorque qui emmenait cette fois Grand-mère et ma mère avec les ouvriers. Elle s'est éloignée en grinçant, elle a longé la grange, commencé à descendre la route en cahotant et disparu au milieu des champs de coton. Quelque chose me tarabustait : pourquoi Tally et Cow-boy se faisaient-ils de l'œil ? Si je trouvais le courage, je poserais la question à ma mère.

Quand je me suis avancé vers le matelas, Trot était complètement immobile, les yeux fermés ; il ne semblait même pas respirer.

— Trot ! m'écriai-je, terrifié à l'idée qu'il ait pu mourir sous ma surveillance.

Il a ouvert les yeux, s'est redressé lentement en me regardant. Puis il a tourné la tête d'un côté et de l'autre, comme pour s'assurer que nous étions seuls. Son bras atrophié, pas beaucoup plus gros qu'un manche à balai, pendait de son épaule presque sans bouger. Ses cheveux bruns partaient dans toutes les directions.

— Ça va ?

Je n'avais pas encore entendu le son de sa voix et j'étais curieux de savoir s'il pouvait parler.

— Je crois, répondit-il d'une voix grasse.

Je ne savais pas s'il avait un défaut d'élocution ou s'il était simplement fatigué, étourdi de chaleur. Il ne cessait de lancer des coups d'œil autour de lui, comme s'il voulait être sûr que les autres étaient partis. L'idée m'est venue que Trot avait peut-être fait semblant d'être malade ; j'ai ressenti une certaine admiration.

— Est-ce que Tally aime le base-ball ?

Une question parmi toutes celles que j'avais envie de lui poser. Elle semblait pourtant simple, mais paraissait au-dessus des forces de Trot. Il a aussitôt fermé les yeux, s'est tourné sur le côté et a ramené les genoux sur sa poitrine pour se rendormir.

Un souffle de vent a fait frissonner la cime du chêne. J'ai trouvé un endroit sur l'herbe, près du matelas, pour m'étendre à l'ombre. Les yeux fixés sur le feuillage et les hautes branches, je me suis dit que mon sort était enviable par rapport aux autres, en train de rôtir au soleil. J'ai essayé de me donner mauvaise conscience, mais ça n'a pas marché. Ma chance ne durerait pas, autant en profiter.

Comme Trot. Pendant qu'il dormait comme un bébé, j'ai observé le ciel, mais j'en ai vite eu assez. Je suis allé chercher une balle et mon gant à la maison pour faire des chandelles devant le porche. Je pouvais y passer des heures ; j'ai réussi à un moment à en rattraper dix-sept de suite.

Trot n'a pas quitté le matelas de tout l'après-midi. Il dormait, se redressait en regardant autour de lui et m'observait un moment. Quand j'essayais d'engager la conversation, il se tournait dans l'autre sens et se rendormait. Il n'allait pas mourir, c'était déjà ça.

La victime suivante s'appelait Hank. Approchant d'un pas lent quand l'après-midi était bien avancé, il s'est plaint de la chaleur et a prétendu venir prendre des nouvelles de Trot.

— J'ai trois cents livres, déclara-t-il comme s'il y avait de quoi m'impressionner. Mais il fait trop chaud, j'arrête.

Le visage rougi par le soleil, il était nu-tête, ce qui en disait long sur son intelligence. Tout le monde portait un chapeau dans les champs.

Après avoir jeté un coup d'œil à Trot, il s'est dirigé vers l'arrière du camion où il a mis les sacs et les cartons sens dessus dessous comme un ours affamé. Il a fourré un biscuit entier dans sa grande bouche et s'est allongé sous l'arbre.

— Va me chercher de l'eau, petit, me lança-t-il brusquement.

La surprise m'a cloué sur place. Jamais je n'avais entendu quelqu'un des collines donner un ordre à l'un de nous ; je ne savais pas comment réagir. Mais c'était un adulte et j'étais encore un enfant.

— Comment ?

— Va me chercher de l'eau ! répéta-t-il d'une voix plus forte.

J'étais sûr qu'ils en avaient quelque part dans leur fourbi. J'ai avancé d'un ou deux pas hésitants vers le camion ; Hank s'est énervé.

— De l'eau fraîche, petit ! À la maison. Et dépêche-toi ! J'ai travaillé toute la journée, moi !

J'ai filé à la maison, dans la cuisine où Grand-mère gardait au frais une cruche d'eau de quatre litres. Les mains tremblantes, j'ai rempli un verre ; je savais que lorsque j'en parlerais, cela ferait du vilain. Mon père dirait sa façon de penser à Leon Spruill.

J'ai apporté le verre. Hank l'a vidé d'un trait et a fait claquer sa langue.

— Va en chercher un autre.

Assis sur le matelas, Trot observait la scène. Je suis reparti en courant pour remplir le verre. Après l'avoir bu, Hank a craché à côté de mes pieds.

— T'es un bon petit gars, fit-il en me lançant le verre.

— Merci, répondis-je en l'attrapant au vol.

— Maintenant, laisse-nous seuls, ordonna Hank en s'allongeant sur l'herbe.

Je suis rentré à la maison pour attendre le retour de ma mère.

On pouvait, si on le voulait, terminer sa journée de travail à 5 heures, quand Papy rentrait avec la remorque. On pouvait aussi rester dans les champs jusqu'à la tombée de la nuit, comme les Mexicains. Leur énergie était stupéfiante. Ils n'arrêtaient la cueillette que lorsqu'ils ne voyaient plus rien, puis ils faisaient près d'un kilomètre à pied, leur sac plein sur l'épaule, pour revenir à la grange où ils allumaient un petit feu et mangeaient quelques tortillas avant de sombrer dans un sommeil de plomb.

Tous les Spruill se sont rassemblés autour de Trot qui s'est débrouillé pour paraître encore plus malade pendant les quelques instants où sa famille l'a examiné. S'étant assurés que Trot était bien vivant, ils ont reporté leur attention sur le repas. La mère a allumé un feu.

Ce fut ensuite le tour de Grand-mère de se pencher sur Trot, l'air sincèrement inquiète, ce qui a semblé plaire aux Spruill. Je savais qu'en réalité elle voulait seulement expérimenter sur le pauvre garçon un de ces abominables remèdes. Comme j'étais la plus jeune victime à portée de main, je lui servais en général de cobaye. Je savais par expérience qu'elle était capable de concocter un remède assez efficace pour que Trot bondisse de son matelas et s'enfuie à toutes jambes. Au bout de quelques minutes, il a pris un air méfiant et l'a observée avec attention. Il semblait plus conscient de ce qui l'entourait, le signe pour Grand-mère qu'il n'avait pas besoin de soins. Mais elle a décrété qu'il devait rester sous surveillance ; elle reviendrait s'assurer le lendemain que tout allait bien.

En fin d'après-midi venait la corvée de jardinage. Je trouvais cruel qu'on oblige un garçon de sept ans à sortir du lit avant le lever du soleil, à travailler toute la journée dans les champs et à se farcir le potager avant le souper. Mais nous avions de la chance d'en avoir un si beau.

Avant ma naissance, les femmes s'étaient réparti de petits territoires, à l'intérieur de la maison et autour, qu'elles protégeaient jalousement. J'ignore comment ma mère s'était débrouillée pour s'approprier le potager, mais il ne faisait aucun doute que c'était son domaine.

Il était situé à l'est de la maison, le côté calme, loin de la porte de la cuisine, de la basse-cour et du poulailler. Loin du pick-up de Papy et du chemin de terre où les rares visiteurs laissaient leur voiture. Il était clôturé par un grillage d'un mètre vingt de haut, posé par mon père sous la direction de ma mère et destiné à tenir à l'écart les chevreuils et les nuisibles.

Du maïs poussait autour de la clôture, si bien qu'après avoir ouvert la porte branlante au loquet en cuir, on pénétrait dans un univers secret, protégé par les hautes tiges.

Ma tâche consistait, un panier en paille à la main, à suivre ma mère tandis qu'elle cueillait tout ce qu'elle estimait mûr. Elle aussi portait un panier qu'elle remplissait lentement de tomates et de concombres, de courgettes, d'oignons et d'aubergines. Elle parlait doucement, pas toujours pour moi, mais au potager en général.

— Tu as vu le maïs ? Ces épis seront bons à manger la semaine prochaine.

— Oui, maman.

— Les potirons devraient être à point pour la Toussaint.

— Oui, maman.

Elle faisait la chasse aux mauvaises herbes qui ne survivaient que peu de temps dans notre potager.

— Enlève ces herbes, Luke, fit-elle, le doigt pointé vers le sol. Près des melons d'eau. J'ai posé mon panier sur la terre de l'allée pour arracher les petites indésirables.

L'entretien du jardin n'était pas aussi pénible à la fin de l'été qu'au printemps, quand il fallait retourner la terre et que les herbes poussaient plus vite que les légumes.

Nous nous sommes immobilisés au passage d'un long serpent vert qui a disparu au milieu des plants de haricots beurre. Le potager en était rempli, tous inoffensifs, mais des serpents tout de même. Ma mère n'était pas terrorisée par les reptiles et nous leur laissions toute la place dont ils avaient besoin. Je cueillais les concombres dans la crainte de sentir des crochets s'enfoncer dans le dos de ma main.

Ma mère adorait son petit coin de terre que personne ne lui disputait. Elle en avait fait un sanctuaire. Quand il y avait trop de monde à la maison, j'étais sûr de l'y découvrir, parlant à ses légumes. Les prises de bec étaient rares dans la famille ; quand cela se produisait, je savais où ma mère trouverait refuge.

Quand elle eut terminé sa cueillette, j'avais toutes les peines du monde à porter mon panier.

À Saint Louis la pluie avait cessé ; à 8 heures précises, Papy a allumé la radio. Il a tripoté les boutons et l'antenne jusqu'à ce qu'éclate la voix rauque de Harry Caray, le pittoresque commentateur des Cardinals. Il restait une vingtaine de rencontres avant la fin de la saison : les Brooklyn Dodgers étaient en tête devant les Giants. Les Cardinals occupaient la troisième place.

Comment accepter cela ? Les supporters des Cardinals détestaient naturellement les Yankees ; se trouver derrière deux autres équipes de New York leur était insupportable.

Papy soutenait que l'entraîneur, Eddie Stanky, aurait dû être viré depuis des mois. Quand les Cardinals gagnaient, c'était grâce à Stan Musial. Quand ils perdaient, avec la même équipe, la faute en revenait toujours à l'entraîneur.

Les hommes étaient assis côte à côte sur la balancelle dont les chaînes rouillées grinçaient à intervalles réguliers ; les femmes écossaient des haricots beurre et des pois verts de l'autre côté du petit porche. Allongé sur la première marche, écoutant la radio d'une oreille, observant le coucher des Spruill, j'attendais avec les adultes que la chaleur retombe enfin. Le ronronnement du ventilateur me manquait, mais je me gardais bien d'aborder le sujet.

Les femmes s'entretenaient à mi-voix des prochaines assemblées religieuses, le revival d'automne et le déjeuner champêtre. Une jeune fille de Black Oak allait se marier à Jonesboro, dans une grande église, avec un jeune homme de bonne famille, à ce qu'on disait. Elles en parlaient tous les soirs, plus ou moins longtemps ; je ne comprenais pas pourquoi, jour après jour, le sujet revenait sur le tapis.

Les hommes n'avaient pas grand-chose à dire qui ne se rapportât pas au base-ball. Papy était capable d'observer de longs moments de silence et mon père ne valait guère mieux. Ils devaient se faire du souci pour le temps ou le prix du coton, mais étaient trop fatigués pour exprimer leurs inquiétudes.

Je me contentais d'écouter, les yeux fermés, en essayant de me représenter le Parc des sports de Saint Louis, un stade magnifique qui pouvait accueillir trente mille personnes venant encourager Stan Musial et les Cardinals. Papy y était allé et, tout au long de la saison, au moins une fois par semaine, je lui demandais de me décrire le stade. Il disait que le terrain semblait s'agrandir quand on le regardait, que l'herbe était si verte et si drue qu'on aurait pu y jouer aux billes. La terre battue du champ intérieur était parfaitement égalisée au râteau. Au centre, légèrement sur la gauche, se trouvait le tableau d'affichage, plus grand que notre maison. Et les spectateurs, tous ces incroyables veinards de Saint Louis qui allaient voir les Cardinals sans avoir à récolter le coton.

Dizzy Dean, Enos « Country » Slaughter, Red Schoendienst — tous ceux de la légendaire Bande de l'usine à gaz — avaient joué sur ce terrain. Comme mon grand-père, mon père et mon oncle avaient eu du talent, il ne faisait aucun doute dans mon esprit que je serais un jour la vedette du Parc des sports. Je volerais sur la pelouse impeccable devant trente mille spectateurs enthousiastes et ferais personnellement mordre la poussière aux Yankees.

Le meilleur joueur des Cardinals, le plus grand de tous les temps s'appelait Stan Musial. Quand son tour est venu de prendre place sur le marbre avec un coureur de l'équipe adverse en première base, j'ai vu Hank Spruill s'avancer dans l'obscurité et s'asseoir dans l'ombre, juste assez près pour entendre la radio.

— C'est à Stan ? demanda ma mère.

— Oui, maman.

Elle n'y connaissait rien mais feignait de s'intéresser

à Stan Musial pour ne pas être tenue à l'écart des conversations sur ce sujet.

Le bruit discret des cosses éclatant sous les doigts des femmes a cessé, la balancelle s'est immobilisée. Ma main s'est crispée sur mon gant. Mon père affirmait que la voix de Harry Caray enflait quand Musial s'installait à la place du batteur, mais Papy n'en était pas convaincu.

Le premier lanceur des Pirates de Pittsburgh envoya une balle rapide, basse, avec effet latéral. Rares étaient les lanceurs à défier d'emblée Musial avec une balle rapide. L'année précédente, il avait réussi avec 0,355 la meilleure moyenne de la Ligue nationale et pour le championnat en cours il était au coude à coude avec Frankie Baumholtz, des Cubs de Chicago. Il avait la puissance et la vitesse, beaucoup de précision et il frappait loin.

J'avais caché au fond de mon tiroir, dans une boîte à cigares, une carte représentant Stan Musial ; si la maison devait brûler, ce serait la première chose que je prendrais.

La deuxième balle du lanceur était une balle courbe haute ; nous pouvions presque entendre les supporters se lever de leur siège. Une balle allait se trouver projetée dans une zone écartée du Parc des sports. La troisième était une balle rapide ; Harry Caray a hésité juste assez longtemps pour nous permettre d'entendre le bruit sec de l'impact. La foule a hurlé de plaisir. J'ai retenu mon souffle en attendant que Harry nous indique où partait la balle. Quand elle a rebondi sur le mur du champ droit, les hurlements de la foule ont redoublé d'intensité. L'excitation a gagné notre porche. Je me suis levé d'un bond, comme si, en me dressant sur la pointe des pieds, je pouvais voir Saint Louis. Papy et mon père se sont penchés vers la radio où Harry Caray s'égosillait. Ma mère a même poussé une sorte d'exclamation.

Musial était à la lutte avec son équipier Schoendienst pour le meilleur total de doubles dans la Ligue nationale. L'année d'avant, il avait réussi douze triples. Quand il a atteint la deuxième base, la voix de Caray avait du mal à couvrir le tumulte de la foule. Le coureur de la première base a marqué un point tandis que Stan Musial, dans une majestueuse glissade, touchait la troisième base du pied. Le malheureux défenseur recevait la balle trop tard et la renvoyait au lanceur. J'ai vu Stan se relever, porté par les vivats du public. Des deux mains, il a chassé la poussière de sa tenue blanche au liseré d'un rouge éclatant.

Le jeu continuait, mais pour nous, les Chandler, du moins les hommes, la partie était terminée. Musial venait de frapper une bombe ; nous avions peu d'espoir que les Cardinals remportent le titre, mais toute victoire était bonne à prendre. La foule s'est rassise, la voix de Harry est retombée. J'ai repris place sur ma marche, imaginant Stan en troisième base.

Si ces fichus Spruill n'avaient pas été là, je me serais glissé dans la nuit pour me mettre en position sur le marbre. J'aurais attendu une balle rapide que j'aurais frappée exactement comme mon héros et j'aurais couru jusqu'à la troisième base, là-bas, dans l'ombre où était tapi le monstre Hank.

— Qui est-ce qui gagne ? lança M. Spruill dans l'obscurité.

— Les Cardinals, répondit Hank. Un à zéro, fin de la deuxième manche. Musial vient de réussir un triple.

S'ils aimaient tant le base-ball, pourquoi avaient-ils allumé leur feu sur le marbre et monté leurs tentes en lambeaux sur mon terrain ? Il ne fallait pas être bien malin en regardant notre cour pour voir, malgré les arbres, qu'elle servait de terrain de base-ball.

S'il n'y avait pas eu Tally, je ne me serais plus occupé d'eux. Et Trot ; j'avais de la compassion pour ce pauvre garçon.

J'avais décidé de passer sous silence l'histoire de Hank et de l'eau fraîche. Si j'en parlais à mon père ou à Papy, il y aurait une discussion animée avec M. Spruill. Les Mexicains savaient rester à leur place ; ceux des collines auraient dû savoir le faire aussi. Ils n'avaient pas à demander des choses venant de la maison, ils n'avaient pas à donner d'ordres, ni à moi ni à personne.

Hank avait le cou le plus large que j'aie jamais vu. Les bras et les mains aussi étaient puissants, mais ce sont les yeux qui me faisaient peur. Vides et stupides le plus souvent, ils brillaient de méchanceté quand il m'avait envoyé chercher de l'eau fraîche.

Je ne voulais pas qu'il soit en colère contre moi ni que mon père aille lui dire deux mots. Mon père pouvait casser la figure à n'importe qui, sauf à Papy peut-être, qui était plus vieux mais pouvait, si nécessaire, être vicieux. J'ai donc décidé de ne pas parler à ce moment-là de l'incident ; si cela se reproduisait, je serais obligé de tout raconter à ma mère.

Les Pirates marquèrent deux points dans la quatrième manche, surtout, à en croire Papy, parce que l'entraîneur n'avait pas changé de lanceur au bon moment. Ils en marquèrent trois autres dans la cinquième et mon grand-père, hors de lui, alla se coucher.

Dans le courant de la septième manche, la chaleur a diminué juste assez pour nous faire croire qu'il allait être possible de dormir. Les pois et les haricots beurre étaient écossés, les Spruill avaient disparu. Nous étions brisés de fatigue et les Cardinals couraient à la défaite. Il n'était pas difficile d'abandonner la partie.

Ma mère m'a bordé et nous avons dit nos prières. Dès qu'elle est sortie, j'ai repoussé les draps du pied pour pouvoir respirer. J'ai écouté le chant des grillons, le chœur stridulant des insectes qui se répondaient à travers les champs. Ils donnaient leur sérénade toutes les nuits au long de l'été, sauf quand il pleuvait. J'ai entendu une voix au loin : un Spruill était debout, probablement Hank qui fouillait dans leur bric-à-brac à la recherche d'un dernier biscuit.

Nous avions dans la pièce commune un gros ventilateur encastré, fixé sous la fenêtre, qui, en théorie, aspirait l'air chaud de la maison et le rejetait dans la basse-cour. Il fonctionnait la moitié du temps. Une porte ouverte qu'un courant d'air faisait claquer perturbait son fonctionnement et on attendait le sommeil le corps baigné de sueur. Quand le souffle du vent déréglait l'appareil, l'air chaud s'accumulait dans la pièce et nous suffoquait. Le ventilateur tombait souvent en panne, mais c'était une possession dont Papy tirait une grande fierté ; nous ne connaissions que deux autres familles de fermiers fréquentant l'église qui pouvaient se flatter d'un tel luxe.

Ce soir-là, par bonheur, l'appareil marchait.

Écoutant le chant des grillons dans le lit de Ricky, je frémissais d'aise en sentant courir sur ma peau un souffle un peu plus frais, tandis que l'air d'une moiteur étouffante était aspiré vers la pièce commune. Mes pensées se sont portées vers la Corée, un pays où je ne mettrais pas les pieds. Mon père n'avait jamais voulu me parler de la guerre. Pas un mot. Il y avait bien quelques récits des aventures glorieuses du père de Papy, de ses victoires au cours de la guerre de Sécession, mais sur les guerres de ce siècle il n'avait pas grand-chose à dire. Je voulais savoir combien d'hommes il avait tués, combien de batailles il avait remportées. Je voulais voir ses cicatrices. J'avais un millier de questions à lui poser.

« Ne parle pas de la guerre, m'avait maintes fois répété ma mère. C'est trop horrible. »

Mais Ricky était encore en Corée. Il nous avait dit

adieu sous la neige, en février, trois jours après son dix-neuvième anniversaire. En Corée aussi il faisait froid, je l'avais entendu à la radio. J'étais douillettement installé dans son lit pendant qu'il rampait dans une tranchée sous le feu de l'ennemi.

Et s'il ne revenait pas ?

Je me torturais avec cette question tous les soirs ; je l'imaginais en train de mourir jusqu'à ce que les larmes jaillissent. Je ne voulais pas de son lit, je ne voulais pas de sa chambre. Je voulais que Ricky rentre à la maison pour courir avec lui sur la ligne des buts, lancer des balles contre le mur de la grange ou pêcher dans la rivière. Il était pour moi plus un grand frère qu'un oncle.

Quantité de jeunes gens mouraient là-bas. Nous priions pour eux à l'église, nous parlions de la guerre à l'école. Ricky était à ce moment-là le seul garçon de Black Oak sur le sol de Corée, ce qui distinguait les Chandler d'une manière dont je me serais bien passé.

« Avez-vous des nouvelles de Ricky ? » Telle était la question qui revenait sans cesse quand nous étions en ville.

Que nous en ayons ou pas ne changeait rien à l'affaire ; nos voisins cherchaient simplement à nous traiter avec égards. Papy faisait comme s'il n'avait pas entendu. Mon père répondait courtoisement. Les femmes brodaient quelques minutes sur sa dernière lettre.

Ma réponse était toujours la même. « Oui, il rentre bientôt. »

6

Peu après le petit déjeuner, j'ai suivi Grand-mère dans la cour. Elle avait une mission à accomplir, tel un médecin faisant ses visites au petit matin, ravie de la présence d'un vrai malade sur son territoire.

Penchés sur leur table de fortune, les Spruill mangeaient goulûment. Les yeux éteints de Trot se sont animés quand il a entendu Grand-mère les saluer en se dirigeant vers lui.

— Comment va Trot ?
— Bien mieux, répondit Mme Spruill.
— Ça va, fit M. Spruill.
— Tu as de la fièvre ? poursuivit Grand-mère en posant la main sur le front de Trot.

Il secoua vigoureusement la tête. Il n'avait pas eu de fièvre la veille, pourquoi en aurait-il ce matin ?

— As-tu des vertiges ?

Trot ne savait pas très bien ce que c'était ; les autres Spruill non plus. Je me suis dit que le pauvre garçon devait vivre dans un vertige perpétuel.

Après avoir essuyé de l'avant-bras la goutte de sirop de sorgho qui perlait au coin de ses lèvres, M. Spruill a pris les choses en main.

— On s'est dit qu'on allait l'emmener aux champs et qu'on le laisserait sous la remorque, à l'abri du soleil.

— Si un nuage arrive, ajouta Mme Spruill, il pourra nous aider à la cueillette.

À l'évidence, les Spruill avaient leur idée sur ce qu'ils allaient faire de Trot.

Bon Dieu de bon Dieu !

Ricky m'avait appris des gros mots. Je m'entraînais à les prononcer dans le bois, près de la rivière, et je m'en repentais aussitôt.

J'avais imaginé une autre journée de paresse à l'ombre des arbres, à veiller sur Trot en jouant au base-ball. À me la couler douce.

— Sans doute, fit Grand-mère en écartant du pouce et de l'index une des paupières de Trot qui, de l'autre œil, lui lançait un regard effrayé. Je ne serai pas loin, reprit-elle, visiblement déçue.

Je l'avais entendue dire à ma mère pendant le petit déjeuner qu'elle avait choisi le remède approprié : une bonne dose d'huile de ricin, du citron et une décoction d'herbes qu'elle faisait pousser dans une jardinière. À ces mots, j'ai cessé de manger. C'était son remède universel, la panacée qu'elle m'avait plusieurs fois administrée. Plus radical que la chirurgie. Mes maux disparaissaient instantanément sous l'effet du breuvage qui me brûlait de la pointe de la langue aux orteils.

Elle avait un jour préparé un remède infaillible pour Papy qui souffrait de constipation. Il avait passé deux jours dans les toilettes de la cour, incapable de travailler, réclamant de l'eau que je lui apportais dans un pot à lait. Je croyais qu'elle l'avait tué. Quand il est enfin sorti — pâle, le visage émacié, amaigri —, il s'est aussitôt dirigé d'un pas résolu vers la maison, furieux comme jamais on ne l'avait vu. Mes parents m'ont demandé de monter dans le pick-up et nous sommes partis faire une longue balade.

Grand-mère a promis encore une fois à Trot qu'elle le surveillerait pendant toute la journée. Il n'a pas ouvert la bouche. Il avait cessé de manger et regardait fixement devant lui, dans la direction de Tally qui faisait comme si je n'existais pas.

Nous avons regagné la maison. Je me suis assis sur les marches dans l'espoir d'apercevoir Tally et en maudissant intérieurement Trot pour sa stupidité. Peut-être se sentirait-il mal comme la veille. Il ne pourrait certainement pas résister au soleil de plomb et on m'appellerait encore pour le surveiller sur son matelas.

Devant la remorque j'ai salué Miguel tandis que les Mexicains sortaient de la grange. Ils se sont installés d'un côté, les Spruill de l'autre. Mon père a pris place au milieu, coincé entre les deux groupes. Je les observais de mon perchoir, près du siège de Papy. Je tenais particulièrement à savoir s'il se passait ce matin-là quelque chose entre le répugnant Cow-boy et ma très chère Tally ; je n'ai rien remarqué. L'air hébété, les yeux mi-clos, la tête basse, tout le monde appréhendait la rude journée de besogne sous le soleil.

Dans la remorque bringuebalante nous nous sommes lentement enfoncés dans la blanche étendue des champs de coton. Je n'arrivais pas à penser à mon maillot rouge des Cardinals. Je m'efforçais de faire remonter à mon esprit des images du grand Musial et de ses équipiers courant sur la verte pelouse du Parc des sports. J'essayais de les imaginer dans leur uniforme rouge et blanc, certains d'entre eux portant assurément un maillot semblable à celui du catalogue. Je cherchais à me représenter ces scènes qui ne manquaient jamais de m'inspirer, mais le tracteur s'est arrêté et je n'ai plus eu devant les yeux que les hautes tiges des cotonniers, alignées en rangs serrés, qui nous attendaient.

L'année d'avant, Juan m'avait initié aux plaisirs de la cuisine mexicaine, particulièrement des tortillas. Voyant les ouvriers en manger trois fois par jour, je m'étais dit que cela devait être bon. Un jour, après avoir déjeuné à la maison, j'étais allé partager le repas de Juan et de ses amis. Il m'avait fait cuire deux de ces galettes de maïs que j'avais dévorées à belles dents. Trois heures plus tard, j'étais à quatre pattes sous la remorque, malade comme un chien. J'avais eu tous les Chandler sur le dos, à commencer par ma mère.

— Il ne faut pas manger ce qu'ils mangent ! avait-elle lancé avec un mépris écrasant.

— Pourquoi ?

— Ce n'est pas propre !

On m'avait formellement interdit de toucher à la cuisine des Mexicains, ce qui avait évidemment eu pour effet de rendre les tortillas encore plus savoureuses. Je m'étais encore fait pincer par une visite-surprise de Papy dans la grange sous prétexte de venir voir Isabel. Mon père m'avait entraîné derrière la cabane à outils pour m'administrer une volée de coups de ceinture. Je n'avais plus touché aux tortillas pendant un certain temps.

Mais un nouveau chef était parmi nous et je brûlais d'impatience de comparer la cuisine de Miguel à celle de Juan. Après le déjeuner, m'étant assuré que tout le monde faisait la sieste, je suis sorti discrètement par la porte de derrière et j'ai traversé la cour d'un pas nonchalant pour aller dans la grange. Cette petite escapade n'était pas sans danger ; mes grands-parents avaient le sommeil léger, même quand ils étaient épuisés par le travail des champs.

Les Mexicains étaient étendus à l'ombre, au nord du bâtiment, dormant pour la plupart à même le sol. Miguel savait que je venais : nous avions discuté dans la matinée, en attendant la pesée de notre sac de coton. Il en avait récolté soixante-dix livres, je m'étais contenté de quinze.

Il s'est agenouillé devant les braises d'un petit feu pour réchauffer une tortilla dans un poêlon. Il l'a fait sauter, a attendu qu'elle soit bien dorée et a ajouté une mince couche de *salsa*, une sauce aux tomates, oignons et poivrons, des légumes de notre potager. Elle contenait aussi des *jalapenos* et des piments rouges finement hachés, inconnus dans l'Arkansas. Les Mexicains les apportaient dans leurs petits sacs.

Deux d'entre eux me regardaient avec intérêt attendre la tortilla ; les autres se consacraient entièrement à la sieste. Cow-boy était invisible. J'ai mangé la tortilla debout, à l'angle de la grange d'où je voyais toute la maison, pour le cas où un Chandler aurait eu l'idée de sortir. Elle était chaude, épicée et je m'en suis mis partout. Je n'ai pas senti de différence avec celle de Juan ; les deux étaient délicieuses. Miguel a demandé si j'en voulais une autre. J'en avais envie, mais je ne voulais pas prendre leur nourriture. Tout petits, maigres comme des clous, les Mexicains étaient des sans-le-sou. L'année d'avant, quand je m'étais fait surprendre et que les adultes m'avaient attrapé l'un après l'autre en me couvrant de honte, Grand-mère avait eu l'habileté d'inventer un péché consistant à prendre la nourriture des plus démunis. Les baptistes ne manquaient pas de péchés pour les tourmenter.

Après avoir remercié Miguel, j'ai regagné furtivement la maison sans réveiller un seul Spruill. Je me suis niché dans la balancelle comme si j'y faisais la sieste. Personne ne bougeait, mais je n'arrivais pas à dormir. Un souffle d'air a caressé mon visage et je me suis mis à rêver d'un après-midi tranquille, sans coton à cueillir, sans rien d'autre à faire qu'aller pêcher dans la rivière et attraper des balles en chandelle dans la cour.

J'ai cru mourir à la tâche ce jour-là. L'après-midi touchait à sa fin quand je suis arrivé à la remorque en traînant la patte et en tirant mon sac de coton. J'avais chaud, j'avais soif, j'étais trempé de sueur et mes doigts gonflés étaient couverts de piqûres infligées par les graines. J'avais déjà récolté quarante et une livres dans la journée ; mon quota était toujours de cinquante et j'étais certain d'en avoir au moins dix dans mon sac. J'espérais que ma mère ne serait pas loin de la balance pour me donner la permission d'arrêter et de rentrer à la maison. Papy et mon père me renverraient au travail, que j'aie atteint mon quota ou non.

Ils étaient les seuls à peser le coton. S'ils se trouvaient loin dans un rang, les ouvriers faisaient une pause en attendant qu'ils reviennent à la remorque. Ne les voyant ni l'un ni l'autre, l'idée d'un petit somme m'a traversé l'esprit.

Les Spruill s'étaient rassemblés à l'autre bout de la remorque, à l'ombre. Assis sur leurs sacs rebondis, ils se reposaient en regardant Trot qui, autant que je pouvais en juger, ne s'était pas déplacé de plus de trois mètres depuis le matin.

J'ai fait passer par-dessus mon épaule la sangle de mon sac et me suis avancé vers le bout de la remorque.

— 'jour, lança un des Spruill.

— Comment va Trot ?

— Je pense que ça ira, répondit Mme Spruill.

Ils mangeaient des biscuits salés et des saucisses de Francfort, un en-cas apprécié pendant le travail aux champs. Assise à côté de Trot, Tally ne m'adressait pas un regard.

— Tu as quelque chose à manger, petit ? demanda brusquement Hank en braquant les yeux sur moi.

Surpris par la question, je n'ai rien trouvé à dire. J'ai vu Mme Spruill secouer la tête et baisser les yeux.

— Alors ? insista-t-il en changeant de position pour me faire face.

— Euh… non.

— Tu voulais dire non, monsieur, hein, petit ? poursuivit-il avec hargne.

— Laisse tomber, Hank, glissa Tally.

Les autres semblaient se recroqueviller ; tout le monde baissait la tête.

— Non, monsieur.

— Non, monsieur, quoi ?

La voix était coupante. Il sautait aux yeux que Hank aimait chercher noise aux gens. Les autres avaient souvent dû se trouver dans cette situation.

— Non, monsieur, répétai-je.

— Vous vous prenez pas pour n'importe qui, vous les fermiers. Vous vous croyez supérieurs, parce que la terre est à vous et que vous nous payez pour travailler dans vos champs. C'est pas vrai, peut-être ?

— Ça suffit, Hank, lança M. Spruill d'un ton qui manquait de conviction. Je me suis pris à espérer que Papy ou mon père surgisse entre deux rangs ; j'avais envie que ces gens quittent notre ferme. Ma gorge s'est serrée, ma lèvre inférieure s'est mise à trembler. J'étais blessé, embarrassé, je ne savais pas quoi dire. Hank n'allait pas en rester là.

— On vaut à peine mieux que les Mexicains, poursuivit-il avec un mauvais sourire en s'appuyant sur un coude. Hein, petit ? Des ouvriers agricoles, voilà ce qu'on est pour vous. Des péquenauds descendus de leurs montagnes, qui boivent du tord-boyaux et se marient entre frères et sœurs. C'est bien ça, petit ?

Il s'interrompit une fraction de seconde, comme s'il attendait vraiment une réponse. J'avais envie de prendre mes jambes à mon cou, mais j'ai continué de fixer mes bottes. Les autres Spruill devaient avoir pitié de moi, mais aucun d'eux n'est venu à mon secours.

— Notre maison est mieux que la vôtre, petit, reprit Hank. Beaucoup mieux, tu peux me croire.

— Doucement, Hank, glissa Mme Spruill.

— Elle est plus grande, elle a un porche sur toute la longueur, un toit en tôle ondulée sans taches de goudron et tu sais quoi d'autre ? Tu vas pas me croire, petit, mais notre maison a de la peinture sur les murs. De la peinture blanche. Tu as déjà vu de la peinture ?

À ces mots, Bo et Dale, les deux grands garçons qui n'ouvraient presque jamais la bouche, se sont mis à glousser, comme s'ils voulaient apaiser Hank sans offenser leur mère.

— Dis-lui d'arrêter, m'man, soupira Tally, mettant un peu de baume sur mes blessures d'amour-propre.

Je me suis tourné vers Trot qui, à mon grand étonnement, le menton sur un coude, les yeux écarquillés, ne perdait pas une miette de cet affrontement inégal. Il semblait même y prendre du plaisir.

Hank a adressé à Bo et Dale un sourire niais ; ils ont éclaté de rire. M. Spruill aussi avait l'air de s'amuser. Peut-être l'avait-on trop souvent traité de péquenaud.

— Pourquoi les pedzouilles d'ici ne peignent pas leur maison ? reprit Hank d'une voix tonnante.

Le mot pedzouille a fait mouche. Bo et Dale se sont tordus de rire tandis que Hank rugissait de plaisir. La tribu tout entière allait se taper sur les cuisses quand la voix de Trot s'est élevée avec une force inattendue.

— Arrête, Hank !

Il bafouillait un peu, écorchant le nom de son frère, mais les autres ont parfaitement compris. Son intervention-surprise a mis un terme à l'hilarité générale. Toutes les têtes se sont tournées vers Trot qui lançait à Hank des regards chargés de dégoût.

Sentant que j'étais au bord des larmes, je suis parti en courant et j'ai suivi le chemin de terre jusqu'à ce que je sois hors de leur vue. Accroupi au milieu du coton, j'ai attendu de percevoir des voix amicales. Je me suis assis sur la terre brûlante, entouré de tiges hautes d'un mètre vingt et je me suis mis à pleurer, ce que je détestais vraiment.

Les remorques des bonnes fermes avaient des bâches destinées à empêcher le chargement de s'envoler sur les routes menant à l'égreneuse. Notre vieille bâche solidement attachée protégeait le fruit de notre labeur, y compris les quatre-vingt-dix livres que j'avais récoltées en deux jours. Jamais un Chandler n'avait conduit à l'égreneuse une remorque chargée de graines voletant comme des flocons de neige avant de retomber sur la route. Ce n'était pas le cas de tout le monde ; au long de la saison de la cueillette, on voyait lentement blanchir les herbes des bas-côtés et les fossés de la nationale 135 que les fermiers prenaient pour transporter en hâte leur récolte vers l'égreneuse.

Papy conduisait à moins de trente kilomètres à l'heure le pick-up écrasé par la masse de la remorque pleine à craquer. Et il ne desserrait pas les dents. Nous étions tous deux en train de digérer notre souper. Je pensais à Hank en me demandant ce qu'il fallait faire ; Papy devait se tracasser pour le temps.

Si je lui parlais de Hank, je savais exactement ce qui allait se passer. Il m'obligerait à l'accompagner jusqu'au campement des Spruill pour une pénible confrontation. Hank étant plus jeune et plus costaud que lui, Papy se serait muni d'un bâton dont il n'hésiterait pas à se servir. Après avoir exigé des excuses que Hank refuserait de faire, il commencerait à proférer des menaces et des insultes. Hank sous-estimerait son adversaire et le bâton de Papy ne tarderait pas à entrer en action. Hank n'aurait aucune chance ; mon père serait obligé de couvrir les flancs des Chandler avec son calibre douze. Les femmes resteraient en sécurité sous le porche, mais ma mère, une fois de plus, se sentirait humiliée par le penchant de Papy à la violence.

Les Spruill panseraient leurs blessures, rassembleraient leur bric-à-brac et reprendraient la route jusqu'à une ferme voisine où ils seraient bien accueillis. Et nous manquerions de bras.

On me demanderait de cueillir encore plus de coton.

Je préférais retenir ma langue.

Nous suivions lentement la route, à cheval sur le bas-côté droit où le coton était secoué, regardant les champs où, de loin en loin, travaillait encore un groupe de Mexicains, luttant de vitesse avec l'obscurité.

J'avais décidé d'éviter Hank et le reste de sa tribu jusqu'à ce que la récolte soit terminée et qu'ils repartent dans leurs montagnes retrouver leur merveilleuse maison peinte, leur tord-boyaux et les sœurs à marier. Plus tard, dans le courant de l'hiver, quand nous serions assis devant l'âtre pour raconter les histoires de la dernière cueillette, je me déciderais à faire le récit des méfaits de Hank. J'aurais tout le temps de peaufiner mes histoires, je les enjoliverais quand cela me paraîtrait utile. C'était une tradition chez les Chandler.

Pour la maison peinte il faudrait faire attention.

Aux abords de Black Oak, nous sommes passés devant la ferme des Clench où vivaient Foy, Laverl et leurs huit enfants qui, à n'en pas douter, devaient encore être aux champs. Personne, pas même les Mexicains, ne travaillait aussi dur que les Clench. Les parents, nul ne l'ignorait, traitaient les enfants comme des esclaves, mais ils semblaient prendre plaisir à cueillir le coton et à effectuer tous les travaux d'entretien de la ferme. Les haies entourant leur cour étaient impeccablement taillées, les barrières parfaitement alignées et en bon état. Ils avaient un potager immense au rendement légendaire. Même leur vieux camion était propre ; un des enfants le lavait le samedi.

Et leur maison était peinte, la première sur la route de la ville. Peinte en blanc, avec une bordure grise aux angles. Le porche et les marches étaient en vert foncé.

Après celle des Clench toutes les maisons étaient peintes.

La nôtre avait été construite avant la Première Guerre mondiale, à une époque où on ne connaissait ni les installations sanitaires ni l'électricité. L'extérieur était en planches de chêne de deux centimètres et demi d'épaisseur sur quinze de largeur, probablement des arbres poussant sur les terres que nous cultivions. Au fil du temps et sous l'effet des intempéries, le bois s'était décoloré pour prendre une teinte brun clair, à peu près la même pour toutes les fermes des environs de Black Oak. Une couche de peinture n'était pas nécessaire. Les planches étaient nettoyées et bien entretenues, sans compter qu'il aurait fallu acheter la peinture.

Peu après son mariage, ma mère avait pourtant décidé que la maison avait besoin d'être rajeunie. Elle avait travaillé mon père au corps. Il était désireux de faire plaisir à sa jeune épouse ; pas ses parents. Papy et Grand-mère, avec l'obstination des paysans attachés à la glèbe, avaient refusé net de la peindre. Le coût de l'opération était la raison officielle. La réponse avait été transmise à ma mère par mon père. Il n'y avait pas eu de scène, pas de propos aigres-doux. Juste une période de tension pendant un hiver où quatre adultes vivant dans une petite maison sans peinture s'efforçaient d'entretenir des rapports cordiaux.

Ma mère s'était juré de ne pas élever ses enfants dans une ferme. Elle aurait un jour une maison dans un gros bourg ou une vraie ville, avec des toilettes à l'intérieur et des arbustes autour du porche, de la peinture sur le bois, peut-être même des briques.

« Peinture » était un mot à employer avec précaution chez les Chandler.

En arrivant à l'égreneuse, j'ai compté onze remorques devant la nôtre. Une vingtaine d'autres, vides, étaient garées le long du bâtiment. Elles appartenaient aux fermiers assez aisés pour en avoir deux. Ils en laissaient une pour l'égrenage de nuit tandis que l'autre restait dans les champs. Une seconde remorque était le rêve de mon père.

Dès que le pick-up fut arrêté, Papy s'est dirigé vers un groupe de fermiers rassemblés près d'une remorque. À leur attitude, j'ai vu que quelque chose les inquiétait.

Pendant neuf mois, l'égreneuse restait au repos. C'était une haute et longue construction rectangulaire, le plus grand bâtiment du comté. Début septembre, quand commençait la cueillette, elle reprenait vie. Au plus fort de la saison du coton, elle fonctionnait jour et nuit, ne s'arrêtant que le samedi soir et le dimanche matin. On entendait d'un bout à l'autre de Black Oak le bruit des machines.

J'ai vu les jumeaux Montgomery qui lançaient des pierres dans les hautes herbes et je suis allé les rejoindre. Nous nous sommes raconté des histoires de Mexicains et chacun de nous a annoncé en trichant le poids de sa cueillette. La nuit était tombée, la file des remorques avançait lentement.

— Mon père dit que le prix du coton est à la baisse, déclara Dan Montgomery en lançant une pierre dans l'obscurité. Il dit que les négociants de Memphis font baisser les prix parce qu'il y a trop de coton.

— C'est une belle récolte, approuvai-je. Les jumeaux voulaient devenir fermiers quand ils seraient grands. J'avais pitié d'eux.

Quand les pluies inondaient les champs et détruisaient la récolte, les cours grimpaient à Memphis, car les négociants n'avaient pas assez de coton à acheter. Les fermiers, bien entendu, n'avaient rien à vendre. Quand les pluies ne se mettaient pas de la partie, la récolte était abondante et les prix baissaient, car les négociants de Memphis avaient trop de coton. Les pauvres gens qui s'éreintaient dans les champs ne gagnaient pas de quoi rembourser leurs emprunts.

Que la récolte soit bonne ou mauvaise ne changeait rien à leur sort.

Nous avons parlé un peu de base-ball. Comme les Montgomery n'avaient pas de radio, leurs connaissances étaient limitées. Encore une fois, j'ai eu pitié d'eux.

Quand nous sommes repartis, Papy n'a pas ouvert la bouche. Il avait les rides du front un peu plus creusées, le menton légèrement saillant ; j'ai compris qu'il avait eu de mauvaises nouvelles. Je supposais qu'elles avaient un rapport avec le prix du coton.

Je n'ai rien dit non plus. Quand les lumières de Black Oak ont été derrière nous, j'ai posé la tête sur le bord de la vitre ouverte pour que le vent me caresse le visage. L'air était chaud, étouffant ; j'aurais voulu que Papy conduise plus vite pour nous rafraîchir.

J'ai décidé de tendre l'oreille quelques jours. Je laisserais aux adultes le temps de se parler à voix basse, puis je demanderais à ma mère ce qui se passait.

Si les nouvelles étaient mauvaises, elle finirait par me le dire.

7

Samedi matin. Au lever du soleil, les Mexicains d'un côté, les Spruill de l'autre, nous étions en route pour les champs. Je restais tout près de mon père, de crainte que ce monstre de Hank ne m'agresse de nouveau. J'avais de la haine pour tous les Spruill ce matin-là, à l'exception peut-être de Trot, mon unique soutien. Ils faisaient comme si je n'existais pas. J'espérais qu'ils avaient honte de leur comportement.

Tandis que la remorque s'enfonçait entre les cotonniers, j'essayais de chasser les Spruill de mes pensées. Le samedi était un jour magique pour tous les pauvres bougres qui trimaient dans les champs. Chez les Chandler, on travaillait le matin, puis on prenait la route de la ville où on retrouvait les autres fermiers et leur famille qui s'y rendaient pour faire leurs provisions, déambuler le long de la Grand-rue, écouter les derniers potins, échapper quelques heures à leur labeur éreintant. Les Mexicains et ceux des collines y allaient aussi. Les hommes se rassemblaient par petits groupes devant le salon de thé et la Coop ; ils comparaient leurs récoltes, évoquaient les inondations. Les femmes se retrouvaient nombreuses chez Pop et Pearl ; il leur fallait un temps fou pour faire quelques achats. Les enfants avaient la permission de flâner sur les trottoirs de la Grand-rue et des rues voisines jusqu'à 4 heures, l'heure merveilleuse où le Dixie ouvrait ses portes pour la séance en matinée.

Tout le monde a sauté de la remorque dès qu'elle s'est immobilisée et a repris son grand sac de toile. Dormant à moitié, je ne prêtais attention à rien de particulier quand j'ai entendu une voix très douce.

— Bonjour, Luke.

C'était Tally, tout près de moi, qui me souriait. Sa manière de dire qu'elle regrettait ce qui s'était passé la veille.

Un Chandler est capable d'être une vraie tête de mule. Je lui ai tourné le dos et je suis parti en me répétant que j'avais de la haine pour tous les Spruill. J'ai attaqué mon premier rang de coton avec l'énergie de celui qui s'est mis dans la tête de venir à bout de dix hectares avant le déjeuner. Mais la fatigue m'a gagné après quelques minutes. Perdu au milieu des tiges, dans l'obscurité, j'entendais encore sa voix et je voyais son sourire.

Elle n'avait que dix ans de plus que moi.

Le bain du samedi était un rite que je détestais plus que tous les autres. Il avait lieu après le déjeuner, sous la surveillance attentive de ma mère. Le tub, juste assez grand pour moi, serait successivement utilisé par chaque membre de la famille. On le rangeait dans un coin du porche de derrière, à l'abri des regards, protégé par un vieux drap.

Il me fallait d'abord aller tirer de l'eau à la pompe pour remplir le tub au tiers. Cela représentait huit allers et retours avec un seau ; j'étais épuisé avant que le bain commence. Je tendais ensuite le drap à travers le porche et me déshabillais entièrement, à toute vitesse. L'eau était très froide.

À l'aide d'un pain de savon acheté à l'épicerie et

d'un gant de toilette je me frottais vigoureusement pour enlever la saleté et rendre l'eau assez trouble pour que ma mère ne voie pas mes parties génitales quand elle viendrait prendre les choses en main. Elle ramassait d'abord mon linge sale, puis m'apportait des habits propres. Elle s'attaquait ensuite aux oreilles et au cou ; dans sa main, le gant de toilette devenait une arme. Elle frottait ma peau tendre comme si la terre qui s'y était déposée pendant le travail aux champs était une offense pour elle, sans cesser, pendant toute l'opération, de s'étonner de ma malpropreté. Quand mon cou était à vif, elle passait énergiquement aux cheveux, à croire que les poux y pullulaient. Elle me versait ensuite sur la tête de l'eau froide pour les rincer. Mon humiliation était complète quand elle me nettoyait pour finir les bras et les pieds ; Dieu merci, elle me laissait le bas-ventre.

Quand je sortais du bain, l'eau était boueuse : une semaine dans la poussière du delta de l'Arkansas. J'ouvrais la bonde et je m'essuyais en la regardant couler entre les lattes du plancher, puis je mettais les habits qu'elle avait apportés. Je me sentais propre et dispos, plus léger de deux ou trois kilos, prêt pour la ville.

Papy avait décidé que le camion ne ferait qu'un aller et retour jusqu'à Black Oak. Cela voulait dire que Grand-mère et ma mère monteraient à l'avant avec les deux hommes tandis que j'irais à l'arrière avec les dix Mexicains. L'idée d'être serrés comme des sardines ne dérangeait absolument pas les Mexicains mais me mettait de mauvaise humeur.

En passant devant le campement des Spruill, je les ai regardés renverser des piquets, dénouer des cordes, s'affairer pour libérer leur vieux camion afin de pouvoir se rendre à la ville. Un seul ne faisait rien : Hank, qui mangeait quelque chose à l'ombre.

Pour empêcher la poussière de passer par-dessus les ailes du camion et de nous étouffer à l'arrière, Papy descendait notre route à moins de dix kilomètres à l'heure. L'intention était bonne, mais cela ne servait pas à grand-chose ; la chaleur nous suffoquait. Si le bain du samedi était un rite immuable dans les campagnes de l'Arkansas, il n'en allait apparemment pas de même au Mexique.

Certaines familles de fermiers arrivaient dès midi. Papy étant d'avis qu'il n'était pas bien de profiter trop longtemps des plaisirs du samedi, nous prenions notre temps. Il menaçait même pendant l'hiver de ne se rendre en ville que pour la messe du dimanche. Ma mère m'avait raconté qu'il n'avait pas quitté la ferme un mois entier, boycottant aussi l'église, car le pasteur, pour une raison quelconque, l'avait offensé. Il n'en fallait pas beaucoup pour offenser Papy. Mais nous n'avions pas à nous plaindre : bien des métayers ne quittaient jamais la ferme. Ils n'avaient ni de quoi acheter des provisions ni de véhicule pour se rendre en ville. Certains exploitants agricoles, comme nous, et même des propriétaires, n'y allaient que rarement. D'après ma grand-mère, Clovis Beckly, de Caraway, n'avait pas mis les pieds à Black Oak depuis quatorze ans. Et il n'était pas allé à l'église depuis la Première Guerre mondiale. J'avais entendu des gens prier pour lui à l'occasion de revivals.

J'aimais la foule, les trottoirs encombrés où on pouvait tomber sur n'importe qui. J'aimais les groupes de Mexicains plantés à l'ombre des arbres, mangeant des glaces et saluant dans un espagnol volubile leurs compatriotes venus des fermes voisines. J'aimais les étrangers descendus des collines qui ne resteraient pas longtemps parmi nous. Papy m'avait raconté qu'il était allé à Saint Louis avant le Première Guerre ; il y avait un demi-million d'habitants à l'époque et il s'était perdu rien qu'en marchant dans la rue.

Jamais cela ne m'arriverait ; quand je marcherais dans les rues de Saint Louis, tout le monde me reconnaîtrait.

J'ai suivi ma mère et ma grand-mère qui allaient à l'épicerie. Les hommes étaient partis de leur côté, à la Coop où tous les fermiers se retrouvaient le samedi après-midi. Je n'ai jamais su exactement ce qu'ils y faisaient, à part ronchonner à propos du prix du coton et s'inquiéter des conditions climatiques.

Dans le magasin rempli de femmes et de Mexicains, je me suis approché de Pearl qui s'affairait à la caisse enregistreuse.

— 'jour, madame Watson.

— Ah, bonjour, Luke, répondit-elle avec un clin d'œil. Comment se passe la cueillette ?

On entendait partout la même question.

— Ça marche, répondis-je du ton de celui qui a déjà fait peser une tonne.

Il a fallu une heure à Grand-mère et à ma mère pour acheter cinq livres de farine, deux livres de sucre et deux de café, une bouteille de vinaigre, une livre de sel de table et deux pains de savon. Les allées étaient encombrées de femmes plus soucieuses de papoter que de faire leurs achats. Elles parlaient de leur potager, du temps, de l'office du lendemain, de celles qui étaient enceintes ou qui pouvaient l'être. Elles évoquaient un enterrement, un revival, un mariage prochain.

Pas un mot sur les Cardinals.

Mon unique tâche consistait à rapporter l'épicerie au camion. Après quoi, j'étais libre de me balader sans surveillance dans la Grand-rue et les ruelles voisines. J'ai suivi le flot de promeneurs au pas indolent en direction du nord, laissant derrière moi la Coop, l'épicerie, la quincaillerie et le salon de thé. Sur le trottoir les gens discutaient par petits groupes sans la moindre intention de bouger. Les téléphones étaient rares dans le comté, les téléviseurs encore plus ; le samedi permettait de se tenir au courant des dernières nouvelles et des potins.

Je suis tombé sur mon ami Dewayne Pinter qui essayait de convaincre sa mère de le laisser se promener seul. Dewayne avait un an de plus que moi mais il était encore en dixième, à l'école de Black Oak. Son père le laissait conduire le tracteur autour de la ferme, ce qui lui valait du prestige auprès de ses camarades de classe. Les Pinter étaient baptistes et supporters des Cardinals, mais, pour une raison qui nous échappait, Papy ne les aimait guère.

— Bonjour, Luke, dit Mme Pinter.
— Bonjour, madame.
— Où est ta mère ? poursuivit-elle en regardant derrière moi.
— Je crois qu'elle est encore à l'épicerie. Je n'en suis pas sûr.

Cela a permis à Dewayne de se libérer. Si on me trouvait assez grand pour me promener seul, il pouvait m'accompagner. Nous sommes partis sans perdre de temps pendant que Mme Pinter continuait de lui crier ses recommandations. Nous sommes allés au Dixie ; des grands traînaient devant le cinéma en attendant 4 heures. J'avais quelques pièces : cinq cents pour la séance, cinq pour un Coca-Cola et trois pour un sachet de pop-corn. L'argent que ma mère m'avait donné constituait une avance sur ce que je gagnerais pendant la cueillette. J'étais censé le rembourser, mais nous savions tous deux que cela ne se ferait jamais. Si Papy essayait de le récupérer, il devrait d'abord affronter ma mère.

À l'évidence, Dewayne avait eu une meilleure semaine que moi. Il avait de la monnaie plein les poches et brûlait d'impatience de la montrer. Sa famille louait des terres, comme nous, et en possédait huit hectares, bien plus que les Chandler.

Une fille pleine de taches de rousseur, nommée Brenda, tournait autour de nous, essayant de lier conversation avec Dewayne. Elle avait déclaré à ses amies qu'elle voulait l'épouser. Elle lui rendait la vie impossible en entrant avec lui à l'église, en le suivant le samedi dans la Grand-rue, en demandant chaque fois s'il voulait s'asseoir à côté d'elle au cinéma.

Dewayne n'avait que mépris pour elle. Quand un groupe de Mexicains nous a croisés sur le trottoir, nous en avons profité pour disparaître.

Une bagarre a éclaté derrière la Coop, là où les grands garçons avaient l'habitude de se retrouver pour faire le coup de poing. Cela arrivait tous les samedis et rien n'électrisait les gens comme une bonne castagne. La foule s'est engouffrée dans une ruelle longeant la Coop ; au milieu de la bousculade j'ai entendu quelqu'un dire : « Je parie que c'est un Sisco. »

Ma mère m'avait interdit de regarder ces bagarres ; ce n'était pas une interdiction formelle, car je savais qu'elle ne serait pas là. Jamais une femme comme il faut ne se serait fait surprendre en train d'assister à une rixe. Nous nous sommes faufilés dans la foule, attirés par la violence.

Les Sisco étaient de misérables métayers qui vivaient à moins de deux kilomètres de la ville. Jamais ils ne manquaient un samedi en ville. Personne n'aurait su dire exactement combien il y avait d'enfants dans cette famille, mais ils savaient tous se battre. Leur père était un ivrogne qui les tabassait, leur mère avait un jour flanqué une raclée à un shérif adjoint armé venu arrêter son mari. Elle lui avait cassé le nez et un bras. Couvert de honte, l'adjoint avait quitté la ville. L'aîné des Sisco était en prison pour avoir tué un homme à Jonesboro.

Les enfants Sisco n'allant ni à l'école ni à l'église, je

réussissais à les éviter. Comme il fallait s'y attendre, dès que nous avons pu nous approcher assez pour passer la tête entre les spectateurs, nous avons reconnu Jerry Sisco qui tapait sur la figure d'un inconnu.

— Qui est-ce ? demandai-je à Dewayne.

La foule exhortait les deux adversaires à faire couler le sang.

— Je sais pas, répondit Dewayne. Sans doute un gars des collines.

Il devait avoir raison. Le comté grouillait de gens des collines venus pour la récolte du coton ; quoi de plus logique pour les Sisco que de chercher noise à quelqu'un qui ne les connaissait pas. Les gens du pays ne se seraient pas frottés à eux. Le visage de l'inconnu était gonflé, du sang coulait de ses narines. D'une droite sèche à la mâchoire, Jerry Sisco l'a étendu sur le carreau.

Dans un coin toute une bande formée de Sisco et d'autres propres-à-rien du même acabit s'esclaffait en buvant. Les cheveux en broussaille, sales comme des peignes, déguenillés ; seuls quelques-uns avaient des chaussures. Leur dureté était légendaire. Maigres, le ventre creux, ils se battaient en utilisant les coups les plus vicieux. L'année d'avant, Billy Sisco avait failli tuer un Mexicain derrière l'égreneuse.

De l'autre côté de l'arène improvisée, un groupe d'ouvriers des collines hurlait à son champion — il s'appelait Doyle — de se relever et de se battre. Doyle se mit debout en se frottant le menton et chargea. Il fonça tête baissée, toucha Jerry Sisco au ventre ; les deux hommes roulèrent à terre. Des acclamations s'élevèrent des rangs de ceux des collines. Les gens du pays les auraient volontiers imités, mais personne ne voulait se mettre les Sisco à dos. Ils étaient sur leur terrain et s'en prendraient à n'importe qui.

Les deux adversaires s'étreignaient, se griffaient et roulaient dans la poussière comme des animaux sauvages, au milieu des hurlements de la foule. Doyle parvint à dégager sa main droite et assena un coup de poing en plein dans la figure de Jerry Sisco, faisant jaillir le sang. Jerry resta immobile une fraction de seconde et tout le monde se prit secrètement à espérer qu'un Sisco avait trouvé son maître. Doyle s'apprêtait à frapper de nouveau quand Billy Sisco surgit de son coin et lui balança un violent coup de pied dans le dos. Doyle poussa un cri aigu de chien blessé et roula au sol ; les deux Sisco se jetèrent aussitôt sur lui, le frappant à coups de poing et de pied.

Doyle allait au massacre. Ce n'était pas juste, mais il fallait accepter ce risque quand on se battait contre un Sisco. Ceux des collines gardaient le silence, les gens du pays observaient la scène sans faire mine de s'interposer.

Les deux Sisco remirent Doyle sur ses pieds ; Jerry se prépara avec la méticulosité d'un bourreau et le frappa au bas-ventre. Doyle poussa un hurlement déchirant et s'affaissa. Le clan des Sisco explosa de rire.

Les deux frères étaient en train de relever leur victime quand Hank Spruill au cou de taureau sortit de la foule et, d'un coup de poing, jeta Jerry à terre. Vif comme un chat sauvage, Billy lança un direct du gauche qui atteignit Hank à la mâchoire, mais il se passa quelque chose d'étrange. Le coup sembla n'avoir aucun effet sur Hank. Il pivota sur lui-même, saisit Billy par les cheveux et, sans effort apparent, le fit tournoyer et le projeta au milieu de la bande des Sisco. Du groupe éparpillé jaillit un nouveau Sisco, Bobby, à peine âgé de seize ans, mais aussi vicieux que ses frères.

Trois Sisco contre Hank Spruill.

Tandis que Jerry se relevait, Hank, avec une incroyable vivacité, lui lança dans les côtes un coup de pied si violent que tout le monde entendit le craquement des os. Puis il se retourna, gifla Bobby à la volée d'un revers de main ; dès que son adversaire fut à terre, il lui balança un coup de pied dans les dents. Billy se ruait déjà sur Hank qui, tel un hercule de foire, souleva son adversaire bien plus léger et le projeta avec aisance contre le mur de la Coop où il s'écrasa avec fracas, faisant vibrer les planches et les fenêtres, avant de retomber sur le trottoir, la tête la première. Je n'aurais pas lancé une balle avec plus de facilité.

Dès que Billy toucha le sol, Hank le prit par la gorge pour le ramener au centre de l'arène où Bobby, à quatre pattes, essayait de se relever. Roulé en boule dans un coin, Jerry se tenait les côtes en gémissant. Hank envoya un coup de pied entre les jambes de Bobby. Le garçon poussa un cri aigu ; Hank partit d'un rire affreux.

Il resserra son étreinte sur la gorge de Billy et commença à le frapper au visage avec le dos de sa main droite. Le sang qui jaillissait couvrait la figure de Billy et coulait sur sa poitrine.

Hank le lâcha enfin et se tourna vers le reste de la bande.

— Il y a encore des amateurs ? Approchez ! Il y en aura pour tout le monde ! Les autres Sisco se recroquevillèrent dans leur coin tandis que leurs champions rampaient dans la poussière.

La bagarre aurait dû être terminée, mais Hank n'était pas de cet avis. Avec un plaisir visible et en prenant son temps, il frappa du pied à coups répétés sur le visage et le crâne des trois frères jusqu'à ce qu'ils cessent de se tordre et de gémir. La foule commença à se disperser.

— En route, lança un homme derrière moi. Les enfants n'ont pas besoin de voir ça.

Mais j'étais incapable de bouger.

Hank ramassa un vieux morceau de lambourde. Les spectateurs qui se retiraient s'immobilisèrent pour observer la scène avec une curiosité morbide.

Quelqu'un poussa un cri quand Hank frappa Jerry sur le nez.

Une voix s'éleva pour demander qu'on aille chercher le shérif.

— Fichons le camp d'ici ! s'écria un vieux fermier.

La foule se remit en mouvement, un peu plus vite cette fois.

Hank n'en avait pas fini avec les Sisco. Le visage rouge de fureur, les yeux jetant des éclairs comme ceux d'un démon, il continua de frapper jusqu'à ce que la pièce de bois se brise en petits morceaux dans sa main.

Je n'avais pas vu d'autres Spruill dans l'assistance. Quand la raclée tourna à la boucherie, tout le monde disparut. Personne ne voulait se frotter aux Sisco, mais personne n'avait envie d'affronter ce cinglé venu des collines.

De retour dans la Grand-rue, ceux qui avaient assisté à la bagarre gardaient le silence. Ce n'était pas fini ; je me demandais si Hank allait frapper jusqu'à ce que mort s'ensuive.

En me faufilant dans la foule en direction du cinéma, je n'ai pas échangé un seul mot avec Dewayne.

La séance du samedi après-midi était un moment magique pour nous, les enfants de fermiers. Nous n'avions pas la télévision et les distractions étaient considérées comme répréhensibles. Deux heures durant, nous étions transportés de la rude vie de la culture du coton dans un monde imaginaire où les bons finissaient toujours par l'emporter. Au cinéma nous apprenions comment les criminels opéraient et comment la police les attrapait, comment on faisait la guerre et comment on la gagnait, comment s'était écrite l'histoire dans le Far West. C'est même grâce à un film que j'avais appris la triste vérité : le Sud n'avait pas gagné la guerre de Sécession, contrairement à ce qu'on m'avait donné à croire à la maison et à l'école.

Ce samedi-là, le western avec Gene Autry nous

ennuyait, aussi bien Dewayne que moi. Chaque fois qu'il y avait un pugilat à l'écran, mes pensées revenaient à Hank Spruill et je le revoyais tapant à bras raccourcis sur les Sisco. Les bagarres d'Autry paraissaient mièvres en comparaison du carnage bien réel auquel nous venions d'assister. Le film était presque terminé quand j'ai trouvé le courage de parler à Dewayne.

— Le grand péquenaud des collines qu'on a vu flanquer une rouste aux Sisco, murmurai-je. Il travaille dans notre ferme.

— Tu le connais ? répondit-il, incrédule, sur le même ton.

— Ouais. On peut dire que je le connais bien.

Impressionné, Dewayne brûlait de poser des tas de questions, mais la salle était pleine et M. Starnes, le gérant, aimait parcourir les allées avec sa torche pour faire sa police. Quand il surprenait un enfant en train de parler, il le prenait par l'oreille et l'éjectait. En outre, Brenda avait réussi à s'asseoir juste derrière Dewayne, ce qui nous rendait tous deux nerveux.

Quelques adultes étaient disséminés dans l'assistance, des gens du pays. M. Starnes obligeait les Mexicains à s'asseoir au balcon, ce dont ils ne semblaient pas se formaliser. Ils n'étaient pas nombreux à gaspiller de l'argent pour voir un film.

Dès la fin de la séance, nous nous sommes rués dehors. Quelques minutes plus tard, nous arrivions derrière la Coop ; les corps couverts de sang des Sisco s'y trouvaient peut-être encore. Mais il n'y avait personne. Aucune trace de la bagarre : pas de sang, pas d'éclats de bois.

D'après Papy, les gens qui se respectaient devaient quitter la ville le samedi avant la tombée de la nuit. Il se passait des choses condamnables le samedi soir. À part les bagarres, je n'avais pourtant jamais rien vu de vraiment mal. J'avais entendu dire qu'on buvait et qu'on jouait aux dés derrière l'égreneuse, qu'on s'y battait aussi, mais tout cela restait discret et ne concernait qu'un petit nombre de personnes. Papy redoutait quand même que nous soyons contaminés.

Ricky était le dévergondé de la famille Chandler ; il avait, d'après ma mère, la réputation de rester trop tard en ville le samedi. Il y avait eu une arrestation récente dans l'histoire de la famille, mais on avait toujours refusé de m'en dire plus. Papy et Ricky s'étaient disputés des années pour savoir à quelle heure ils devaient rentrer. Je me souvenais de plusieurs occasions où nous étions partis sans lui et où j'avais pleuré ; j'étais sûr de ne jamais le revoir. Mais le dimanche matin, je le trouvais dans la cuisine, buvant son café comme si de rien n'était. Ricky rentrait toujours à la maison.

Nous nous sommes retrouvés au pick-up, entouré de dizaines de véhicules garés en tous sens autour de l'église baptiste ; les fermiers continuaient d'arriver. Dans la Grand-rue la foule semblait encore plus dense près de l'école où des joueurs de violon et de banjo se lançaient parfois dans des improvisations de blue-grass. Je ne voulais pas partir ; rien, à mon avis, ne nous obligeait à rentrer si tôt.

Grand-mère et ma mère avaient quelque chose à faire au dernier moment à l'église où la plupart des femmes trouvaient à s'occuper la veille de l'office. J'ai surpris mon père et Papy en train de parler d'une bagarre ; en entendant le nom de Sisco, j'ai tendu l'oreille. Miguel et plusieurs Mexicains sont arrivés à ce moment-là et se sont mis à jacasser en espagnol ; je n'ai rien entendu d'autre.

Quelques minutes plus tard, Stick Powers, un des deux adjoints du shérif, a traversé la rue pour venir saluer mon père et Papy. Stick, qui disait avoir été prisonnier de guerre, marchait en traînant la patte ; il prétendait que c'était le résultat de mauvais traitements subis dans un camp allemand. Papy affirmait qu'il n'avait jamais quitté le comté de Craighead ni entendu un coup de feu, même tiré accidentellement.

— Un des gars Sisco est mort ou c'est tout comme.

En entendant ces mots, je me suis approché. La nuit était presque tombée, personne ne faisait attention à moi.

— Ce ne sera pas une grosse perte, répondit Papy.

— Il paraît que ce serait un de tes ouvriers des collines.

— Je ne les ai pas vus se battre, Stick, répliqua Papy d'un ton où perçait déjà la colère. Tu as un nom ?

— Hank quelque chose.

— Nous voilà bien avancés.

— Ça t'ennuie si je passe demain jeter un coup d'œil ? poursuivit Stick.

— Je ne peux pas t'en empêcher.

— Non, tu ne peux pas.

Stick a pivoté sur sa bonne jambe et lancé un regard noir aux Mexicains, comme s'ils portaient tous les péchés du monde.

J'ai fait le tour du camion pour demander de qui ils parlaient.

Comme d'habitude, quand il s'agissait de quelque chose que je n'étais pas censé savoir ou entendre, personne ne m'a répondu.

Nous sommes rentrés dans la nuit, les lumières de Black Oak s'estompant derrière nous, les cheveux caressés par l'air frais. J'avais envie de raconter à mon père ce que j'avais vu, mais je ne pouvais pas le faire devant les Mexicains. Puis j'ai pris ma décision. Je ne dirais rien à personne, je n'avais rien à y gagner. En me mêlant des affaires des Sisco, je me mettrais en danger ; je ne désirais pas non plus que les Spruill se fâchent et plient bagage. La récolte venait à peine de commencer et j'en avais déjà assez. Mais je ne voulais surtout pas que Hank Spruill s'en prenne à moi, ni à mon père ou à Papy.

Quand nous sommes arrivés à la maison, le vieux camion des Spruill n'était pas dans la cour. Ils étaient encore en ville, sans doute avec d'autres ouvriers des collines.

Après le dîner, nous nous sommes installés sous le porche et Papy a commencé à tripoter sa radio. Les Cardinals jouaient à Philadelphie, une rencontre en nocturne, sous les projecteurs. Musial est passé à la batte au début de la deuxième manche et je me suis mis à rêver.

8

À l'aube du dimanche, nous avons été réveillés par des éclairs et des roulements de tonnerre ; un orage avait éclaté au sud-ouest, retardant le lever du soleil. Dans la pénombre de la chambre de Ricky je me suis posé une fois de plus la grande question de savoir pourquoi il pleuvait le dimanche. Pourquoi pas les jours de semaine, ce qui m'aurait permis d'échapper à la cueillette du coton ? Le dimanche était un jour de repos.

Ma grand-mère est venue me voir pour me proposer d'aller regarder ensemble sous le porche la pluie tomber. Elle a préparé mon café, avec beaucoup de sucre et de lait, et nous nous sommes balancés doucement en écoutant le vent hurler. C'était le sauve-qui-peut chez les Spruill qui lançaient des affaires dans des cartons et cherchaient à se mettre à l'abri, leurs tentes prenant l'eau.

La pluie tombait à verse, comme pour compenser deux semaines de sécheresse. Les gouttelettes poussées par le vent formaient une sorte de brouillard autour du porche ; au-dessus de nous, les torrents d'eau tambourinaient sur les tôles du toit.

Grand-mère choisissait soigneusement son moment pour parler. De temps en temps, à peu près une fois par semaine, elle m'emmenait faire une promenade ou restait seule avec moi sous le porche. Mariée depuis trente-cinq ans à Papy, elle avait appris l'art du silence. Elle pouvait passer sans dire grand-chose de longs moments à marcher ou à se balancer.

— Comment est ton café ? demanda-t-elle d'une voix presque couverte par le bruit de la pluie.

— Il est bon, Grand-mère.

— Que veux-tu pour le petit déjeuner ?

— Des biscuits.

— Alors, je vais faire des biscuits.

Le dimanche, nous nous laissions un peu aller. Nous restions plus longtemps au lit, même si, ce jour-là, la pluie nous avait réveillés de bonne heure. Pour le petit déjeuner, nous nous passions des œufs et du jambon habituels et nous nous contentions de biscuits et de mélasse.

Il y avait moins de travail à la cuisine : n'était-ce pas le jour du Seigneur ?

La balancelle allait et venait lentement, les chaînes rouillées grinçaient doucement. Un éclair a zébré le ciel derrière la route, sur les terres des Jeter.

— J'ai rêvé de Ricky la nuit dernière, reprit Grand-mère.

— Un bon rêve ?

— Très bon. J'ai rêvé que la guerre venait de se terminer, mais qu'on avait oublié de nous le dire. Un soir, nous écoutions la radio sous le porche quand nous avons vu sur la route un homme qui courait vers nous. C'était Ricky, en uniforme. Il s'est mis à crier que la guerre était finie.

— J'aimerais faire un rêve comme ça.

— Je crois que le Seigneur a voulu nous dire quelque chose.

— Que Ricky va revenir ?

— Oui. Pas tout de suite, peut-être, mais la guerre

sera bientôt terminée. Un jour, nous le verrons s'avancer vers nous dans la cour.

J'ai regardé la cour. Des flaques et des rigoles commençaient à se former et coulaient en direction du campement des Spruill. L'herbe n'était plus qu'un souvenir, le vent faisait tournoyer les premières feuilles mortes de nos chênes.

— Je prie tous les soirs pour Ricky, Grand-mère, déclarai-je fièrement.

— Je prie pour lui à chaque heure, fit-elle, les yeux légèrement embués.

Nous avons continué à nous balancer en regardant la pluie. Quand mes pensées allaient vers Ricky, je voyais rarement un soldat en uniforme, une arme à la main sous le feu de l'ennemi, sautant d'un abri à un autre. Les images étaient plutôt celles de mon meilleur ami, un oncle qui était comme un frère, un copain muni d'une canne à pêche ou d'un gant de base-ball. Il n'avait que dix-neuf ans, un âge qui me paraissait à la fois jeune et vieux.

Peu après, ma mère est venue nous rejoindre. Au bain du samedi succédait le nettoyage en règle du dimanche matin, une opération brève mais brutale consistant pour elle à me frotter le cou et les oreilles comme une possédée. Quand elle a annoncé que nous devions nous préparer, j'ai eu mal à l'avance.

J'ai suivi Grand-mère dans la cuisine pour reprendre du café. Assis à la table, Papy lisait la Bible et préparait son cours d'instruction religieuse. Mon père était sous le porche arrière ; à travers le rideau de pluie, il regardait au loin en direction de la rivière et commençait sans doute à redouter une inondation.

La pluie a cessé bien avant notre départ pour l'église. Sur les routes boueuses Papy conduisait encore plus lentement que d'habitude, sans toujours réussir à éviter les dérapages dans les fondrières et les flaques de la vieille route de terre. Nous étions agrippés à l'arrière, mon père et moi ; les femmes avaient pris place à l'avant. Tout le monde était sur son trente et un. Dans le ciel dégagé le soleil tapait déjà fort sur le sol détrempé ; on voyait des traînées de vapeur flotter mollement au-dessus des champs de coton.

— Il va faire chaud, déclara mon père, comme il le rappelait immanquablement tous les jours, de mai à septembre.

En arrivant sur la nationale, nous nous sommes levés pour nous appuyer sur la cabine et prendre un peu d'air frais dans la figure. Il n'y avait pas âme qui vive dans les champs ; même les Mexicains n'avaient pas le droit de travailler le jour du Seigneur. Chaque année, à l'époque de la récolte, revenaient les mêmes rumeurs de fermiers impies qui allaient aux champs le dimanche pour cueillir le coton en catimini. Personnellement, je n'avais jamais été témoin d'un tel sacrilège.

Bien des choses étaient impies dans la campagne de l'Arkansas, surtout pour les baptistes. Une grande partie de l'office du dimanche était occupée par le prêche du révérend Akers, un homme coléreux, à la voix forte, qui passait son temps à évoquer de nouveaux péchés. Je n'aimais pas le prêche, bien entendu — comme la plupart des enfants —, mais l'office dominical ne se réduisait pas à cela. C'était l'occasion de rencontres, d'échanges de nouvelles et de potins. Un rassemblement festif où tout le monde était de bonne humeur ou feignait de l'être. Quels qu'aient été les sujets de préoccupation — la menace d'une inondation, la guerre en Corée, les fluctuations du prix du coton —, nous les laissions de côté le temps de l'office.

Le Seigneur ne voulait pas que Ses brebis vivent dans l'inquiétude, disait toujours Grand-mère, surtout quand elles étaient dans Sa maison. Cela m'avait toujours paru d'autant plus curieux qu'elle s'inquiétait presque autant que Papy.

Après la famille et la ferme, rien n'était aussi important à nos yeux que l'église baptiste de Black Oak. Je connaissais chacun des paroissiens ; eux, bien entendu, me connaissaient. Nous formions une sorte de famille, pour le meilleur et pour le pire. Tout le monde s'aimait, ou le prétendait ; si l'un de nous venait à tomber malade, on s'empressait par des prières et des attentions de lui apporter du réconfort. Un enterrement était l'affaire d'une semaine et prenait un caractère presque sacré. Le revival d'automne et celui de printemps se préparaient des mois à l'avance et étaient attendus avec impatience. Une fois par mois au moins, nous faisions un déjeuner à la fortune du pot, un pique-nique sous les arbres de l'église, qui se prolongeait souvent jusqu'en fin d'après-midi. Les mariages étaient de la plus haute importance, surtout pour les dames, mais il leur manquait la dimension dramatique des obsèques.

Le parking empierré de l'église était presque plein à notre arrivée. La plupart des véhicules étaient de vieux camions comme le nôtre, couverts d'une couche de boue fraîche. Il y avait aussi quelques berlines appartenant à des citadins ou à des fermiers propriétaires de leurs terres. Un peu plus loin, devant l'église méthodiste, il y avait moins de camions et plus de voitures. La majorité des commerçants et des instituteurs s'y retrouvaient. Les méthodistes se croyaient légèrement supérieurs, mais nous, les baptistes, nous savions que nous étions les mieux placés pour faire entendre notre voix au Seigneur.

J'ai sauté du camion pour aller rejoindre mes amis. Trois garçons plus âgés que moi lançaient une balle derrière l'église, près du cimetière. Je me suis dirigé vers eux.

— Luke, murmura une voix.

C'était Dewayne, dissimulé dans l'ombre d'un orme. Il semblait avoir peur.

— Viens ici.

Je me suis dirigé vers lui.

— Tu es au courant ? poursuivit-il. Jerry Sisco est mort ce matin, de bonne heure.

J'ai eu le sentiment d'avoir fait quelque chose de mal et je n'ai rien trouvé à dire. Dewayne me regardait fixement.

— Et alors ?

— Alors, la police cherche des gens qui ont vu ce qui s'est passé.

— Il y avait des tas de gens.

— Oui, mais personne ne veut rien dire. Tout le monde a peur des Sisco et tout le monde a peur de ton saisonnier.

— Ce n'est pas mon saisonnier.

— En tout cas, j'ai peur de lui. Pas toi ?

— Si.

— Qu'est-ce qu'on va faire ?

— Rien. Pas un mot à personne pour l'instant.

Nous nous sommes mis d'accord pour ne rien dire. Si on nous interrogeait, nous mentirions. Et nous dirions une prière pour notre mensonge.

Ce dimanche-là, les prières ont été interminables. Comme les rumeurs et les commérages sur le sort de Jerry Sisco. La nouvelle de sa mort s'est répandue comme une traînée de poudre, avant que commence l'instruction religieuse. Ce que nous entendions sur la bagarre, Dewayne et moi, nous ne pouvions en croire nos oreilles ; Hank devenait un géant. Des mains comme des jambons. Des épaules de taureau. Il devait bien peser trois cents livres.

Les hommes et les garçons les plus âgés se sont regroupés devant l'église. J'ai tourné autour d'eux avec Dewayne, l'oreille tendue. J'ai entendu prononcer le mot de meurtre, puis celui de crime, mais la différence ne m'apparaissait pas clairement, jusqu'à ce que Snake Wilcox déclare : « Ce n'est pas un meurtre. Les honnêtes gens se font assassiner ; la racaille comme les Sisco se fait tuer. »

Ce crime était le premier à Black Oak depuis 1947, quand des métayers habitant à l'est de la ville s'étaient battus en famille après avoir trop bu. Un adolescent avait reçu un coup de fusil de chasse en pleine poitrine, mais il n'y avait pas eu de poursuites. Ils avaient pris la poudre d'escampette pendant la nuit ; on n'avait plus jamais entendu parler d'eux. Personne ne se souvenait à quand remontait le dernier « vrai » meurtre.

J'étais fasciné par ces histoires. Assis sur les marches de l'église, nous écoutions les hommes discourir sur ce qu'il convenait de faire.

De ma place, je distinguais la façade de la Coop dans la Grand-rue ; j'ai vu passer fugitivement devant mes yeux le visage en bouillie de Jerry Sisco massacré par Hank Spruill à coups de lambourde.

J'avais vu un homme se faire tuer. J'ai ressenti une brusque envie de me glisser jusqu'au sanctuaire pour aller prier. Je savais que j'étais coupable de quelque chose.

Nous sommes entrés lentement dans l'église où les jeunes filles et les femmes, réunies en petits groupes, échangeaient à voix basse leurs versions de la tragédie. La stature de Jerry, à ce qu'il semblait, allait en grandissant. Brenda, la fille aux taches de rousseur qui avait le béguin pour Dewayne, habitait à quatre cents mètres de chez les Sisco. Comme ils étaient pour ainsi dire voisins, elle recevait une attention particulière. Les femmes avaient assurément plus de compassion que les hommes.

Sans cesser de tendre l'oreille, nous avons pris des cookies dans la salle des paroissiens avant de nous rendre dans notre petite salle de catéchisme.

Le cours d'instruction religieuse était assuré par Mlle Beverly Dill Cooley qui enseignait au lycée de Monette. Elle a commencé par évoquer longuement, non sans générosité, Jerry Sisco, un garçon issu d'une famille pauvre, un jeune homme qui n'avait jamais eu la moindre chance de s'en sortir. Puis elle nous a priés de nous tenir par la main en fermant les yeux pendant qu'elle s'adressait au Seigneur pour lui demander de recevoir le pauvre Jerry dans son royaume éternel. Elle faisait de Jerry Sisco un bon chrétien et une victime innocente.

En me tournant vers Dewayne, j'ai croisé son regard.

Il y avait quelque chose de curieux là-dedans. En tant que baptistes, on nous avait enseigné depuis le berceau que la seule manière d'aller au paradis consistait à croire en Jésus et à essayer de suivre son exemple en menant la vie sans tache d'un bon chrétien. C'était le message simple délivré en chaire tous les dimanches matin et tous les dimanches soir, un message répété avec force à l'occasion de chaque revival par les prédicateurs de passage. Nous l'entendions aussi pendant les leçons d'instruction religieuse et au cours de l'office du mercredi soir. Il était dans nos chants, dans nos prières, dans notre littérature. Un message simple, intangible, sans faille, sans compromis possible.

Celui qui n'acceptait pas Jésus et ne vivait pas en bon chrétien était condamné aux tourments de l'enfer. C'était le cas de Jerry Sisco ; tout le monde le savait.

Mais Mlle Cooley continuait de prier. Elle priait pour tous les Sisco plongés dans le malheur et le chagrin, elle priait pour que notre petite ville vienne en aide à cette famille.

Je ne voyais personne à Black Oak qui soit disposé à venir en aide aux Sisco.

C'était une étrange prière ; quand elle s'est enfin achevée, j'étais complètement déboussolé. Jerry Sisco ne s'était jamais approché d'une église, mais Mlle Cooley priait comme s'il avait gagné le royaume éternel. Si des impies comme les Sisco allaient au paradis, nous n'avions pas à nous en faire.

Elle s'est lancée dans l'histoire de Jonas et de la baleine ; nous avons oublié les Sisco le temps du récit.

Une heure plus tard, j'étais dans l'église à ma place habituelle, sur le banc des Chandler, entre ma mère et Grand-mère. Les bancs n'étaient ni marqués ni réservés, mais tout le monde savait où chacun s'asseyait. Encore trois ans, quand j'en aurais dix, et mes parents me permettraient d'aller à côté de mes amis, à condition, naturellement, de bien me tenir. Cette promesse avait été arrachée à mon père comme à ma mère ; ils auraient aussi bien pu dire vingt ans.

Les fenêtres était ouvertes, mais l'air restait étouffant. Les femmes s'éventaient pendant que les hommes transpiraient. Quand le révérend Akers est monté en chaire, ma chemise collait à mon dos.

Il était en colère, comme d'habitude, et a commencé presque aussitôt à vociférer. Il s'en est pris au péché qui avait provoqué une tragédie à Black Oak. Le péché qui, de toute éternité et jusqu'à la fin des temps, amenait la mort et la destruction. Les pécheurs que nous étions buvaient, jouaient, juraient, mentaient, ils se battaient, donnaient la mort et commettaient l'adultère, car ils s'écartaient des voies du salut. Voilà pourquoi un jeune homme de notre ville avait perdu la vie. Le Seigneur ne voulait pas que les hommes s'entretuent.

Je n'y comprenais plus rien. Je croyais que Jerry Sisco s'était fait tuer parce qu'il avait trouvé plus fort que lui. Cela n'avait rien à voir avec le jeu, l'adultère ni aucun des autres péchés contre lesquels le révérend était si remonté. Et pourquoi crier contre nous ? Nous étions les brebis de Dieu ! Nous étions dans l'église !

Je comprenais rarement le sujet des prêches du révérend Akers. De temps en temps, le dimanche soir, j'entendais Grand-mère marmonner qu'elle avait été complètement déroutée par les propos du pasteur. Ricky m'avait confié un jour qu'il croyait le vieil homme à moitié fou.

Les péchés s'accumulaient ; leur poids devenait si lourd que je sentais mes épaules s'affaisser. Je n'avais pas encore eu à mentir au sujet de la bagarre, mais je commençais à sentir la chaleur des flammes de l'enfer.

Le pasteur a ensuite évoqué l'histoire du meurtre, commençant par Abel et Caïn avant de nous entraîner au fil des massacres bibliques. Grand-mère a fermé les yeux ; elle priait, comme toujours. Papy regardait fixement un mur : il devait réfléchir aux conséquences que la mort d'un Sisco pourrait avoir sur sa récolte. Ma mère semblait écouter ; j'ai commencé à m'assoupir.

Je me suis réveillé, la tête sur les genoux de Grand-mère, mais elle ne bougeait pas. Quand elle se faisait du mauvais sang pour Ricky, elle aimait que je sois près d'elle. J'entendais le piano, le chœur se levait. Nous avons chanté cinq couplets de *Tel que je suis*, puis le révérend nous a invités à nous retirer.

Dehors, les hommes se sont rassemblés à l'ombre d'un arbre pour se lancer dans une longue discussion. Parlant à voix basse, agitant les mains avec véhémence, Papy était le principal centre d'intérêt. Je savais qu'il valait mieux ne pas s'approcher.

Par petits groupes, les femmes s'entretenaient elles aussi au bord de la pelouse, là où les enfants jouaient et où les vieilles gens prenaient congé les uns des autres. Personne n'était pressé de quitter l'église le dimanche. Il n'y avait pas grand-chose d'autre à faire chez soi que déjeuner, prendre un peu de repos et se préparer à une nouvelle semaine de travail.

Nous nous sommes lentement dirigés vers le parking.

Nous avons dit adieu à nos amis, les saluant encore de la main quand le camion s'est mis en route. Seul à l'arrière avec mon père, j'ai essayé de trouver le courage de lui dire que j'avais assisté à la bagarre. À l'église les homme n'avaient parlé que de cela. Je ne savais pas très bien quelle importance aurait mon témoignage, mais mon instinct me disait de tout avouer à mon père et de me réfugier derrière lui. Comme nous nous étions promis, Dewayne et moi, de ne rien dire avant qu'on nous interroge, j'ai préféré garder le silence.

À quinze cents mètres de la maison, le revêtement allait en se rétrécissant pour faire place à une route de terre, juste après le pont en bois à une seule voie qui enjambait la Saint Francis. Construit dans les années 30, dans le cadre d'un programme d'aménagement fédéral, le pont était assez robuste pour supporter le poids d'un tracteur et d'une remorque chargée de coton, mais les grosses planches se soulevaient en craquant à chaque passage et quand on regardait en bas l'eau boueuse, on aurait juré qu'il oscillait.

En franchissant le pont, nous avons vu les Spruill sur la rive opposée. Bo et Dale pataugeaient dans l'eau, torse nu, le pantalon roulé jusqu'aux genoux, sautant par-dessus des pierres. Trot était assis sur une grosse branche morte, les jambes ballantes.

M. et Mme Spruill étaient à l'ombre d'un arbre, devant de la nourriture disposée sur une couverture.

Tally aussi était dans l'eau, les jambes dénudées jusqu'aux cuisses, ses longs cheveux flottants tombant sur les épaules. Mon cœur s'est mis à battre plus vite tandis que je la regardais donner de petits coups de pied dans l'eau, seule dans son monde.

En aval, à un endroit où on ne prenait jamais ou presque de poissons, se tenait Hank, une petite canne à pêche à la main. Il avait retiré sa chemise et sa peau était rougie par le soleil. Je me suis demandé s'il savait que Jerry Sisco était mort. Probablement pas. Il l'apprendrait bien assez tôt.

Nous leur avons fait des signes de la main. Ils se sont d'abord figés, comme surpris en flagrant délit, puis ils ont souri en hochant la tête. Tally n'a pas levé les yeux. Hank non plus.

9

Pour le déjeuner dominical, nous avions toujours du poulet rôti accompagné de légumes et de biscuits. Les femmes avaient beau se dépêcher, il fallait quand même une heure pour préparer le repas. Quand venait enfin le moment de passer à table, nous étions affamés. Je me disais souvent, en mon for intérieur, que si le prêche du révérend Akers n'avait pas été aussi long, nous n'aurions pas eu l'estomac dans les talons.

Papy a dit le bénédicité. Nous venions de nous servir et nous allions commencer à manger quand une portière a claqué tout près de la maison. La fourchette en l'air, tout le monde s'est regardé. Papy s'est levé sans rien dire et s'est avancé jusqu'à la fenêtre de la cuisine.

— C'est Stick Powers, annonça-t-il. Cela m'a coupé net l'appétit. La police arrivait chez nous ; il n'y avait rien de bon à attendre de cette visite.

Papy est allé accueillir l'adjoint du shérif sous le porche de derrière ; nous n'avons pas perdu un mot de leur conversation.

— Bonjour, Eli.
— Stick. Que puis-je faire pour toi ?
— Je pense que tu as appris que le jeune Sisco est mort.

— En effet, répondit Papy sans montrer la moindre tristesse.

— Je dois parler à un de tes ouvriers.

— Ce n'était qu'une bagarre, Stick. Une de ces bagarres idiotes du samedi que les Sisco provoquent depuis des années. Jamais tu ne les en as empêchés. Cette fois, l'un d'eux a trouvé à qui parler.

— N'empêche que je dois enquêter.

— Tu attendras qu'on ait fini de déjeuner. On vient de passer à table. Il y a des gens qui vont à l'église, tu sais.

Ma mère a tressailli en entendant cela ; Grand-mère a secoué lentement la tête.

— J'étais de service.

Les mauvaises langues affirmaient que Stick fréquentait la maison du Seigneur une fois tous les quatre ans, à l'approche de l'élection pour le renouvellement de son poste. Pendant les trois années et demie qui suivaient, il n'éprouvait pas le besoin de faire ses dévotions. À Black Oak, quand on n'allait pas à l'église, les gens le savaient.

— Tu peux rester sous le porche, poursuivit Papy avant de revenir dans la cuisine.

Il a repris sa place à table et tout le monde s'est mis à manger. J'avais une boule dans l'estomac, grosse comme une balle de base-ball ; le poulet ne passait pas.

— A-t-il déjeuné ? demanda Grand-mère à mi-voix.

Papy a haussé les épaules comme si c'était le cadet de ses soucis. Il était près de deux heures et demie : si Stick n'avait pas encore trouvé quelque chose à manger, cela ne nous concernait pas.

Grand-mère n'était pas de cet avis. Elle s'est levée pour prendre une assiette dans le buffet, l'a remplie de pommes de terre, de rondelles de tomate et de concombre ; elle y a ajouté deux biscuits soigneusement beurrés, une cuisse et un blanc de poulet. Puis elle a versé du thé glacé dans un grand verre et a emporté le tout sous le porche. Nous avons entendu tout ce qui se disait.

— Tenez, Stick. Il ne sera pas dit que quelqu'un saute un repas chez nous.

— Merci, Ruth, j'ai déjà mangé.

— Eh bien, recommencez.

— Je ne peux pas…

Nous avons compris que Stick venait de humer la bonne odeur du poulet.

— Merci, Ruth. C'est vraiment très gentil à vous.

Nous ne nous sommes pas étonnés de la voir revenir les mains vides. Papy était furieux, mais il a réussi à tenir sa langue. Stick était venu nous causer des ennuis : en fourrant son nez dans les affaires de nos ouvriers, il mettait en péril la récolte. Et il fallait en plus le nourrir !

Nous avons mangé en silence, ce qui m'a donné un peu de temps pour me ressaisir. Comme je ne voulais pas que mon attitude éveille les soupçons, je me suis forcé à manger en mastiquant longuement.

Je ne savais pas très bien où était la vérité, je ne parvenais pas à distinguer le bien du mal. Les Sisco s'étaient mis à plusieurs contre le pauvre saisonnier quand Hank avait volé à son secours. Il y avait trois Sisco ; Hank était seul. Il avait rapidement pris le dessus et la bagarre aurait dû se terminer là. Pourquoi avait-il ramassé ce bout de bois ? On pouvait toujours dire que les Sisco, comme à leur habitude, étaient dans leur tort, mais Hank avait gagné bien avant de commencer à les frapper à terre.

En pensant à Dewayne et à notre pacte secret, j'ai décidé que la meilleure stratégie consistait à garder le silence et à feindre l'ignorance.

Comme nous ne voulions pas que Stick nous entende, nous n'avons pas dit un mot de tout le repas. Papy a mangé plus lentement que d'habitude : il voulait laisser mijoter l'adjoint du shérif, espérant qu'il s'énerverait et lèverait le camp. Je ne pensais pas que l'attente dérangeait Stick ; j'avais l'impression de l'entendre lécher son assiette.

Mon père gardait les yeux fixés sur la table, comme si son esprit était à l'autre bout du monde, sans doute en Corée. Ma mère et ma grand-mère avaient l'air triste ; rien d'étonnant après les sévères remontrances que le révérend Akers nous infligeait chaque semaine. Une raison de plus pour essayer de dormir pendant le prêche.

Les femmes avaient de l'indulgence envers Jerry Sisco ; au fil des heures, sa mort les attristait un peu plus. Sa méchanceté et ses autres défauts s'estompaient. Il restait un gars du pays, quelqu'un que nous connaissions, même de loin, et qui avait eu une fin horrible.

Et son bourreau dormait dans notre cour.

Des bruits ont attiré notre attention ; les Spruill revenaient de la rivière.

L'enquête a été menée sous le plus grand de nos chênes, à mi-chemin entre la maison et le campement des Spruill. Les hommes s'y sont rendus d'abord ; Papy et mon père s'étiraient et se frottaient le ventre, Stick avait l'air béat de celui qui a fait un bon repas. Sa chemise brune était tendue à craquer sur sa grosse bedaine. À l'évidence, le shérif ne passait pas ses journées dans les champs de coton. Papy disait de lui que c'était un sacré fainéant qui dormait la moitié du temps dans sa voiture, près du stand de hot dogs de Gurdy Stone, à l'entrée de la ville.

Les Spruill sont arrivés ensuite, toute la famille, le père menant sa troupe ; Trot fermait la marche, de son allure traînante et saccadée. Je me suis placé derrière Grand-mère et ma mère, essayant de voir entre elles sans me faire remarquer. Il n'y avait pas un Mexicain en vue.

Un groupe s'est formé autour de Stick : les Spruill d'un côté, les Chandler de l'autre. En y réfléchissant bien, nous étions pourtant tous du même côté. Cela ne m'enchantait pas d'être l'allié de Hank, mais le coton passait avant tout.

Papy présenta Stick à M. Spruill qui recula de quelques pas après avoir serré la main de l'adjoint du shérif. Les Spruill semblaient redouter le pire ; je me suis demandé si l'un d'eux avait assisté à la bagarre. La foule était nombreuse et tout s'était passé très vite. Fasciné par la violence et le sang, je n'avais pas vraiment prêté attention au visage des autres spectateurs.

Les deux pouces enfoncés dans les poches de son pantalon, Stick jouait avec un brin d'herbe dépassant du coin de ses lèvres en étudiant notre famille de saisonniers. Appuyé contre le tronc du chêne, Hank répondait par un sourire de mépris à ceux qui osaient tourner la tête dans sa direction.

— Il y a eu une méchante bagarre hier soir, derrière la Coop, commença Stick en s'adressant aux Spruill.

Le père a hoché la tête sans rien dire.

— Des gars du pays se sont tabassés avec un ouvrier agricole. L'un d'eux, Jerry Sisco, est mort ce matin à l'hôpital de Jonesboro. Fracture du crâne.

Les Spruill ont donné des signes d'inquiétude, sauf Hank qui n'a pas réagi. À l'évidence, ils n'étaient pas au courant des dernières nouvelles.

Stick a craché par terre en se balançant d'une jambe sur l'autre ; il semblait prendre plaisir à mener le jeu, à être le représentant de l'autorité, avec son pistolet et sa plaque.

— Alors, je vois des gens, reprit-il, je pose des questions, j'essaie de découvrir qui était dans le coup.

— Pas nous, affirma M. Spruill. Nous sommes des gens paisibles.

— Vraiment ?

— Oui, shérif.

— Vous êtes tous allés en ville hier ?

— En effet.

Maintenant que les mensonges avaient commencé, je me suis avancé entre les deux femmes pour mieux voir. Les Spruill étaient manifestement effrayés. Bo et Dale s'étaient rapprochés l'un de l'autre et lançaient autour d'eux des regards inquiets. Tally fixait le sol devant ses pieds nus, refusant de nous regarder. Les parents semblaient chercher sur nos visages des signes d'encouragement. Trot, comme à l'accoutumée, était dans son monde.

— Un de vos garçons s'appelle Hank ? reprit Stick.
— Possible, répondit M. Spruill.
— Ne jouez pas au plus malin avec moi, gronda Stick, l'air furieux. Quand je pose une question, vous répondez par oui ou par non. Il y a de la place dans la prison de Jonesboro ; je peux emmener toute votre famille pour vous interroger. Compris ?
— Je suis Hank Spruill, lança une voix de stentor.

Hank écarta les siens et vint se planter devant le shérif. Stick était bien plus petit, mais il gardait son air suffisant. Après avoir jaugé Hank d'un coup d'œil, il a commencé à l'interroger.

— Êtes-vous allé en ville hier ?
— Oui.
— Avez-vous participé à la bagarre derrière la Coop ?
— Non. J'ai mis fin à une bagarre.
— Avez-vous frappé les frères Sisco ?
— Je ne sais pas comment ils s'appellent. Ils étaient deux, qui tapaient à bras raccourcis sur un gars de chez nous. Je les ai empêchés de le massacrer.

Sans montrer la moindre peur, Hank avait pris un air avantageux. Je ne pouvais m'empêcher d'admirer la manière dont il tenait tête au représentant de la loi.

L'adjoint du shérif a regardé l'ensemble du petit groupe jusqu'à ce que ses yeux s'arrêtent sur ceux de

Papy. Stick était sur la bonne piste ; il se sentait fier de lui. De la langue, il a fait passer le brin d'herbe de l'autre côté de sa bouche et s'est adressé de nouveau à Hank.

— Vous êtes-vous servi d'un morceau de bois ?

— Pas besoin de ça.

— Répondez à ma question : vous êtes-vous servi d'un morceau de bois ?

— Non, répondit Hank sans hésiter. Les autres avaient ramassé un bout de bois.

C'était évidemment en contradiction avec les témoignages recueillis par Stick.

— Je crois que je vais vous embarquer, reprit l'adjoint du shérif sans faire mine de prendre les menottes accrochées à sa ceinture.

M. Spruill avança d'un pas.

— S'il l'emmène, nous partons, lança-t-il en s'adressant à Papy. Immédiatement.

Papy s'y attendait. Ceux des collines étaient connus pour leur capacité à lever le camp et à disparaître en un clin d'œil ; personne ne mettait en doute la menace de M. Spruill. Dans une heure, ils auraient repris la route d'Eureka Springs pour retrouver leurs montagnes et leur tord-boyaux. Il serait quasi impossible de récolter le coton de nos trente-cinq hectares avec la seule aide des Mexicains. Chaque livre était précieuse ; nous avions besoin de tous les bras.

— Doucement, Stick, fit Papy. Nous pouvons discuter. Tu sais aussi bien que moi que les Sisco sont des jean-foutre. Ils aiment se battre et ils sont vicieux. M'est avis qu'ils sont tombés sur un os.

— J'ai un cadavre sur les bras, Eli. Tu comprends ?

— À deux contre un, pour moi, c'est de la légitime défense. C'est pas juste de se battre à deux contre un.

— Mais regarde comment il est taillé !

— Je viens de te le dire, les Sisco sont tombés sur un

os. Ça devait arriver un jour ou l'autre. Laisse donc le garçon raconter son histoire.

— Je suis plus un garçon ! riposta Hank.

— Racontez ce qui s'est passé, poursuivit Papy.

Il cherchait à gagner du temps. S'il tirait les choses en longueur, Stick trouverait peut-être un prétexte pour partir et ne revenir que quelques jours plus tard.

— Allez-y, ordonna Stick, je vous écoute. Et je ne veux entendre personne d'autre.

— Il y avait des gens qui se battaient, commença Hank avec un haussement d'épaules. Je me suis approché et j'ai vu ces deux petits salopards qui tabassaient méchamment Doyle. Je les ai empêchés de continuer.

— Qui est Doyle ? demanda Stick.

— Un gars de Hardy.

— Vous le connaissez ?

— Non.

— Alors, comment savez-vous d'où il vient ?

— Je le sais, c'est tout.

— Bon Dieu de bon Dieu ! s'écria Stick en crachant aux pieds de Hank. Personne ne sait rien, personne n'a rien vu ! La moitié de la ville était derrière la Coop, mais personne ne sait rien de rien !

— Ils étaient à deux contre un, répéta Papy. Et tu ferais bien de surveiller ton langage. Tu es chez moi ici et il y a des dames.

— Pardon, mesdames, fit Stick en portant la main à son chapeau et en se tournant vers ma mère et Grand-mère.

— Il a juste voulu mettre fin à une bagarre, glissa mon père, ouvrant la bouche pour la première fois.

— C'est pas tout, Jesse. On m'a dit qu'après la bagarre il avait ramassé un bout de lambourde pour taper sur les Sisco. La fracture du crâne doit venir de là. Se battre à deux contre un, c'est pas juste et je sais ce que valent les Sisco, mais je suis pas sûr qu'il fallait vraiment en tuer un.

— J'ai tué personne, affirma Hank. J'ai arrêté une bagarre. Et ils étaient trois, pas deux.

Il était temps de rétablir la vérité. Je trouvais curieux que Stick ignore qu'il y avait trois blessés chez les Sisco. Il aurait suffi de compter les têtes cabossées. Mais ils avaient dû être emmenés et cachés par leur famille.

— Trois ? répéta Stick, l'air incrédule, tandis que l'assemblée retenait son souffle. Papy a saisi l'occasion.

— Trois contre un, Stick, tu ne peux pas l'arrêter pour meurtre. Jamais un jury ne condamnera un homme qui s'est battu à trois contre un.

Stick a d'abord donné l'impression d'être d'accord, mais il n'avait pas l'intention de baisser les bras si vite.

— À condition qu'il dise la vérité. Il aura besoin de témoins et, pour l'instant, ils sont rares. Qui étaient les autres ? poursuivit-il en se retournant vers Hank.

— Je ne leur ai pas demandé leur nom, répondit Hank d'un ton sarcastique. Nous ne nous sommes pas présentés. À trois contre un, il n'y a pas de temps à perdre, surtout pour celui qui est seul.

Des rires auraient été mal accueillis par Stick ; personne ne voulait courir ce risque. Tout le monde a baissé la tête en retenant un sourire.

— Ne faites pas le malin avec moi ! lança le policier en essayant de reprendre les choses en main. Je suppose que vous n'avez pas de témoins !

Aux sourires vite effacés a succédé un long silence. J'espérais que Bo ou Dale allait s'avancer et déclarer qu'il avait assisté à la scène. Les Spruill venant de prouver qu'ils n'hésitaient pas à mentir quand la situation l'imposait, il me semblait logique que l'un d'eux s'empresse de confirmer la version de Hank. Mais personne n'a esquissé un geste, personne n'a ouvert la bouche. Je me suis déplacé de quelques centimètres pour me cacher derrière ma mère.

C'est alors que j'ai entendu les mots qui allaient changer ma vie.

— Le petit Chandler a tout vu, déclara Hank, l'air parfaitement serein.

Le petit Chandler a failli mouiller sa culotte.

Quand j'ai ouvert les yeux, tout le monde me regardait. Ma mère et Grand-mère semblaient particulièrement horrifiées. Je me sentais coupable, j'avais l'air coupable. J'ai compris en un instant que tous ceux qui étaient là croyaient Hank. J'étais un témoin ! J'avais assisté à la bagarre.

— Viens ici, Luke, ordonna Papy.

Je me suis avancé aussi lentement que possible au centre du petit groupe. J'ai levé la tête vers Hank ; ses yeux étincelaient. Il avait son habituel sourire narquois et j'ai lu sur son visage qu'il savait que j'étais piégé. Les autres se sont rapprochés, comme pour me serrer de plus près.

— As-tu assisté à cette bagarre ? demanda Papy.

On m'avait appris dès la petite enfance, aux cours d'instruction religieuse, que le mensonge nous envoyait droit en enfer. Sans détour. Sans une seconde chance. Droit dans les flammes de l'enfer où Satan attendait avec des gens comme Hitler, Judas Iscariote et le général Grant. Tu ne feras pas de faux témoignage. Ce n'était évidemment pas un commandement interdisant formellement de mentir, mais les baptistes l'interprétaient de cette manière. Et j'avais déjà reçu le fouet deux ou trois fois pour de petits mensonges. « Dis simplement la vérité et tu seras soulagé », aimait à répéter Grand-mère.

— Oui, Papy.

— Qu'est-ce que tu fabriquais là-bas ?

— J'ai entendu dire qu'il y avait une bagarre, alors je

suis allé voir. Je ne voulais pas mêler Dewayne à cette histoire, du moins aussi longtemps que je pourrais l'éviter.

Stick a mis un genou à terre pour avancer sa face joufflue à la hauteur de mon visage.

— Dis-moi ce que tu as vu, fit-il. Et je veux la vérité.

J'ai levé la tête vers mon père qui était penché sur moi et regardé en direction de Papy, qui, curieusement, ne semblait pas du tout fâché.

J'ai aspiré de l'air jusqu'à ce que mes poumons soient pleins, puis j'ai considéré Tally qui m'observait attentivement. J'ai retourné la tête vers Stick, avec son nez écrasé et ses yeux noirs aux paupières bouffies.

— Jerry Sisco se battait avec un gars des collines. Billy Sisco a sauté sur lui à son tour. Ils étaient en train de le démolir quand M. Hank est venu à l'aide du gars des collines.

— À ce moment-là, demanda Stick, étaient-ils deux contre un ou deux contre deux ?

— Deux contre un.

— Qu'est-il arrivé au premier gars des collines ?

— Je ne sais pas. Il a disparu ; je crois qu'il était bien amoché.

— Bon, continue. Et je veux la vérité.

— Il dit la vérité ! lança Papy d'un ton hargneux.

— Vas-y.

J'ai tourné la tête vers Tally pour m'assurer qu'elle m'observait toujours. Non seulement elle gardait les yeux fixés sur moi, mais elle avait un joli petit sourire.

— D'un seul coup, Bobby Sisco est sorti de la foule et a foncé sur M. Hank. Ils étaient bien trois contre un, comme il l'a dit.

Le visage de Hank n'a pas marqué de soulagement ; j'ai même eu l'impression qu'il me regardait avec encore plus de méchanceté. Il pensait à ce qui allait suivre et n'en avait pas fini avec moi.

— Je pense que l'affaire est réglée, déclara Papy. Dieu sait que je ne suis pas avocat, mais, à trois contre un, je peux mettre un jury dans ma poche.

Sans s'occuper de lui, Stick a approché son visage tout contre le mien.

— Qui tenait le bout de lambourde ? demanda-t-il en plissant les yeux, comme si cette question importait plus que toutes les autres.

Hank fut incapable de se contenir.

— Dis-lui la vérité, petit ! rugit-il. Dis-lui que c'est un des Sisco qui a ramassé le bout de bois !

Je sentais dans mon dos le regard de ma mère et de Grand-mère. Je savais que Papy avait envie de me prendre par les épaules et de me secouer pour me faire prononcer les mots qu'il fallait.

Devant, pas très loin, Tally me lançait des regards implorants. Je voyais aussi les yeux de Bo, de Dale et même de Trot fixés sur moi.

— C'est pas vrai, petit ? reprit Hank avec violence.

En regardant Stick dans les yeux, je me suis mis à hocher la tête, lentement pour commencer, un petit mensonge commis sans ouvrir la bouche. Et j'ai continué de hocher la tête et de mentir, faisant plus par ce petit geste pour la cueillette de notre coton que six mois de temps chaud et sec.

J'étais maintenant à portée des flammes de l'enfer ; Satan attendait et je sentais la chaleur du brasier. Dès que possible, je m'enfuirais dans les bois pour implorer mon pardon. Je demanderais au Seigneur d'être clément avec moi. Il nous avait donné le coton ; à nous de le protéger et d'assurer la cueillette.

Stick s'est lentement relevé, mais son regard restait rivé sur moi : nous savions tous deux que je mentais. Il n'avait pas l'intention d'arrêter Hank Spruill, pas dans l'immédiat. Il aurait d'abord dû lui passer les menottes, ce qui aurait pu faire du vilain. Et il se serait mis tous les fermiers à dos.

Mon père m'a pris par l'épaule pour me repousser vers les femmes.

— Tu lui as flanqué la trouille de sa vie, Stick, fit-il avec un rire gêné, en essayant de détendre l'atmosphère et de m'éloigner avant que je prononce des mots irréparables.

— C'est un bon garçon ? demanda Stick.

— Il dit la vérité, affirma mon père.

— Bien sûr qu'il dit la vérité, approuva Papy d'une voix où perçait la colère. L'histoire venait d'être récrite.

— Je vais poursuivre mon enquête, déclara Stick en se dirigeant vers son véhicule. Je repasserai peut-être.

La portière a claqué et la vieille voiture de police est sortie de notre cour. Tout le monde l'a suivie des yeux jusqu'à ce qu'elle soit hors de vue.

10

Comme personne ne travaillait le dimanche, la maison paraissait plus petite avec mes parents et mes grands-parents qui s'affairaient aux petites tâches ménagères autorisées. Ceux qui essayaient de faire la sieste renonçaient à cause de la chaleur. De temps en temps, quand il y avait de l'électricité dans l'air, mes parents me jetaient à l'arrière du pick-up et nous partions pour une grande balade. Il n'y avait rien à voir : tout le pays était plat et couvert de coton. Le paysage était le même que celui que nous avions de notre porche, mais il était important d'aller respirer un autre air.

Peu après le départ de Stick, on m'a conduit dans le potager et on m'a ordonné de transporter de la nourriture : une balade en voiture se préparait. Il y avait deux cartons remplis de légumes, si lourds que mon père a été obligé de les placer à l'arrière du pick-up. Quand nous sommes partis, les Spruill étaient disséminés dans la cour, dans différentes attitudes de repos. Je n'ai pas voulu les regarder.

Assis à l'arrière entre les cartons de légumes, j'observais la poussière soulevée par le camion former des nuages gris qui s'élevaient au-dessus de la route et se dissipaient lentement, faute de vent. La pluie et les flaques boueuses du petit matin n'étaient plus qu'un lointain souvenir. Tout était brûlant : le plateau de bois du pick-up, son châssis rouillé, à la peinture écaillée, jusqu'aux légumes — maïs, pommes de terre et tomates — que ma mère venait de laver. Il neigeait deux fois par an dans notre coin de l'Arkansas ; il me tardait de voir l'épais manteau blanc et froid recouvrant nos champs nus, sans coton.

Le camion a cessé de soulever la poussière à l'approche de la rivière ; il s'est engagé sur le pont. Je me suis mis debout pour regarder l'eau boueuse qui coulait paresseusement entre les deux rives. Il y avait deux gaules à l'arrière du camion et mon père avait promis de pêcher avec moi quand nous aurions remis la nourriture.

Les Latcher étaient des métayers qui habitaient à un kilomètre et demi de notre maison mais qui auraient aussi bien pu vivre dans un autre pays. Leur bicoque délabrée se trouvait sur un coude de la rivière ; le feuillage des ormes et des saules touchait le toit, le coton poussait presque jusqu'au porche. Il n'y avait pas d'herbe autour de la maison, juste un espace de terre nue où jouait une horde de petits Latcher. Je me réjouissais secrètement qu'ils habitent de l'autre côté de la rivière. Sinon, on m'aurait peut-être demandé de jouer avec eux.

Les Latcher cultivaient une douzaine d'hectares et partageaient la récolte avec le propriétaire de la terre. La moitié de pas grand-chose ne leur laissait pratiquement rien ; ils n'avaient ni électricité ni voiture ni camion. De temps en temps, M. Latcher se rendait à pied à la maison pour demander à Papy s'il pouvait l'emmener à Black Oak lors de son prochain voyage.

Le chemin conduisant à la maison était à peine assez large pour le camion ; quand nous nous sommes arrêtés, le porche s'est rempli de petits visages crasseux. Un jour, j'avais compté sept petits Latcher, mais il était impossible de connaître le total exact. Et difficile de distinguer les garçons des filles : tous avaient des cheveux en broussaille et une figure étroite aux yeux d'un bleu délavé, tous étaient vêtus de guenilles.

Mme Latcher est sortie sous le porche décrépit en s'essuyant les mains sur son tablier. Elle a ébauché un sourire pour ma mère.

— Bonjour, madame Chandler, fit-elle d'une voix douce. Pieds nus, elle avait les jambes comme des allumettes.

— Ça me fait plaisir de vous voir, Darla, répondit ma mère. Mon père s'occupait à l'arrière du camion, déplaçant les cartons, tuant le temps pendant que les femmes faisaient la causette. Nous ne nous attendions pas à voir M. Latcher. La fierté lui interdisait de se montrer et d'accepter de la nourriture. Il laissait cela aux femmes.

Tandis qu'elles parlaient de la récolte et de la chaleur, je me suis éloigné du camion sous le regard vigilant de la tripotée d'enfants. Sur le côté de la maison l'aîné des garçon traînaillait à l'ombre, faisant comme s'il ne nous avait pas vus. Il s'appelait Percy et prétendait avoir douze ans, mais j'avais des doutes. Il n'avait pas l'air assez grand pour douze ans et comme les Latcher n'allaient pas à l'école, il était impossible de le comparer à des garçons de son âge. Torse nu, sans chaussures, il avait la peau bronzée par de longues heures passées au soleil.

— Salut, Percy.

Il n'a pas répondu. Les métayers étaient comme ça, de drôles de gens. Certaines fois ils parlaient, d'autres ils se contentaient de vous lancer un regard vide, comme s'ils voulaient qu'on leur fiche la paix.

J'ai examiné la maison, une petite boîte carrée, en me demandant une fois de plus comment tant de gens pouvaient vivre dans un endroit si petit. Notre cabane à outils était presque aussi grande. Par les fenêtres ouvertes, je voyais des lambeaux de rideaux. Il n'y avait pas de toile métallique pour empêcher les mouches et les moustiques d'entrer, pas de ventilateurs pour brasser l'air.

J'avais pitié d'eux. Grand-mère aimait à citer les Écritures : « Bienheureux les pauvres en esprit, car le royaume des cieux leur appartient » ou bien « Les pauvres seront toujours avec vous ». Mais il paraissait cruel de vivre dans de telles conditions. Ils n'avaient pas de chaussures, leurs habits étaient si vieux, si usés qu'ils avaient honte de se montrer en ville. Et, comme ils n'avaient pas l'électricité, ils ne pouvaient suivre les rencontres des Cardinals.

Percy n'avait jamais eu de balle, de gant ni de batte, il n'avait jamais joué avec son père, il n'avait jamais rêvé de battre les Yankees. Il n'avait sans doute même jamais rêvé de quitter les champs de coton. Il y avait de quoi se sentir accablé.

Mon père a apporté le premier carton de légumes dont ma mère a fait l'inventaire : les petits Latcher se sont rapprochés, le regard brillant de convoitise, mais ils gardaient leurs distances. Percy n'a pas esquissé un geste ; son regard restait dirigé vers les champs, fixé sur quelque chose que ni lui ni moi ne pouvions voir.

Il y avait une grande fille chez les Latcher ; elle s'appelait Libby. À quinze ans, elle était l'aînée de la tribu et, s'il fallait en croire les rumeurs circulant à Black Oak, elle pouvait être enceinte. On ne connaissait pas le nom du père. Le bruit courait qu'elle refusait de dévoiler à qui que ce soit, y compris ses parents, le nom du responsable.

Comment accepter cette situation à Black Oak ? Des nouvelles de la guerre, une rixe, un cancer, un accident de la circulation ou un nouveau bébé au foyer d'un couple légitime, tous ces événements alimentaient les conversations. Un décès suivi d'un bon enterrement : la ville en bruissait plusieurs jours. L'arrestation du plus méprisable de ses habitants était disséquée pendant des semaines. Mais une jeune fille de quinze ans, même la fille d'un métayer, portant un enfant illégitime, voilà qui était si extraordinaire que la population était dans tous ses états. Il restait un problème : la grossesse n'avait pas été confirmée. Ce n'était pour l'instant que des on-dit. Comme les Latcher ne quittaient jamais leur ferme, il se révélait difficile d'en obtenir la preuve. Et comme nous étions leurs plus proches voisins, ma mère avait apparemment été désignée pour mener l'enquête.

Après m'avoir fait part de la situation, elle m'avait demandé de l'aider à s'assurer de ce qu'il en était. Comme je voyais depuis la petite enfance les animaux de notre ferme s'accoupler et se reproduire, je connaissais le principe de la chose. Mais je rechignais à me mêler de cette histoire ; je ne savais pas avec certitude pour quelle raison il nous fallait avoir confirmation de la grossesse. On en avait tellement parlé que toute la ville y croyait dur comme fer. Le grand mystère restait l'identité du père. J'avais entendu Papy en parler avec les autres vieux fermiers devant la Coop.

— On ne va pas me mettre ça sur le dos !

Les autres s'étaient esclaffés.

— Et le coton, ça avance ? demandai-je à Percy.

— Il est toujours là, répondit-il en montrant un champ qui commençait à quelques mètres.

Je me suis tourné pour regarder leur coton : il était comme le nôtre. Je recevais un dollar et soixante *cents* pour cent livres. Les enfants des métayers ne touchaient rien.

Je me suis retourné vers la maison. Mon regard a glissé sur les fenêtres, les rideaux en lambeaux, les planches gondolées avant de plonger dans la cour où le linge séchait sur un fil. J'ai scruté le chemin qui longeait les toilettes extérieures en direction de la rivière :

aucun signe de Libby Latcher. Elle devait être bouclée dans une chambre dont M. Latcher gardait la porte, un fusil de chasse à la main. Un jour, elle aurait son bébé et personne n'en saurait rien. Un petit Latcher de plus qu'on verrait courir tout nu au milieu des autres.

— Ma sœur n'est pas là, lança Percy d'une voix lointaine. C'est elle que tu cherches ?

J'en suis resté bouche bée et le rouge m'est monté aux joues. Je n'ai pu articuler qu'un seul mot.

— Quoi ?

— Elle n'est pas là. Tu peux retourner à ton camion.

Je l'ai planté là tandis que mon père transportait vers la maison le reste de la nourriture.

— Tu l'as vue ? murmura ma mère à mon oreille tandis que nous regagnions le pick-up.

J'ai secoué la tête sans rien dire.

En partant, je me suis retourné et j'ai vu les Latcher agglutinés autour de nos deux cartons comme s'ils n'avaient rien mangé depuis une semaine.

Nous reviendrions quelques jours plus tard avec une autre livraison de légumes ; tant qu'ils garderaient Libby à l'abri des regards, les Latcher seraient bien nourris.

D'après mon père, la Saint Francis avait une profondeur de quinze mètres. Au fond, autour des piles du pont, vivaient des poissons-chats qui pesaient soixante livres et dévoraient tout ce qui passait à leur portée. De gros poissons répugnants, qui ne se déplaçaient qu'en voyant de la nourriture. Certains atteignaient l'âge de vingt ans. On racontait dans la famille que Ricky avait attrapé un de ces monstres à l'âge de treize ans. Il pesait quarante-quatre livres ; quand Ricky lui avait ouvert le ventre avec un couteau, des débris de toute sorte s'étaient répandus à l'arrière du camion de Papy : une bougie, une bille, des tas de petits poissons à demi mastiqués, deux pièces de monnaie et une substance indéterminée qui se révéla par la suite être des excréments humains.

De ce jour, Grand-mère n'avait plus jamais fait griller un poisson-chat.

Appâtant avec des vers rouges, j'ai pêché dans un bras mort de la rivière, le long d'un banc de sable, où abondaient les brèmes et d'autres petites espèces faciles à attraper. J'allais pieds nus dans l'eau chaude, au milieu des remous, et j'entendais ma mère crier : « Ça suffit, Luke, pas plus loin ! » La rive était bordée de chênes et de saules qui faisaient écran au soleil. Assis à l'ombre sur une des nombreuses courtepointes que les dames de l'église confectionnaient pendant l'hiver, mes parents partageaient un cantaloup de notre potager.

Ils échangeaient des paroles à voix basse, presque des murmures, que je n'essayais pas d'écouter ; c'était un des rares moments de la saison de la cueillette où ils se trouvaient seuls. Le soir, après une dure journée de labeur, le sommeil venait vite et je ne les entendais pas souvent parler au lit. Ils restaient parfois ensemble sous le porche, attendant dans l'obscurité que la chaleur diminue, mais ils n'étaient pas vraiment seuls.

J'avais assez peur de l'eau pour ne pas me mettre en danger. Je ne savais pas encore nager ; j'attendais le retour de Ricky. Il avait promis de m'apprendre l'été suivant, quand j'aurais huit ans. Je restais donc près de la rive, où l'eau me recouvrait juste les pieds.

Les noyades n'étaient pas si rares et j'avais toujours entendu des histoires d'hommes pris dans les mouvements des bancs de sable, qui disparaissaient sous le regard horrifié de leur famille. Les eaux les plus calmes pouvaient devenir dangereuses, même si je ne l'avais jamais constaté par moi-même. La plus affreuse histoire de noyade avait apparemment eu lieu dans la Saint Francis, mais l'endroit exact variait selon le narrateur. Un tout petit enfant était assis innocemment sur un banc de sable qui avait brusquement commencé à se déplacer. Pris dans les mouvements de l'eau, l'enfant avait perdu pied. Un de ses frères et sœurs, voyant ce qui se passait, s'était précipité à son secours dans les remous, mais il s'était heurté à un courant violent qui l'avait entraîné rapidement. Entendant les cris des deux premiers enfants, leur aînée s'était élancée à son tour dans la rivière, oubliant qu'elle ne savait pas nager ; elle avait déjà de l'eau à la taille quand elle s'en était souvenue. Courageusement, elle avait continué d'avancer en criant aux deux autres de s'accrocher, qu'elle allait les rejoindre. Mais le banc de sable s'était entièrement effondré, comme à la suite d'un séisme, et de nouveaux courants s'étaient formés, partant dans toutes les directions.

Les trois enfants étaient entraînés loin de la rive. La mère, enceinte ou pas et sachant nager ou non selon les versions, préparait le déjeuner à l'ombre d'un arbre quand elle avait entendu les hurlements de sa progéniture. Elle s'était jetée dans la rivière et s'était bientôt trouvée, elle aussi, en difficulté.

Le père était en train de pêcher du haut d'un pont quand il avait été alerté par le vacarme. Plutôt que de perdre du temps en gagnant la rive pour se précipiter dans l'eau, il avait plongé la tête la première dans la rivière et s'était rompu le cou.

Toute la famille avait péri. Certains corps avaient été retrouvés, les autres non. Certains avaient été dévorés par les poissons-chats, les autres emportés jusqu'à la mer. Les théories ne manquaient pas sur ce qui était arrivé aux corps des membres de cette pauvre famille demeurée curieusement anonyme au fil des décennies.

Cette histoire était répétée aux enfants pour les aider à comprendre les dangers de la rivière. Ricky aimait me faire peur en la racontant, mais il s'embrouillait dans les différentes versions. D'après ma mère, c'était une pure fiction.

Le révérend Akers lui-même avait réussi à la glisser dans un prêche pour illustrer la manière dont Satan n'avait de cesse de répandre le chagrin et le malheur par tout le vaste monde. J'étais réveillé, ce jour-là, et j'avais écouté attentivement. Constatant qu'il avait passé sous silence l'épisode du cou rompu, je m'étais dit qu'il exagérait, lui aussi.

J'étais bien décidé à ne pas me noyer. Le poisson mordait, des petites brèmes que je ferrais et rejetais à l'eau. J'avais trouvé un siège sur une souche et j'attrapais les poissons l'un après l'autre. C'était presque aussi amusant que de jouer au base-ball. L'après-midi s'écoulait lentement et je me réjouissais de ces moments de solitude. La ferme grouillait d'étrangers, les champs attendaient que nous reprenions notre labeur éreintant. J'avais vu un homme se faire tuer et je me trouvais mêlé à cet acte de violence.

Le bruissement léger de l'eau était apaisant. Pourquoi ne pouvais-je passer toute une journée à pêcher ? Rester tranquillement à l'ombre, au bord de la rivière ? Tout plutôt que de cueillir le coton. Jamais je ne deviendrais un fermier ; je n'avais pas besoin d'apprendre le métier.

— Luke ! cria mon père de la rive.

Ma canne à la main, je suis allé rejoindre mes parents.

— Oui, papa ?

— Assieds-toi, fit-il. Nous avons à parler.

Je me suis assis au bord de la courtepointe, aussi loin d'eux que possible. Ils ne paraissaient pas fâchés ; le regard de ma mère était même très doux.

Mais la voix de mon père était assez grave pour que je me sente inquiet.

— Pourquoi ne nous as-tu pas parlé de la bagarre ?

Décidément, je ne pouvais pas y échapper. Mais je n'étais pas vraiment surpris par la question.

— Je crois que j'avais peur.
— Peur de quoi ?
— Que vous appreniez que j'avais assisté à une bagarre derrière la Coop.
— Parce que je te l'avais interdit ? demanda ma mère.
— Oui, maman. Je te demande pardon.

Regarder une bagarre n'était pas un acte de désobéissance majeur ; nous le savions tous les trois. Qu'était censé faire un garçon le samedi après-midi, avec la foule et l'excitation générale ? Elle a souri ; j'avais demandé pardon et je m'efforçais de prendre un air honteux.

— Ce n'est pas que tu aies regardé la bagarre qui m'ennuie, reprit mon père, mais que tu aies gardé le secret. Tu aurais dû me dire ce que tu avais vu.
— J'ai vu des gens se battre. Je ne savais pas que Jerry Sisco allait mourir.

La logique de mon raisonnement l'a fait réfléchir un moment.

— As-tu dit la vérité à Stick Powers ? reprit-il.
— Oui, papa.
— Est-ce un des Sisco qui a ramassé le morceau de bois ? Ou bien est-ce Hank Spruill ?

Dire la vérité maintenant serait reconnaître que j'avais menti précédemment. Vérité ou mensonge, comment en sortir ? J'ai décidé de brouiller les cartes.

— Tu sais, papa, tout s'est passé très vite. Il y avait des corps qui tombaient et volaient dans tous les sens. Hank balançait les Sisco comme des jouets. Et tout le monde s'agitait et hurlait autour de moi. D'un seul coup, j'ai vu un bout de bois.

À mon grand étonnement, cela a semblé le satisfaire. Tout compte fait, je n'étais qu'un enfant de sept ans qui s'était trouvé au milieu d'une foule de spectateurs assistant à une sanglante bagarre. Comment en vouloir à un enfant de sept ans s'il n'était pas sûr de ce qui s'était passé ?

— N'en parle à personne, d'accord ? Absolument personne.

— Oui, papa.

— Un petit garçon qui cache des choses à ses parents risque de s'attirer de gros ennuis, glissa ma mère. Tu peux tout nous dire.

— Oui, maman.

— Tu peux retourner pêcher, fit mon père.

Je suis reparti en hâte vers mon coin poissonneux.

11

Le lundi, une nouvelle semaine a commencé dans la pénombre du petit matin. Tout le monde s'est retrouvé devant la remorque pour prendre la route des champs, un trajet plus court de jour en jour ; les parcelles où se faisait la récolte s'éloignaient de la rivière pour se rapprocher de la maison.

Pas un mot n'a été échangé en chemin. Devant nous s'étiraient cinq interminables journées de travail harassant avant d'arriver au samedi qui, en ce lundi matin, paraissait aussi lointain que la Noël.

De mon perchoir sur le tracteur, je me suis mis à prier pour que les Spruill quittent notre ferme au plus tôt. Ils étaient serrés les uns contre les autres, l'air aussi hébété et endormi que moi. Trot n'était pas avec eux ; nous ne le verrions pas dans les champs. La veille au soir, M. Spruill avait demandé à Papy la permission de le laisser toute la journée dans la cour, expliquant qu'il ne supportait pas la chaleur. Papy se contrefichait de ce que faisait Trot : pour le coton, il ne valait pas un clou.

Le tracteur s'est arrêté, tout le monde a pris son sac et s'est enfoncé dans les rangs. Personne n'avait ouvert la bouche. Une heure plus tard, le soleil tapait sur nos têtes. Je pensais à Trot qui allait se la couler douce et sommeiller quand l'envie lui en prendrait, heureux d'échapper à la journée de travail. Il était peut-être un peu dérangé, mais, dans l'immédiat, c'était lui le plus malin des Spruill.

Le temps s'arrêtait pendant la cueillette. Chaque journée s'étirait interminablement, menant avec une affreuse lenteur à la suivante.

— Nous n'irons pas en ville samedi, annonça Papy le jeudi, pendant le souper.

J'ai tout de suite eu envie de pleurer. Il était assez dur de travailler dans les champs toute la semaine ; supprimer la récompense du pop-corn et du cinéma, c'était de la cruauté pure et simple. Et mon Coca-Cola ?

Un long silence a suivi. Ma mère m'observait attentivement, mais elle ne semblait pas surprise. J'ai eu l'impression que les adultes avaient déjà pris leur décision et qu'ils faisaient semblant d'aborder le sujet devant moi.

Je me suis dit que je n'avais rien à perdre et j'ai serré les dents.

— Pourquoi ?
— Parce que je le dis, riposta Papy.

J'ai compris que je m'engageais sur un terrain glissant.

J'ai regardé ma mère : elle avait un drôle de petit sourire.

— Vous n'avez pas peur des Sisco, tout de même ? lançai-je en m'attendant plus ou moins à ce qu'un des hommes se lève pour me tirer les oreilles.

Un silence de mort s'est abattu autour de la table. Mon père s'est éclairci la gorge avant de prendre la parole.

— Il vaut mieux que les Spruill ne mettent pas les pieds en ville pendant quelque temps. Nous en avons parlé avec M. Spruill et nous avons décidé que tout le monde resterait ici samedi. Même les Mexicains.

— J'ai peur de personne, mon petit, grogna Papy que je refusais de regarder. Et j'aime pas qu'on me réponde, ajouta-t-il pour faire bonne mesure.

Le sourire de ma mère n'avait pas quitté ses lèvres et ses yeux pétillaient. Elle était fière de moi.

— J'aurais besoin de deux ou trois choses à l'épicerie, glissa Grand-mère. De la farine et du sucre.

— Je m'en occuperai, répondit Papy. Les Mexicains doivent avoir des achats à faire, eux aussi.

À la fin du repas, tout le monde est allé s'asseoir sous le porche ; j'étais trop malheureux pour me joindre à eux. Étendu sur le plancher de la chambre de Ricky, j'écoutais le match des Cardinals par la fenêtre ouverte en m'efforçant de ne pas prêter attention aux voix lentes et feutrées des adultes. J'essayais de trouver d'autres manière de haïr les Spruill, mais je me sentais écrasé par le volume de leurs méfaits. À un moment, mon corps s'est engourdi et je me suis endormi par terre.

Le déjeuner du samedi était en général un moment de plaisir. La semaine de travail était terminée ; nous nous préparions à aller en ville. Après l'épreuve du décrassage sous le porche, la vie devenait merveilleuse, même pour quelques heures.

Nulle excitation ce samedi-là.

— Nous travaillerons jusqu'à 4 heures, déclara Papy, comme s'il nous accordait une faveur.

La belle affaire ; on gagnait une heure. J'ai eu envie de lui demander si nous allions travailler le dimanche aussi, mais j'en avais assez dit le jeudi soir. Il ne m'adressait pas la parole, moi non plus. Nous pouvions faire la tête plusieurs jours d'affilée.

Au lieu de prendre la route de Black Oak, nous avons

donc repris le chemin des champs. Les Mexicains eux-mêmes paraissaient contrariés. J'ai cueilli un peu, beaucoup traînassé. Quand j'ai estimé qu'il n'y avait aucun risque, j'ai trouvé un endroit pour dormir un peu. On pouvait m'interdire la ville et me forcer à aller aux champs, mais on ne pouvait pas m'obliger à travailler dur. Ce jour-là, je pense, nous étions nombreux à faire la sieste.

Ma mère a trouvé ma cachette ; nous sommes rentrés à la maison, tous les deux. Elle se sentait mal fichue et avait conscience de l'injustice qui me frappait. Nous avons fait un tour dans le potager. Je n'ai pas pu échapper au bain tant redouté ; propre comme un sou neuf, je suis sorti dans la cour où Trot gardait le campement des Spruill. Personne ne savait ce qu'il avait fabriqué depuis le matin, personne ne s'en souciait vraiment. Nous étions trop occupés et trop fatigués. Je l'ai trouvé au volant du camion de son père, qu'il faisait semblant de conduire en produisant un drôle de bruit avec ses lèvres. Il m'a juste lancé un coup d'œil et s'est remis à tourner le volant en imitant le bruit d'un moteur.

Quand j'ai entendu le tracteur approcher, je suis rentré dans la maison. Ma mère était étendue sur son lit, ce qui ne lui arrivait jamais dans la journée. J'entendais des voix partout, des voix lasses dans la cour où les Spruill commençaient à se détendre et à l'arrière où les Mexicains se traînaient jusqu'à la grange. Je me suis caché dans la chambre de Ricky, une balle dans une main, un gant dans l'autre, et j'ai pensé à Dewayne, aux jumeaux Montgomery et à tous mes copains qui regardaient le film au Dixie en mangeant du pop-corn.

Papy a poussé la porte de la chambre.

— Je vais passer chez Pop et Pearl. Tu veux venir ?

J'ai fait non de la tête, sans le regarder.

— Je t'achèterai un Coca-Cola.

— Non, merci, rétorquai-je en gardant les yeux baissés.

Eli Chandler n'aurait pas crié grâce devant un peloton d'exécution ; il n'allait pas discuter avec un mouflet de sept ans. La porte s'est refermée. Quelques secondes plus tard, j'ai entendu le moteur du pick-up.

Évitant prudemment la cour, je suis sorti par la porte de derrière. Près du silo, là où les Spruill auraient dû établir leur campement, il y avait une étendue d'herbe où on pouvait jouer au base-ball. Elle n'était ni aussi longue ni aussi large que mon terrain de devant, mais l'espace s'étendait jusqu'aux premiers rangs de coton. J'ai lancé des balles en chandelle, aussi haut que je pouvais ; je ne me suis pas arrêté avant d'en avoir attrapé dix à la suite.

Miguel est apparu d'un seul coup. Il m'a observé une ou deux minutes ; sous l'effet de la pression provoquée par ce spectateur, j'en ai raté trois de suite. Je lui ai lancé la balle, pas fort, car il n'avait pas de gant. Il l'a attrapée avec facilité et me l'a relancée sèchement. Elle a glissé entre mes doigts et m'a échappé ; je l'ai relancée, plus fort cette fois.

J'avais appris l'année d'avant que les Mexicains étaient nombreux à jouer au base-ball ; à l'évidence, Miguel connaissait ce sport. Il avait des mains vives et douces, des lancers plus tendus que les miens. Nous avons joué quelques minutes, puis Rico, Pepe et Luis sont venus nous rejoindre.

— Tu as une batte ? demanda Miguel.

— Bien sûr.

J'ai filé la chercher à la maison. À mon retour, Roberto et Pablo s'étaient joints aux autres et la balle allait et venait de main en main.

— Passe à la batte, m'a dit Miguel.

Il a posé un bout de planche vermoulue sur l'herbe, trois mètres devant le silo, et a annoncé : « Le marbre ».

Les autres se sont éparpillés dans le champ intérieur ; Pablo, au centre, se trouvait au bord du coton. Rico, le receveur, s'est accroupi derrière moi et j'ai pris ma place, sur la droite du marbre. Après une ample préparation, sans doute pour me faire peur, Miguel a envoyé une balle lente que j'ai essayé de frapper de toutes mes forces sans réussir à la toucher.

J'ai raté les trois suivantes avant d'en toucher deux. Les Mexicains riaient et poussaient des cris quand je touchais la balle mais ne disaient rien quand je la manquais. Au bout de quelques minutes, j'ai donné la batte à Miguel et nous avons échangé nos places. J'ai commencé par quelques balles rapides qui n'ont pas semblé l'intimider. Il frappait des balles directes ou des roulants, certains attrapés au vol par les Mexicains, d'autres ramassés par terre. La plupart avaient déjà joué, mais deux ou trois n'avaient jamais touché une balle.

Attirés par le vacarme, les quatre derniers étaient sortis de la grange et s'approchaient. Cow-boy était torse nu, le pantalon roulé aux genoux ; il semblait faire une tête de plus que les autres.

Le batteur suivant était Luis. Il ne possédait pas l'expérience de Miguel et il m'était facile de le tromper avec des balles à changement de vitesse. Un frisson de plaisir m'a parcouru quand j'ai vu Tally et Trot, assis sous un orme, qui suivaient la partie.

Puis mon père est arrivé.

Plus le jeu se prolongeait, plus les Mexicains s'excitaient. Ils braillaient et riaient des erreurs de leurs camarades. Dieu seul savait ce qu'ils pensaient de mes lancers.

— Si nous faisions une partie, suggéra mon père.

Bo et Dale nous avaient rejoints, torse et pieds nus. Après quelques minutes de délibération avec Miguel, il a été décidé que les Mexicains joueraient contre ceux de l'Arkansas. Rico serait le receveur des deux équipes.

On m'a de nouveau envoyé à la maison, cette fois pour prendre le vieux gant de receveur de mon père et ma deuxième balle.

À mon retour, Hank avait fait son apparition ; il était prêt à jouer. Je n'étais pas content d'être dans la même équipe que lui, mais je ne pouvais rien dire. Que pouvait nous apporter Trot ? Et Tally était une fille. Quelle honte : une fille pour équipière ! Malgré cela, les Mexicains restaient plus nombreux que nous.

Après une nouvelle discussion, il a été décidé que nous passerions les premiers à la batte.

— Vous avez des petits dans votre équipe, expliqua Miguel avec un sourire.

D'autres bouts de planche posés par terre faisaient office de bases. Mon père et Miguel ont établi des règles adaptées à un terrain aussi mal fichu. Les Mexicains se sont disposés autour des bases : la partie pouvait commencer.

J'ai vu avec étonnement Cow-boy se diriger vers le monticule du lanceur et commencer à s'échauffer. Il était mince mais vigoureux ; quand il lançait la balle, les muscles de son torse et de ses épaules se gonflaient. Sa peau basanée luisait de sueur.

— Il est bon, murmura mon père.

Sa préparation était fluide, la fin de son geste presque nonchalante, mais la balle jaillissait de ses doigts et tombait dans le gant de Rico. Chacun de ses lancers était plus tendu que le précédent.

— Vraiment bon, reprit mon père en hochant la tête. Ce garçon a beaucoup joué.

— Les filles d'abord ! lança quelqu'un.

Tally a pris la batte et s'est dirigée vers le marbre. Pieds nus, elle avait remonté son pantalon aux genoux ; son ample chemise nouée dans le dos découvrait son ventre. Au début, elle n'a pas regardé Cow-boy qui, de son côté, ne la quittait pas des yeux. Il s'est avancé vers le marbre avant de lancer sa première balle par en dessous. Elle a essayé de la frapper et l'a ratée, mais c'était un bon mouvement, du moins pour une fille.

J'ai vu leurs regards se croiser. Cow-boy caressait la balle, Tally faisait aller et venir la batte, neuf Mexicains jacassaient comme des pies.

Le deuxième lancer était encore plus lent. Tally a touché la balle qui a roulé près de Pepe : nous avions un coureur sur la première base.

— Passe à la batte, Luke, ordonna mon père.

Je me suis dirigé vers le marbre avec l'assurance de Stan Musial, en espérant que Cow-boy ne serait pas trop méchant. Il avait laissé Tally en toucher une, il agirait certainement de même avec moi. J'entendais des milliers de supporters électrisés des Cardinals scander mon nom. Le stade était plein à craquer, Harry Caray hurlait dans son micro... J'ai regardé Cow-boy, à dix mètres de moi, et j'ai eu l'impression que mon cœur cessait de battre. Il ne souriait pas, loin de là. Il tenait la balle à deux mains et m'observait comme s'il avait l'intention de m'arracher la tête avec une balle rapide.

Que déciderait Musial ? Il se préparerait à frapper.

Il a fait un premier lancer par en dessous ; j'ai respiré. C'était une balle haute que j'ai laissé passer, ce qui a provoqué des murmures chez les Mexicains. Le deuxième lancer était une balle plein centre. J'ai essayé de l'envoyer le plus loin possible, vers la limite du champ gauche, à plus de cent mètres ; les yeux fermés, j'ai frappé pour les trente mille heureux spectateurs du Parc des sports. J'ai aussi frappé pour Tally.

— Assure ! s'écria mon père, un peu trop fort à mon goût. Tu veux trop en faire, Luke !

Bien sûr que je voulais trop en faire. J'ai commis la même erreur avec le troisième lancer. Quand Rico a envoyé la balle à Cow-boy, je me suis trouvé dans une situation horrible : deux balles ratées, il me restait une seule chance. Inimaginable de se laisser éliminer ainsi ! Tally, elle, avait bien frappé la balle. Elle se trouvait sur la première base, impatiente de me voir mettre la balle en jeu pour continuer à avancer. La partie se déroulait sur mon terrain, avec ma balle et ma batte. Tous les regards étaient rivés sur moi.

Je me suis légèrement écarté du marbre, terrifié à l'idée de me faire éliminer. La batte était devenue plus lourde, j'avais le cœur battant et la bouche sèche. Je me suis tourné vers mon père pour implorer son aide.

— Vas-y, Luke, dit-il simplement. Touche cette balle.

J'ai regardé Cow-boy ; il avait un sourire mauvais. Je ne me sentais pas prêt.

Les jambes flageolantes, je suis revenu près du marbre et j'ai serré les dents en essayant de penser à Musial. Mais je ne pensais qu'à la défaite et j'ai voulu frapper une balle très lente. Un silence total a suivi mon troisième échec. J'ai lâché la batte, je l'ai ramassée et j'ai rejoint mon équipe, la lèvre inférieure tremblante, me retenant déjà pour ne pas pleurer. J'étais incapable de regarder Tally et encore moins mon père.

Je n'avais qu'une envie : me précipiter à la maison et m'enfermer à double tour.

Trot a pris ma place, la batte dans la main droite, le bras gauche inerte ; tout le monde était un peu gêné de voir l'infirme faire des coups d'essai à une main. Mais il souriait, il était heureux de jouer et cela comptait plus que tout. Quand il a raté les deux premières balles, je me suis dit que les Mexicains allaient nous mettre une déculottée. Il a pourtant réussi à toucher la troisième, frappant une chandelle qui est retombée mollement au centre où quatre Mexicains se sont débrouillés pour la rater. Après avoir passé la deuxième base Tally a atteint la troisième tandis que Trot gagnait la première de son pas traînant.

Mon humiliation, déjà énorme, ne cessait de croître. Trot en première base, Tally en troisième, un seul éliminé.

Bo est passé à la batte. Face à l'adolescent bien développé et sans handicap apparent, Cow-boy a reculé et lancé la balle avec une ample préparation. La première balle n'était pas trop rapide, mais le pauvre Bo tremblait déjà quand elle est passée au-dessus du marbre. Rico l'avait attrapée avant que Bo termine son mouvement. Hank a éclaté de rire. Bo lui a dit de la fermer ; Hank a répondu sur le même ton et j'ai pensé que les Spruill allaient se taper dessus avant même la moitié de la première manche.

Cow-boy a fait une deuxième balle un peu plus rapide, Bo un mouvement un peu plus lent.

— Demandez-lui une petite balle par en dessous ! cria Bo dans notre direction, en feignant de prendre les choses à la rigolade.

— Quelle poule mouillée ! lança Hank.

Bo a tourné la tête vers ses parents qui s'étaient joints aux spectateurs.

J'attendais un troisième lancer encore plus rapide ; Bo aussi. Mais Cow-boy a fait une petite balle amortie qui a surpris le batteur.

— Il est drôlement bon, murmura mon père avec un regard approbateur en direction de Cow-boy.

— Je passe à la batte, déclara Hank, prenant la place de Dale qui ne chercha pas à discuter. Je vais vous montrer comment on joue.

La batte ne paraissait pas plus grosse qu'un cure-dent dans les mains de Hank pendant qu'il s'échauffait en faisant des coups d'essai à projeter la balle de l'autre côté de la rivière. Cow-boy a commencé par une balle rapide à effet. Hank n'a pas essayé de la frapper ; elle est arrivée directement dans le gant de Rico, sous les quolibets des Mexicains.

— Lance donc la balle au-dessus du marbre ! rugit Hank en quêtant notre soutien du regard.

Ah ! si Cow-boy pouvait lui en enfoncer une dans l'oreille !

La deuxième était beaucoup plus sèche ; Hank n'a pas réussi à la toucher. Rico l'a lancée à Cow-boy qui a tourné la tête vers la troisième base où Tally attendait.

Cow-boy a fait ensuite une balle courbe qui s'est dirigée droit sur la tête de Hank. Il s'est baissé en laissant tomber la batte, mais la trajectoire de la balle s'est incurvée et elle est tombée comme par magie dans la zone de prises. Les Mexicains se sont mis à rire aux éclats.

— Strike ! hurla Miguel.

— C'est pas un strike ! protesta Hank, le visage cramoisi.

— C'est moi l'arbitre, dit mon père. S'il n'a pas essayé de frapper la balle, ce n'est pas un strike.

Cow-boy n'a pas fait d'objection. Il avait une autre balle à effet dans sa panoplie de coups. Une balle apparemment inoffensive, lente et lourde, qui s'est dirigée vers le milieu du marbre. Hank a pris son élan pour frapper à pleine puissance, mais la balle a piqué en s'écartant ; Rico l'a attrapée après le rebond. Frappant dans le vide, Hank a perdu l'équilibre ; il est tombé sur le marbre. Les acclamations en espagnol ont de nouveau fusé et je me suis dit que Hank allait attaquer toute la bande. Il s'est relevé en bougonnant, a lancé un regard noir à Cow-boy et repris sa place.

Cow-boy l'a achevé avec une balle rapide qu'il n'a même pas touchée ; il a planté rageusement la batte dans le sol.

— Attention à la batte ! s'écria mon père. Si tu ne sais pas être beau joueur, ne joue pas !

Hank lui a lancé un regard dégoûté, mais il a gardé le

silence. On a décidé, pour je ne sais quelle raison, que je serais le prochain lanceur.

— À toi de jouer, Luke, fit mon père.

Je ne voulais pas ; je n'étais pas à la hauteur contre Cow-boy. Les Mexicains nous mettaient en difficulté en jouant à notre sport national.

Hank était en première base, Bo en deuxième, Dale en troisième. Tally, les mains sur les hanches, occupait le champ gauche ; Trot, sur la droite, cherchait des trèfles à quatre feuilles. Quelle défense !

Miguel a d'abord envoyé Roberto à la batte. J'étais sûr qu'il l'avait fait exprès : le pauvre garçon n'avait jamais touché une balle de sa vie. Il a frappé une balle molle et haute que mon père a interceptée en position d'arrêt court. Pepe a envoyé une balle en chandelle que mon père a attrapée derrière la deuxième base. Deux batteurs, deux éliminés. Tout allait bien pour moi, mais les choses devaient se gâter. Les clients sérieux sont passés à la batte l'un après l'autre et les balles se sont mises à voler en tous sens. J'essayais des balles rapides, des balles courbes, des balles à effet, sans résultat. Ils marquaient des points à la pelle et y prenaient plaisir. J'étais malheureux d'en être responsable, mais je m'amusais en voyant les Mexicains danser et jubiler à mesure que les points s'accumulaient.

Assises sous un arbre, ma mère et Grand-mère assistaient au spectacle en compagnie des Spruill. Tout le monde était là, sauf Papy, pas encore revenu de la ville.

Quand ils eurent marqué une dizaine de points, mon père a demandé un temps mort et s'est avancé vers moi.

— Ça te suffit ? demanda-t-il.

J'ai trouvé la question ridicule.

— Je crois.

— Repose-toi.

— Je peux lancer ! s'écria Hank de la première base.

Mon père a eu un instant d'hésitation avant de lui

envoyer la balle. J'aurais voulu que notre entraîneur m'envoie dans le champ gauche, avec Trot, où il ne se passait pas grand-chose, mais il m'a ordonné de prendre la première base.

J'avais eu l'occasion d'admirer la vivacité exceptionnelle de Hank Spruill : il avait jeté à terre les trois Sisco en quelques secondes. Je n'ai donc pas été étonné de le voir lancer la balle comme s'il jouait depuis des années. Il montrait de l'assurance en prenant son élan et en attrapant les balles de Rico. Il a fait trois belles balles rapides contre Luis, mettant un terme à la déroute de la première manche. Miguel a informé mon père que son équipe avait marqué onze points. Il aurait aussi bien pu dire cinquante.

Cow-boy a repris sa place de lanceur et poursuivi son récital. Dale a été éliminé après trois strikes ; mon père lui a succédé à la batte. Il s'attendait à une balle rapide ; il l'a eue et a frappé avec force. La balle, longue et haute, a dépassé les limites du terrain pour retomber loin dans le champ de coton. Pendant que Pablo la cherchait, nous avons utilisé l'autre. En aucun cas, nous ne quitterions le terrain sans avoir les deux balles.

Le deuxième lancer était une balle courbe à la trajectoire tendue, difficile à lire.

— C'était un strike, reconnut mon père avec un hochement de tête admiratif. Un lancer de champion, ajouta-t-il, juste assez fort pour qu'on l'entende, mais sans s'adresser à personne en particulier.

La balle qu'il avait frappée était haute et courte, au centre ; Miguel l'a attrapée à deux mains. L'équipe de l'Arkansas se trouvait de nouveau le dos au mur. Tally est passée à la batte ; Cow-boy s'est déridé et a fait quelques pas en avant. Il a commencé par deux balles basses en visant la batte. Tally en a frappé une qui a roulé jusqu'à la deuxième base et que deux Mexicains se sont disputée assez longtemps pour nous permettre de marquer un point.

Mon tour est venu.

— Raccourcis un peu ta prise, conseilla mon père.

Je l'ai écouté ; j'aurais fait n'importe quoi. Cow-boy m'a lancé une balle encore plus lente, à la trajectoire arrondie, que j'ai expédiée d'un coup sec au centre. Les Mexicains ont poussé des acclamations, tout le monde a applaudi. Je me suis senti un peu gêné par toute cette agitation, mais c'était mieux que de se laisser éliminer. Je me suis détendu ; mon avenir chez les Cardinals repartait dans la bonne voie.

Trot a essayé de frapper les trois premières balles de Cow-boy et les a toutes ratées de cinquante centimètres. Miguel a modifié les règles pour lui donner une chance supplémentaire. Quand on mène de onze points dans la deuxième manche, on peut se permettre d'être généreux. Trot a envoyé à sa quatrième tentative une balle coupée qui est repartie en direction de Cow-boy ; il l'a lancée pour s'amuser vers la troisième base en essayant de toucher Tally, mais trop tard. Les bases étaient chargées. Quand Bo est passé à la batte, Cow-boy a conservé sa position avancée. Il a fait un lob que Bo a renvoyé au ras du sol. Pablo a plongé pour l'éviter. Tally a marqué le point.

Hank a saisi la batte et effectué avec brutalité quelques mouvements d'échauffement. Les bases étaient chargées, il ne pensait qu'à une chose : un grand chelem. Cow-boy avait d'autres projets. Il a reculé jusqu'au monticule et son sourire s'est effacé. Hank s'est campé devant le lanceur, le défiant du regard.

Les bruits se sont atténués sur le terrain. Les Mexicains se sont approchés sur la pointe des pieds pour ne rien manquer de cet affrontement. La première balle est passée à une vitesse foudroyante au-dessus du marbre, une fraction de seconde après avoir quitté la main de

Cow-boy. Hank n'a pas cherché à la frapper ; il n'a pas eu le temps de le faire. Il a reculé d'un pas en donnant l'impression de reconnaître qu'il avait trouvé son maître. Je me suis tourné vers mon père qui hochait la tête. La vitesse des balles de Cow-boy était stupéfiante.

Il a choisi pour la suivante une balle courbe qui paraissait tentante mais s'est brusquement écartée de la zone de prise. Hank a frappé de toutes ses forces sans la toucher. Puis une autre balle courbe, à la trajectoire plus tendue, qui a filé droit sur la tête de Hank avant de plonger vers le marbre au dernier moment. Hank avait le visage rouge sang.

Encore une balle rapide que Hank a vainement essayé de frapper. Deux strikes, bases chargées. Sans l'ombre d'un sourire sur les lèvres, Cow-boy a décidé de s'amuser un peu. D'abord une balle courbe lente qui est sortie de la zone de prises, puis une autre plus rapide, devant laquelle Hank s'est baissé. Ensuite une autre lente qu'il a failli frapper. J'avais l'impression que Cow-boy aurait pu faire tourner la balle autour de la tête de Hank s'il l'avait voulu. Les Mexicains recommençaient à jacasser.

Le troisième strike a été une balle papillon qui a flotté assez lentement vers le marbre pour que j'aie une bonne chance de la toucher. Mais elle est brusquement tombée. Hank a frappé comme un sourd, l'a ratée de trente centimètres et s'est retrouvé le nez dans la poussière. Il a éructé un gros mot et a lancé la batte près de mon père.

— Surveille ton langage, fit mon père en ramassant la batte.

Hank a marmonné une autre injure en s'essuyant. Notre tour était fini.

Miguel a pris place sur le marbre pour terminer la deuxième manche. Hank a visé la tête ; la première balle est passée à quelques centimètres de Miguel, a rebondi sur le silo et roulé jusqu'à la troisième base. Les Mexicains se sont tus. La deuxième balle, encore plus forte, a obligé Miguel à se jeter par terre ; des murmures se sont élevés chez ses coéquipiers.

— Arrête ces bêtises ! s'écria mon père. Lance normalement.

Hank a répondu par un sourire narquois. Il a fait une balle haute que Miguel a expédiée dans le champ droit défendu par Trot, le dos tourné au marbre, le regard fixé au loin, sur les arbres bordant la Saint Francis. Tally a couru après la balle et s'est arrêtée à la limite du champ de coton. Le batteur a gagné tranquillement la troisième base.

Le lancer suivant fut le dernier de la partie. Cow-boy était passé à la batte. Hank a pris son élan pour rassembler toute la puissance dont il disposait et lancé la balle directement sur le batteur. Cow-boy a essayé de l'esquiver, mais ne s'est pas écarté assez vite. La balle l'a atteint dans les côtes, avec le bruit écœurant d'une pastèque s'écrasant sur un mur de brique. Un petit cri lui a échappé, mais, dans l'instant qui a suivi, il a lancé ma batte à toute vitesse, comme un tomahawk. Elle n'est pas arrivée où elle aurait dû — entre les yeux de Hank —, mais a touché le sol à ses pieds et rebondi sur ses tibias. Il a hurlé une obscénité et, sans attendre, a chargé comme un taureau furieux.

D'autres se sont rués vers les deux adversaires. Mon père de sa position au centre, M. Spruill du silo et quelques Mexicains. Moi, je n'ai pas bougé de la première base, trop horrifié pour faire un pas en avant. Tout le monde criait en se précipitant vers le marbre.

Cow-boy n'a pas battu en retraite. Il est demeuré parfaitement immobile, la peau basanée luisante de sueur, les bras allongés, légèrement ouverts, les lèvres retroussées. Quand le taureau furieux s'est trouvé à quelques mètres, les mains de Cow-boy ont caressé ses poches et un couteau est apparu. D'un coup sec du poignet il a fait jaillir une longue lame qui étincelait dans sa main. Elle s'est ouverte avec un claquement, un déclic qui resterait des années dans ma mémoire.

Cow-boy a levé la main pour montrer ce qu'elle tenait ; Hank s'est arrêté en glissant sur le sol.

— Pose ça ! rugit-il, à moins de deux mètres de l'arme.

Cow-boy, d'un petit geste de la main gauche, a invité l'autre à s'avancer.

— Approche, mon grand. Viens tâter de ma lame.

La vue du couteau à cran d'arrêt avait choqué tout le monde ; le silence s'est abattu sur le terrain. Personne ne bougeait. On n'entendait que le bruit des respirations. Hank avait le regard fixé sur la lame qui semblait grandir à vue d'œil. Il n'y avait aucun doute dans l'esprit des spectateurs que Cow-boy s'en était déjà servi, qu'il savait la manier et qu'il trancherait avec plaisir la gorge de Hank si l'autre faisait un pas de plus.

Mon père, la batte à la main, s'est avancé entre les deux hommes ; Miguel s'est placé près de Cow-boy.

— Pose ça, répéta Hank. Bats-toi comme un homme.

— La ferme ! s'écria mon père, la batte tournoyant dans sa main. Personne ne se bat !

— Viens, Hank, fit M. Spruill en le prenant par le bras.

— Ramène-le à la grange, ordonna mon père à Miguel.

Les autres Mexicains se sont regroupés autour de Cow-boy pour le pousser doucement en arrière. Il a fini par se retourner et se mettre en marche, le couteau toujours bien visible. Comme il fallait s'y attendre, Hank a refusé de bouger ; en bombant le torse, il regardait les Mexicains s'éloigner, comme si la victoire lui appartenait.

— Je vais tuer ce mec, lâcha-t-il.

— Tu as déjà assez tué comme ça, répliqua mon

père. Maintenant, va-t'en. Et ne t'approche pas de la grange.

— En route, fit M. Spruill.

Toute la famille — Trot, Tally, Bo et Dale — a commencé à se diriger vers la cour. Quand les Mexicains eurent disparu, Hank s'est mis en marche d'un pas lourd.

— Je vais le tuer, grommela-t-il, juste assez fort pour que mon père entende.

J'ai rassemblé les balles, les gants et la batte, et je me suis dépêché de rattraper mes parents et Grand-mère.

12

Dans le courant de l'après-midi, Tally est venue me chercher derrière la maison. C'était la première fois que je la voyais faire le tour de la ferme, même si, au fil des jours, les Spruill commençaient à explorer les lieux en montrant un peu plus d'intérêt.

Elle était pieds nus, un petit sac à la main ; elle s'était changée et portait la robe moulante que j'avais vue le jour de son arrivée.

— Tu veux me rendre un service, Luke ? demanda-t-elle d'une voix si douce que j'ai rougi jusqu'aux oreilles.

Je n'avais aucune idée de ce qu'elle attendait de moi, mais elle aurait ce qu'elle voulait, cela ne faisait aucun doute.

— Quoi ? demandai-je en feignant l'indifférence.

— Ta grand-mère a dit à ma mère qu'il y a près d'ici un ruisseau où je pourrais me baigner. Tu sais où il est ?

— Oui, le Siler. Par là, à sept ou huit cents mètres, expliquai-je en indiquant le nord.

— Il y a des serpents ?

Je me suis mis à rire, comme s'il n'y avait pas de quoi avoir peur.

— Quelques couleuvres d'eau, mais pas de mocassins.

— L'eau est claire, pas boueuse ?

— Elle devrait être claire. Il n'a pas plu depuis dimanche.

Elle a regardé autour d'elle pour s'assurer que personne n'écoutait.

— Tu veux venir avec moi ?

Mon cœur a fait un bond dans ma poitrine, ma bouche est devenue toute sèche.

— Pourquoi ? articulai-je.

Elle m'a souri en levant les yeux au ciel.

— Je ne sais pas, minauda-t-elle. Pour être sûre que personne ne me voie.

Elle aurait pu dire qu'elle ne savait pas où se trouvait le ruisseau ou qu'elle voulait s'assurer qu'il n'y avait pas de serpents. N'importe quoi. Pourquoi parler de la voir se baigner ?

— Tu as peur ? demandai-je.

— Un peu, peut-être.

Nous avons suivi la route des champs jusqu'à ce que la ferme et la grange aient disparu, puis nous avons tourné dans le petit chemin que nous utilisions pour les plantations de printemps. Comme nous étions seuls, elle s'est mise à parler. Je ne savais absolument pas quoi dire, mais j'étais soulagé de voir qu'elle maîtrisait la situation.

— Je suis vraiment désolée de ce que Hank a fait. C'est toujours pareil avec lui.

— As-tu vu la bagarre ?

— Laquelle ?

— Celle qui a eu lieu en ville.

— Non. C'était vraiment horrible ?

— Ouais, assez méchant. Il a roué de coups ces pauvres gars. Il a continué à les frapper quand ils ne pouvaient plus se défendre.

Elle s'est arrêtée ; je me suis arrêté aussi. Puis elle s'est approchée de moi ; j'entendais nos deux respirations.

— Dis-moi la vérité, Luke. C'est lui qui a ramassé le bout de bois ?

Plongeant les yeux dans ses beaux yeux bruns, j'ai failli répondre : « Oui ». Mais je me suis retenu au dernier moment. J'ai pensé qu'il valait mieux ne pas prendre de risques. Hank était son frère ; dans le feu d'une de leurs disputes en famille, elle pouvait lui lancer à la figure tout ce que j'avais dit. La voix du sang est la plus forte, disait toujours Ricky. Je ne voulais pas que Hank s'en prenne à moi.

— Tout s'est passé si vite, répondis-je en me remettant en route.

Elle m'a rattrapé et nous avons marché un moment en silence.

— Tu crois qu'on va l'arrêter ?
— Comment veux-tu que je le sache ?
— Qu'en pense ton grand-père ?
— J'en sais foutre rien.

Je pensais l'impressionner en utilisant une expression de Ricky.

— Parle correctement, Luke ! lança-t-elle, pas impressionnée pour un sou.

— Pardon… Il avait déjà tué quelqu'un avant ?

— Pas à ma connaissance, répondit Tally. Il est allé une fois dans le Nord, reprit-elle après un silence. Il y a eu du grabuge, mais on n'a jamais su ce qui était arrivé.

J'étais sûr que partout où passait Hank il y avait du grabuge.

Les méandres du Siler marquaient la limite nord de nos terres ; on voyait presque du pont l'endroit où il se jetait dans la Saint Francis. Le cours d'eau, bordé sur ses deux rives par de gros arbres, était un endroit où il faisait bon nager et se baigner en été. Mais il s'asséchait rapidement et, le plus souvent, il n'y avait pas beaucoup d'eau.

Je me suis arrêté au bord du ruisseau, là où son lit était pierreux et l'eau plus profonde.

— C'est le meilleur endroit.

— Quelle profondeur ? demanda-t-elle en lançant un regard circulaire.

L'eau était claire.

— À peu près jusqu'ici, répondis-je en levant la main à la hauteur de ma gorge.

— Tu es sûr qu'il n'y a personne ? poursuivit-elle nerveusement.

— Oui. Tout le monde est à la ferme.

— Tu remontes le sentier et tu fais le guet, d'accord ?

— D'accord, fis-je sans bouger.

— Vas-y, Luke, reprit-elle en posant son sac sur la rive.

— Bon, j'y vais.

Je me suis mis en route d'un pas lent.

— Et tu ne regardes pas, Luke. Promis ?

J'ai eu le sentiment d'être pris en flagrant délit. J'ai fait un petit geste de la main, comme si cette idée ne m'était jamais venue à l'esprit.

— Promis.

J'ai remonté la berge à quatre pattes pour me jucher sur la branche d'un orme, à deux mètres au-dessus du sol. De mon perchoir, je voyais presque le toit de la grange.

— Luke ?

— Oui !

— Personne en vue ?

— Non !

J'ai entendu un clapotement, mais j'ai réussi à garder les yeux fixés de l'autre côté. Au bout d'une ou deux minutes, je me suis lentement retourné vers le ruisseau.

Je ne la voyais pas ; j'en ai été soulagé. L'endroit où elle se baignait se trouvait juste derrière un petit coude du Siler et le feuillage était touffu.

Je commençais à me sentir inutile. Personne ne savait que nous étions là ; personne ne chercherait à la zieuter. Combien d'occasions aurais-je de voir une jolie fille se baigner ? Les Écritures ne l'interdisaient pas formellement, bien sûr, mais je savais que c'était mal. Je me suis dit qu'il ne s'agissait peut-être pas d'un péché trop grave.

L'idée du mal m'a fait penser à Ricky. Comment aurait-il agi dans cette situation ?

Je suis descendu de mon arbre et je me suis coulé dans les hautes herbes et les broussailles jusqu'à ce que j'arrive à la hauteur du lit pierreux du ruisseau. Puis j'ai rampé entre les buissons.

Sa robe et ses sous-vêtements étaient suspendus à une branche. Elle s'était avancée dans l'eau et avait la tête couverte d'une mousse blanche ; elle se lavait les cheveux en frottant délicatement. Je transpirais en retenant mon souffle. Allongé sur le ventre, regardant entre deux grosses branches, j'étais invisible. Le feuillage des arbres remuait plus que moi.

Elle chantonnait comme une jolie fille se baignant dans l'eau fraîche d'un ruisseau. Elle ne lançait pas de regards inquiets autour d'elle : elle me faisait confiance.

Quand elle a plongé la tête dans l'eau pour rincer ses cheveux, la mousse a été entraînée par un léger courant. Elle s'est redressée pour prendre un pain de savon. Elle me tournait le dos et je l'ai vue en entier. Elle avait ôté tous ses vêtements, comme moi pour mon bain du samedi ; c'est ce que j'espérais. Quand j'en ai eu la confirmation, mon corps fut parcouru d'un frisson. Instinctivement, j'ai levé la tête, pour mieux voir, je suppose, mais j'ai vite repris mes esprits.

Si elle me surprenait, elle en parlerait à son père qui

le dirait au mien et il me battrait comme plâtre. Ma mère me ferait la leçon pendant une semaine, Grand-mère, outrée, ne m'adresserait pas la parole. Papy me gronderait, mais seulement pour la forme.

Dans l'eau jusqu'à la taille, elle s'est savonné les bras et la poitrine, que je voyais de profil. Je n'avais jamais vu la poitrine d'une femme et je devais être le seul garçon de sept ans dans le comté de Craighead a avoir contemplé des seins. Quelques-uns avaient peut-être aperçu ceux de leur mère, mais j'étais certain que pas un seul garçon de mon âge n'avait jamais eu un tel spectacle devant les yeux.

Je ne sais pas pourquoi, j'ai encore pensé à Ricky ; une idée perverse m'a traversé l'esprit. Ayant vu une grande partie de ce qu'elle avait de plus intime, je voulais maintenant voir le reste. Si je me mettais à crier à tue-tête : « Un serpent ! » elle serait terrorisée. Oubliant le savon, le gant de toilette et sa nudité, elle se précipiterait vers la berge. Elle prendrait aussitôt ses vêtements, mais, pendant une poignée de secondes inoubliables, je verrais tout.

J'avais la gorge serrée et la bouche sèche. Mon cœur battait la chamade. J'ai tiré une précieuse leçon de ce moment d'hésitation : la patience peut être bonne conseillère.

Pour se laver les jambes, Tally s'est approchée de la rive. Arrivée au bord, l'eau ne lui recouvrait plus que les pieds. Avec des gestes lents, le savon dans une main, le gant de toilette dans l'autre, elle s'est penchée, s'est étirée, a caressé ses jambes, ses fesses, son ventre. Mon cœur faisait un bruit sourd contre le sol.

Elle s'est rincée en projetant de l'eau sur son corps. Sa toilette terminée, dans l'eau jusqu'aux chevilles, exposant sa merveilleuse nudité, Tally s'est retournée, les yeux braqués sur l'endroit précis où je me cachais.

J'ai baissé la tête en m'enfonçant dans les herbes.

J'attendais qu'elle crie quelque chose, mais je n'ai rien entendu. Ce péché était mortel, maintenant j'en avais la certitude.

J'ai reculé centimètre par centimètre, lentement, sans bruit, jusqu'à ce que j'arrive au bord du champ de coton. Puis je me suis glissé le long des arbres pour reprendre ma position près du sentier, comme si de rien n'était. En entendant son pas, j'ai essayé de faire celui qui s'ennuie.

Ses cheveux étaient mouillés, elle avait changé de robe.

— Merci, Luke.
— Oh ! de rien ! marmonnai-je.
— Je me sens tellement mieux.

Moi aussi, ai-je pensé.

Nous sommes repartis lentement vers la maison. À mi-chemin, après un long silence, elle s'est tournée vers moi.

— Tu m'as vue, hein ?

Elle avait posé la question d'un ton léger, espiègle ; je n'ai pas voulu mentir.

— Oui.
— Pas grave. Je ne suis pas fâchée.
— C'est vrai ?
— Oui. Je pense qu'il est naturel que les garçons aient envie de regarder les filles. Quoi de plus naturel, en effet ? Je n'ai rien trouvé à dire.
— Si tu m'accompagnes au ruisseau la prochaine fois et si tu montes la garde, tu pourras le refaire.
— Refaire quoi ?
— Me regarder.
— D'accord, fis-je, un peu trop vite.
— Mais il ne faudra en parler à personne.
— Promis.

Le soir, à table, j'ai mangé du bout des dents en essayant de faire comme s'il ne s'était rien passé. J'avais du mal et mon estomac restait noué. Je voyais Tally aussi nettement que si nous étions encore au bord du ruisseau.

J'avais très mal agi. Et je mourais d'impatience de recommencer.

— À quoi penses-tu, Luke ? demanda Grand-mère.

La question me fit sursauter.

— À rien de particulier.

— Je vois bien que quelque chose te tracasse, insista Papy.

Une inspiration m'est venue.

— C'est le couteau à cran d'arrêt.

Les quatre adultes secouèrent la tête d'un air consterné.

— Essaie de penser à des choses plus agréables, fit Grand-mère. Ne t'inquiète pas pour moi, me suis-je dit. Ne t'inquiète pas pour moi.

13

Pour le deuxième dimanche de suite, la mort a rôdé au-dessus des fidèles pendant l'office. Letha Haley Dockery était une forte femme à la voix sonore que son mari avait quittée bien des années auparavant pour s'enfuir en Californie. Rien d'étonnant à ce que des rumeurs circulent sur ce qu'il avait fait en arrivant là-bas. À en croire la plus répandue, il s'était mis en ménage avec une femme plus jeune que lui et d'une autre race — une Chinoise, peut-être, mais, comme la plupart des bruits courant à Black Oak, cela demandait à être confirmé. Qui de chez nous avait déjà mis les pieds en Californie ?

Mme Dockery avait élevé deux enfants, qui ne s'étaient distingués ni l'un ni l'autre mais avaient eu le bon sens d'abandonner le coton. L'un d'eux s'était établi à Memphis, l'autre quelque part dans l'Ouest.

Des membres de sa famille étaient disséminés dans le nord-est de l'Arkansas, en particulier un cousin éloigné qui vivait à Paragould, à une trentaine de kilomètres de chez nous. Un cousin à la mode de Bretagne, d'après Papy qui ne supportait pas Mme Dockery. Le cousin de Paragould avait un fils qui faisait aussi la guerre de Corée.

Quand le nom de Ricky était prononcé pendant la messe, ce qui arrivait tout le temps et nous mettait mal à l'aise, Mme Dockery ne manquait jamais l'occasion de rappeler qu'elle avait, elle aussi, quelqu'un de sa famille sous les drapeaux. Elle prenait Grand-mère à part et parlait à voix basse de la pesante attente des nouvelles du front. Papy n'évoquait jamais la guerre ; il avait repoussé d'emblée Mme Dockery qui cherchait à s'apitoyer avec lui. Nous avions l'habitude, dans la famille, de faire, du moins en public, comme si la Corée n'existait pas.

Quelques mois plus tôt, comme nous avions beaucoup prié à l'église pour le neveu, quelqu'un avait demandé à voir une photo de lui. Mme Dockery n'en avait pas sur elle ; elle avait été profondément humiliée.

En embarquant pour la Corée, il s'appelait Jimmy Nance et était le neveu de son cousin au troisième degré ; à mesure que la guerre se prolongeait, son nom était devenu Timmy Nance et il avait été promu cousin issu de germains. Nous n'arrivions plus très bien à suivre ces histoires de cousinage. Elle aimait mieux Timmy, mais, de temps en temps, un Jimmy lui échappait.

Quel que fût son nom, il était tombé au champ d'honneur. Nous avons appris la nouvelle ce dimanche-là, devant l'église, avant même d'être descendus du camion.

Elle était entourée de dames de sa classe d'instruction religieuse qui braillaient et jacassaient à n'en plus finir. J'ai observé de loin ma mère et Grand-mère attendant leur tour pour la réconforter ; j'ai eu de la peine pour Mme Dockery. Proche parent ou non, la disparition du jeune homme lui causait un profond chagrin.

On échangeait des détails en murmurant. Il conduisait la jeep de son commandant de compagnie quand le véhicule avait sauté sur une mine. Le corps ne serait pas rapatrié avant deux mois, peut-être jamais. Il avait vingt ans et une jeune épouse à Kennett, Missouri.

Tandis que les conversations battaient leur plein, le révérend Akers est venu s'asseoir aux côtés de Mme Dockery. Il lui a pris la main et ils ont prié ensemble, longuement, avec ferveur. Tous les membres de la congrégation étaient là, attendant de présenter leurs condoléances.

Au bout de quelques minutes, j'ai vu Papy sortir discrètement.

C'est donc ainsi que cela se passerait pour nous si le pire devait arriver. Du bout du monde on nous ferait part de sa mort. Les amis se rassembleraient autour de nous et tout le monde verserait des larmes.

Ma gorge s'est serrée et mes yeux ont commencé à s'embuer. Mais je me suis dit que cela ne pouvait pas nous arriver à nous, que Ricky ne conduisait pas une jeep et qu'il ne ferait pas la bêtise de rouler sur une mine. Bien sûr qu'il allait revenir.

Comme je ne voulais pas qu'on me surprenne en train de pleurer, je suis sorti à mon tour, juste à temps pour voir Papy monter dans son camion. Je me suis assis à côté de lui et nous sommes restés un moment silencieux, à regarder à travers le pare-brise. Sans un mot, il a mis le moteur en marche et le camion a démarré.

Nous sommes passés devant l'égreneuse. Tout était calme en ce dimanche matin, mais, au fond de son cœur, chaque fermier aurait aimé voir les machines tourner à plein régime. Elles ne fonctionnaient que trois mois par an.

Nous avons quitté la ville sans destination particulière. Nous sommes restés sur les petites routes empierrées, poussiéreuses ; le coton s'arrêtait à la limite du bas-côté. Papy a enfin ouvert la bouche.

— C'est là que les Sisco habitent, annonça-t-il en

tournant légèrement la tête vers la gauche, refusant de lâcher le volant, même d'une seule main.

Au loin, à peine visible au-dessus de l'océan blanc des cotonniers, j'ai aperçu une maison de métayers. Le toit en tôle rouillée s'affaissait, le porche était en pente, la cour mal tenue et le coton poussait presque jusqu'à la corde à linge. Je n'ai vu aucun mouvement et me suis senti soulagé. Je savais Papy capable, si l'envie lui en prenait, d'aller jusqu'à la maison pour leur chercher noise.

Nous avons poursuivi notre route au milieu des champs de coton s'étendant à perte de vue. Je sautais l'instruction religieuse, je n'en revenais pas. Cela ne ferait pas plaisir à ma mère, mais elle ne demanderait pas d'explications à Papy. Elle m'avait confié que mes grands-parents se tournaient vers moi quand ils s'inquiétaient plus que d'habitude pour Ricky.

Papy avait vu quelque chose ; le camion a ralenti, s'est presque arrêté.

— On est chez les Embry, fit-il avec un petit signe de tête. Tu vois les Mexicains ?

Je me suis tordu dans tous les sens avant d'apercevoir quatre ou cinq chapeaux de paille dans l'immensité blanche, près du sol, comme si les Mexicains nous avaient entendus et cherchaient à se cacher.

— Ils travaillent le dimanche ?
— Comme tu vois.

Nous avons repris de la vitesse, les chapeaux de paille ont disparu.

— Qu'est-ce que tu vas faire ? demandai-je, comme s'ils avaient enfreint la loi.
— Rien. Ce sont les affaires d'Embry.

M. Embry fréquentait la même église que nous : je ne comprenais pas comment il pouvait autoriser la cueillette le jour du Seigneur.

— J'imagine qu'il est au courant.

— Pas sûr, répondit Papy sans grande conviction. Il serait facile aux Mexicains de venir en douce dans les champs après son départ pour l'église.

— Mais ils ne peuvent pas peser eux-mêmes leur coton. Mon objection lui arracha un sourire.

— Tu as raison.

Nous en avons conclu que M. Embry autorisait ses Mexicains à travailler le dimanche. Des rumeurs circulaient tous les ans, mais je n'arrivais pas à imaginer qu'un excellent diacre comme M. Embry pouvait commettre un tel péché. J'étais scandalisé ; pas Papy.

Pauvres Mexicains. On les transportait comme du bétail, on les obligeait à travailler comme des bêtes de somme et on les privait de leur unique journée de repos. Pendant ce temps, leur employeur était tranquillement à l'église.

— Garde ça pour toi, fit Papy, satisfait d'avoir eu confirmation de cette rumeur. Encore un secret.

En arrivant près de l'église, nous avons entendu des chants. Jamais je ne m'étais trouvé dehors pendant l'office.

— Dix minutes de retard, marmonna Papy en ouvrant la porte.

Tout le monde était debout et chantait. Nous avons réussi à gagner nos sièges sans qu'on nous remarque trop. J'ai regardé mes parents ; ils faisaient comme s'ils n'avaient rien vu. À la fin du psaume, tout le monde s'est assis et je me suis senti bien entre mes grands-parents. Ricky pouvait être en danger, moi, on me protégerait.

Le révérend Akers n'a pas commis l'erreur d'aborder les sujets de la mort et de la guerre. Il a annoncé avec gravité la mauvaise nouvelle concernant Timmy Nance ; tout le monde était au courant. On avait raccompagné Mme Dockery chez elle pour lui permettre de se reposer.

Le moment était venu pour notre église de serrer les rangs et de réconforter une de ses brebis.

Comme on devait s'y attendre, ce serait l'heure de gloire de Mme Dockery.

Si le prédicateur s'avisait de parler de la guerre, il aurait affaire à Papy après l'office. Il s'en est donc tenu au message qu'il avait préparé. Nous étions fiers, nous les baptistes, d'envoyer des missionnaires aux quatre coins du monde et notre Église avait lancé une campagne destinée à réunir des fonds pour soutenir leur apostolat. Voilà de quoi a parlé le révérend Akers : faire des dons pour nous permettre d'envoyer les nôtres en plus grand nombre dans des endroits lointains comme l'Inde, la Corée, l'Afrique ou la Chine. Jésus nous avait enseigné qu'il fallait aimer tous nos frères, sans distinction de race, et il nous incombait, à nous les baptistes, de répandre la bonne parole.

J'ai pris la décision de ne rien donner.

On m'avait habitué à payer la dîme, un dixième de mon argent de poche que je versais à contrecœur. C'était dans les Écritures, il n'y avait pas à discuter. Mais le révérend Akers nous demandait plus, une contribution volontaire ; il tombait mal avec moi. Je ne donnerais pas un sou pour la Corée. J'étais sûr que tous les Chandler partageaient mon point de vue ; comme l'ensemble des fidèles, sans doute.

Il n'avait pas sa véhémence habituelle, ce matin-là ; il parlait d'amour et de charité, non de péché et de mort. Je crois que le cœur n'y était pas. En écoutant la voix monocorde, j'ai commencé à dodeliner de la tête.

À la fin de l'office, personne n'était d'humeur à bavarder. Les adultes sont allés directement au pick-up et nous sommes partis sans attendre.

— Où es-tu allé avec Papy ? demanda mon père quand les dernières maisons furent derrière nous.

— On a roulé, c'est tout.

— Dans quelle direction ?

— Par là, répondis-je en indiquant l'est. On s'est promenés. Je crois qu'il n'avait pas envie de rester à l'église.

Il a hoché la tête, comme s'il regrettait de ne pas nous avoir accompagnés.

À la fin du souper, on a frappé un coup léger à la porte de derrière. Mon père était le plus près ; il s'est levé, a vu Miguel et Cow-boy sous le porche.

— Maman, on a besoin de toi.

Grand-mère est sortie de sa cuisine et tout le monde l'a suivie.

Cow-boy avait enlevé sa chemise. Le côté gauche de sa poitrine, tout gonflé, n'était pas beau à voir. Il levait difficilement le bras ; quand Grand-mère lui a demandé de le faire, il n'a pas pu s'empêcher de grimacer. J'avais mal pour lui. À l'endroit où la balle avait frappé les côtes, j'ai vu une petite plaie.

— On peut compter les coutures, murmura Grand-mère.

Ma mère a apporté une casserole d'eau et un linge. Au bout de quelques minutes, Papy et mon père en ont eu assez et nous ont laissés. Je suis sûr qu'ils se demandaient quel effet la blessure du Mexicain pourrait avoir sur la production.

Grand-mère aimait par-dessus tout jouer au docteur ; l'occasion était trop belle. Après avoir pansé la blessure, elle a fait allonger Cow-boy sur le plancher du porche, un coussin sous la tête.

— Il doit rester tranquille, dit-elle à Miguel. Souffrez-vous beaucoup ? demanda-t-elle à son patient.

— Pas trop.

— Je me demande si je vais lui donner un calmant, fit-elle à l'adresse de ma mère.

Les calmants de Grand-mère étaient pires qu'une fracture ouverte ; j'ai lancé à Cow-boy un regard horrifié qu'il a parfaitement interprété.

— Non, pas de médicament. Elle a mis de la glace dans un petit sac en toile qu'elle a posé délicatement sur les côtes douloureuses.

— Tenez-le, fit-elle en plaçant le bras gauche de Cow-boy sur le sac.

Quand il a senti la glace sur la blessure, tout son corps s'est contracté, mais il s'est détendu à mesure que le froid endormait la douleur. En quelques secondes, de l'eau a commencé à couler sur les planches. Cow-boy a fermé les yeux en soupirant.

— Merci, fit Miguel.

— *Gracias*, glissai-je.

Miguel m'a souri.

Nous les avons laissés pour aller boire un verre de thé glacé à l'avant.

— Il a les côtes cassées, annonça Grand-mère à Papy qui digérait son repas sur la balancelle. Il n'avait pas vraiment envie de parler, mais, après quelques secondes de silence, il a grogné quelques mots.

— Ça tombe mal.

— Il faut qu'il voie un médecin.

— Qu'est-ce que tu veux qu'un médecin y fasse ?

— Il y a peut-être une hémorragie interne.

— Peut-être pas.

— Ça risque d'être dangereux.

— S'il avait saigné à l'intérieur, il serait déjà mort, non ?

— Bien sûr, glissa mon père.

Il y avait deux choses. Tout d'abord les hommes étaient terrifiés à l'idée de devoir payer un médecin. Ensuite — et presque aussi important —, ils avaient tous deux combattu dans les tranchées. Ils avaient vu des corps déchiquetés, des membres épars, des camarades estropiés. Ils n'attachaient pas d'importance à une blessure de rien du tout ; fractures et plaies faisaient partie de l'existence. Ils vivaient à la dure.

— S'il meurt, ce sera notre faute, insista Grand-mère qui savait qu'elle n'aurait pas le dernier mot.

— Il ne va pas mourir, Ruth, répliqua Papy. Et même s'il mourait, ce ne serait pas notre faute. C'est Hank qui lui a cassé les côtes.

Ma mère est rentrée. Elle ne se sentait encore pas très bien et je commençais à m'inquiéter. Quand la conversation a glissé sur le coton, je les ai laissés.

J'ai fait le tour de la maison. Miguel se tenait près de Cow-boy ; ils semblaient dormir tous les deux. Je suis entré sans bruit pour aller voir ma mère. Étendue sur son lit, elle avait les yeux ouverts.

— Tu te sens bien, maman ?

— Bien sûr, Luke. Ne t'inquiète pas.

Si elle avait été dans les pires souffrances, elle aurait dit la même chose. Je me suis appuyé sur le bord du lit et je l'ai regardée un moment.

— Tu es sûre que ça va ? demandai-je avant de partir.

— Tout va bien, Luke, répondit-elle en me tapotant le bras.

Je suis allé chercher mon gant et ma balle dans la chambre de Ricky. Quand je suis ressorti sans bruit par la porte de la cuisine, Miguel avait disparu. Cow-boy était assis au bord du porche, les pieds dans le vide, le bras gauche plaqué sur sa blessure. Il m'effrayait encore, mais, dans son état, je ne pensais pas qu'il pourrait me faire du mal.

La gorge serrée, j'ai tendu ma balle, celle qui lui avait brisé les côtes.

— Comment vous faites pour la balle courbe ?

Son visage revêche s'est détendu, il a ébauché un sourire.

— Descends, fit-il en montrant l'herbe au pied du porche.

J'ai sauté et je me suis placé devant lui.

Cow-boy a posé les deux premiers doigts sur les coutures de la balle.

— Comme ça.

Tout comme Papy me l'avait appris.

— Après, un coup sec, poursuivit-il en tordant le poignet pour que ses doigts se trouvent sous la balle au moment où il la lâchait.

Rien de nouveau. J'ai pris la balle, exactement comme il avait dit.

Il m'a regardé en silence. Son léger sourire s'était effacé ; j'avais l'impression qu'il souffrait beaucoup.

— Merci.

Il a à peine incliné la tête.

Mon regard s'est arrêté sur le bout du manche du couteau à cran d'arrêt qui dépassait par un trou de sa poche droite. J'ai ouvert de grands yeux. Je l'ai regardé, puis nous avons tous deux regardé l'arme. Il l'a sortie lentement de la poche. Le manche était vert foncé et luisant, orné de gravures. Il l'a levé pour me le montrer, puis il a fait jouer le mécanisme et la lame a jailli. En entendant le déclic, j'ai eu un mouvement de recul.

— Où l'avez-vous eu ? demandai-je.

Une question stupide à laquelle il n'a pas répondu.

— Vous pouvez le refaire ?

Avec la rapidité de l'éclair, il a appuyé la lame contre sa jambe pour la replier, puis il l'a ouverte de nouveau en agitant le couteau devant mon nez.

— Je peux essayer ?

Il a fait non de la tête.

— Vous avez déjà piqué quelqu'un ? Il a écarté le couteau en me lançant un regard mauvais.

— Beaucoup d'hommes, répondit-il.

J'en avais assez vu. Je me suis éloigné en direction du silo où je pourrais être seul. J'ai lancé des balles en chandelle pendant une heure en souhaitant de tout mon cœur voir apparaître Tally.

14

Le lundi matin, nous nous sommes rassemblés en silence devant le tracteur. Je n'avais qu'une envie : rentrer en douce à la maison, me fourrer dans le lit de Ricky et dormir pendant deux jours. Plus de coton, plus de Hank Spruill, rien qui pourrisse la vie. « Nous pouvons nous reposer en hiver », aimait à dire Grand-mère. C'était vrai. Quand la récolte du coton était terminée et la terre retournée, notre petite ferme entrait en hibernation pour la saison froide.

Mais à la mi-septembre, la froidure était encore un rêve lointain. Papy, M. Spruill et Miguel avaient une discussion sérieuse près du tracteur tandis que les autres essayaient d'entendre ce qu'ils disaient. Les Mexicains restaient groupés à proximité. Il fut décidé qu'ils commenceraient par les champs les plus proches de la ferme, où ils se rendraient directement à pied. Les autres iraient un peu plus loin et la remorque ferait office de ligne de démarcation entre les deux groupes. Il fallait mettre une certaine distance entre Hank et Cow-boy, sinon ils allaient s'étriper.

J'ai entendu Papy dire qu'il ne voulait plus de problèmes. Tout le monde savait que le couteau ne quitterait pas la poche de Cow-boy et Hank ne serait certainement pas assez bête pour l'agresser de nouveau. Un peu plus tôt, au petit déjeuner, Papy avait émis l'idée que Cow-boy n'était pas le seul Mexicain armé. À la première imprudence de Hank, on risquait de voir des couteaux à cran d'arrêt sortir de pas mal de poches. M. Spruill était de cet avis ; il avait assuré à Papy que Hank se tiendrait bien. Mais plus personne ne croyait M. Spruill ni qui que ce soit en mesure de se faire obéir de Hank.

Il avait plu dans la nuit, mais cela ne se voyait pas. Le coton était sec, le sol déjà presque poussiéreux. La pluie avait été perçue par Papy et mon père comme le sinistre présage de la crue inévitable ; il y avait chez eux une nervosité contagieuse.

La récolte s'était parfaitement déroulée jusqu'à présent ; quelques semaines de cueillette nous suffiraient avant le déluge. Dès que le tracteur s'est arrêté près de la remorque, nous avons pris nos sacs et nous nous sommes enfoncés dans les rangs. Pas un rire, pas une chanson chez les Spruill ; pas un bruit chez les Mexicains qui travaillaient un peu plus loin. Et pas de sieste pour moi. Je cueillais aussi vite que je pouvais.

Le soleil qui montait rapidement dans le ciel séchait la rosée sur les graines. L'air était lourd : ma salopette collait à ma peau et la sueur coulait de mon menton.

Le seul avantage de ma petite taille était que la plupart des tiges me dépassaient et que je travaillais en partie à l'ombre.

Au bout de deux rudes journées de cueillette, la remorque était pleine. Papy l'a conduite en ville ; toujours lui, jamais mon père. Comme pour ma mère et son potager les tâches avaient été assignées à chacun bien avant que je vienne au monde. Il était prévu que je l'accompagne, pour mon plus grand plaisir : c'était une balade, même si elle s'arrêtait à l'égreneuse. Le souper expédié, nous avons pris le pick-up pour y atteler la remorque. Puis nous sommes montés sur les ridelles pour fixer la bâche qui empêcherait le coton de s'envoler en route. C'eût été un crime de perdre un seul gramme de ce qui nous avait coûté tant de sueur.

Au retour des champs, j'ai vu les Mexicains derrière la grange, épaule contre épaule, mangeant leurs tortillas avec des gestes lents. Dans la cabane à outils mon père réparait la chambre à air d'une roue avant du tracteur ; les femmes faisaient la vaisselle.

— Reste là, ordonna Papy en freinant brusquement. Je reviens tout de suite.

Il avait dû oublier quelque chose.

Quand il est ressorti de la maison, il avait son calibre 12 à la main : sans un mot, il a glissé le fusil sous le siège.

— On va à la chasse ? demandai-je, sachant fort bien que ma question resterait sans réponse.

Nous n'étions pas revenus sur l'affaire Sisco. Je pense que les adultes avaient décidé de laisser le sujet de côté, du moins en ma présence. Mais le fusil de chasse laissait la porte ouverte à de nombreuses interprétations.

J'ai aussitôt songé à une fusillade. À la manière de Gene Autry. Règlement de comptes à l'égreneuse. D'un côté les bons, les fermiers, tirant à tout-va en se cachant derrière les remorques ; de l'autre les méchants, les Sisco et leurs acolytes, qui leur rendaient coup pour coup. Les balles sifflaient, le coton s'envolait en nuages floconneux, des vitres se brisaient, des camions explosaient. Au moment de franchir le pont, le parking de l'égreneuse était couvert de blessés.

— Tu vas t'en servir contre quelqu'un ? demandai-je à Papy pour essayer de le tirer de son silence.

— Occupe-toi de ce qui te regarde, grommela-t-il en changeant de vitesse.

Peut-être avait-il un affront à laver. Cela m'a remis en mémoire une de nos histoires de famille. Quand Papy était beaucoup plus jeune, comme tous les fermiers, il travaillait dans les champs avec un attelage de mulets. C'était avant l'époque des tracteurs, au temps où les travaux agricoles étaient effectués par l'homme et l'animal. Un jour, un de ses voisins, un propre-à-rien du nom de Woolbright, l'avait vu aux champs avec les mulets. Les bêtes étaient récalcitrantes ; Papy leur tapait sur le cou avec un gros bâton. Racontant la scène au salon de thé, Woolbright avait affirmé : « Si j'avais eu un sac de toile mouillé, j'aurais montré à Eli Chandler le mal que ça fait. » Papy avait eu vent de l'histoire. Quelque temps plus tard, à la fin d'une longue et chaude journée de travail, il avait pris un sac de toile, l'avait plongé dans un seau d'eau et, sautant le souper, avait parcouru cinq kilomètres à pied pour se rendre chez Woolbright. Parfois dix ou quinze, selon le narrateur. À son arrivée, il cria à Woolbright de sortir pour s'expliquer avec lui. L'autre finissait de manger et, selon certaines versions, avait une maison pleine d'enfants. Il s'avança jusqu'à la porte grillagée pour regarder dans la cour et décida qu'il valait mieux rester à l'intérieur.

Papy lui demanda à plusieurs reprises de sortir.

— J'ai apporté un sac en toile, Woolbright ! Viens donc et qu'on en finisse !

Woolbright se retrancha chez lui. Quand il fut évident qu'il ne sortirait pas, Papy lança le sac de toile mouillé contre la porte, puis il refit à pied les cinq, dix ou quinze kilomètres le séparant de la ferme et se coucha sans manger.

J'avais entendu assez souvent cette histoire pour la croire vraie ; ma mère elle-même ne la mettait pas en doute. Dans sa jeunesse, Eli Chandler aimait faire le coup de poing et, à soixante ans, il avait encore la tête près du bonnet.

Mais jamais il ne tuerait quelqu'un, sauf en état de légitime défense. Et il préférait utiliser ses poings ou un sac de toile plutôt qu'une arme à feu. Il avait pris le fusil à tout hasard ; les Sisco étaient une famille de cinglés.

À notre arrivée, l'égreneuse tournait à plein régime. Une longue file de remorques attendait ; je savais que nous allions y passer des heures. La nuit était tombée quand Papy coupa le moteur et commença à pianoter sur le volant. Les Cardinals jouaient et j'étais impatient de rentrer à la maison.

Avant de descendre, Papy a examiné les remorques, les camions, les tracteurs et observé les fermiers et les ouvriers de l'égreneuse. Il était sur ses gardes.

— Je vais jeter un coup d'œil, dit-il enfin. Attends-moi.

Je l'ai regardé s'éloigner de son pas traînant ; il a rejoint un groupe d'hommes qui attendaient devant le bureau. Il est resté un moment avec eux. Un autre groupe, des hommes jeunes qui discutaient en fumant, s'était formé près d'une des remorques de la file. Les choses avançaient lentement.

J'ai aperçu une silhouette qui s'approchait du camion par-derrière.

— Ça va, Luke ? a lancé une voix qui m'a fait sursauter.

Je me suis retourné nerveusement et j'ai reconnu le visage souriant de Jackie Moon, un jeune homme du nord de la ville.

— Salut, Jackie, répondis-je, sans cacher mon soulagement.

L'espace d'un instant, j'avais cru qu'un des Sisco avait tendu une embuscade. Appuyé sur l'aile du camion, le dos tourné à l'égreneuse, Jackie a pris une cigarette roulée à la main.

— Des nouvelles de Ricky ?

— Pas depuis quelque temps, répondis-je en regardant la cigarette. On a reçu une lettre il y a quinze jours.

— Comment ça va ?
— Bien, je suppose.

Il a gratté une allumette sur l'aile du camion pour allumer sa cigarette. Grand et maigre, Jackie avait longtemps été une vedette de l'équipe de basket du lycée de Monette. Il avait joué avec Ricky, jusqu'au jour où mon oncle s'était laissé prendre en train de fumer derrière l'établissement. L'entraîneur, un ancien combattant qui avait perdu une jambe à la guerre, avait viré Ricky de l'équipe. Papy avait fait les cent pas autour de la ferme pendant une semaine en menaçant de tuer son fils cadet. Ricky m'avait confié qu'il en avait assez du basket. Il aurait voulu jouer au football, mais Monette ne pouvait pas avoir d'équipe à cause du coton.

— Je vais peut-être partir, poursuivit Jackie.
— En Corée ?
— Ouais.

J'avais envie de lui demander pourquoi il pensait qu'on avait besoin de lui en Corée. Je détestais cueillir le coton, mais je préférais ça plutôt que me faire tirer dessus.

— Et le basket ? demandai-je.

J'avais entendu dire que l'université de l'État d'Arkansas allait recruter Jackie.

— J'arrête mes études.
— Pourquoi ?
— J'en ai marre. J'étudie depuis douze ans ; jamais personne n'a fait ça dans ma famille. Je pense que j'en ai assez appris.

Les enfants arrêtaient souvent leurs études dans notre comté. Après plusieurs tentatives de Ricky, Papy avait fini par s'y résigner. Mais Grand-mère était restée intraitable : il avait terminé ses études secondaires.

— Il y a des tas de gens qui se font tuer là-bas, fit-il, le regard perdu au loin.

Comme je n'avais pas envie d'entendre ce genre de

chose, je n'ai rien dit. Après avoir terminé sa cigarette, il a plongé les mains dans ses poches.

— Il paraît que tu as vu la bagarre avec les Sisco, reprit-il sans me regarder.

Je me doutais que la bagarre du samedi viendrait sur le tapis ce soir-là. Je n'avais pas oublié la recommandation pressante de mon père de n'en parler à personne.

Mais je pouvais avoir confiance en Jackie, l'ami d'enfance de Ricky.

— Il y a des tas de gens qui l'ont vue.

— Oui, mais personne ne veut rien dire. Ceux des collines la bouclent, parce que c'est un gars de chez eux. Les gens du pays n'en parlent pas, parce que Eli a demandé à tout le monde de se taire. C'est ce que j'ai entendu dire, en tout cas.

Je le croyais. Je ne doutais absolument pas que Eli Chandler eût persuadé les baptistes de garder le silence, au moins jusqu'à la fin de la récolte.

— Et les Sisco ?

— Personne les a vus ; ils se font tout petits. L'enterrement a eu lieu vendredi. Ils ont creusé la tombe eux-mêmes, derrière l'église de Bethel. Stick les surveille.

Il s'est tu. Derrière nous le fracas de l'égreneuse était assourdissant. Jackie a roulé une autre cigarette et l'a allumée avant de reprendre la conversation.

— Je t'ai vu, l'autre samedi. Tu assistais à la bagarre.

J'ai eu le sentiment d'avoir été surpris en train de commettre un crime.

— Et alors ?

— Tu étais avec le petit Pinter. Quand le grand péquenaud des collines a ramassé le bout de bois, je vous ai regardés en me disant que des petits gars de votre âge devraient pas voir ça. Et je me suis pas trompé.

— J'aurais préféré ne rien voir.

— Moi aussi, approuva Jackie en faisant un rond de fumée.

Je me suis tourné vers le bâtiment pour m'assurer que Papy n'était pas dans les parages. Il devait encore être à l'intérieur, dans le petit bureau où le propriétaire de l'égreneuse s'occupait des papiers. D'autres remorques étaient arrivées et avaient pris place dans la file.

— Tu as parlé avec Stick ? demandai-je.
— Non. J'ai pas l'intention de le faire. Et toi ?
— Oui. Il est passé chez nous.
— Il a parlé à votre ouvrier ?
— Oui.
— Alors, il connaît son nom ?
— Sans doute.
— Pourquoi ne l'a-t-il pas arrêté ?
— Je ne sais pas. J'ai dit qu'il s'était battu à trois contre un.

Il a poussé un grognement avant de cracher dans les hautes herbes.

— Ils étaient trois contre un, c'est vrai, mais il aurait pas dû y avoir un mort. J'aime pas les Sisco, personne aime les Sisco, mais il était pas obligé de taper sur eux comme ça.

J'ai gardé le silence ; Jackie a tiré sur sa cigarette. Quand il a commencé à parler, la fumée lui est sortie par les narines et par la bouche.

— Il avait la figure toute rouge et les yeux brillants. D'un seul coup, il s'est calmé et il les a regardés, comme si un esprit venait de le secouer pour l'obliger à s'arrêter. Il a reculé, il s'est redressé et il les a encore regardés, comme si quelqu'un d'autre était responsable de cette boucherie. Après, il est reparti vers la Grand-rue. Le reste des Sisco et leurs copains ont rappliqué pour s'occuper des blessés. Ils ont emprunté le pick-up de Roe Duncan pour les ramener chez eux. Jerry n'a jamais repris connaissance. C'est Roe qui l'a conduit à l'hôpital en pleine nuit ; il a dit qu'il était déjà mort. Fracture du crâne. Les deux autres ont eu de la chance de s'en sortir. Il les a roués de coups autant que Jerry. J'avais jamais vu ça.

— Moi non plus.

— À ta place, je me tiendrais à l'écart de ces bagarres pendant un moment. T'es trop jeune.

— T'inquiète pas.

J'ai aperçu Papy qui revenait.

— Voilà mon grand-père.

Jackie a laissé tomber sa cigarette et écrasé le mégot.

— Pas un mot, à personne, de ce que je t'ai raconté, d'accord ?

— Bien sûr.

— Je veux pas avoir d'histoires avec ce cinglé.

— Compte sur moi.

— Salue Ricky de ma part. Dis-lui de tenir bon en attendant que j'arrive.

— Je n'y manquerai pas, Jackie.

Il a disparu aussi silencieusement qu'il était arrivé.

Encore des secrets.

Papy a dételé la remorque avant de s'installer au volant.

— On va pas poireauter trois heures, grommela-t-il en mettant le moteur en marche.

Nous avons repris la route de la maison. Dans le courant de la nuit, un des ouvriers attellerait notre remorque à un petit tracteur pour la tirer. Le coton serait aspiré dans l'égreneuse et ressortirait une heure plus tard sous la forme de deux balles parfaites. On les pèserait et on prélèverait des échantillons qui seraient mis de côté pour l'acheteur. Après le repas du matin, Papy irait chercher la remorque. Il examinerait les balles et les échantillons, puis il trouverait une autre raison pour se ronger les sangs.

Le lendemain, nous avons reçu une lettre de Ricky.

Nous l'avons vue sur la table de la cuisine en revenant des champs, le pas lourd, le dos endolori. J'avais cueilli soixante-dix-huit livres de coton dans ma journée, un record pour un garçon de sept ans, même s'il était impossible d'en être sûr, tellement on se mentait. Surtout les enfants. Papy et mon père en étaient tous les deux à cinq cents livres par jour.

Grand-mère fredonnait en souriant, le signe que les nouvelles étaient bonnes. Elle a saisi prestement la lettre pour la lire à haute voix ; elle la connaissait déjà par cœur.

Chers maman, papa, Jesse, Kathleen et Luke
J'espère que tout va bien à la maison. J'aurais jamais imaginé rater la saison du coton et je regrette de ne pas être avec vous. Tout me manque : la ferme, le poulet rôti, les Cardinals. Quand je pense que les Dodgers risquent de rafler le titre, ça me rend malade.
Sinon, ça va. Tout est calme depuis que nous ne sommes plus au front. Mon unité est à sept ou huit kilomètres à l'arrière ; nous en profitons pour rattraper le sommeil en retard. Nous sommes au chaud, reposés, bien nourris, personne ne tire sur nous et on ne tire sur personne.
Je pense que je vais bientôt rentrer. J'ai l'impression que les combats sont moins violents. Il y a des rumeurs de pourparlers de paix ; on croise les doigts.
J'ai bien reçu votre dernier paquet de lettres. Elles m'ont rempli de joie, continuez à écrire. Luke, j'ai trouvé la tienne un peu courte. Fais un effort la prochaine fois.
Il faut que j'y aille. Je vous embrasse tous
Ricky.

Nous nous sommes passé la lettre de main en main, nous l'avons lue et relue. Grand-mère l'a rangée dans une boîte à cigares, près de la radio. Toutes les lettres de

Ricky s'y trouvaient ; il n'était pas rare, quand on se levait la nuit, de surprendre Papy ou Grand-mère en train de les relire.

Cette lettre nous a permis d'oublier nos muscles raidis par la fatigue, notre peau brûlée par le soleil. Nous avons mangé en vitesse avant de nous installer autour de la table pour écrire à Ricky.

Je lui ai raconté l'histoire de Jerry Sisco et de Hank Spruill, sans lui épargner les détails. Le sang, le bois fendu en éclats, Stick Powers et tout le reste. Il y avait pas mal de mots que je ne savais pas écrire ; j'y suis allé au petit bonheur. Ricky me pardonnerait les fautes d'orthographe. Comme je ne voulais pas que tout le monde sache que j'envoyais en Corée des ragots du pays, je cachais la lettre de mon mieux.

Je suis sûr que les cinq lettres rédigées en même temps présentaient à Ricky cinq versions des mêmes événements. En écrivant, les adultes racontaient des histoires drôles. Un moment de bonheur au cœur de la saison du coton. Papy a allumé la radio pour écouter le base-ball, nos lettres se sont allongées.

Pour toute la famille, riant, écrivant et écoutant la radio à la table de la cuisine, il ne faisait aucun doute que Ricky serait bientôt parmi nous.

Il l'avait dit lui-même.

15

Dans l'après-midi du jeudi, ma mère est venue me dire qu'elle avait besoin de moi au potager. La joie au cœur, je me suis débarrassé de mon sac et j'ai abandonné les autres à leur sort. Nous sommes rentrés à la maison, soulagés l'un comme l'autre que la journée de travail soit terminée.

Elle m'a expliqué, chemin faisant, que nous allions rendre visite aux Latcher.

— Je m'inquiète pour eux. Peut-être n'ont-ils pas de quoi manger.

Les Latcher avaient un jardin, pas très bien entretenu, certes, qui leur fournissait malgré tout de la nourriture. Ils devaient se serrer la ceinture, mais jamais personne n'était mort de faim dans le comté de Craighead. Le plus pauvre des métayers arrivait à cultiver des tomates et des concombres ; il y avait dans chaque ferme quelques poules et des œufs.

Mais ma mère était résolue à voir Libby afin de mettre un terme aux rumeurs sur sa grossesse.

En entrant dans le potager, j'ai compris qu'elle avait une idée derrière la tête. Si nous faisions vite, si nous arrivions chez les Latcher avant la fin de la journée de travail, les parents et la ribambelle d'enfants seraient encore aux champs. Libby, si elle était réellement enceinte, n'aurait pas quitté la maison. Probablement seule, elle serait obligée de sortir pour nous accueillir avec notre panier de légumes. En l'absence de ses protecteurs, nous la prendrions par surprise et nous saurions à quoi nous en tenir. Une idée de génie.

Sous la surveillance attentive de ma mère, j'ai commencé à cueillir des tomates, des concombres, des pois, des haricots beurre, du maïs ; il y avait presque tout dans le potager. « Prends la petite tomate bien rouge, Luke, à ta droite ». Ou bien : « Les pois peuvent attendre ». Ou encore : « Non, ce concombre n'est pas tout à fait mûr ».

Elle cueillait souvent les légumes elle-même, mais préférait superviser l'opération. Elle maintenait ainsi un équilibre dans le potager en prenant du recul, en embrassant son territoire du regard ; elle dirigeait mon activité ou celle de mon père avec l'œil d'une artiste.

Je n'aimais pas le potager, mais, à cette époque de l'année, je détestais encore plus les champs. Tout plutôt que la cueillette du coton.

En tendant le bras pour saisir un épi de maïs, j'ai aperçu entre les tiges quelque chose qui a arrêté mon geste. Le long du potager s'étirait une bande d'herbe protégée du soleil, trop étroite pour lancer des balles et qui ne servait donc à rien. Derrière cette bande s'élevait le mur est de notre maison, du côté où personne ne passait. À l'ouest se trouvaient la cuisine, l'emplacement où nous garions le pick-up, les chemins conduisant aux dépendances et aux champs. Toute l'activité était à l'ouest ; à l'est il ne se passait rien.

Dans l'angle de la maison, face au potager et à l'abri des regards, quelqu'un avait commencé à peindre la planche inférieure. Avec de la peinture blanche. Le reste était du même brun décoloré que nous avions toujours connu, la couleur terne des vieilles et robustes planches de chêne.

— Qu'est-ce qui t'arrive, Luke ?

Ma mère prenait toujours son temps dans ce potager qui était pour elle un sanctuaire, mais, ce jour-là, elle s'apprêtait à tendre un piège. Il fallait se presser.

Elle est venue près de moi regarder à travers les tiges du maïs. Quand son regard s'est posé sur la planche peinte, elle s'est immobilisée à son tour.

Épaisse à l'angle, la couche de peinture s'amenuisait en allant vers l'arrière de la maison. De toute évidence, le travail était en cours : quelqu'un peignait notre maison.

— C'est Trot, fit-elle doucement, un sourire jouant sur ses lèvres.

Je n'avais pas pensé à lui, je n'avais pas eu le temps de chercher un coupable, mais il fut immédiatement évident que Trot était le peintre. Ce ne pouvait être que lui. Qui traînait dans la cour du matin au soir pendant que les autres trimaient dans les champs ? Qui travaillait avec une telle lenteur ? Qui serait assez bête pour peindre la maison d'autrui sans en avoir la permission ?

C'est Trot qui était venu à mon secours en criant à Hank de cesser de me torturer à propos de notre pauvre petite maison de pedzouilles. Il avait voulu m'aider.

Mais où avait-il trouvé l'argent pour acheter de la peinture ? Et pourquoi le faisait-il lui-même ? Les questions se bousculaient dans ma tête.

J'ai suivi ma mère jusqu'à la maison où nous avons examiné la peinture. Elle sentait encore et ne paraissait pas tout à fait sèche. Ma mère a scruté la cour : aucun signe de Trot.

— Qu'est-ce qu'on va faire ? demandai-je.
— Rien pour l'instant.
— Tu vas le dire à quelqu'un ?
— Je vais en parler à ton père. En attendant, ce sera notre secret.

185

— Tu as dit que ce n'était pas bien pour un enfant d'avoir des secrets.

— Ce n'est pas bien d'avoir des secrets pour ses parents.

Nous avons rempli deux paniers de légumes avant de les charger dans le pick-up. Ma mère ne le prenait guère plus d'une fois par mois ; elle savait conduire, mais ne parvenait pas à se détendre. Agrippée au volant, elle a fait jouer le levier de vitesse et enfoncé la pédale de frein avant de mettre le moteur en marche. Le pick-up a démarré avec une secousse, en marche arrière. Tandis qu'elle manœuvrait lentement, nous n'avons pu nous empêcher de rire. En passant devant le campement des Spruill, nous avons aperçu Trot, allongé sous le camion, caché derrière une roue, qui nous observait de loin.

Nous avons repris notre sérieux quelques minutes plus tard, en arrivant à la rivière.

— Cramponne-toi, Luke, fit ma mère en rétrogradant, penchée sur le volant, les yeux écarquillés.

À quoi ? C'était un pont à une seule voie, sans garde-fou ; si le pick-up quittait la route, nous mourrions noyés tous les deux.

— Tu vas réussir, maman, fis-je sans grande conviction.

— Bien sûr.

J'avais déjà franchi le pont avec elle ; c'était toujours une aventure. Nous avons roulé au ralenti, refusant de regarder l'eau, retenant notre souffle jusqu'à ce que le pick-up touche la terre ferme sur l'autre rive.

— Bien joué, maman !

— Ce n'était pas si difficile, fit-elle en poussant un long soupir.

Ce n'est qu'en approchant de la maison des Latcher que j'ai discerné un amas de chapeaux de paille au milieu des cotonniers, dans le champ le plus éloigné. Je ne savais pas s'ils avaient entendu le pick-up, mais ils ont poursuivi leur travail. Nous nous sommes garés devant le porche, dans un nuage de poussière. Avant d'avoir eu le temps de descendre, nous avons vu arriver Mme Latcher qui s'essuyait nerveusement les mains sur un torchon. Elle semblait parler toute seule et avait l'air très inquiète.

— Bonjour, madame Chandler, fit-elle en détournant les yeux.

Je n'ai jamais compris pourquoi elle n'appelait pas ma mère par son prénom. Elle était plus âgée et avait au moins une demi-douzaine d'enfants de plus.

— Bonjour, Darla. Nous apportons des légumes.

— Je suis tellement contente de vous voir, poursuivit Mme Latcher d'une voix tremblante.

— Qu'est-ce qui vous arrive ?

Mme Latcher a lancé un coup d'œil dans ma direction.

— J'ai besoin de votre aide. C'est rapport à Libby : je crois qu'elle va avoir un bébé.

— Un bébé ? répéta ma mère, feignant la surprise.

— Oui. Je crois qu'elle a des contractions.

— Il faut appeler le médecin.

— Vous n'y pensez pas ! On ne peut pas faire ça ! Personne ne doit le savoir. Personne ! On doit garder le secret.

J'étais passé derrière le pick-up et je m'étais baissé afin que Mme Latcher ne me voie pas. Je me disais qu'elle parlerait plus librement. Il allait se passer quelque chose de très important et je ne voulais pas en perdre une miette.

— Si vous saviez comme nous avons honte, reprit Mme Latcher d'une voix entrecoupée. Elle ne veut pas dire qui est le père. Je dois avouer que, pour le moment, cela m'est bien égal ; tout ce que je veux, c'est que le bébé arrive.

— Mais vous avez besoin d'un médecin.

— Pas question ! Personne ne doit le savoir. Si le

suis glissé au-dessous du rebord de la fenêtre. J'avais enlevé mon chapeau et commençais à me redresser lentement quand une grosse motte de terre a atterri à cinquante centimètres de ma tête. Elle s'est écrasée sur les planches disjointes avec un bruit sourd, faisant trembler la maison, effrayant les femmes au point qu'elles se sont mises à crier. Des fragment de terre m'ont cinglé la joue. Je me suis jeté au sol en m'écartant de la fenêtre ; quand je me suis relevé, j'ai tourné la tête vers le champ le plus proche.

Percy Latcher était là, pas très loin, entre deux rangs de coton, une autre motte à la main. Il m'a montré du doigt ; j'ai entendu une voix.

— C'est votre fils !

En me retournant, j'ai aperçu la tête de Mme Latcher. Après un dernier regard en direction de Percy, j'ai filé à toutes jambes jusqu'au pick-up. J'ai sauté sur le siège avant, remonté la vitre et attendu que ma mère revienne.

Percy a disparu au milieu des cotonniers. La journée de travail n'allait pas tarder à s'achever et je voulais être parti avant le retour des autres Latcher.

Deux tout petits se sont avancés sous le porche, nus comme des vers, un garçon et une fille. Je me suis demandé s'ils avaient conscience que leur grande sœur allait, elle aussi, avoir un bébé. Ils m'ont regardé avec de grands yeux.

Ma mère est sortie précipitamment, Mme Latcher sur ses talons.

— Je vais chercher Ruth, déclara ma mère.

— Faites vite, je vous prie.

— Ruth a l'habitude.

— Ramenez-la, je vous en conjure. Et, surtout, n'en parlez à personne. Je peux vous faire confiance, madame Chandler ?

— Naturellement, répondit ma mère en ouvrant la portière.

— Quelle honte pour nous, poursuivit Mme Latcher en s'essuyant les yeux. N'en parlez à personne.

— Tout ira bien, Darla, assura ma mère en mettant le contact. Je reviens dans une demi-heure.

Le camion a démarré brusquement, en marche arrière. Après une succession de coups de frein et de soubresauts, nous nous sommes éloignés de la pauvre maison des Latcher. Ma mère conduisait plus vite et son attention restait fixée sur la route. Mais pas entièrement.

— As-tu vu Libby Latcher ? demanda-t-elle au bout d'un moment.

— Non, maman, répondis-je sans hésiter, d'une voix ferme. Je savais que la question viendrait ; j'étais prêt à dire la vérité.

— Tu en es sûr ?

— Mais oui !

— Que fabriquais-tu derrière la maison ?

— J'étais en train de marcher quand Percy m'a lancé une motte. C'est ce qui a fait tant de bruit. Je n'y suis pour rien, c'est la faute de Percy.

Je parlais d'une voix assurée et elle ne demandait qu'à me croire. Elle avait des choses plus graves en tête. Nous nous sommes arrêtés devant le pont. Elle est passée en première en respirant un grand coup.

— Cramponne-toi, Luke.

Grand-mère était à la pompe, dans la cour de derrière ; elle s'essuyait le visage et les mains, et allait préparer le dîner. J'ai été obligé de courir pour ne pas me laisser distancer par ma mère.

— Il faut aller chez les Latcher, déclara-t-elle. La petite est dans les douleurs et sa mère veut que vous l'accouchiez.

— Seigneur ! lança Grand-mère dont le regard las

s'anima instantanément. Alors, elle est vraiment enceinte !

— Elle est à terme. Elle a des contractions depuis une heure.

Je ne perdais pas un mot de la conversation et je me réjouissais d'en être le témoin quand, soudain, sans raison apparente, les deux femmes se sont tournées vers moi.

— Luke, rentre à la maison, ordonna ma mère avec gravité, le bras tendu, comme si je ne savais pas où elle se trouvait.

— Qu'est-ce que j'ai fait ? demandai-je, blessé.

— Rentre, répéta-t-elle.

Je me suis éloigné en traînant les pieds ; il n'aurait servi à rien de discuter. Elles ont repris leur conversation à voix basse. J'étais arrivé devant le porche quand ma mère m'a rappelé.

— Luke ! Va vite chercher ton père aux champs ! Nous avons besoin de lui !

— Allez, file ! ajouta Grand-mère, exaltée par la perspective de s'occuper de cette nouvelle patiente.

Je ne voulais pas retourner aux champs ; j'aurais discuté si Libby Latcher n'avait pas été en train d'avoir son bébé.

— Oui, maman ! criai-je en prenant mes jambes à mon cou.

Mon père et Papy, à l'arrière de la remorque, pesaient le coton pour la dernière fois de la journée. Il était près de 5 heures ; les Spruill étaient tous là, avec leurs sacs pleins à craquer. Il n'y avait pas un Mexicain en vue.

J'ai réussi à tirer mon père à part pour lui expliquer la situation. Il a dit quelques mots à Papy et nous sommes repartis en vitesse à la maison. Grand-mère rassemblait son matériel : alcool à 90, serviettes, calmants, fioles d'affreux remèdes qui feraient oublier à Libby les douleurs de l'enfantement. Elle disposait son arsenal sur la table de la cuisine ; je ne l'avais jamais vue bouger avec autant de vivacité.

— Va te nettoyer ! lança-t-elle à mon père. Tu vas nous conduire là-bas. Ça risque de prendre un certain temps.

L'idée d'être entraîné dans cette histoire ne semblait guère l'enchanter, mais il n'allait pas discuter avec sa mère.

— Je vais me laver aussi, glissai-je.
— Toi, tu restes ici, répliqua ma mère. Elle coupait une tomate sur l'évier. En plus du plat habituel de concombres et de tomates, je mangerais des restes avec Papy.

Ils sont partis en hâte, ma mère coincée entre le conducteur et Grand-mère, volant tous les trois au secours de Libby. Du porche j'ai vu le camion s'éloigner dans un nuage de poussière et s'arrêter en arrivant à la rivière. J'aurais tellement aimé les accompagner.

Il y avait des haricots et des biscuits froids au menu ; Papy détestait les restes. Il pensait que les femmes auraient dû préparer le dîner avant d'aller donner un coup de main aux Latcher, mais il n'était déjà pas d'accord pour qu'on leur apporte des légumes.

— Je comprends pas pourquoi elles sont parties toutes les deux, bougonna-t-il en s'asseyant. Décidément, les femmes sont curieuses. Qu'est-ce que t'en penses, Luke ? Elles étaient tellement pressées d'aller voir cette petite qui va accoucher ?

— Oui, Papy.

Il a expédié la prière en quelques mots et nous avons pris notre repas en silence.

— Contre qui jouent les Cardinals ? demanda-t-il.
— Les Reds.
— Tu veux écouter ?
— Bien sûr.

Nous écoutions la radio tous les soirs. Qu'aurions-nous pu faire d'autre ?

Nous avons débarrassé et posé la vaisselle sale dans l'évier. Pour rien au monde Papy ne l'aurait lavée : c'était le travail des femmes. À la nuit tombée, nous nous sommes installés sous le porche à notre place habituelle, en attendant Harry Caray et les Cardinals. L'air était lourd, horriblement chaud.

— Ça prend combien de temps, la naissance d'un bébé ? demandai-je.

— Ça dépend, répondit Papy sur sa balancelle.

Il n'a rien dit d'autre. J'ai attendu un moment avant de poser une nouvelle question.

— Ça dépend de quoi ?

— D'un tas de choses. Il y a des bébés qui sortent tout de suite, d'autres qui prennent plusieurs jours.

— Combien de temps il m'a fallu ?

— Je m'en rappelle pas, répondit-il après avoir réfléchi. En général, il faut plus de temps aux premiers-nés.

— Tu étais là ?

— Non, j'étais sur le tracteur. L'arrivée d'un bébé n'était pas un sujet sur lequel Papy aimait s'étendre ; la conversation en est restée là.

J'ai vu Tally quitter la cour et disparaître dans l'obscurité. Les Spruill s'apprêtaient pour le coucher ; leur feu ne jetait plus de flammes.

Les Reds ont marqué quatre points dès le début de la première manche. Écœuré, Papy est allé se coucher. J'ai éteint la radio et attendu dans la pénombre le retour de Tally. Au bout de quelques minutes, Papy a commencé à ronfler.

16

J'avais décidé de rester sous le porche en attendant que mes parents et Grand-mère reviennent. Je me représentais la scène : les femmes entourant Libby dans la pièce du fond tandis que les hommes restaient dehors avec la tripotée de petits Latcher, aussi loin que possible du lieu de l'accouchement. La maison était juste de l'autre côté de la rivière, mais je ratais tout.

La fatigue commençait à se faire sentir ; j'ai failli m'endormir. Le silence et la nuit étaient tombés sur le campement des Spruill, mais je n'avais pas encore vu Tally revenir.

J'ai traversé la maison sur la pointe des pieds ; Papy dormait profondément. Je me suis assis au bord du porche, les jambes pendantes. Derrière la grange et le silo les champs prenaient une teinte d'un gris argenté quand la lune perçait entre les nuages. Le reste du temps, ils étaient plongés dans les ténèbres. À la clarté fugitive de la lune, j'ai aperçu Tally sur la route des champs, seule, allant d'un pas lent, puis tout est redevenu noir. Pendant un long moment, pas un bruit n'a troublé le silence. D'un seul coup, j'ai entendu le craquement d'une brindille près de la maison.

— Tally ? murmurai-je, assez fort pour me faire entendre.

— C'est toi, Luke ? répondit-elle après un long silence.

— Je suis là, sous le porche.

Elle s'est avancée, pieds nus, sans bruit.

— Qu'est-ce que tu fabriques, Luke ? demanda-t-elle en s'arrêtant devant moi.

— Où étais-tu ?

— Je faisais un tour.

— Pourquoi ?

— Je ne sais pas. Il y a des moments où il faut que je m'éloigne de ma famille.

Je me mettais à sa place. Elle s'est assise à côté de moi, a remonté sa jupe au-dessus des genoux et s'est mise à balancer les jambes.

— Parfois, reprit-elle doucement, j'ai envie de m'enfuir. Tu n'as jamais eu envie de t'enfuir, Luke ?

— Pas vraiment. Je n'ai que sept ans. Mais je ne passerai certainement pas le reste de ma vie ici.

— Tu vivras où ?

— À Saint Louis.

— Pourquoi ?

— C'est là où joue l'équipe des Cardinals.

— Tu veux faire du base-ball ?

— Et comment !

— Tu es un garçon intelligent, Luke. Seul un imbécile peut avoir envie de cueillir le coton toute sa vie. Moi, je veux aller dans le Nord, là où il fait froid, où il y a plein de neige.

— Où ça ?

— Je ne sais pas. Montréal, peut-être.

— Ça se trouve où ?

— Au Canada.

— Ils jouent au base-ball, là-bas ?

— Je ne crois pas.

— Alors, n'y va pas.

— Si. C'est un beau pays ; on l'a étudié à l'école. Il a été colonisé par les Français et tout le monde parle cette langue.

— Tu parles français, toi ?

— Non, mais je peux apprendre.

— C'est facile. Moi, je parle déjà espagnol ; Juan m'a appris l'année dernière.

— C'est vrai ?

— *Si.*

— Dis autre chose.

— *Buenos días. Por favor. Adiós. Gracias. Señor. Cómo está ?*

— Ouah !

— Tu vois, je t'avais bien dit que c'était facile. C'est loin, Montréal ?

— Je sais pas. Sans doute. C'est pour ça aussi que je veux aller là-bas.

Une lumière s'est allumée dans la chambre de Papy, éclairant le bout du porche et nous faisant sursauter.

— Ne fais pas de bruit, murmurai-je.

— Qui est-ce ? demanda Tally sur le même ton, en se baissant comme si on allait tirer sur nous.

— C'est Papy qui va boire de l'eau. Il se lève toute la nuit.

À travers la moustiquaire de la porte, je l'ai vu entrer dans la cuisine et ouvrir le réfrigérateur. Il a bu deux verres d'eau avant de repartir dans sa chambre et d'éteindre la lumière. Tally a attendu que le silence et l'obscurité soient revenus.

— Pourquoi se lève-t-il toute la nuit ?

— Il s'inquiète pour Ricky qui se bat en Corée.

— Qui est Ricky ?

— Mon oncle. Il a dix-neuf ans.

— Il est mignon ? reprit-elle après une minute de réflexion.

— Je ne sais pas ; je ne me suis jamais posé la question. C'est mon meilleur pote et j'aimerais qu'il revienne.

Nous avons pensé un moment à Ricky en balançant nos jambes dans le vide.

— Dis-moi, Luke, j'ai vu le pick-up partir avant le dîner. Où allait-il ?

— Chez les Latcher.

— Qui sont les Latcher ?

— Des métayers. Ils habitent de l'autre côté de la rivière.

— Qu'est-ce qu'ils allaient faire là-bas ?

— Je ne peux pas te le dire.

— Pourquoi ?

— C'est un secret.

— Quel genre de secret ?

— Un gros.

— Sois gentil, Luke. Nous partageons déjà un secret, non ?

— C'est vrai.

— Est-ce que j'ai raconté à quelqu'un que tu m'as regardée quand je me lavais ?

— Je crois pas.

— Si je le faisais, tu aurais de gros ennuis, non ?

— Probablement.

— Tu vois, nous savons tous deux garder un secret. Maintenant, dis-moi ce qui se passe chez les Latcher.

— Tu promets de ne rien dire ?

— Promis.

Toute la ville était déjà au courant de la grossesse de Libby. C'était un secret de Polichinelle.

— Ils ont une fille, Libby. Elle est en train d'accoucher.

— Quel âge ?

— Quinze ans.

— Ça alors !

— Ils ne veulent pas que ça se sache. Ils ont refusé

d'appeler un médecin, sinon tout le monde l'aurait appris. Ils ont préféré demander à Grand-mère de mettre le bébé au monde.

— Pourquoi ne veulent-ils pas que ça se sache ?
— Elle n'est pas mariée.
— Sans blague ? Qui est le père ?
— Elle veut pas le dire.
— Personne ne le sait ?
— Personne d'autre que Libby.
— Tu la connais, toi ?
— Je l'ai déjà vue, mais il y a tellement d'enfants. Je connais son frère, Percy. Il dit qu'il a douze ans, mais j'ai du mal à le croire. C'est difficile de le savoir, ils ne vont pas à l'école.
— Tu sais comment les filles tombent enceintes ?
— Je crois pas.
— Alors, il vaut mieux que je ne dise rien. Je ne demandais rien. Un jour, Ricky avait essayé de me parler des filles, mais j'avais trouvé cela répugnant.

Les jambes de Tally se sont balancées un peu plus vite tandis qu'elle assimilait la nouvelle.

— La rivière n'est pas loin, reprit-elle.
— Quinze cents mètres.
— Ils habitent loin, de l'autre côté ?
— On suit un chemin de terre et on arrive chez eux.
— Tu as déjà vu un bébé naître, Luke ?
— Non. J'ai vu des vaches, des chiens, mais pas un vrai bébé.
— Moi non plus.

Elle a sauté à terre, m'a pris par la main et m'a tiré le bras avec une force surprenante.

— Allons-y, Luke. Allons voir ce qu'il y a à voir.

Elle a commencé à m'entraîner avant que j'ouvre la bouche pour protester.

— Tu es folle, Tally ! m'écriai-je en essayant de résister.

— Non, Luke, répliqua-t-elle à voix basse. C'est une aventure, comme l'autre jour, à la rivière. Ça t'a plu, non ?

— Et comment !

— Alors, aie confiance en moi.

— Et si on se fait prendre ?

— Comment veux-tu qu'on se fasse prendre ? Tout le monde dort. Quand ton grand-père s'est réveillé, il n'a même pas cherché à savoir où tu étais. Allez, ne te dégonfle pas !

Je me suis rendu compte que j'aurais suivi Tally n'importe où.

Nous nous sommes glissés derrière les arbres en restant aussi loin que possible des Spruill. Nous entendions des ronflements et des respirations profondes de gens harassés qui avaient sombré dans le sommeil. Nous avons atteint la route sans faire de bruit. Vive et agile, Tally avançait d'un pas sûr dans l'obscurité. Quand nous avons tourné vers la rivière, la lune est apparue pour éclairer notre chemin. La route était à peine assez large pour permettre à deux camions de se croiser et le coton poussait jusqu'aux bas-côtés. Sans la clarté de la lune, nous devions regarder où nous mettions les pieds, mais, quand elle brillait, nous voyions loin devant nous. Nous étions tous deux pieds nus. Les cailloux de la route nous obligeaient à marcher à petits pas rapides, mais la plante de nos pieds était aussi dure que le cuir de mon gant de base-ball.

J'avais peur, mais j'étais décidé à ne pas le montrer. Elle semblait n'avoir aucune crainte, ni de se faire prendre ni de l'obscurité ni d'espionner une famille où un bébé venait au monde. À certains moments, Tally restait distante, renfermée, presque sombre et paraissait aussi âgée que ma mère. À d'autres, elle se comportait comme une enfant, riait en jouant au base-ball, aimait qu'on la regarde quand elle se baignait, se promenait seule dans la nuit et, surtout, se plaisait dans la compagnie d'un garçon de sept ans.

Nous nous sommes arrêtés au milieu du pont en nous penchant prudemment pour regarder l'eau en contrebas. Je lui ai parlé des poissons-chats, de leur taille monstrueuse et des cochonneries qu'ils avalaient, de celui de quarante-quatre livres que Ricky avait pêché. Elle a pris ma main jusqu'à l'autre rive, en la serrant doucement, un geste d'affection, pas de protection.

Le chemin menant à la maison des Latcher était bien plus sombre. Nous avons ralenti le pas pour essayer de distinguer la maison sans quitter le chemin. Les Latcher n'avaient pas l'électricité ; tout était noir dans leur coude de la rivière.

Tally a entendu quelque chose et s'est figée sur place. Des voix, au loin. Nous nous sommes cachés dans le champ le plus proche en attendant le retour de la lune. J'ai essayé, d'après mes souvenirs, d'indiquer à Tally l'emplacement de la maison. C'étaient des voix d'enfants, la marmaille des Latcher.

La lune y a enfin mis du sien et nous a dévoilé le paysage. La masse sombre de la maison se trouvait à la même distance que celle qui séparait la grange de l'arrière de notre ferme, un peu plus de cent mètres, la distance entre le marbre et la limite du champ extérieur au Parc des sports. J'estimais le plus souvent les longues distances par rapport à ce mur. Le pick-up était garé devant la maison.

— Il vaut mieux faire le tour de ce côté, déclara posément Tally, comme si elle avait l'habitude de ces expéditions.

Nous nous sommes enfoncés dans le champ de coton, nous glissant silencieusement entre les rangs pour décrire un large demi-cercle. Les tiges des cotonniers étaient pour la plupart aussi hautes que moi ; en arrivant à un endroit où elles s'éclaircissaient, nous

nous sommes arrêtés pour étudier le terrain. Il y avait une faible lumière à l'arrière de la maison, dans la pièce où ils gardaient Libby. Quand nous sommes arrivés à la hauteur de la fenêtre, nous avons coupé entre les rangs en prenant soin de ne faire aucun bruit.

Il y avait peu de chances qu'on nous voie. Personne ne nous attendait et ils avaient d'autres sujets de préoccupation. Dans le champ obscur le feuillage était dense ; un enfant pouvait ramper entre les cotonniers sans qu'on soupçonne sa présence.

Ma complice se déplaçait aussi agilement que les soldats que j'avais vus au cinéma. Sans quitter la maison des yeux, elle écartait délicatement les tiges en me laissant un passage. Nous n'échangions pas un mot et nous prenions notre temps. Le coton poussait jusqu'au bord de la petite cour. Nous nous sommes arrêtés à une dizaine de rangs pour faire le point de la situation.

Nous entendions les petits Latcher rassemblés autour du pick-up garé loin du porche. Mon père et M. Latcher, assis à l'arrière du plateau, discutaient à mi-voix. Les enfants gardaient le silence, puis ils se mettaient tous à parler en même temps. Tout le monde semblait attendre depuis longtemps.

La fenêtre se trouvait juste devant nous ; de notre poste d'observation, nous étions plus près que les petits Latcher et les hommes. Et nous avions une merveilleuse cachette ; un projecteur allumé sur le toit de la maison n'aurait pas permis de nous repérer.

Une bougie brûlait sur une table, juste de l'autre côté de la fenêtre. Les femmes se déplaçaient dans la pièce ; à en juger par les ombres qui montaient et descendaient, il devait y avoir plusieurs bougies.

— Approchons-nous, murmura Tally.

Nous étions déjà cachés depuis cinq bonnes minutes ; malgré la peur que je ressentais, je ne pensais pas qu'on puisse nous surprendre.

Nous avons fait trois mètres avant de nous tapir de nouveau entre les tiges.

— Nous sommes assez près, dis-je.
— Peut-être.

La lumière provenant de la pièce éclairait le sol à l'extérieur. La fenêtre n'avait ni moustiquaire ni rideaux. Les battements de mon cœur ont ralenti, ma respiration est redevenue normale. En parcourant les environs du regard, j'ai commencé à percevoir les sons de la nuit : le chant des grillons, le coassement des grenouilles au bord de la rivière, le murmure grave des voix d'hommes.

À l'intérieur les femmes aussi parlaient à voix basse. Nous les entendions sans comprendre ce qu'elles disaient.

Le silence de la nuit fut déchiré par un cri atroce qui faillit me faire bondir de ma cachette. La voix plaintive de Libby se répercuta dans les champs. J'étais sûr qu'elle était morte. Plus un bruit autour du pick-up ; les grillons eux-mêmes semblaient avoir interrompu leur chant.

— Qu'est-ce qui s'est passé ? demandai-je.
— Une contraction, répondit Tally, les yeux fixés sur la fenêtre.
— Qu'est-ce que c'est ?
— Ça fait partie de l'accouchement. Ce sera de pire en pire.
— Pauvre fille.
— Elle l'a bien cherché.
— Comment ça ?
— Laisse tomber.

Le silence est revenu ; au bout de quelques minutes, nous avons entendu Libby pleurer. Sa mère et Grand-mère essayaient de la consoler.

— J'ai tellement honte, répétait Libby.
— Tout se passera bien, disait sa mère.
— Personne ne le saura, affirmait Grand-mère.

C'était un mensonge flagrant, mais peut-être apportait-il un peu de soulagement à Libby.

— Tu auras un magnifique bébé, ajouta ma mère.

Un Latcher, un des petits, s'est approché furtivement et s'est placé sous la fenêtre, comme je l'avais fait quelques heures plus tôt, avant que Percy me prenne pour cible avec une grosse motte. Il ou elle — comment savoir si c'était un garçon ou une fille ? — a commencé à zieuter.

— Lloyd, écarte-toi de cette fenêtre ! aboya un de ses aînés.

Lloyd a fait un bond en arrière avant de disparaître dans l'obscurité. Aussitôt informé de la chose, M. Latcher lui a administré une bonne correction. Le père se servait d'une badine.

— La prochaine fois, répétait-il, j'en prendrai une plus grosse !

Lloyd trouvait que la grosseur de celle qui lui cinglait les fesses était largement suffisante ; ses cris devaient s'entendre jusqu'à la rivière.

— Je vous ai dit de rester près de moi et de ne pas vous approcher de la maison ! rugit M. Latcher quand la punition fut terminée.

Nous n'avons rien vu de la scène, mais il nous était facile de l'imaginer.

J'étais encore plus horrifié à la pensée de la sévérité et de la durée de la correction que m'infligerait mon père s'il me découvrait. Une pressante envie de partir m'a saisi.

— Il faut combien de temps pour avoir un bébé ? demandai-je à voix basse à Tally.

Si elle était fatiguée d'attendre, elle ne le montrait pas. À genoux, immobile, elle gardait les yeux rivés sur la fenêtre.

— Ça dépend. C'est toujours plus long pour le premier.

— Et pour le septième ?

— J'en sais rien. Il sort tout seul, j'imagine. Qui en a eu sept ?

— La mère de Libby. Sept ou huit. Je pense qu'elle en pond un tous les ans.

J'allais m'assoupir quand la contraction suivante s'est produite. Elle a fait trembler la maison et provoqué des pleurs suivis de paroles de réconfort. Puis le calme est revenu ; je me suis dit que cela pouvait durer longtemps.

Incapable de garder les yeux ouverts, j'ai fini par me rouler en boule sur la terre chaude, entre deux rangs de cotonniers.

— Tu ne crois pas qu'il faudrait partir ?

— Non, répondit Tally d'une voix décidée.

— Réveille-moi s'il se passe quelque chose.

Tally a changé de position. Assise, les jambes croisées, elle a placé délicatement ma tête sur ses genoux et a commencé à me caresser les épaules et les cheveux. Je ne voulais pas m'endormir, mais le sommeil a eu raison de moi.

En me réveillant, je me suis trouvé dans un monde inconnu, étendu dans un champ, en pleine nuit. Je n'ai pas bougé. Le sol n'était plus chaud, j'avais froid aux pieds. J'ai regardé en l'air, terrifié, jusqu'à ce que je comprenne que j'étais entouré de tiges de cotonniers. J'ai entendu des voix inquiètes. Quelqu'un a prononcé le nom de Libby et tout m'est revenu d'un seul coup. J'ai tendu la main pour toucher Tally ; elle n'était plus là.

Je me suis redressé pour regarder autour de moi. Rien n'avait changé : la fenêtre était encore ouverte, les bougies brûlaient. Mais les femmes s'activaient à l'intérieur.

— Tally ! soufflai-je d'un ton pressant.

Trop fort, sans doute, mais j'étais effrayé.

— Chut !... Par ici !

Je distinguais à peine l'arrière de sa tête, deux rangs plus loin, sur la droite. Elle s'était déplacée pour avoir une meilleure vue. J'ai écarté quelques tiges et me suis retrouvé tout près d'elle.

Le marbre est à dix-huit mètres du monticule du lanceur ; nous étions bien plus près que cela de la fenêtre. Seuls deux rangs nous séparaient du bord de la cour. En gardant la tête baissée, j'ai enfin réussi à discerner les visages au front couvert de sueur des trois femmes. Elles regardaient Libby, qu'il nous était impossible de voir. Je n'étais pas certain d'y tenir ; Tally, elle, en mourait d'envie.

Penchées sur Libby, les femmes l'exhortaient à pousser et à respirer, à pousser et à respirer tout en l'assurant que tout se passerait bien. Cela semblait pourtant ne pas être le cas. La pauvre fille grognait et beuglait comme un veau, poussant de temps à autre des cris perçants et prolongés, à peine assourdis par les murs de la maison. La voix déchirante portait loin dans le silence de la nuit ; je me demandais ce que ses petits frères et sœurs pensaient de toute cette affaire.

— J'ai honte, j'ai tellement honte, répétait Libby pendant les rares moments où elle cessait de grogner et de hurler.

Et tout recommençait, interminablement.

— Tout va bien, ma chérie, répétait inlassablement sa mère.

— Elles ne peuvent rien faire ? demandai-je à voix basse.

— Absolument rien. Le bébé sortira quand il voudra.

J'avais envie de demander à Tally comment elle pouvait en savoir aussi long sur l'accouchement, mais j'ai préféré me taire. Elle aurait probablement répondu que cela ne me regardait pas.

Soudain, il n'y eut plus ni bruit ni mouvement dans la pièce. Ma mère et ma grand-mère ont reculé,

Mme Latcher s'est penchée, un verre d'eau à la main. Libby ne disait plus rien.

— Qu'est-ce qui se passe ? soufflai-je.

— Rien.

Cette interruption m'a laissé le temps de penser à autre chose, à savoir ce qui arriverait si je me faisais prendre. J'en avais assez vu ; l'aventure était allée à son terme. Tally l'avait mise sur le même plan que la baignade dans le Siler, mais elle ne souffrait pas la comparaison avec notre petite escapade. Nous étions partis depuis des heures. Que se passerait-il si Papy voulait s'assurer que j'étais bien dans la chambre de Ricky ? Ou si un des Spruill se réveillait et cherchait Tally ? Ou encore si mon père décidait qu'il en avait assez et qu'il rentrait à la maison ?

La correction que je recevrais me ferait souffrir pendant plusieurs jours, si j'en réchappais. J'étais en train de me laisser gagner par l'affolement quand Libby s'est remise à haleter bruyamment tandis que les femmes l'imploraient de pousser et de respirer.

— Le voilà ! s'écria ma mère.

Un moment d'agitation a suivi pendant que les femmes se démenaient autour de leur patiente.

— Pousse encore ! lança Grand-mère.

Libby a continué de gémir, épuisée mais presque au bout de ses peines.

— N'arrête pas, ma chérie, disait sa mère. N'arrête pas.

Nous restions parfaitement immobiles, Tally et moi, fascinés par le drame qui se déroulait. Elle a pris ma main, l'a pressée de toutes ses forces. Elle avait les mâchoires serrées, les yeux écarquillés par l'émotion.

— Il sort ! s'écria ma mère.

Le silence qui suivit fut rompu par le cri du nouveau-né, un bref gargouillement de protestation. Un Latcher de plus était arrivé.

— C'est un garçon, déclara Grand-mère en soulevant le petit être couvert de sang et de placenta.

— C'est un garçon, répéta Mme Latcher.

Pas un mot de Libby.

J'en avais vu plus que ce que j'espérais.

— Allons-y, suggérai-je en essayant d'entraîner Tally.

Mais elle refusait de bouger.

Grand-mère et ma mère ont continué de s'occuper de Libby pendant que Mme Latcher nettoyait le bébé qui poussait des cris furieux. Je n'ai pas pu m'empêcher de penser qu'il était triste d'être un Latcher, de venir au monde dans cette petite maison mal tenue, au milieu d'une flopée d'autres enfants.

Quelques minutes se sont écoulées, puis Percy s'est avancé vers la fenêtre.

— On peut voir le bébé ? demanda-t-il, presque craintivement.

— Dans une minute, répondit sa mère.

Ils se sont agglutinés devant la fenêtre, toute la nichée de petits Latcher auxquels s'est ajouté le père, devenu grand-père, impatients de voir le bébé. Ils étaient juste devant nous ; j'ai retenu mon souffle, dans la crainte qu'ils ne nous entendent. Mais ils n'imaginaient pas qu'on pouvait les espionner. Ils restaient plantés devant la fenêtre, tout à leur émerveillement.

Mme Latcher a amené le nouveau-né et s'est penchée pour lui présenter sa famille. Il m'a rappelé mon gant de base-ball, presque aussi noir, enveloppé dans une serviette. Il restait tranquille et ne paraissait pas impressionné par la foule qui le dévorait des yeux.

— Et Libby ? demanda quelqu'un.

— Elle va bien, répondit Mme Latcher.

— On peut la voir ?

— Pas maintenant. Elle est très fatiguée.

Elle a repris le bébé contre sa poitrine ; les autres

Latcher sont repartis lentement vers le devant de la maison. Je ne voyais pas mon père, mais je savais qu'il se cachait près du pick-up. Pour rien au monde, il n'aurait jeté un regard à un enfant illégitime.

Pendant quelques minutes, les femmes ont semblé s'activer autant qu'avant la venue du bébé, mais elles avaient presque terminé.

Sortant de ma torpeur, j'ai pris conscience que nous étions loin de la maison.

— Il faut y aller, Tally ! lançai-je d'un ton pressant.

Elle était prête. Nous sommes revenus sur nos pas, à travers le champ de coton, en nous éloignant de la maison des Latcher. Quand nous nous sommes arrêtés pour nous orienter, la lumière de la fenêtre n'était plus visible. La lune s'était cachée, la silhouette de la maison ne nous apparaissait plus. L'obscurité était totale.

Nous avons bifurqué vers l'ouest, coupant à travers les rangs, nous glissant entre les tiges en prenant soin de les écarter pour ne pas nous faire griffer le visage. À l'extrémité d'un rang nous sommes tombés sur le chemin qui conduisait à la route. J'avais mal aux pieds, j'avais mal aux jambes, mais il n'y avait pas de temps à perdre. Nous avons couru jusqu'au pont. Tally avait envie de regarder les tourbillons, mais je l'ai forcée à continuer.

— Pas besoin de courir, fit-elle en prenant pied sur l'autre rive.

Nous avons ralenti l'allure et marché un moment sans rien dire, essayant de reprendre notre souffle. La fatigue commençait à nous gagner ; l'aventure valait la peine, mais nous allions en payer le prix. Nous approchions de la ferme quand nous avons entendu un grondement derrière nous. Des phares ! Sur le pont ! Terrorisés, nous avons détalé. Tally aurait facilement pu me distancer — une humiliation, si j'avais eu le temps d'y penser —, mais elle a ralenti un peu pour ne pas me lâcher.

Je savais que mon père ne conduirait pas vite, surtout de nuit, avec Grand-mère et ma mère à ses côtés, sur notre petite route, mais la lumière des phares gagnait du terrain. À l'approche de la maison, nous avons franchi le fossé et continué à courir le long d'un champ. Le bruit du moteur devenait plus fort.

— Je vais rester ici, Luke, fit Tally en s'arrêtant à la lisière du champ. Cours jusqu'à la maison et passe par-derrière. Je vais attendre qu'ils soient rentrés. Dépêche-toi !

J'ai filé à toute vitesse et tourné l'angle de la maison juste au moment où le pick-up s'arrêtait dans la cour. Je suis entré sans bruit dans la cuisine et me suis glissé dans la chambre de Ricky. J'ai pris un oreiller sur le lit et me suis couché par terre, près de la fenêtre. J'étais trop sale et mouillé pour me mettre dans le lit. J'ai prié pour qu'ils soient trop fatigués pour venir voir si je dormais.

Ils sont entrés dans la cuisine en faisant peu de bruit, ont chuchoté quelques mots en se déchaussant. Un rayon de lumière passait par la porte entrouverte. Des ombres l'ont traversé, mais personne n'est venu voir le petit Luke. Quelques minutes plus tard, ils étaient couchés et le silence est retombé sur la maison. J'avais prévu d'attendre un peu avant de me glisser dans la cuisine pour me laver le visage et les mains. Puis je me coucherais dans le lit. Si on m'entendait, je dirais simplement qu'ils m'avaient réveillé en rentrant.

Je me souviens seulement d'avoir eu le temps de formuler ce plan avant de sombrer dans le sommeil.

17

Je ne sais pas combien de temps j'ai dormi, mais j'ai eu l'impression que cela n'avait duré que quelques minutes. Penché sur moi, Papy me demandait ce que je faisais par terre. J'ai essayé de répondre, mais les mots ne venaient pas. J'étais paralysé par la fatigue.

— Il n'y a que toi et moi, les autres dorment encore, lâcha-t-il d'une voix lourde de mépris.

Encore incapable de penser et de parler, je l'ai suivi dans la cuisine où le café était prêt. Nous avons mangé en silence : biscuits froids et sirop de sorgho. Papy était de mauvais poil : il s'attendait à un vrai petit déjeuner. Et il était furieux de voir que Grand-mère et mes parents dormaient au lieu de se préparer à leur journée de travail.

— La petite Latcher a eu un bébé cette nuit, annonça-t-il en s'essuyant la bouche.

La petite Latcher et le nouveau-né gâchaient notre récolte et notre petit déjeuner ; il avait du mal à se contenir.

— C'est vrai ? lançai-je, feignant la surprise.

— Oui, mais on n'a toujours pas découvert qui est le père.

— Ah bon ?

— Oui. Ils ne veulent pas que ça se sache, alors n'en parle à personne.
— D'accord, Papy.
— Dépêche-toi. On doit y aller.
— Ils sont rentrés à quelle heure ?
— 3 heures du matin.

Il est sorti mettre le tracteur en marche. J'ai placé la vaisselle dans l'évier avant d'aller jeter un coup d'œil dans la chambre de mes parents. Ils étaient d'une immobilité de cadavres ; le seul bruit était celui de leur respiration profonde. J'avais envie d'ôter mes bottes, de me glisser entre eux dans le lit et de dormir une semaine. Je me suis forcé à ressortir. Le soleil s'élevait juste au-dessus des arbres. Au loin je distinguais les silhouettes des Mexicains qui se dirigeaient vers les champs.

Les Spruill s'approchaient en traînant les pieds. Tally n'était pas parmi eux. Je me suis renseigné auprès de Bo ; il a dit qu'elle ne se sentait pas bien. Des maux d'estomac, semblait-il. Papy a entendu. Son irritation est montée d'un cran : un ouvrier de plus qui restait au lit au lieu de partir aux champs.

Mais pourquoi n'avais-je pas pensé à dire que j'avais mal à l'estomac ?

Nous avons parcouru cinq cents mètres, jusqu'à l'endroit où attendait la remorque à moitié pleine, s'élevant tel un monument dans la platitude des champs, symbole d'une nouvelle journée de souffrances. Sans nous presser, nous avons pris nos sacs et commencé la cueillette. J'ai attendu que Papy avance dans son rang pour m'éloigner de lui. Et des Spruill.

J'ai travaillé dur la première heure. Le coton était humide, doux au toucher ; le soleil n'avait pas eu le temps de monter très haut. Je n'étais motivé ni par l'argent ni par la peur. Je cherchais seulement un endroit pour dormir. Quand j'étais si loin dans les champs, personne ne pouvait me trouver et il y avait assez de coton dans mon sac pour former un bon petit matelas. Je me suis allongé.

Mon père est arrivé au milieu de la matinée. Sur les trente-cinq hectares de coton, il a fallu qu'il choisisse le rang voisin du mien.

— Luke ! s'écria-t-il, furieux, en me découvrant par terre.

Il était trop surpris pour me gronder. J'ai commencé à me plaindre de l'estomac et de la tête ; pour faire bonne mesure, j'ai ajouté que je n'avais pas beaucoup dormi.

— Pourquoi ? demanda-t-il, me dominant de toute sa taille.

— J'ai attendu votre retour.

Il y avait un fond de vérité dans cette réponse.

— Et pourquoi nous as-tu attendus ?

— Je voulais savoir, pour Libby.

— Eh bien, elle a eu un bébé. Tu veux savoir autre chose ?

— Papy me l'a dit.

Je me suis levé lentement, m'efforçant de paraître aussi malade que possible.

— Rentre à la maison, ordonna-t-il.

Je suis parti sans un mot.

Les troupes chinoises et nord-coréennes avaient tendu une embuscade à un convoi américain près de Pyongyang, faisant au moins quatre-vingts morts et de nombreux prisonniers. Quand Edward Murrow ouvrit le bulletin d'informations sur cette nouvelle, Grand-mère s'est mise à prier. Comme toujours, elle était assise en face de moi, à la table de la cuisine. Adossée à l'évier, ma mère s'est immobilisée et a fermé les yeux. J'ai entendu Papy tousser sous le porche ; il écoutait lui aussi.

Les pourparlers de paix étaient de nouveau suspendus et les Chinois faisaient entrer de nouvelles troupes en Corée. D'après Edward Murrow, une trêve, naguère si proche, semblait maintenant inconcevable. Il avait ce soir-là un ton plus grave qu'à l'accoutumée, ou peut-être étions-nous simplement plus fatigués que d'habitude. Il s'est interrompu pour la diffusion d'une publicité ; quand il est revenu, il a parlé d'un séisme.

Les femmes allaient et venaient lentement dans la cuisine quand Papy est entré. Il m'a ébouriffé les cheveux comme si tout allait bien.

— Qu'est-ce qu'on mange ? demanda-t-il.

— Des côtes de porc, répondit ma mère.

Mon père est arrivé à son tour et nous sommes passés à table. Après le bénédicité, tout le monde a prié pour Ricky. Nous n'avons pas parlé ou presque ; tout le monde pensait à la Corée, mais personne ne voulait aborder le sujet.

Ma mère évoquait un projet de sa classe d'instruction religieuse quand j'ai reconnu le léger grincement de la porte de derrière. Personne d'autre n'avait entendu. Il n'y avait pas de vent, rien pour faire mouvoir la porte. J'ai cessé de manger.

— Qu'est-ce qu'il y a, Luke ? demanda Grand-mère.

— J'ai cru entendre quelque chose. Tout le monde s'est tourné vers la porte. Rien. Ils se sont remis à manger.

Quand Percy Latcher est entré dans la cuisine, nous nous sommes immobilisés. Il s'est avancé de deux pas dans la pièce et s'est arrêté, comme s'il était perdu. Sans chaussures, couvert de poussière de la tête aux pieds, il avait les yeux rouges de quelqu'un qui a pleuré pendant des heures. Il nous a regardés ; nous l'avons regardé. Papy a voulu se lever pour faire face à cette situation inattendue.

— C'est Percy Latcher, expliquai-je.

Papy est resté assis, son couteau dans la main droite.

Percy avait les yeux vitreux ; il émettait en respirant une sorte de plainte sourde, comme s'il essayait de réprimer une profonde colère. Peut-être était-il blessé, peut-être quelqu'un souffrait-il de l'autre côté de la rivière et avait-on envoyé Percy chez nous pour demander de l'aide.

— Qu'est-ce que tu veux, mon gars ? lança Papy d'une voix bourrue. La politesse exige qu'on frappe avant d'entrer chez les gens.

Percy le regardait droit dans les yeux.

— C'est Ricky, fit-il.

— Ricky quoi ? demanda Papy d'une voix plus douce, déjà sur la défensive.

— C'est Ricky.

— Ricky quoi ? répéta mon grand-père.

— C'est Ricky le père. Le bébé est de lui.

— Tais-toi, petit ! s'écria Papy en agrippant le bord de la table comme s'il voulait se lever pour filer une raclée au pauvre garçon.

— Elle ne voulait pas, c'est lui qui a insisté, poursuivit Percy en se tournant vers moi. Et après, il est parti à la guerre.

— C'est elle qui dit ça ? lança Papy avec violence.

— Ne crie pas, Eli, fit Grand-mère. Ce n'est qu'un enfant.

Elle a inspiré profondément. Elle était, semblait-il, la première à envisager la possibilité d'avoir mis au monde son propre petit-fils.

— C'est ce qu'elle dit, reprit Percy. Et c'est la vérité. Mon père m'a fait revenir sur terre sans ménagement.

— Luke, ordonna-t-il, va dans ta chambre et ferme la porte.

— Non, protesta ma mère avant que j'aie eu le temps de me lever. Cela nous concerne tous ; il peut rester.

— Il ne doit pas entendre ça.

— Il l'a déjà entendu.
— Il peut rester, glissa Grand-mère, prenant le parti de ma mère.

La chose était réglée. Tout le monde supposait que je voulais rester, alors que ce dont j'avais vraiment envie, c'était de filer en vitesse, de trouver Tally et de faire avec elle une longue promenade… loin de sa famille de cinglés, loin de Ricky et de la Corée, loin de Percy Latcher. Mais je n'ai pas bougé.

— Ce sont tes parents qui t'envoient ? demanda ma mère.
— Non, madame, ils ne savent pas que je suis là. Le bébé a pleuré toute la journée. Libby devenait folle : elle disait qu'elle allait sauter du pont, qu'elle voulait se tuer, des choses comme ça. Elle m'a raconté ce que Ricky lui a fait.
— Elle en a parlé à tes parents ?
— Oui, madame. Tout le monde est au courant maintenant.
— Tu veux dire toute ta famille ?
— Oui, madame. On n'en a parlé à personne d'autre.
— Continuez à vous taire, grogna Papy. Il s'est enfoncé dans sa chaise, ses épaules se sont affaissées. Il s'avouait vaincu.

Si Libby Latcher affirmait que Ricky était le père, tout le monde la croirait : il n'était pas là pour se défendre. Si sa parole était mise en balance contre celle de Ricky, elle l'emporterait certainement, étant donné la réputation de mon oncle.

— As-tu mangé, petit ? demanda Grand-mère.
— Non, madame.
— As-tu faim ?
— Oui, madame.

La table était couverte de nourriture à laquelle personne ne toucherait ; les Chandler avaient perdu l'appétit.

— Je lui laisse ma part, fit Papy en repoussant sa chaise.

Il s'est levé brusquement, est sorti de la cuisine pour aller s'installer sous le porche avant. Mon père l'a suivi sans un mot.

— Assieds-toi, petit, fit Grand-mère en indiquant la chaise de Papy.

Les femmes lui ont préparé une assiette et un verre de thé sucré. Il s'est assis et a commencé à manger lentement. Grand-mère a discrètement rejoint les hommes, nous laissant seuls, ma mère et moi, avec Percy. Il ne parlait que si on lui posait une question.

À la suite d'une longue discussion sous le porche avant, à laquelle les enfants, exilés à l'arrière, n'avaient pas assisté, mon père et Papy ont raccompagné Percy chez lui. J'ai pris place dans la balancelle, à côté de Grand-mère, quand le pick-up a démarré, à la tombée de la nuit. Ma mère écossait des haricots beurre.

— Papy va parler à M. Latcher ? demandai-je.

— Sans doute, répondit ma mère.

— De quoi vont-ils parler ?

J'avais des tas de questions ; je considérais maintenant que j'avais le droit de tout savoir.

— Je suis sûre qu'ils vont parler du bébé, affirma Grand-mère. Et de Ricky et Libby.

— Ils vont se disputer ?

— Non, ils vont se mettre d'accord.

— D'accord sur quoi ?

— Tout le monde se mettra d'accord pour ne pas parler du bébé et pour ne pas prononcer le nom de Ricky.

— Toi aussi, Luke, glissa ma mère. C'est un lourd secret.

— J'en parlerai à personne, approuvai-je avec conviction.

L'idée que les gens sachent que les Chandler étaient unis aux Latcher par un vague lien de parenté m'horrifiait.

— Ricky a vraiment fait ça ?

— Bien sûr que non, répondit Grand-mère. Les Latcher ne sont pas des gens dignes de confiance. Ce ne sont pas des bons chrétiens : voilà pourquoi leur fille est tombée enceinte. Ils demanderont certainement de l'argent pour garder le silence.

— De l'argent ?

— On ne sait pas ce qu'ils veulent, précisa ma mère.

— Tu crois que c'est lui, maman.

— Non, répondit-elle doucement, après un instant d'hésitation.

— Moi non plus, déclarai-je.

Nous étions unanimes. Je prendrais toujours la défense de Ricky et, si quelqu'un mentionnait le bébé Latcher, il aurait affaire à moi.

Ricky était pourtant le principal suspect, nous le savions tous. Les Latcher quittaient rarement leur ferme. Il y avait bien un Jeter qui habitait à trois kilomètres de chez eux, mais je ne l'avais jamais vu près de la rivière. Aucun autre coureur de jupons que Ricky ne vivait près de chez les Latcher.

Les affaires de l'église sont soudain devenues d'une importance capitale ; les femmes se sont lancées dans une interminable discussion. J'avais encore bien des questions à poser sur le bébé, mais je n'ai pas réussi à placer un mot. J'ai fini par renoncer et je suis allé dans la cuisine écouter le match des Cardinals.

J'aurais tellement aimé être à l'arrière du pick-up pour écouter les hommes se préparer à régler l'affaire.

Longtemps après avoir été expédié au lit, je suis resté éveillé, luttant contre le sommeil pour essayer de distinguer ce que disaient les voix de la maison. Quand mes grands-parents parlaient au lit, je percevais leurs voix étouffées qui flottaient dans le petit couloir. Je ne comprenais pas un seul mot et ils faisaient en sorte que personne n'entende ce qu'ils disaient. Parfois, quand ils étaient inquiets ou quand ils pensaient à Ricky, ils ne pouvaient s'empêcher de parler bien avant dans la nuit. Du fond du lit de Ricky, j'entendais les paroles assourdies et je savais qu'il se passait des choses graves.

Mes parents se sont retirés sous le porche avant et se sont assis sur les marches pour attendre un souffle d'air, un instant de répit dans la chaleur insoutenable. Au début, je n'ai entendu que des murmures, mais le poids qu'ils avaient à porter était trop lourd pour s'exprimer par des mots étouffés. Certains que je dormais, ils se sont mis à parler plus fort qu'ils n'auraient dû.

Je me suis glissé hors du lit et j'ai rampé sur le plancher, comme un serpent. J'ai jeté un coup d'œil par la fenêtre et je les ai vus à leur place habituelle, le dos tourné, à quelques mètres de moi.

Pas un mot de leur conversation ne m'a échappé. Les choses ne s'étaient pas bien passées chez les Latcher. Libby était quelque part au fond de la maison avec le bébé qui braillait sans discontinuer. Toute la famille semblait épuisée par les pleurs, à bout de nerfs. M. Latcher était furieux que Percy soit venu nous voir, mais il l'était encore plus quand il parlait de Libby. Elle disait qu'elle n'avait pas voulu faire des bêtises avec Ricky, qu'il lui avait forcé la main. Papy avait refusé de l'admettre, mais il n'avait rien à dire pour le défendre. Il prétendait même ne pas être sûr que Ricky et Libby se connaissent.

Mais il y avait des témoins. M. Latcher affirmait qu'en deux occasions, juste après Noël, il avait vu de ses propres yeux Ricky venir chercher Libby et l'emmener se balader dans le pick-up de Papy. Ils étaient allés à Monette, où Ricky avait offert un soda à Libby.

Mon père s'était dit que, si cela s'était réellement passé, Ricky avait choisi Monette parce qu'il y était moins connu. Jamais il ne se serait montré à Black Oak avec la fille d'un métayer.

— C'est une belle fille, glissa ma mère.

Le témoin suivant était un garçon d'une dizaine d'années que M. Latcher avait fait sortir du groupe agglutiné sur les marches. L'enfant avait vu le pick-up de Papy au bout d'un champ, près d'un fourré. Il s'était approché discrètement, assez près pour surprendre Ricky et Libby en train de s'embrasser. Il n'avait rien dit sur le moment, de peur qu'on le gronde, et n'avait vidé son sac que quelques heures plus tôt.

Les Chandler, eux, n'avaient pas de témoins à présenter. Rien, de notre côté de la rivière, n'avait laissé soupçonner une idylle naissante. Et Ricky serait resté muet comme une carpe ; s'il l'avait appris, Papy l'aurait battu comme plâtre.

M. Latcher avait toujours soupçonné Ricky d'être le père, mais Libby avait nié. Pour être tout à fait franc, deux autres garçons s'étaient intéressés à elle. Mais elle avait enfin tout déballé : Ricky l'avait forcée et elle ne voulait pas du bébé.

— Ils veulent qu'on le prenne ? demanda ma mère.

J'ai retenu un gémissement de douleur.

— Je ne crois pas, répondit mon père. Un de plus, un de moins, qu'est-ce que ça changera pour eux ?

Ma mère pensait que le bébé méritait une bonne maison. Mon père a répliqué qu'il n'en était pas question avant que Ricky ait reconnu que c'était son enfant. Connaissant Ricky, il y avait peu de chances que cela se produise.

— As-tu vu le bébé ? demanda ma mère.
— Non.
— C'est Ricky tout craché.

L'image que j'avais gardée du dernier-né des Latcher

était celle d'une petite chose ressemblant plus ou moins à mon gant de base-ball. Il paraissait à peine humain. Mais ma mère et Grand-mère passaient des heures à analyser les visages pour déterminer qui tenait de qui, d'où venaient les yeux et le nez et les cheveux. En regardant les poupons à l'église, elles disaient : « C'est bien un Chisenhall », ou encore : « Celui-là, il a les yeux de sa grand-mère. »

Pour moi, tous ces bébés ressemblaient à des poupées.

— Alors, pour toi, c'est un Chandler ? demanda mon père.

— Pas de doute, répondit ma mère.

18

Le samedi est revenu, mais sans l'excitation que nous ressentions à la perspective d'un samedi en ville. Je savais que nous irions ; jamais nous n'avions sauté deux samedis de suite. Grand-mère avait besoin de farine et de café, ma mère avait des emplettes à faire au drugstore. Mon père n'était pas allé à la Coop depuis quinze jours. Je n'avais pas voix au chapitre, mais ma mère connaissait l'importance de la matinée du samedi pour le développement harmonieux d'un enfant, surtout un garçon de la campagne dont les contacts étaient rares avec le reste du monde. Oui, nous irions en ville, mais sans l'enthousiasme habituel.

Une nouvelle horreur s'était abattue sur nous, bien plus effrayante que l'affaire Hank Spruill. Et si quelqu'un apprenait ce que disaient les Latcher ? Il suffisait d'une personne, de quelques mots prononcés au bout de la Grand-rue et la nouvelle se répandrait comme une traînée de poudre par toute la ville. Les dames faisant leurs courses chez Pop et Pearl en laisseraient tomber leur panier de saisissement et porteraient la main à la bouche d'un geste horrifié. Les vieux fermiers traînant autour de la Coop lâcheraient en ricanant : « Ça m'étonne pas ». Les grands garçons fréquentant l'église me montreraient du doigt comme si j'étais le coupable. Black Oak s'emparerait de la rumeur comme si elle était parole d'évangile et la réputation des Chandler en serait à jamais ternie.

Je ne voulais pas aller en ville. Je voulais rester à la maison, jouer au base-ball, faire une balade avec Tally, peut-être.

De rares paroles ont été échangées au petit déjeuner. La conversation manquait d'entrain, sans doute parce que nous savions à quoi nous en tenir. Ricky avait laissé un petit souvenir avant son départ. Je me demandais s'il savait que Libby attendait un bébé, mais je n'allais certainement pas aborder ce sujet. Je demanderais à ma mère plus tard.

— Il y a la fête foraine en ville, annonça Papy. Ma fourchette s'est immobilisée en l'air ; la journée prenait d'un seul coup des couleurs plus riantes.

— À quelle heure on y va ?

— Comme d'habitude, répondit Papy. Juste après déjeuner.

— On pourra rester tard ?

— On verra ça.

La fête foraine était animée par une troupe de gitans qui passaient l'hiver en Floride et faisaient la tournée des régions agricoles à l'automne, quand la récolte du coton battait son plein et que l'argent circulait. Ils arrivaient en général sans prévenir le jeudi, s'installaient sur le terrain de base-ball sans demander l'autorisation et y restaient pour le week-end. Rien ne créait plus d'animation dans la ville que la fête foraine.

D'une année sur l'autre, ce n'était jamais la même. Tantôt il y avait un éléphant et une tortue géante. Tantôt il n'y avait pas d'animaux, mais des humains anormaux : un spectacle de nains, une jeune fille à six doigts, un homme à trois jambes. Mais toutes les fêtes foraines avaient une grande roue, un manège et deux ou trois

La voiture de police était garée devant l'église baptiste. Le long de la Grand-rue, les véhicules circulaient au ralenti et les trottoirs débordaient d'activité. Dès que le camion s'est arrêté, les Mexicains se sont dispersés. Stick est sorti de l'ombre d'un arbre pour s'avancer vers nous ; Grand-mère et ma mère ont pris la direction des magasins. Je suis resté avec les hommes, sachant qu'ils allaient parler de choses sérieuses.

— Bonjour, Eli. Jesse.

Stick avait le chapeau incliné sur le côté et un brin d'herbe au coin des lèvres.

— Bonjour, Stick, répondit Papy.

Mon père s'est contenté d'un signe de tête. Ils n'étaient pas venus en ville pour perdre leur temps avec Stick ; ils avaient de la peine à masquer leur irritation.

— Je me disais que j'allais arrêter le jeune Spruill.

— Je me fiche de ce que tu fais, répliqua Papy d'une voix vibrante de colère. Attends seulement que le coton soit rentré.

— Tu peux bien patienter un mois, ajouta mon père.

Stick mâchonna son brin d'herbe et cracha par terre.

— J'imagine que je peux, en effet.

— C'est un bon ouvrier, reprit mon père. Et il y a du coton en quantité. Si tu l'embarques maintenant, on va perdre six ouvriers ; tu sais comment ces gens-là réagissent.

— J'imagine que je peux, répéta Stick.

Il semblait décidé à trouver un compromis.

— J'ai parlé avec des tas de gens, reprit-il, et je ne suis plus si sûr que le petit ait dit la vérité.

Il m'a lancé un long regard ; j'ai donné un coup de pied dans une pierre.

— Laisse-le en dehors de ça, Stick, fit mon père. Ce n'est qu'un enfant.

— Il a sept ans ! lança Papy d'un ton hargneux. Tu ne peux donc pas trouver de vrais témoins ?

225

Stick a reculé les épaules comme s'il venait de recevoir un coup.

— Voici ce que je propose, poursuivit Papy. Tu laisses Hank tranquille jusqu'à la fin de la récolte et je viendrai te dire quand nous n'aurons plus besoin de lui. Après, tu feras ce que tu voudras.

— Ça me va, fit Stick.

— Mais je continue à penser que ça ne mènera à rien. Ils étaient trois contre lui, Stick ; jamais un jury ne le condamnera.

— Nous verrons bien, lâcha le policier d'un air suffisant.

Il a tourné les talons, les pouces dans les poches, en roulant les mécaniques, juste assez pour nous agacer.

— Je peux aller à la fête ?

— Bien sûr, répondit Papy.

— Combien as-tu ? demanda mon père.

— Quatre dollars.

— Combien vas-tu dépenser ?

— Quatre dollars.

— Je crois que deux suffiraient.

— On dit trois ?

— Deux dollars cinquante, d'accord ?

— Oui, papa.

Je suis parti en courant sur le trottoir, zigzaguant entre les passants, et je suis bientôt arrivé au terrain de base-ball, en face de la Coop, du Dixie et de la salle de billard. La fête foraine en occupait la totalité, de l'écran de protection à la clôture du champ extérieur. La grande roue se dressait au centre, entourée par les attractions plus modestes et les baraques. Les haut-parleurs des manèges de chevaux de bois crachaient une musique stridente ; de longues files d'attente s'étaient déjà formées. Dans l'air flottaient des odeurs de pop-corn, d'épis de maïs grillés et de friture.

J'ai trouvé le stand de barbe à papa. Elle coûtait dix

cents, mais j'aurais donné beaucoup plus. Dewayne m'a vu au centre de la fête où je regardais des grands tirer avec des carabines à air comprimé sur des petits canards nageant dans un bassin. Ils ne les touchaient jamais ; d'après Papy, les viseurs étaient trafiqués.

Les pommes d'amour aussi valaient dix *cents*. Nous en avons acheté chacun une et pris notre temps pour faire le tour des attractions. Il y avait une sorcière en longue robe noire, avec des cheveux noirs, qui disait la bonne aventure pour vingt-cinq *cents*. Une vieille dame aux yeux fardés faisait la même chose, pour le même prix, avec un jeu de tarots. Un homme au costume criard, muni d'un microphone, devinait l'âge ou le poids des badauds pour dix *cents*. S'il se trompait de plus de trois ans ou de quatre kilos, on gagnait un lot. Au centre de la fête foraine, on trouvait les jeux habituels : des balles en mousse pour renverser des pots de lait, des fléchettes pour crever des ballons, des ballons de basket pour viser des cercles trop petits, des anneaux à lancer sur des goulots de bouteille.

Nous avons erré entre les attractions, savourant le bruit et l'agitation de la foule. Un groupe nombreux s'était rassemblé tout au fond du terrain ; nous nous sommes approchés tranquillement. Un gros écriteau annonçait la présence de « Samson, le Plus grand Lutteur du Monde, venant directement d'Égypte ». Au-dessous se trouvait un tapis carré avec des piquets matelassés dans les coins et des cordes qui en faisaient le tour. Samson n'était pas sur le ring, mais, à en croire Dalila, la grande et belle femme qui tenait le micro, son arrivée était imminente. Le costume qu'elle portait dévoilait la totalité de ses jambes et une grande partie de sa poitrine ; j'étais certain que jamais autant de peau n'avait été exposée aux regards à Black Oak. Dalila expliquait à une foule silencieuse, composée en majorité d'hommes, que les règles étaient simples. Samson payait dix fois la mise à toute personne capable de tenir une minute sur le ring. « Soixante secondes seulement et l'argent est à vous ! » Elle avait un accent assez étrange pour nous convaincre qu'ils venaient réellement d'un autre continent. Je n'avais jamais vu quelqu'un originaire d'Égypte, mais j'avais retenu des leçons d'instruction religieuse que Moïse y avait vécu bien des aventures.

Elle allait et venait au bord du ring ; tous les yeux suivaient chacun de ses mouvements. « Depuis le début de sa tournée actuelle, Samson a remporté trois cents rencontres d'affilée, reprit-elle d'un ton railleur. La vérité m'oblige à dire que la dernière défaite de Samson a eu lieu en Russie. Et encore il a fallu trois hommes pour le battre et ils ont triché. »

Une musique agressive a jailli du haut-parleur suspendu à l'écriteau. « Et maintenant, mesdames et messieurs, hurla-t-elle pour couvrir le bruit de la musique, je vous présente le seul, l'unique, le plus grand lutteur du monde, l'incroyable Samson ! »

J'ai retenu mon souffle.

Il a écarté un rideau avant de bondir sur le ring, accompagné par de maigres applaudissements. Pourquoi l'aurions-nous acclamé ? Il était venu nous flanquer des raclées. C'est sa chevelure qui a retenu mon attention : noire, ondulée, elle lui tombait aux épaules, comme celle d'une femme. J'avais vu dans l'Ancien Testament des illustrations représentant des hommes ayant cette même chevelure, mais cela remontait à cinq mille ans. Samson était un géant, avec un corps massif bosselé de muscles sur les épaules et le torse. Il avait les bras couverts d'une toison noire et paraissait assez puissant pour soulever une maison. Pour nous permettre d'admirer pleinement son physique, Samson ne portait pas de chemise. Sa peau était bien plus sombre que la nôtre, même après des mois passés à travailler dans les champs ; il ne faisait plus de doute pour moi que cet homme venait d'une contrée lointaine. Il s'était battu contre des Russes !

Samson s'est pavané en mesure autour du ring, bombant le torse, gonflant ses biceps musculeux. Il a continué de s'exhiber jusqu'à ce que nous ayons vu tout ce qu'il avait à montrer ; à mon avis, c'était plus que suffisant.

— Qui veut commencer ? hurla Dalila dans le micro quand la musique s'estompa. Deux dollars minimum !

Le silence est tombé sur la foule. Seul un imbécile aurait osé monter sur ce ring.

— J'ai pas peur ! s'écria quelqu'un.

Nous avons vu avec incrédulité un jeune homme que je ne connaissais pas s'avancer vers le ring et tendre deux dollars à Dalila. Elle a pris les billets.

— Dix contre un. Soixante secondes sur le ring et vous gagnez vingt dollars ! Comment vous appelez-vous ? poursuivit-elle en agitant le micro devant le jeune homme.

— Farley.

— Bonne chance, Farley.

Il est monté sur le ring comme s'il n'avait absolument pas peur de Samson qui observait la scène sans manifester la moindre inquiétude. Dalila a pris un maillet pour frapper une cloche sur le côté du ring.

— Soixante secondes !

Après avoir fait mine de bouger, Farley s'est retiré dans un angle ; Samson s'est avancé dans sa direction. Les deux hommes se sont observés, Samson toisant son adversaire d'un air dédaigneux, Farley le regardant avec appréhension.

— Quarante-cinq secondes !

Quand Samson s'est rapproché, Farley a filé de l'autre côté du ring. Plus petit, plus vif, il avait apparemment choisi la tactique de la fuite. Samson poursuivait Farley qui fonçait dans tous les sens.

— Trente secondes !

Le ring n'était pas assez grand pour courir beaucoup et Samson avait déjà attrapé plus d'un lapin apeuré. Il a fait un croche-pied à Farley juste après un de ses démarrages, l'a relevé et a passé le bras autour du cou du jeune homme. Puis il a entrepris une immobilisation.

— Et voilà la guillotine ! s'écria Dalila qui en faisait un peu trop. Vingt secondes !

Samson a resserré son étreinte avec une grimace de plaisir sadique tandis que le pauvre Farley battait l'air de ses bras.

— Dix secondes !

Samson a pivoté sur lui-même et balancé Farley de l'autre côté du ring. Sans lui laisser le temps de se relever, le Plus grand Lutteur du Monde a saisi le jeune homme par le pied, l'a soulevé à bout de bras au-dessus des cordes, puis, à deux secondes de la fin, l'a laissé tomber à côté du ring pour remporter la victoire.

— C'était juste, Samson ! s'écria Dalila.

Farley s'est éloigné, hébété mais indemne ; il paraissait fier de lui. Il avait prouvé sa virilité, n'avait montré aucune peur et, à deux secondes près, avait failli gagner vingt dollars. Le volontaire suivant, encore un inconnu pour moi, était un jeune costaud du nom de Claude qui a misé trois dollars dans l'espoir d'en gagner trente. Il pesait le double de Farley, mais était beaucoup moins vif ; en dix secondes, Samson l'avait immobilisé. À dix secondes de la fin, il a soulevé Claude au-dessus de sa tête et, dans une magnifique démonstration de force, a marché jusqu'au bord du ring pour le laisser tomber à l'extérieur.

Claude, lui aussi, s'est retiré avec les honneurs. Il était évident que Samson, malgré ses attitudes théâtrales et ses mines menaçantes, avait un bon esprit et ne ferait de mal à personne. Comme de nombreux jeunes gens avaient envie de s'approcher de Dalila, une file s'est bientôt formée devant elle.

Le spectacle était fascinant. Nous sommes restés longtemps, Dewayne et moi, à regarder Samson se débarrasser de ses adversaires, l'un après l'autre, en utilisant toutes les prises de sa panoplie. Il suffisait à Dalila d'en nommer une au micro pour que Samson l'exécute séance tenante.

Au bout d'une heure, le lutteur était en nage et avait besoin de repos. Nous avons filé à la grande roue ; nous avons fait deux tours. Nous étions en train de discuter pour savoir si nous allions reprendre de la barbe à papa quand nous avons entendu des jeunes gens parler d'un spectacle érotique.

— Elle enlève tout ! lança l'un d'eux en passant près de nous.

Nous avons oublié la barbe à papa pour les suivre jusqu'à l'endroit où stationnaient les roulottes des gitans. Derrière les véhicules s'élevait une petite tente placée de telle manière qu'on ne la voyait pas de la fête foraine. Une poignée d'hommes attendaient en fumant ; ils avaient tous un air coupable. De la musique provenait de la tente.

Certaines fêtes foraines avaient un spectacle érotique. Ricky — qui s'en étonnerait ? — avait été surpris l'année d'avant au moment où il sortait d'une tente semblable. Cela avait causé une belle empoignade à la maison. Personne n'en aurait rien su si M. Ross Lee Hart ne s'était fait prendre. M. Hart était un bedeau de l'église méthodiste, un fermier propriétaire de ses terres, un honnête citoyen marié à une femme qui n'avait pas la langue dans sa poche. Partie à sa recherche un samedi soir, à l'heure où la fête battait son plein, elle était tombée sur lui au moment où il sortait de la tente interdite. Elle s'était mise à hurler à la vue du mari volage. Il s'était enfui derrière les roulottes, mais elle l'avait poursuivi en braillant des menaces. La ville en avait fait des gorges chaudes.

Mme Hart ayant raconté l'histoire à tout le monde, le pauvre homme avait été traité plusieurs mois comme un paria. Elle avait aussi révélé que, derrière son mari, elle avait vu Ricky Chandler sortir de la tente. Nous avons souffert en silence. Une règle tacite voulait qu'on n'assiste jamais à ce genre de spectacle dans sa propre ville. À Monette, à Lake City ou à Caraway, oui, mais pas à Black Oak.

Nous n'avons reconnu aucun des hommes qui attendaient devant la tente. Nous avons contourné les roulottes pour revenir par-derrière, mais un gros chien attaché avec une chaîne était là pour dissuader les petits curieux de notre espèce de s'approcher. Nous avons battu en retraite et décidé d'attendre la tombée de la nuit.

Un peu avant 4 heures, il nous a fallu faire un choix douloureux : aller au cinéma ou rester à la fête foraine. Nous allions nous décider pour la séance de cinéma quand Dalila est apparue au bord du ring. Elle s'était changée et portait maintenant un costume rouge deux pièces qui en montrait encore plus. La foule s'est rapprochée, Samson a recommencé à projeter hors du ring des jeunes fermiers, des gars des collines et même un Mexicain.

Un adversaire de taille s'est présenté à la tombée du jour. M. Horsefly Walker avait un fils sourd-muet qui pesait cent trente-cinq kilos. Comme il s'exprimait par des grognements, nous l'appelions Grunt. Ce n'était ni par manque de respect ni par cruauté ; nous ne lui connaissions pas d'autre nom. Horsefly a tendu un billet de cinq dollars tandis que Grunt se hissait sur le ring.

— Tu vas avoir de quoi faire, Samson, roucoula Dalila dans le micro.

Samson savait qu'il lui faudrait un peu plus longtemps pour pousser cent trente-cinq kilos hors du ring ; il a attaqué sans tarder. Il a commencé par le ciseau chinois, une prise visant à refermer les jambes sur les chevilles de l'adversaire pour lui faire perdre l'équilibre. Grunt est tombé. Mais il s'est écrasé sur Samson qui n'a pu retenir un grognement de douleur. Une partie de la foule s'est mise à acclamer et à encourager Grunt qui n'entendait absolument rien. Les deux hommes ont roulé sur le ring jusqu'à ce que Grunt immobilise Samson.

— Quarante secondes ! annonça Dalila.

Le temps s'écoulait plus lentement quand Samson était sur le dos. Il a essayé, sans résultat, de se dégager en lançant quelques coups de pied. Puis il a réussi, en lançant les pieds en l'air, à prendre Grunt par les oreilles et à le faire basculer en arrière. Samson s'est relevé d'un bond.

— Quinze secondes ! lança Dalila.

La pendule tournait plus vite. Grunt a chargé comme un taureau furieux et les deux adversaires se sont retrouvés au sol sous les acclamations de la foule. Horsefly sautillait avec frénésie autour du ring, les deux hommes continuaient de s'étreindre.

— Dix secondes !

Des huées ont accueilli cette annonce. Samson a réussi à tordre le bras de Grunt dans son dos ; il a saisi un de ses pieds et l'a fait glisser jusqu'au bord du ring et à travers les cordes. Le sourd-muet a atterri aux pieds de son père.

— Sale tricheur ! hurla Horsefly.

Offusqué d'un tel langage, Samson l'a invité à monter sur le ring. Horsefly a fait un pas en avant tandis que Samson écartait les cordes.

— Je m'abstiendrais, si j'étais vous, glissa Dalila qui s'était visiblement déjà trouvée dans cette situation. Il fait mal quand il est en colère.

Horsefly s'est ravisé. Samson qui le narguait au bord du ring semblait mesurer trois mètres. Horsefly s'est penché sur son fils qui se frottait l'épaule, les larmes aux yeux. Samson a salué leur départ d'un rire gouailleur, puis il s'est mis à gonfler ses biceps en paradant autour du ring. Quelques sifflets se sont élevés de la foule ; exactement ce qu'il voulait.

Samson a encore expédié quelques challengers, puis Dalila a annoncé que son champion allait se restaurer. Ils seraient de retour une heure plus tard pour une dernière exhibition.

La nuit était tombée. Les bruits de la fête foraine emplissaient l'air : cris d'excitation des enfants sur les manèges, hurlements de joie des gagnants devant les stands, musique beuglant d'une dizaine de haut-parleurs dans une affreuse cacophonie, flot de paroles des bonimenteurs invitant les badauds à payer pour voir la plus grosse tortue du monde ou gagner un superbe lot. Et surtout l'électricité provenant de la foule. Elle était si dense qu'on n'aurait pas pu y glisser un bâton, comme disait Grand-mère. Les gens s'agglutinaient devant les stands pour regarder et donner de la voix. De longues files serpentaient autour des attractions. Des groupes de Mexicains se déplaçaient lentement ; ils dévoraient le spectacle des yeux sans bourse délier. Jamais je n'avais vu autant de monde rassemblé à un seul endroit.

J'ai retrouvé mes parents près de la rue ; ils buvaient une citronnade sans se mêler à la foule. Papy et Grand-mère étaient déjà au camion, prêts à partir mais pas vraiment pressés. La fête foraine ne passait chez nous qu'une fois par an.

— Combien te reste-t-il ? demanda mon père.
— À peu près un dollar.
— La grande roue n'a pas l'air très sûre, Luke, glissa ma mère.
— J'ai déjà fait deux tours. Elle est très bien.

— Je te donne un dollar si tu me promets de ne pas faire un autre tour.

— Marché conclu.

Elle m'a tendu un billet. Nous sommes convenus que je repasserais une heure plus tard. J'ai retrouvé Dewayne et nous avons décidé que le moment était venu de voir de plus près ce qui se passait dans la tente. Nous nous sommes faufilés dans la foule jusqu'aux roulottes ; il faisait beaucoup plus sombre à cet endroit-là. Devant la tente il y avait encore des hommes en train de fumer ; dans l'ouverture une jeune femme peu vêtue dansait lascivement en balançant les hanches.

Les baptistes savaient que la danse sous toutes ses formes était non seulement mauvaise mais carrément impie. Elle comptait parmi les péchés les plus graves, sur le même plan que l'ivresse et les jurons.

La danseuse n'était pas aussi séduisante que Dalila ; elle dévoilait moins son corps et n'avait pas la même grâce. Dalila, il est vrai, avait des années d'expérience ; elle avait voyagé dans le monde entier.

Nous nous sommes lentement rapprochés en prenant soin de rester dans l'ombre, jusqu'à ce qu'une voix nous fasse sursauter.

— On ne va pas plus loin, les garçons. Maintenant, dégagez !

Tandis que nous nous retournions lentement, une autre voix, une voix familière, s'est élevée derrière nous.

— Repentez-vous, instruments de l'iniquité ! Repentez-vous !

C'était le révérend Akers, dressé de toute sa taille, une bible dans une main, un long doigt recourbé pointant de l'autre.

— Nid de vipères ! hurla-t-il à pleins poumons.

Je ne sais pas si la jeune femme a cessé de danser ni si les hommes se sont dispersés. Je n'ai pas pris le temps de regarder. Nous nous sommes jetés par terre,

Dewayne et moi, et nous avons filé à quatre pattes dans l'enchevêtrement de roulottes et de camions jusqu'à ce que nous voyions de la lumière entre deux stands. Nous nous sommes fondus dans la foule.

— Tu crois qu'il nous a vus ? demanda Dewayne quand nous nous sommes sentis en sécurité.

— J'en sais rien. Je ne crois pas.

Nous avons décrit un grand cercle avant de repartir vers les roulottes. Le révérend Akers était en grande forme. Il s'était approché à une dizaine de mètres de la tente et chassait les démons en criant à tue-tête. Et cela semblait marcher. La danseuse avait disparu, tout comme les hommes qui attendaient en fumant. Il avait mis fin au spectacle, mais ils devaient tous être à l'intérieur de la tente, prenant leur mal en patience.

Quand Dalila est revenue au bord du ring, elle s'était encore changée. Elle portait cette fois un costume en peau de léopard qui couvrait le minimum. Notre pasteur ne se priverait pas de dire ce qu'il en pensait le lendemain matin. Il devait adorer la fête foraine qui fournissait une matière si abondante pour ses prêches.

La foule habituelle s'était rassemblée autour du ring, admirant Dalila et attendant Samson. Elle l'a présenté dans les termes que nous avions déjà entendus et il a fait son apparition, en peau de léopard, lui aussi. Short moulant, torse nu, chaussons de cuir d'un noir luisant. Il a commencé à parader, à prendre des poses, cherchant à provoquer des huées.

Mon ami Jackie Moon a été le premier à monter sur le ring. Comme la plupart des perdants, il a choisi la stratégie de l'esquive. Samson l'a laissé courir vingt secondes aux quatre coins du ring, puis il a décidé que cela suffisait. Après une guillotine et une roulade turque, comme l'expliquait Dalila au micro, son adversaire s'est retrouvé le nez dans l'herbe à quelques mètres de moi.

— Pas si mal ! s'écria-t-il en riant.

Samson ne voulait blesser personne ; cela aurait été mauvais pour les affaires. Mais, à mesure que le temps passait, il devenait trop sûr de lui et s'adressait au public avec suffisance.

— Est-ce qu'il y a un homme parmi vous ? lança-t-il d'une voix de stentor, avec un accent aux consonances étrangères. Il n'y a pas de combattants à Black Oak, Arkansas ?

J'aurais voulu mesurer deux mètres. J'aurais sauté sur le ring et défié le gros Samson, encouragé par une foule en délire. Je lui aurais flanqué une bonne raclée avant de le projeter hors du ring ; je serais devenu le héros de la ville. En attendant, je ne pouvais que le huer avec les autres.

Hank Spruill est entré en scène. Marchant le long du ring, il a fini par attirer l'attention de Samson. La foule s'est tue tandis que les deux hommes se défiaient du regard.

— Approche, petit bonhomme, lança Samson en s'avançant au bord du ring.

Hank a répondu par un ricanement de mépris. Il s'est approché de Dalila, a pris de l'argent dans sa poche.

— Oh là là ! Samson ! fit-elle en saisissant les billets. Vingt-cinq dollars !

Des murmures d'incrédulité ont parcouru l'assistance.

— Vingt-cinq dollars ! s'écria un homme derrière moi. Ça fait une semaine de travail !

— Ouais, répondit son voisin. Mais il peut en gagner deux cent cinquante.

Le public s'est rapproché ; j'ai suivi le mouvement avec Dewayne, de manière à apercevoir le ring entre les adultes.

— Comment vous appelez-vous ? demanda Dalila en tendant son micro.

— Hank Spruill, grogna le challenger. C'est toujours à dix contre un ?

— C'est le jeu, répondit Dalila. Vous êtes sûr de vouloir parier vingt-cinq dollars ?

— Oui. Il suffit que je reste une minute sur le ring ?

— Soixante secondes, en effet. Vous savez que Samson n'a pas perdu un combat depuis cinq ans ? La dernière fois, c'était en Russie, et ils ont triché.

— M'en fous de la Russie, grommela Hank en retirant sa chemise. Y a d'autres règles ?

— Non.

Dalila s'est tournée vers le public.

— Mesdames et messieurs, le grand Samson a été défié pour le plus grand combat de sa carrière. M. Hank Spruill a parié vingt-cinq dollars à dix contre un. Jamais encore le champion n'avait eu à relever un tel défi.

Samson paradait autour du ring, secouant ses lourdes boucles, attendant l'affrontement avec une impatience manifeste.

— Montrez-moi l'argent, grogna Hank.

— Le voici, répondit Dalila en tendant le micro.

— Non, je veux voir les deux cent cinquante dollars.

— Vous n'en aurez pas besoin, poursuivit-elle avec un petit rire où perçait une pointe de nervosité.

Elle a baissé le micro et ils ont réglé les détails. Bo et Dale se sont avancés ; Hank leur a ordonné de rester près de la petite table où Dalila gardait la recette. Quand il fut convaincu que l'argent était bien là, il est monté sur le ring où Samson l'attendait, ses bras musculeux croisés sur la poitrine.

— C'est pas lui qu'a tué le gars Sisco ? demanda une voix dans le public.

— Si, c'est lui, répondit quelqu'un.

— Il est presque aussi balèze que Samson.

Hank était un peu plus petit et n'avait pas le tour de poitrine de Samson, mais rien ne semblait lui faire peur. Le champion a commencé à se balancer d'un côté du ring ; Hank étendait les bras sans le quitter des yeux.

— Êtes-vous prêts ? s'écria Dalila.

Elle a donné le signal en frappant sur la cloche. Les deux combattants se sont lancé des regards féroces. Hank restait dans son coin ; le temps jouait pour lui. Au bout de quelques secondes, Samson, qui devait savoir qu'il aurait fort à faire, s'est avancé en se dandinant, en pliant et redressant le torse, comme un vrai lutteur. Hank ne bougeait pas.

— Approche, mon gars ! rugit Samson quand il fut à moins de deux mètres de Hank qui n'avait pas quitté son coin.

— Quarante-cinq secondes ! annonça Dalila.

Samson a commis l'erreur de croire qu'il s'agissait d'un combat corps à corps et non d'une bagarre de rue, où tous les coups sont permis. Il s'est légèrement baissé dans le but d'exécuter une de ses prises, découvrant son visage une fraction de seconde. Hank a frappé avec la vivacité d'un serpent à sonnette. Sa main droite a jailli à une vitesse stupéfiante pour assener un direct sur la grosse mâchoire de Samson.

La tête de Samson est partie en arrière, sa belle chevelure flottant en tous sens. Le choc a produit un craquement ; Stan Musial n'aurait pas frappé une balle avec plus de violence.

Les yeux de Samson se sont révulsés. À cause de sa taille, son corps a mis une seconde pour se rendre compte que la tête ne fonctionnait plus normalement. Une de ses jambes a flageolé, le genou s'est plié. L'autre s'est dérobée à son tour et le Plus grand Lutteur du Monde, venant directement d'Égypte, s'est abattu sur le dos avec un bruit sourd. Le petit ring a vibré, les cordes ont tremblé. Samson paraissait mort.

Dans son coin, Hank a placé pour se détendre les deux bras sur les cordes ; il n'était pas pressé. Dalila en restait sans voix. Elle aurait voulu dire quelques mots pour nous assurer que cela faisait partie du spectacle, mais, en même temps, elle avait envie de se précipiter sur le ring pour prendre soin de Samson. Le public restait abasourdi.

Au centre du ring Samson a poussé un grognement en essayant de se remettre debout. Prenant appui sur les mains et les genoux, il s'est balancé de droite et de gauche avant de réussir à avancer un pied. Il a poussé sur les bras pour se relever, mais ses pieds ne lui obéissaient pas. Il est retombé en avant, a réussi à se retenir aux cordes pour amortir sa chute. Il regardait dans notre direction mais ne voyait rien. L'œil rouge, hagard, il ne semblait plus savoir où il se trouvait. Il s'agrippait aux cordes en chancelant, essayant désespérément de retrouver sa lucidité et l'usage de ses jambes.

M. Horsefly Walker s'est avancé vers le ring.

— Tue donc ce salaud ! hurla-t-il à Hank. Vas-y, achève-le ! Hank n'a pas bougé.

— C'est fini ! cria-t-il à Dalila qui ne s'occupait plus de la pendule.

Quelques acclamations mêlées à des sifflets se sont élevées dans l'assistance, mais la plupart des gens restaient silencieux, bouleversés par la vue du lutteur incapable de reprendre ses esprits.

Samson s'est retourné, a essayé de fixer les yeux sur Hank. Prenant appui sur les cordes, il a réussi à faire deux pas hésitants avant de jeter ses dernières forces dans un plongeon. Hank s'est contenté d'un pas de côté ; Samson s'est écrasé sur le poteau de coin. Les cordes se sont tendues sous son poids, les trois autres poteaux ont failli céder. Samson grognait en battant l'air de ses bras, comme un ours blessé à mort. Il a réussi à ramener ses pieds sous lui et à se retourner. Il aurait mieux valu qu'il reste où il était. Hank a foncé sur lui et lui a balancé une droite au menton, un coup préparé depuis le milieu du ring, qui a atterri au même endroit que le premier direct. Puis il a asséné le coup de grâce à son adversaire sans défense. Samson s'est écroulé comme une masse. Dalila s'est élancée sur le ring en hurlant. Dans son coin, les bras sur les cordes, Hank souriait sans se préoccuper le moins du monde de son adversaire.

Je ne savais que penser ; la plupart des spectateurs gardaient le silence. D'un côté, c'était satisfaisant de voir un gars de l'Arkansas étendre pour le compte le géant venu d'Égypte ; de l'autre, il s'agissait de Hank Spruill et il s'était servi de ses poings. Sa victoire en était ternie, même si cela ne semblait aucunement le déranger. Tout le monde se serait senti mieux si un gars du pays avait battu Samson à la régulière.

Après s'être assuré que le temps était écoulé, Hank est passé entre les cordes et a sauté du ring. Bo et Dale avaient l'argent ; ils ont disparu tous les trois.

— Il a tué Samson, fit une voix derrière moi.

Le Plus grand Lutteur du Monde était étendu sur le dos, les bras en croix. Penchée sur lui, Dalila essayait de lui faire reprendre connaissance. Je les plaignais de tout mon cœur. Ils étaient merveilleusement pittoresques et nous ne reverrions pas de sitôt une telle attraction. Je n'étais pas du tout sûr que Samson et Dalila remettraient un jour les pieds à Black Oak, Arkansas.

Nous avons été soulagés quand il a réussi à se mettre sur son séant. Une poignée de spectateurs bien intentionnés a applaudi doucement, puis la foule s'est dispersée.

Pourquoi Hank ne suivait-il pas les forains ? Il serait payé pour démolir des gens et il disparaîtrait de notre ferme. Je me suis promis d'en parler à Tally.

Le pauvre Samson qui s'était esquinté toute la journée, en pleine chaleur, venait en quelques secondes de perdre toute sa recette. Quelle vie ! J'avais enfin vu pire que la cueillette du coton.

19

Au printemps et en hiver, le dimanche après-midi était souvent consacré à des visites. Après le déjeuner et la sieste, nous nous tassions dans le pick-up pour nous rendre à Lake City ou à Paragould ; nous débarquions chez des parents ou de vieux amis toujours ravis de nous voir. Parfois, c'était l'inverse : ils débarquaient chez nous. « Passez donc nous voir », telle était la formule consacrée. Et les gens la prenaient à la lettre. Inutile de prévenir ou de prendre des dispositions. D'ailleurs, ce n'était pas possible : nous n'avions pas le téléphone, nos parents et nos amis non plus.

Mais les visites passaient au second plan à la fin de l'été et en automne ; la charge de travail était plus lourde et il faisait trop chaud. Nous ne voyions plus les oncles et les tantes, sachant que nous nous rattraperions plus tard.

Assis sous le porche, j'écoutais le match des Cardinals en regardant les femmes écosser des pois et des haricots quand j'ai vu un nuage de poussière venant du pont.

— Une voiture !

Les femmes ont tourné la tête dans cette direction.

Rares étaient les véhicules qui passaient sur notre route. Presque toujours un des Jeter qui habitaient de l'autre côté ou un des Tolliver, à l'est de notre ferme. De temps en temps passait un véhicule inconnu. Nous le suivions des yeux en silence, jusqu'à ce que la poussière soit retombée, et nous cherchions à deviner pendant le souper qui le conduisait et ce qu'il faisait dans ce coin du comté de Craighead. Papy et mon père en parlaient à la Coop, ma mère et Grand-mère en informaient toutes les dames avant le catéchisme. On finissait par trouver quelqu'un qui avait vu le véhicule ; en général, le mystère était résolu. Mais il arrivait qu'on ne sache jamais d'où il venait et où il allait.

Cette voiture roulait lentement. J'ai distingué un point rouge qui a grossi jusqu'à ce qu'une berline rutilante tourne dans notre allée. Nous nous étions levés tous les trois, trop étonnés pour faire un geste. La voiture s'est garée derrière notre pick-up ; dans la cour, les Spruill la regardaient aussi avec des yeux ronds.

Le conducteur a ouvert la portière ; il est descendu.

— Ça alors, s'exclama Grand-mère, c'est Jimmy Dale !

— Pas de doute, approuva ma mère dont l'appréhension se dissipait.

— Luke, cours chercher Papy et ton père, reprit Grand-mère.

J'ai traversé la maison à toute vitesse en appelant les hommes. Ils avaient entendu le claquement de la portière et s'approchaient déjà.

Nous nous sommes rassemblés devant la voiture flambant neuve, d'une propreté impeccable, indiscutablement la plus belle que j'aie jamais vue. Tout le monde s'est embrassé ou serré la main, puis Jimmy Dale nous a présenté sa toute nouvelle épouse, un petit bout de femme qui paraissait plus jeune que Tally. Elle s'appelait Stacy. Elle était originaire du Michigan, parlait du nez et avalait les syllabes. En quelques secondes, cela m'a donné la chair de poule.

— Pourquoi elle parle comme ça ? glissai-je à ma mère tandis que le reste du groupe se dirigeait vers la maison.

— Elle parle comme les Yankees, répondit-elle simplement.

Jimmy Dale était le fils d'Ernest Chandler, le frère aîné de Papy. Ernest avait cultivé la terre à Leachville jusqu'à ce qu'une crise cardiaque l'emporte, quelques années plus tôt. Je n'avais pas de souvenirs personnels d'Ernest ni de Jimmy Dale, mais j'avais entendu bien des histoires sur eux. Je savais que Jimmy Dale avait fui la ferme familiale pour s'établir dans le Michigan où il avait trouvé un emploi dans une usine Buick, à trois dollars l'heure, un salaire mirobolant pour Black Oak. Il avait aidé d'autres gars du pays à trouver du travail dans le Michigan. Deux ans plus tôt, après une récolte catastrophique, mon père avait passé un hiver affreux à Flint, à monter du matin au soir des pare-brise sur des Buick neuves. Les mille dollars rapportés à la ferme avaient servi à régler des impayés.

— Ça, c'est de la voiture, déclara mon père en s'asseyant sur les marches du porche.

Grand-mère préparait du thé glacé dans la cuisine. Ma mère se coltinait la corvée de la conversation avec Stacy qui, depuis qu'elle était descendue de la voiture, donnait l'impression de ne pas être à sa place.

— Toute neuve, acquiesça fièrement Jimmy Dale. Je l'ai eue la semaine dernière, juste à temps pour prendre la route. Moi et Stacy, on s'est mariés il y a un mois ; c'est notre cadeau de mariage.

— Nous nous sommes mariés, Stacy et moi, pas moi et Stacy, lança la jeune mariée du fond du porche.

Il y a eu un petit silence pendant que tout le monde

enregistrait que Stacy venait de relever en public une faute de son mari. Je n'avais jamais vu ça.

— C'est un modèle cinquante-deux ? demanda Papy.

— Non, cinquante-trois, le tout dernier. Je l'ai construite moi-même.

— Sans blague ?

— C'est vrai. Chez Buick, on nous laisse personnaliser nos voitures et on les voit arriver au bout de la chaîne de montage. J'ai fixé le tableau de bord sur la mienne.

— Combien elle a coûté ?

J'ai cru que ma mère allait me sauter à la gorge.

— Luke ! s'écria-t-elle.

Mon père et Papy m'ont lancé un regard noir ; je m'apprêtais à dire quelque chose quand Jimmy Dale a répondu.

— Deux mille sept cents dollars. C'est pas un secret : tous les concessionnaires du pays affichent le prix.

Les Spruill s'étaient lentement rapprochés et inspectaient la voiture — tous, sauf Tally que je ne voyais nulle part. C'était un dimanche après-midi, le moment idéal, à mon avis, pour se baigner dans le Siler. Avant l'arrivée de Jimmy Dale, je la guettais sous le porche.

Trot traînait autour de la voiture, Bo et Dale en faisaient le tour tandis que Hank regardait à l'intérieur, sans doute pour voir si les clés y étaient. Leurs parents admiraient la Buick de loin.

— Des saisonniers des collines ? demanda Jimmy Dale qui observait le manège des Spruill.

— Oui, ils viennent d'Eureka Springs.

— Ils sont bien ?

— La plupart.

— Le grand, là, qu'est-ce qu'il fait ?

— Va savoir.

Nous avions appris le matin à l'église que Samson s'en était sorti sans dommage ; Hank n'avait pas ajouté une nouvelle victime à sa liste. Le révérend Akers avait prêché une heure durant sur le caractère scandaleux de la fête foraine : paris, combats à mains nues, lubricité, vulgarité des costumes, promiscuité avec des bohémiens, toutes ces choses dégoûtantes. Nous n'en avions pas perdu un mot, Dewayne et moi, mais il n'avait pas prononcé nos noms.

— Pourquoi vivent-ils comme ça ? demanda Stacy, le regard fixé sur le campement des Spruill. La question posée d'un ton acerbe vibra dans l'air.

— Comment voulez-vous qu'ils vivent ? répliqua Papy.

Lui aussi avait déjà décidé qu'il n'aimait pas la nouvelle Mme Jimmy Dale Chandler, perchée comme un oiseau sur le bord d'un fauteuil à bascule, d'où elle regardait de haut tout ce qui l'entourait.

— Vous ne pouvez pas leur fournir un logement ? poursuivit-elle. Je voyais que Papy commençait à bouillir.

— En plus, reprit Jimmy Dale, Buick nous permet de financer l'achat sur vingt-quatre mois.

— Vraiment ? fit mon père. Je crois que c'est la plus belle voiture que j'aie jamais vue.

Grand-mère a apporté un plateau et entrepris de remplir de grands verres de thé glacé et sucré. Tracy a refusé.

— Du thé avec de la glace ? Pas pour moi, merci. Avez-vous du thé chaud ?

Du thé chaud ? Quelle drôle d'idée !

— On le boit pas chaud par ici ! lança Papy de sa balancelle avec un regard noir en direction de Stacy.

— Eh bien, dans le Michigan, répliqua-t-elle, on ne le boit pas avec de la glace.

— On n'est pas dans le Michigan, riposta Papy.

— Voulez-vous voir mon potager ? glissa ma mère.

— Très bonne idée, approuva Jimmy Dale. Vas-y, ma chérie. Kathleen a le plus joli potager de l'Arkansas.

— Je vous accompagne, fit Grand-mère, désireuse d'éloigner la jeune mariée pour éviter les sujets de discorde.

Les trois femmes se sont éloignées.

— Où diable l'as-tu dégotée, Jimmy Dale ? demanda Papy dès qu'elles eurent disparu.

— C'est une chouette fille, oncle Eli, répondit-il sans grande conviction.

— Une foutue Yankee, tu veux dire.

— Les Yankees ne sont pas si mal que ça ; ils se sont débrouillés pour ne pas cultiver le coton. Ils vivent dans de jolies maisons avec des toilettes à l'intérieur, le téléphone et la télévision. Ils gagnent bien leur vie et ils ont de bonnes écoles. Stacy a fait deux ans à l'université. Sa famille a la télévision depuis trois ans ; la semaine dernière, j'ai regardé un match entre les Indians et les Tigers. Tu imagines ça, Luke ? Regarder du base-ball à la télévision ?

— Non.

— Eh bien, je l'ai fait. Bob Lemon lançait pour les Indians. Les Tigers ne valent pas grand-chose : ils sont encore derniers.

— J'aime pas beaucoup l'American League, répondis-je, répétant ce que mon père et mon grand-père ressassaient aussi loin que remontaient mes souvenirs.

— Quelle surprise ! s'exclama Jimmy Dale avec un petit rire. Tu parles comme un vrai fan des Cardinals. J'étais comme toi jusqu'à ce que je monte dans le Nord. J'ai assisté à onze rencontres cette année. Les Yankees sont venus il y a quinze jours ; il ne restait plus une place dans le stade. Ils ont un nouveau, Mickey Mantle, tu verrais comme il joue ! Il a la puissance et beaucoup de vitesse. Il se fait souvent éliminer à la batte, mais quand il frappe la balle, c'est fini. Ce sera un tout bon. Il y a aussi Berra et Rizzuto.

— Peu importe, je les aime pas.

— Tu veux toujours jouer pour les Cardinals ? reprit Jimmy Dale avec un grand sourire.
— Oui.
— Tu veux pas rester à la ferme ?
— Non.
— C'est bien.

J'avais entendu les adultes parler de Jimmy Dale. Il était satisfait d'avoir réussi à fuir le coton et à se faire une situation dans le Nord. Il aimait parler de l'argent qu'il gagnait et n'était pas avare de conseils avec les jeunes fermiers du comté.

Papy estimait que la culture de la terre était pour un homme le seul métier honorable, à l'exception — peut-être — du base-ball professionnel.

Nous avons bu en silence quelques gorgées de thé avant que Jimmy Dale reprenne la parole.

— Et le coton, ça va ?
— Jusqu'à présent, répondit Papy, il n'y a rien à dire. Le début de la cueillette s'est bien passé.
— Nous allons commencer un deuxième passage, ajouta mon père. Ça devrait être terminé dans un mois.

Tally est sortie du campement des Spruill, une serviette à la main. Elle a contourné de loin la voiture rouge autour de laquelle sa famille restait extasiée ; personne ne s'est intéressé à elle. Elle a lancé un regard dans ma direction, sans me faire de signe. D'un seul coup, je n'avais plus envie de parler ni de baseball ni de coton ni de voitures, mais je ne pouvais pas les quitter comme ça. Il aurait été impoli de leur fausser compagnie et mon père aurait soupçonné quelque chose. Je suis donc resté à ma place et j'ai regardé Tally disparaître derrière la maison.

— Comment va Luther ? demanda mon père.
— Ça va, répondit Jimmy Dale. Je lui ai trouvé une place à l'usine. Il travaille quarante heures par semaine,

à trois dollars l'heure. Jamais il n'a vu autant d'argent de sa vie.

Luther était un autre cousin, un Chandler d'une branche éloignée. Je l'avais rencontré une fois, à un enterrement.

— Alors, il va pas revenir au pays ? s'enquit Papy.
— J'en doute.
— Il va épouser une Yankee ?
— Je lui ai pas demandé. Je pense qu'il fera ce qu'il a envie de faire.

Un silence a suivi ; tout le monde a semblé se détendre.

— On peut pas lui en vouloir de rester dans le Nord, reprit Jimmy Dale. Depuis qu'ils ont perdu leur ferme, il cueillait le coton pour les autres. Il gagnait mille dollars par an à tout casser et n'avait jamais un sou en poche. Maintenant, il en touche six mille, sans compter une prime et la retraite.

— Il est entré au syndicat ? demanda mon père.
— Et comment ! Tous les gars d'ici, je les ai fait entrer au syndicat.
— Qu'est-ce que c'est, un syndicat ? lançai-je.
— Luke, va voir ta mère, ordonna Papy. Allez, file.

Encore une fois, j'avais posé une question innocente et je me retrouvais exclu de la conversation. J'ai descendu les marches, puis je me suis mis à courir vers l'arrière de la maison dans l'espoir de voir Tally. Mais elle avait disparu. Elle devait se baigner seule dans le ruisseau, sans son fidèle guetteur.

Grand-mère était à la porte du potager, appuyée contre la clôture ; elle regardait ma mère et Stacy faire le tour des plantes. Je me suis arrêté près d'elle et elle a passé la main dans mes cheveux.

— Pappy a dit que c'était une foutue Yankee, murmurai-je.
— Ne jure pas.
— Je ne jure pas, je répète ce qu'il a dit.

— Les Yankees sont de braves gens. Différents de nous, c'est tout.

Grand-mère avait l'esprit ailleurs. Plusieurs fois, dans le courant de l'été, elle m'avait parlé sans me voir. Ses yeux fatigués se dérobaient tandis que ses pensées l'éloignaient de notre ferme.

— Pourquoi elle parle comme ça ?

— Elle trouve que c'est nous qui parlons bizarrement.

— C'est vrai ?

— Bien sûr.

Je ne comprenais pas.

Un serpent vert d'à peine trente centimètres a pointé la tête entre deux concombres et filé le long d'une allée, droit sur ma mère et Stacy. Elles l'ont vu en même temps.

— Un petit serpent vert, remarqua ma mère en montrant le reptile.

La réaction de Stacy fut totalement différente. Sa bouche s'est ouverte toute grande, mais elle était si horrifiée qu'il a fallu une ou deux secondes pour qu'un son franchisse ses lèvres. Un hurlement que les Latcher pouvaient entendre du porche, un cri à figer le sang, bien plus terrifiant que le plus venimeux des serpents.

— Un serpent ! hurla-t-elle en se réfugiant derrière ma mère. Jimmy Dale ! Jimmy Dale !

Le serpent s'était arrêté net et semblait lever la tête vers elle. Ce n'était qu'un petit serpent vert, inoffensif. Comment pouvait-on avoir peur de lui ? Je me suis élancé dans le jardin pour saisir le serpent, croyant régler l'affaire. Mais la vue d'un petit garçon tenant à la main cet animal mortel était trop pour Stacy. Ses genoux se sont dérobés sous elle, elle est tombée de tout son long dans le carré de haricots beurre tandis que les hommes arrivaient à la rescousse.

Jimmy Dale l'a prise dans ses bras pendant que nous

expliquions ce qui s'était passé. Le pauvre serpent était devenu flasque ; peut-être avait-il tourné de l'œil, lui aussi. Papy n'a pas pu dissimuler un sourire en suivant Jimmy Dale, sa jeune épouse dans les bras. Il l'a étendue sur un banc tandis que Grand-mère allait chercher des remèdes.

Quand Stacy est revenue à elle, son visage était livide et sa peau moite. Grand-mère s'est penchée sur elle avec des linges humides et des sels.

— Il n'y a pas de serpents dans le Michigan ? demandai-je discrètement à mon père.

— Il faut croire que non.

— C'était juste un petit vert.

— Heureusement que ce n'était pas une grosse couleuvre. Elle serait morte à l'heure qu'il est.

Ma mère avait fait bouillir de l'eau qu'elle a versée dans une tasse, sur un sachet de thé. Stacy s'est redressée pour boire. Pour la première fois dans l'histoire de notre ferme, quelqu'un consommait du thé chaud. Elle a demandé à rester seule ; nous sommes passés de l'autre côté de la maison.

Les hommes n'ont pas tardé à aller voir la Buick de plus près. Le capot levé, ils ont fourré le nez dans le moteur. Profitant de ce que personne ne s'occupait de moi, je suis parti derrière la maison, à la recherche de Tally. J'ai gagné une de mes cachettes, près du silo, d'où personne ne pouvait me voir. J'ai entendu un moteur se mettre en marche, un ronflement puissant, sans à-coups ; ce n'était pas notre vieux camion. Ils allaient faire un tour en voiture. Mon père m'a appelé ; comme je ne répondais pas, ils sont partis sans moi.

J'ai renoncé à attendre Tally et je suis reparti à la maison. Stacy était assise sur un tabouret, sous un arbre ; les bras croisés, l'air malheureux, elle contemplait nos champs d'un regard triste. La Buick avait disparu.

— Tu n'es pas parti avec les autres ? demanda-t-elle.

— Non, madame.
— Pourquoi ?
— Je sais pas.
— Tu es déjà monté dans une voiture ?

Comme elle avait pris un ton moqueur, j'ai décidé de mentir.

— Non, madame.
— Quel âge as-tu ?
— Sept ans.
— Tu as sept ans et tu n'es jamais monté dans une voiture ?
— Non, madame.
— Tu as déjà vu une télévision ?
— Non, madame.
— Tu t'es déjà servi d'un téléphone ?
— Non, madame.
— Incroyable !

Elle a secoué la tête d'un air dégoûté ; je regrettais de ne pas être resté près du silo.

— Tu vas à l'école ?
— Oui, madame.
— Dieu soit loué ! Tu sais lire ?
— Oui, madame. Lire et écrire.
— Tu termineras tes études secondaires ?
— Bien sûr.
— Et ton père ?
— Il les a terminées.
— Ton grand-père ?
— Non, madame.
— C'est bien ce qui me semblait. Il y a des jeunes d'ici qui sont étudiants ?
— Pas encore.
— Comment ça ?
— Ma mère dit que j'irai à l'université.
— J'en doute. Comment pourras-tu payer tes études ?
— Ma mère l'a dit.

— Quand tu seras grand, tu deviendras un pauvre fermier qui cultive le coton, comme ton père et ton grand-père.
— Qu'est-ce que vous en savez ?
Elle a secoué la tête avec agacement.
— J'ai fait deux années d'études supérieures, lança-t-elle fièrement.
J'avais envie de dire que cela ne la rendait pas plus intelligente. Un long silence a suivi. J'aurais voulu partir, mais je ne savais pas comment échapper à cette conversation. Du haut de son tabouret, elle regardait au loin ; elle avait encore du venin à cracher.
— Je n'en reviens pas de voir à quel point vous êtes arriérés, reprit-elle.
J'ai regardé par terre. À l'exception de Hank Spruill, jamais je n'avais détesté quelqu'un autant que Stacy. Qu'aurait fait Ricky à ma place ? Il l'aurait certainement envoyée promener ; comme je ne pouvais me le permettre, j'ai décidé de la planter là.
La Buick revenait, mon père au volant. Il a coupé le moteur et les adultes sont descendus. Jimmy Dale a crié aux Spruill d'approcher. Bo, Dale et Trot sont montés à l'arrière, Hank à l'avant et la voiture est repartie à toute vitesse sur notre petite route, en direction de la rivière.

L'après-midi touchait à sa fin quand Jimmy Dale a commencé à parler de partir. Nous étions prêts à prendre congé d'eux ; pour rien au monde je n'aurais voulu qu'ils traînent assez longtemps pour être invités à souper. Je ne me voyais pas subir à table les remarques désobligeantes de Stacy sur notre nourriture et nos habitudes. Elle n'avait jusqu'à présent montré que du mépris pour tout ce qui constituait notre vie ; pourquoi aurait-elle changé d'attitude ?
Nous nous sommes lentement dirigés vers la Buick pour y entreprendre les interminables adieux. Personne

n'était jamais pressé quand venait l'heure de la séparation. Quelqu'un observait qu'il commençait à se faire tard, un autre le répétait, un troisième déclenchait le mouvement en direction de la voiture ou du camion, avec force poignées de main, embrassades et promesses. Le cortège se dirigeait vers le véhicule devant lequel tout le monde s'arrêtait tandis que quelqu'un racontait une dernière histoire. Nouvelles étreintes, nouvelles promesses de revenir bientôt. Les uns finissaient par se retrouver installés à l'intérieur du véhicule en partance, les autres passaient la tête par la vitre pour une dernière tournée d'adieux. Parfois, quelqu'un racontait encore une histoire en vitesse. Le moteur se mettait enfin en marche, le véhicule effectuait un demi-tour, toutes les mains s'agitaient.

— Qu'est-ce qui nous pressait ? demandait un passager quand la maison était hors de vue.

— Je me demande pourquoi ils sont partis si vite ? lançait un de ceux qui restaient dans la cour, la main encore levée.

Lorsque nous sommes arrivés devant la Buick, Stacy a murmuré quelque chose à l'oreille de Jimmy Dale. Il s'est tourné vers ma mère.

— Elle a besoin d'aller aux toilettes, fit-il à voix basse.

Ma mère a pris un air gêné. Nous n'avions pas de toilettes. Nous utilisions les W-C extérieurs, une petite cabane en bois, montée autour d'un trou profond, à mi-chemin entre la maison et la grange.

— Suivez-moi, dit ma mère.

Tandis que les deux femmes s'éloignaient, Jimmy Dale s'est rappelé une autre histoire, celle d'un gars du pays en visite à Flint, qui s'était fait arrêter en état d'ivresse à la sortie d'un bar. Je me suis éclipsé et j'ai filé vers la maison. Je suis ressorti par-derrière pour me glisser à toute vitesse entre deux poulaillers jusqu'à un endroit d'où je pouvais voir les femmes arriver devant les toilettes. Stacy a regardé la cabane ; elle semblait hésiter à entrer, mais elle n'avait pas le choix.

Ma mère est partie rejoindre les autres.

Je suis passé à l'attaque sans perdre de temps. Dès que ma mère a disparu, j'ai frappé à la porte de la cabane. J'ai d'abord entendu un cri étouffé puis une petite voix.

— Qui est là ?
— C'est moi, Luke.
— C'est occupé !

J'ai perçu de la nervosité dans sa voix assourdie par l'humidité étouffante qui régnait dans la cabane. Il y faisait sombre ; un peu de lumière filtrait par les interstices des planches.

— Ne sortez pas tout de suite ! m'écriai-je en essayant de prendre une voix affolée.
— Quoi ?
— Il y a un gros serpent noir dehors !
— Mon Dieu ! souffla-t-elle.

Peut-être serait-elle de nouveau tombée dans les pommes si elle n'avait été assise.

— Ne faites pas de bruit, sinon il saura que vous êtes là-dedans !
— Doux Jésus ! gémit-elle d'une voix étranglée. Fais quelque chose !
— Je ne peux pas. Il est gros et il mord.
— Qu'est-ce qu'il veut ? poursuivit-elle en retenant un sanglot.
— Je ne sais pas. C'est un serpent-merde ; il traîne toujours par ici.
— Va chercher Jimmy Dale !
— D'accord, mais ne sortez pas. Il est juste devant la porte. Je crois qu'il sait que vous êtes là-dedans.

Elle s'est mise à pleurer doucement. Je suis reparti en me baissant pour passer entre les poulaillers, puis j'ai fait le tour du potager. Je me suis glissé lentement, silencieusement, le long des haies qui marquaient la limite de notre propriété jusqu'à ce que j'atteigne un buisson d'où je pouvais observer la cour sans être vu. Adossé à sa voiture, Jimmy Dale racontait une histoire en attendant le retour de la jeune mariée.

De longues minutes se sont écoulées. Mes parents et mes grands-parents écoutaient en riant les histoires qui se succédaient. De temps en temps, l'un deux tournait les yeux en direction de la maison.

Ma mère a fini par s'inquiéter ; elle a quitté les autres pour aller voir ce que faisait Stacy. Une minute plus tard, j'ai entendu des voix et Jimmy Dale s'est précipité vers l'arrière de la maison. Je me suis enfoncé dans mon buisson.

La nuit était presque tombée quand je suis rentré. Caché derrière le silo, j'avais vu les femmes préparer le dîner. J'étais déjà dans de beaux draps ; arriver en retard pour un repas n'aurait servi qu'à aggraver les choses.

Ils étaient à table et Papy s'apprêtait à dire le bénédicité quand je suis entré. Je me suis assis en silence. Tous les regards se sont tournés vers moi ; j'ai préféré fixer mon assiette. Papy a expédié la prière, Grand-mère a fait passer le plat. Après un silence assez long pour que la tension monte, mon père s'est tourné vers moi.

— Où étais-tu, Luke ?
— À la rivière.
— Qu'est-ce que tu fabriquais ?
— Rien. Je me baladais.

Cela devait paraître louche, mais personne n'a rien dit. Papy a choisi son moment. Quand le silence est revenu, il s'est adressé à moi d'un ton provocant.

— Tu as vu des serpents-merde au bord de la

rivière ? Il a à peine eu le temps de terminer sa phrase avant de craquer.

J'ai levé les yeux pour faire le tour de la table. Grand-mère serrait les dents comme pour s'empêcher de sourire. Ma mère avait sa serviette devant la bouche, mais ses yeux la trahissaient : elle avait envie de rire, elle aussi. Mon père était en train de mastiquer une grosse bouchée ; il a réussi à finir en conservant un visage impassible.

Mais Papy, au bout de la table, s'est mis à rire à gorge déployée tandis que les autres s'efforçaient de garder leur sérieux.

— Elle était bonne, Luke ! parvint-il à articuler en reprenant son souffle. Ça lui fera les pieds.

J'ai fini par rire, moi aussi, pas de mon exploit, mais à la vue de Papy riant aux éclats pendant que les autres essayaient courageusement de se retenir.

— Ça suffit, Eli, lança Grand-mère en desserrant enfin les mâchoires. J'ai pris une grosse bouchée de pois en baissant les yeux. Papy s'est calmé et nous avons terminé le repas en silence.

Après le souper, mon père m'a conduit dans la cabane à outils. Sur la porte était accrochée une badine en hickory qu'il avait taillée lui-même et longuement polie. Elle m'était réservée.

J'avais appris à subir ma punition comme un homme. Pas question de verser des larmes, du moins de les montrer. Dans ces moments douloureux, Ricky m'inspirait. J'avais entendu des récits affreux sur les corrections que Papy lui administrait, mais jamais, au dire de ses parents et des miens, il n'avait laissé couler une larme. Il y mettait un point d'honneur.

— C'est méchant, ce que tu as fait à Stacy, commença mon père. Elle était notre invitée et elle a épousé ton cousin.

— Oui, papa.
— Pourquoi as-tu fait ça ?
— Elle a dit que nous étions stupides et arriérés.

En rajouter un peu ne pouvait nuire.

— Elle a dit ça ?
— Oui, papa. Je ne l'aime pas ; vous non plus vous ne l'aimez pas.
— C'est peut-être vrai, mais tu dois respecter tes aînés. Combien de coups cela vaut-il, à ton avis ?

Nous discutions toujours du crime et du châtiment ; quand je me penchais, je savais exactement combien de coups j'allais recevoir.

— Un, répondis-je, comme je le faisais le plus souvent.
— Disons deux, renchérit-il. Et combien pour ta grossièreté ?
— Ce n'était pas vraiment grossier.
— Tu as employé un mot inacceptable.
— Oui, papa.
— Combien de coups ?
— Un.
— Nous sommes d'accord pour un total de trois ?

Jamais il ne me frappait quand il était en colère, ce qui laissait en général une petite marge de manœuvre. Trois coups me paraissaient acceptables, mais j'essayais toujours de discuter. C'est quand même moi qui les recevais.

— Deux, ce serait plus juste.
— Tu en auras trois. Penche-toi.

Je me suis retourné avant de me pencher en avant, les dents serrées, pour saisir mes chevilles. Il m'a cinglé trois fois les fesses avec la badine en hickory. La douleur était cuisante, mais il ne frappait pas de tout son cœur. J'avais connu bien pire.

— Va te coucher, tout de suite, ordonna-t-il.

Je suis rentré en vitesse à la maison.

20

Avec les deux cent cinquante dollars de Samson en poche, Hank avait encore moins envie de cueillir le coton.

— Où est Hank ? demanda Papy à M. Spruill quand nous avons pris nos sacs le lundi matin, pour commencer la journée de travail.

— Il dort, je suppose.

La réponse était brusque ; Papy n'a pas insisté.

Hank est arrivé vers le milieu de la matinée. Je ne sais pas exactement quand, car je me trouvais au bout d'un rang. J'ai entendu des voix et j'ai compris que cela bardait encore chez les Spruill.

Une heure avant le déjeuner, le ciel a commencé à s'assombrir et nous avons senti une légère brise d'ouest. Quand le soleil a disparu, j'ai posé mon sac pour observer les nuages. À une centaine de mètres, j'ai vu Papy faire la même chose, les mains sur les hanches, le chapeau sur l'oreille, le visage soucieux. Le vent a forci, le ciel a noirci, la chaleur n'a pas tardé à tomber. Tous les orages venaient de Jonesboro, surnommée le Couloir des tornades.

Cela a commencé par la grêle, des grains durs, gros

comme des gravillons ; je me suis dirigé vers le tracteur. Au sud-ouest le ciel était d'un bleu sombre, presque noir, et les nuages bas fondaient sur nous. Chacun dans son rang, les Spruill fonçaient vers la remorque ; les Mexicains couraient en direction de la grange.

Je me suis mis à courir aussi. Les grêlons qui me cinglaient la nuque me poussaient à accélérer l'allure. Le vent hurlait dans les arbres bordant la rivière et courbait les tiges des cotonniers. Un éclair a zébré le ciel dans mon dos ; j'ai entendu un des Spruill, Bo, probablement, pousser un cri.

— Il vaut mieux ne pas s'approcher de la remorque du coton, disait Papy au moment où je suis arrivé. Méfiez-vous de la foudre.

— Rentrons à la maison, proposa mon père.

Tout le monde a grimpé dans la remorque du tracteur. Pendant que Papy manœuvrait pour faire demi-tour, la pluie s'est abattue sur nous, froide, cinglante, poussée par les bourrasques de vent. Nous avons été instantanément trempés de la tête aux pieds ; je n'aurais pas été plus mouillé si j'avais sauté dans le ruisseau.

Les Spruill se sont serrés les uns contre les autres, Tally au centre. Mon père m'a attiré contre sa poitrine, comme s'il avait peur que le vent m'emporte. Ma mère et Grand-mère étaient rentrées à la maison peu avant le début de l'orage.

La pluie torrentielle était si dense que j'avais de la peine à distinguer les rangs de coton, à quelques mètres de moi.

— Dépêche-toi, Papy ! m'écriai-je à plusieurs reprises.

Le vacarme était tel que je n'entendais plus le bruit familier du tracteur. La foudre a éclaté de nouveau, si près que j'ai eu mal aux oreilles. J'ai cru que nous allions mourir.

Le trajet jusqu'à la maison a paru interminable ; au moment où nous sommes arrivés, la pluie a brusquement cessé. Le ciel était de plus en plus noir, dans toutes les directions.

— Un tourbillon ! lança M. Spruill pendant que nous descendions de la remorque.

À l'ouest, loin au-delà de la rivière et bien au-dessus de la cime des arbres, apparaissait un nuage en forme d'entonnoir. D'un gris pâle, presque blanc, sur le fond noir du ciel, il grossissait en se rapprochant lentement du sol. Il se trouvait à plusieurs kilomètres et, à cette distance, ne semblait pas dangereux.

Les tornades n'étaient pas rares dans notre coin de l'Arkansas ; j'avais entendu des récits depuis ma plus tendre enfance. Des dizaines d'années plus tôt, à ce qu'on racontait, le père de Grand-mère avait survécu à une épouvantable tornade qui décrivait des cercles et avait frappé sa ferme à plusieurs reprises.

Une histoire que Grand-mère racontait sans conviction. Les tornades faisaient partie de la vie, mais il ne m'avait jamais été donné d'en voir une.

— Kathleen ! cria mon père dès qu'il fut descendu.

Il ne voulait pas que ma mère rate ce spectacle. Je me suis tourné vers la grange, où les Mexicains étaient aussi pétrifiés que nous. Deux ou trois montraient le ciel du doigt.

En proie à une fascination muette, nous avons suivi le déplacement du tourbillon, sans crainte particulière ; encore à une bonne distance de notre ferme, il s'éloignait vers le nord-est. La colonne se déplaçait lentement, comme si elle cherchait l'endroit idéal pour toucher le sol. Clairement visible au-dessus de l'horizon, encore loin de la terre, la queue ondulait et donnait parfois l'impression de danser dans le ciel. Le tourbillon présentait la forme parfaite d'un cône renversé tournoyant à une vitesse folle.

La porte a claqué derrière nous. Ma mère et ma grand-mère sont descendues sur les marches en s'essuyant les mains sur un torchon.

— Il se dirige vers la ville, annonça Papy avec autorité, comme s'il était capable de prédire à quel endroit une tornade allait frapper.

— Tu as raison, glissa mon père, un autre spécialiste des phénomènes atmosphériques.

La queue du tourbillon est descendue en cessant d'onduler. Elle semblait avoir touché le sol quelque part au loin ; nous n'en voyions plus la pointe.

L'église, l'égreneuse, le cinéma, l'épicerie de Pop et Pearl... J'étais en train de faire le bilan des dégâts quand le tourbillon a repris de l'altitude. Il a semblé disparaître en un instant.

Nous avons entendu un grondement derrière nous. De l'autre côté de la route, au-dessus des terres des Jeter, une autre tornade s'était formée ; elle s'était approchée en catimini, pendant que nous regardions la première. Elle se trouvait encore à deux kilomètres et semblait se diriger droit sur notre ferme. Nous avons ouvert des yeux horrifiés, saisis d'effroi.

— Allons dans la grange ! s'écria Papy.

Les Spruill couraient déjà vers leur campement, comme si une tente pouvait leur offrir un abri.

— Par ici ! hurla M. Spruill en montrant la grange.

Tout le monde s'est mis à crier en gesticulant et en courant en tous sens. Mon père m'a pris par la main et m'a entraîné au pas de course. Le sol tremblait, le vent rugissait. Les Mexicains s'égaillaient dans toutes les directions. Certains avaient choisi de se réfugier dans les champs, d'autres, qui se précipitaient vers notre maison, ont changé d'avis en nous voyant courir vers la 1grange. Hank m'a dépassé, Trot sur son dos ; Tally aussi nous a distancés.

Avant que nous ayons eu le temps d'atteindre la grange, la tornade s'est éloignée du sol et s'est rapidement élevée dans le ciel. Papy s'est arrêté pour la suivre des yeux et tout le monde a fait comme lui. Le tourbillon est passé légèrement à l'est de notre ferme au lieu de s'abattre sur nous. Il a laissé derrière lui des projections d'eau de pluie souillée et de particules boueuses. Nous l'avons vu faire des bonds dans le ciel, cherchant, comme le premier, un bon endroit où toucher terre. Pendant plusieurs minutes, abasourdis, encore terrifiés, nous n'avons pas dit grand-chose.

J'ai étudié les nuages au firmament, bien décidé à ne pas me laisser surprendre une nouvelle fois. Je n'étais pas le seul à scruter le ciel.

Il a recommencé à pleuvoir et nous sommes rentrés dans la maison.

La tempête s'est déchaînée pendant deux heures, utilisant contre nous tout l'arsenal de la nature : vents impétueux, pluie diluvienne, tornades, grêle, éclairs et tonnerre si brusques et si proches que nous nous cachions sous les lits. Les Spruill s'étaient réfugiés dans notre pièce commune et nous nous étions éparpillés dans le reste de la maison. Ma mère me serrait contre elle. Elle avait une peur bleue de l'orage, ce qui rendait la situation encore plus pénible.

Je ne savais pas exactement comment nous allions mourir — emportés par le vent, frappés par la foudre ou noyés sous les trombes d'eau —, mais il me paraissait évident que la fin était proche. Mon père a réussi à dormir au plus fort de l'orage ; son indifférence m'a été d'un grand réconfort. Il avait vécu dans les tranchées, essuyé le feu des soldats allemands ; rien ne pouvait l'effrayer. Nous étions tous les trois allongés sur le plancher de leur chambre, mon père ronflant, ma mère priant et moi, entre les deux, écoutant les bruits de l'orage. En pensant à Noé et au Déluge, j'attendais que notre petite maison soit soulevée par les eaux et se mette à flotter.

Quand la pluie et le vent se sont enfin calmés, nous sommes sortis évaluer les dégâts. À part le coton trempé, il y en avait étonnamment peu : quelques branches éparpillées dans la cour, les eaux de ruissellement débordant des rigoles, des plants de tomate arrachés dans le potager. Le coton aurait séché dès le lendemain matin et le travail reprendrait.

— Je pense que je ferais bien d'aller jeter un coup d'œil à l'égreneuse, déclara Papy pendant le déjeuner.

Tout le monde était impatient d'aller en ville. Peut-être avait-elle été rasée par la tornade ?

— J'aimerais voir l'église, fit Grand-mère.
— Moi aussi, affirmai-je.
— Pourquoi veux-tu voir l'église ? demanda mon père.
— Pour savoir si la tornade l'a démolie.
— Allons-y, fit Papy.

Tout le monde s'est levé immédiatement. La vaisselle est restée empilée dans l'évier sans être lavée, ce que je n'avais jamais vu.

Notre route était couverte de boue ; par endroits, des portions entières avaient été emportées par l'eau. Après avoir patiné et dérapé sur quelques centaines de mètres, le camion est arrivé devant un cratère. Papy est passé en première ; il a essayé de franchir l'obstacle par la gauche, le long du coton des Jeter. Le camion s'est immobilisé ; nous étions embourbés. Mon père est reparti à la maison chercher le tracteur. J'étais à l'arrière, comme d'habitude, et j'avais de la place. Ma mère était tassée à l'avant avec mes grands-parents. Grand-mère a dit que ce n'était peut-être pas une bonne idée d'aller en ville ; Papy bouillonnait de rage.

Mon père est revenu, il a attaché au pare-chocs avant une chaîne de six mètres et nous a lentement sortis du bourbier. Les hommes ont décidé qu'il valait mieux que le tracteur nous tire jusqu'au pont. Quand nous y sommes arrivés, Papy a détaché la chaîne et mon père a franchi le pont avec le tracteur. Puis nous avons traversé avec le camion. De l'autre côté, c'était pire. Les hommes ont remis la chaîne et le tracteur nous a tirés sur trois kilomètres, jusqu'à une route empierrée en bon état. Nous avons laissé le tracteur sur le bas-côté et poursuivi notre trajet vers la ville, si elle était toujours là. Dieu sait quel spectacle de désolation nous attendait ; j'avais de la peine à contenir mon excitation.

Nous avons enfin atteint la nationale et tourné en direction de Black Oak. Les pneus laissaient sur la chaussée une longue traînée de boue. Pourquoi toutes les routes n'étaient-elles pas goudronnées ?

Chemin faisant, tout nous a paru normal. Ni arbres ni cultures jetés au sol, pas de débris projetés sur des kilomètres, pas de trous béants dans le paysage. Toutes les maisons semblaient intactes. Les champs restaient vides, car le coton était trempé, mais il n'y avait pas de bouleversements visibles.

Debout avec mon père à l'arrière du camion, regardant pardessus la cabine, je scrutais la route au loin pour voir apparaître les premières constructions. L'égreneuse tournait normalement, Dieu avait protégé l'église, les magasins de la Grand-rue n'avaient pas été touchés. Je ne regrettais pas de voir la ville intacte, mais la situation aurait pu être plus intéressante.

Nous n'étions pas les seuls curieux. La circulation était dense dans la Grand-rue, les trottoirs noirs de monde. Jamais on n'avait vu cela un lundi. Nous nous sommes garés près de l'église ; après nous être assurés qu'elle n'avait pas été endommagée, j'ai filé chez Pop et Pearl. Il y avait devant l'épicerie un attroupement autour de Red Fletcher. Je suis arrivé juste à temps.

M. Fletcher, qui habitait à l'ouest de la ville, avait su qu'une tornade approchait quand il avait vu son vieux beagle se cacher sous la table de la cuisine, un sinistre présage. Alerté par le comportement du chien, il avait scruté le ciel et n'avait pas été étonné de le voir rapidement virer au noir. Il avait entendu la tornade avant de la voir. Le tourbillon était apparu brusquement, fonçant droit sur sa ferme ; il était resté assez longtemps au sol pour détruire deux poulaillers et arracher le toit de la maison. Touchée par un éclat de verre, sa femme avait saigné, ce qui faisait d'elle une authentique victime. J'ai entendu derrière moi des badauds excités murmurer qu'ils passeraient chez les Fletcher pour inspecter les dommages.

— À quoi ça ressemblait ? interrogea quelqu'un.

— C'était noir comme du charbon, répondit M. Fletcher. Ça avait le bruit d'un train de marchandises.

De plus en plus passionnant. Les tourbillons que nous avions vus étaient d'un gris pâle, presque blanc. Le sien était noir. Apparemment, toutes sortes de tornades avaient ravagé notre comté.

Mme Fletcher est apparue au côté de son mari, le bras bandé, en écharpe. Nous l'avons dévisagée ; on aurait pu croire qu'elle allait tourner de l'œil sur le trottoir. Elle a montré sa blessure, retenant l'attention générale jusqu'à ce que M. Fletcher, se rendant compte que son public lui échappait, reprenne le fil de son récit. Il a expliqué que son tourbillon avait quitté le sol et s'était mis à bondir en l'air. Il avait sauté dans son camion pour le poursuivre. Il ne l'avait pas lâché malgré une averse de grêle et avait failli le rattraper au moment où il faisait demi-tour.

Le camion de M. Fletcher était plus vieux que celui de Papy. Dans la foule plusieurs personnes ont échangé des regards incrédules. J'aurais voulu qu'un adulte demande à M. Fletcher ce qu'il aurait fait s'il avait rattrapé son tourbillon. Il a expliqué qu'il avait abandonné la poursuite pour rentrer chez lui et s'occuper de son épouse. Il avait vu en repartant que la tornade se dirigeait droit sur la ville.

Papy m'a confié par la suite que M. Fletcher n'hésitait pas à mentir en enjolivant la vérité.

Il y eut des mensonges en abondance cet après-midi-là, à Black Oak, et pas mal d'exagération. Des histoires de tornades couraient d'un bout à l'autre de la Grand-rue. Devant la Coop, Papy a décrit ce que nous avions vu en s'en tenant aux faits. Le récit du double tourbillon a retenu l'attention générale jusqu'à ce que Dutch Lamb prenne la parole pour affirmer qu'il en avait vu trois ! Sa femme a confirmé sa déclaration ; Papy est reparti au camion.

Quand nous avons quitté Black Oak, c'était un miracle si les victimes ne se comptaient pas par centaines.

Les derniers nuages s'étaient enfuis à la tombée de la nuit, mais la chaleur n'était pas revenue. Après le dîner, nous nous sommes installés sous le porche en attendant le match des Cardinals. L'air était pur et limpide, un signe avant-coureur de l'automne.

Il restait six rencontres, trois contre les Reds et trois contre les Chicago Cubs, toutes à domicile, au Parc des sports, mais les Brooklyn Dodgers avaient déjà sept points d'avance dans leur poule. C'était fichu pour la saison. Stan Musial menait au classement des batteurs et de la moyenne de puissance, et il avait aussi réussi plus de frappes et de doubles que n'importe qui. Les Cardinals ne remporteraient pas le championnat, mais nous avions quand même le meilleur joueur. Après le déplacement à Chicago, les membres de l'équipe étaient heureux de jouer à Saint Louis ; c'est du moins ce qu'affirmait Harry Caray qui transmettait souvent des messages et des échos, comme si tous les joueurs habitaient chez lui.

Musial a réussi un simple et un triple, plaçant les deux équipes à égalité après neuf manches. Il était tard, mais nous ne nous sentions pas fatigués. L'orage nous avait tenus à l'écart des champs et nous savourions la fraîcheur du soir. Autour d'un feu, les Spruill parlaient à voix basse, profitant de l'absence de Hank. Il disparaissait souvent après le dîner.

À la fin de la dixième manche, Red Schoendienst frappa un simple et quand Stan Musial passa à la batte, ce fut le délire dans le stade. C'est du moins ce qu'affirma Harry Caray qui, comme le disait Papy, semblait souvent regarder un match et en commenter un autre. Il y avait moins de dix mille spectateurs ; nous savions que ce n'était pas la grande foule. Mais Harry faisait du bruit pour tous ceux qui n'étaient pas là. Après cent quarante-huit matches, il était aussi excité que pour l'ouverture du championnat. Musial réussit un double, permettant à Schoendienst de marquer et aux Cardinals de l'emporter quatre à trois.

Un mois plus tôt, nous aurions fêté — avec Harry — la victoire sous le porche. J'aurais fait le tour des bases dans la cour, glissant pour atteindre la deuxième, comme le grand Stan Musial. Nous nous serions couchés heureux, après cette victoire à l'arraché.

Mais la situation n'était plus la même. Cette victoire n'était qu'une consolation : les Cardinals termineraient troisième de leur poule. La cour était colonisée par les Spruill. L'été touchait à sa fin.

« Baumholtz ne pourra pas le rattraper », déclara Papy en éteignant la radio. Frankie Baumholtz, de Chicago, avait six points de retard sur Musial au classement du meilleur batteur. Mon père a approuvé d'un grognement. Les hommes avaient été plus calmes que d'habitude pendant le match. L'orage et le temps frais semblaient leur avoir ôté des forces. Nous changions de saison, mais le tiers du coton était encore sur pied. Nous avions eu des conditions idéales pendant sept mois ; un changement s'annonçait.

21

L'automne a duré moins de vingt-quatre heures. Le lendemain midi, la chaleur était revenue, le coton avait séché, le sol était dur et toutes les idées de fraîcheur et de feuilles mortes s'évanouissaient. Nous étions repartis au bord de la rivière pour le second passage dans les rangs. Un troisième pouvait avoir lieu à la fin de l'automne, « la récolte de Noël », comme on l'appelait, pour récupérer ce qui restait du coton. Ceux des collines et les Mexicains seraient repartis depuis longtemps.

Je suis resté près de Tally la plus grande partie de la journée, travaillant dur pour ne pas me laisser dépasser. Pour une raison qui m'échappait, elle était devenue distante ; je tenais absolument à comprendre pourquoi. Une certaine tension régnait chez les Spruill ; plus de chants, plus de rires, à peine quelques mots échangés entre eux. Hank est arrivé en milieu de matinée et a commencé à travailler sans se fouler. Les autres semblaient l'éviter.

En fin d'après-midi, je me suis traîné jusqu'à la remorque — pour la dernière fois, je l'espérais. Il restait une heure avant la fin de la journée de travail et je cherchais ma mère. Mais c'est Hank que j'ai vu, avec Bo et Dale, attendant à l'ombre que Papy ou mon père vienne peser leur coton. Je me suis baissé entre les tiges pour qu'ils ne me voient pas et j'ai écouté ce qu'ils disaient.

Hank parlait fort, comme à son habitude.

— J'en ai marre du coton, disait-il. Plein le dos ! J'ai pensé changer de boulot et je crois bien que j'ai une idée pour gagner de l'argent. Beaucoup d'argent. Je vais suivre la fête foraine, j'irai de ville en ville en restant dans l'ombre, comme qui dirait, pendant que Samson et sa mouquère entassent les billets. En attendant qu'il y ait assez de pognon, je le regarderai faire voler les petits ploucs aux quatre coins du ring et puis, un beau soir, quand il sera bien crevé, j'arriverai avec cinquante dollars à la main, je lui mettrai une autre déculottée et je raflerai la recette. Si je fais ça une fois par semaine, j'empocherai deux mille dollars par mois. Vingt-quatre mille dollars par an, en liquide. Je vais devenir riche !

Il y avait de la méchanceté dans sa voix ; Bo et Dale riaient quand il est arrivé à la fin de son histoire. Je dois reconnaître que je trouvais ça drôle aussi.

— Et si Samson décide d'arrêter ? demanda Bo.

— Tu rigoles ? Le Plus grand Lutteur du Monde, qui arrive directement d'Égypte ? Samson n'a peur de personne ! Et puis, je pourrais prendre sa femme aussi. Elle est pas mal, non ?

— Il faudra que tu le laisses gagner de temps en temps, poursuivit Bo. Sinon, il voudra pas se battre contre toi.

— Une bonne idée de prendre sa femme, glissa Dale. J'ai trouvé qu'elle avait de belles jambes.

— Le reste est pas mal non plus, ajouta Hank. Attends… J'ai trouvé ! Je vais le chasser et devenir le nouveau Samson ! Je me laisserai pousser les cheveux jusqu'aux fesses, je me ferai une teinture, j'achèterai un short en peau de léopard, je parlerai avec un accent…

Les péquenauds n'y verront que du feu, ils croiront que je viens d'Égypte et Dalila sera folle de moi.

Ils se sont esclaffés ; leur rire était contagieux. Je n'ai pu m'empêcher de sourire à l'idée de Hank paradant autour du ring en short moulant, essayant de convaincre les spectateurs qu'il venait d'Égypte. Mais il était trop stupide pour être un bon forain. Il chercherait à blesser et ferait fuir les volontaires.

Papy est arrivé pour peser le coton. Ma mère est apparue à son tour ; elle m'a murmuré qu'elle était prête à rentrer. Nous avons pris la route de la ferme en silence, heureux que la journée soit presque terminée.

On avait repris la peinture ; nous l'avons remarqué du potager. Un examen attentif nous a permis de constater que notre peintre — nous supposions toujours qu'il s'agissait de Trot — était monté jusqu'à la cinquième planche et qu'il avait appliqué la première couche sur une surface de la taille d'une petite fenêtre. Ma mère y a passé délicatement un doigt ; quand elle l'a retiré la peinture y adhérait.

— Elle est fraîche, déclara-t-elle en se tournant vers la cour où, comme d'habitude, Trot était invisible.

— Tu crois que c'est lui ? demandai-je.

— Oui.

— Où trouve-t-il la peinture ?

— Tally la lui achète avec son argent du coton.

— Qui t'a dit ça ?

— J'ai demandé à Mme Foley, la quincaillière. Elle a dit qu'une fille des collines et son frère infirme ont acheté deux pots d'un litre de laque blanche et un petit pinceau. Elle a trouvé cela bizarre, des gens des collines qui achetaient de la laque.

— On peut peintre quelle surface avec deux litres ?

— Pas grand-chose.

— Tu vas en parler à Papy ?

— Oui.

Nous avons fait un petit tour dans le potager, pour cueillir quelques légumes : des tomates, des concombres et deux poivrons rouges qui ont attiré son regard. Tout le monde allait bientôt rentrer des champs et je n'aurais manqué pour rien au monde l'explosion de colère de Papy quand il apprendrait que quelqu'un peignait sa maison.

Quelques minutes plus tard, j'ai surpris des chuchotements et des conciliabules sous le porche. On m'avait obligé à découper les concombres dans la cuisine, une tactique destinée à me tenir à l'écart de la controverse. Grand-mère écoutait les nouvelles à la radio pendant que ma mère cuisinait. Les hommes ont longé le mur est de la maison pour inspecter le travail de Trot.

À leur retour, nous sommes passés à table ; pendant le repas, il n'a été question que du temps. Si Papy était furieux qu'on peigne sa maison, il n'en a rien laissé paraître. Peut-être était-il simplement trop fatigué.

Le lendemain, ma mère m'a gardé à la maison et a fait en sorte de trouver des occupations. Elle a lavé la vaisselle du petit déjeuner et un peu de linge tout en surveillant la cour avec moi. Grand-mère est partie aux champs, mais je suis resté en compagnie de ma mère.

Il n'y avait aucun signe de Trot ; il semblait s'être évanoui. Hank est sorti d'une tente vers 8 heures. Il a mis tous les récipients sens dessus dessous jusqu'à ce qu'il trouve les biscuits de la veille. Après avoir tout mangé, il a roté et s'est tourné vers notre maison comme s'il envisageait d'y rafler de la nourriture. Il a fini par prendre d'un pas lourd la direction du silo pour se rendre aux champs.

Nous avons attendu, postés devant les fenêtres de la cour. Ne voyant rien, nous sommes partis rejoindre les autres. Quand ma mère est revenue trois heures plus tard, il y avait de la peinture fraîche sur une petite surface, au-dessous de la fenêtre de ma chambre. Trot peignait vers l'arrière de la maison, avec lenteur, limité par la longueur de ses bras et son désir de discrétion. À cette allure, il aurait fait la moitié du mur est quand viendrait pour les Spruill le moment de reprendre la route des collines.

Après trois jours de tranquillité et de labeur acharné, un nouveau conflit a éclaté. Miguel est venu trouver Papy après le petit déjeuner et ils sont partis en direction de la grange où d'autres Mexicains attendaient. Je les ai suivis dans le demi-jour, d'assez près pour entendre sans me faire remarquer. Luis était assis sur une souche, la tête baissée, dans l'attitude d'un malade. Papy l'a examiné : il était blessé.

Miguel a expliqué dans son anglais rapide et haché que quelqu'un avait lancé pendant la nuit des mottes de terre sur la grange. La première s'était écrasée sur le côté du fenil, juste après que les Mexicains s'étaient couchés. Cela ressemblait à une détonation, un grand fracas sur le bois ; toute la construction avait tremblé. Au bout de quelques minutes, une autre motte avait éclaté sur les planches, puis une troisième. Dix minutes s'étaient écoulées. Ils avaient cru que c'était terminé, mais une nouvelle motte était tombée sur la tôle ondulée du toit, juste au-dessus de leur tête. Partagés entre la colère et la peur, ils n'avaient pas pu s'endormir. Par les interstices des planches, ils avaient observé le champ de coton qui s'étendait derrière la grange. Leur persécuteur était là, tapi entre les rangs, mettant lâchement l'obscurité à profit.

Luis avait ouvert avec précaution la porte du fenil ; dès qu'il avait passé la tête, il avait reçu un projectile en pleine figure. Une pierre arrachée à la route qui menait à la maison ; l'agresseur l'avait gardée en attendant une occasion propice pour viser un Mexicain. Une motte de terre était parfaite pour faire du boucan ; une pierre ne pouvait qu'être destinée à faire du mal.

Le nez de Luis était cassé ; tuméfié, il avait doublé de volume. Papy a crié à mon père d'aller chercher Grand-mère.

Miguel a poursuivi son récit. Ils avaient soigné Luis de leur mieux, puis le bombardement avait repris. Toutes les dix minutes, au moment où ils s'apprêtaient à s'endormir, une grêle de mottes s'abattait sur la grange. Ils scrutaient les ténèbres par les fentes des planches mais ne percevaient aucun mouvement. La nuit était trop noire. L'assaillant avait fini par se lasser de ce petit jeu et le calme était revenu, mais leur sommeil avait été agité.

Pendant que Grand-mère prenait les choses en main, Papy s'est retiré en jurant dans sa barbe. J'étais partagé entre deux curiosités : valait-il mieux regarder Grand-mère soigner Luis ou écouter Papy épancher sa bile ?

J'ai suivi mon grand-père jusqu'au tracteur où il a grommelé à mon père quelques mots que je n'ai pas compris. Puis il a foncé sur la remorque où les Spruill attendaient, à moitié endormis.

— Où est Hank ? lança-t-il hargneusement à M. Spruill.

— Il dort, je suppose.

— Il compte travailler aujourd'hui ? poursuivit Papy sur le même ton.

— Allez donc lui demander, répliqua M. Spruill en se levant pour lui faire face. Papy a fait un pas en avant.

— Les Mexicains n'ont pas pu dormir cette nuit, parce que quelqu'un balançait des mottes de terre sur la grange. Vous ne sauriez pas qui c'est, par hasard ?

Mon père, qui ne s'emballait pas aussi vite, s'est glissé entre les deux hommes.

— Aucune idée ! répondit M. Spruill. Vous accusez quelqu'un ?

— J'suis pas sûr, fit Papy. Ici, tout le monde travaille

dur, tout le monde est épuisé de fatigue le soir. Tout le monde sauf Hank. Si vous voulez mon avis, il est le seul à avoir du temps devant lui, pendant la nuit. Et c'est bien le genre de crétinerie qu'il est capable de faire.

Entrer en conflit ouvert avec les Spruill n'était pas une bonne idée. Autant que nous, ils en avaient marre de Hank, mais c'était un membre de leur famille. Et quand ceux des collines se mettaient en colère, ils pliaient bagage et disparaissaient. Papy risquait d'aller trop loin.

— Je vais lui parler, fit M. Spruill d'une voix radoucie, comme s'il savait que Hank était probablement le coupable.

Son menton s'est légèrement abaissé et il s'est tourné vers sa femme. Leur famille était déboussolée par les frasques de Hank ; ils n'avaient pas l'intention de le défendre.

— Au travail, lança mon père qui ne voulait pas que la situation dégénère.

J'ai lancé un coup d'œil en direction de Tally, mais elle regardait de l'autre côté, plongée dans ses pensées, indifférente au monde entier. Papy est monté sur le siège du tracteur et nous avons pris la route des champs.

Luis a passé la matinée allongé sous le porche arrière, une poche de glace sur le nez. Grand-mère s'affairait dans la maison en essayant sans relâche de lui faire prendre ses remèdes. À midi, las de son insistance, le pauvre Luis avait hâte de retourner aux champs avec son nez cassé.

La production de coton de Hank Spruill avait chuté de quatre cents livres par jour à moins de deux cents. Papy en était fou de rage. La situation lui devenait insupportable ; les adultes chuchotaient de plus en plus entre eux. Papy n'avait jamais eu deux cent cinquante dollars en poche.

— Combien a-t-il fait aujourd'hui ? demanda-t-il à mon père au début du souper.

— Cent quatre-vingt-dix livres.

Ma mère a fermé les yeux. Le souper était censé être un moment agréable pour bavarder et réfléchir en famille ; elle détestait l'agressivité à table. Des commérages sur des gens que nous connaissions ou même que nous ne connaissions pas, d'accord, mais elle ne voulait pas de conflits. La digestion ne se faisait bien que si le corps était détendu.

— J'ai bien envie de prendre la voiture demain pour aller voir Stick Powers et lui dire que je n'ai plus besoin de ce garçon, déclara Papy en agitant sa fourchette en l'air.

Jamais il n'agirait ainsi, tout le monde le savait. Lui le premier. Si Stick réussissait, on ne sait par quel miracle, à passer les menottes à Hank Spruill et à l'embarquer dans sa voiture de patrouille — un spectacle que je n'aurais manqué pour rien au monde —, le reste des Spruill plierait bagage dans les minutes qui suivaient. Papy ne risquerait pas de mettre la récolte en péril pour un abruti comme Hank. Nous allions prendre sur nous-mêmes pour supporter sa présence, en priant pour qu'il ne tue personne d'autre et que personne ne le tue, pour que la récolte soit achevée dans les quelques semaines à venir et pour qu'il disparaisse à jamais.

— Tu n'es pas sûr que c'est lui, objecta Grand-mère. Personne ne l'a vu lancer les mottes sur la grange.

— Il y a des choses qu'on n'a pas besoin de voir, riposta Papy. Personne n'a vu Trot un pinceau à la main, mais tout le monde sait bien que c'est lui qui fait la peinture.

— Contre qui jouent les Cardinals, Luke ? demanda ma mère.

Elle avait choisi son moment pour poser la question,

une manière, pas très discrète, de faire savoir aux autres qu'elle souhaitait manger en paix.

— Les Cubs de Chicago.

— Il reste combien de rencontres ?

— Plus que trois.

— Combien de points d'avance a Musial ?

— Six. Il en est à trois cent trente-six, Baumholtz à trois cent trente. Il ne le rattrapera pas.

À ce stade, mon père était censé venir à la rescousse pour éviter que la conversation revienne à des sujets plus graves. Il s'est éclairci la gorge.

— Je suis tombé sur Lou Jeffcoat, samedi dernier... J'avais oublié de vous le dire. Il paraît que les méthodistes ont un nouveau lanceur pour la rencontre de dimanche.

— Il ment, coupa Papy qui avait eu le temps de se calmer. Ils disent la même chose tous les ans.

— Pourquoi auraient-ils besoin d'un nouveau lanceur ? demanda Grand-mère avec un petit sourire.

J'ai cru que ma mère allait éclater de rire.

Le dimanche suivant avait lieu le pique-nique d'automne, un événement majeur de la vie à Black Oak. Après l'office, très long en général, du moins pour nous, les baptistes, tout le monde se retrouvait à l'école, où les méthodistes étaient déjà rassemblés. Les dames disposaient sur des tables dressées à l'ombre assez de nourriture pour tout l'État de l'Arkansas. À la fin de ce long repas, les hommes jouaient au base-ball.

Ce n'était pas une rencontre ordinaire ; le droit de fanfaronner était en jeu. Les vainqueurs mettaient les perdants en boîte pendant toute une année. En plein hiver, au salon de thé, j'avais entendu des hommes se lancer des vannes.

Les méthodistes qui l'avaient emporté les quatre dernières années n'en continuaient pas moins à faire courir le bruit de la venue d'un nouveau lanceur.

— Qui est notre lanceur ? demanda mon père.

Papy était l'entraîneur de l'équipe baptiste, mais, après quatre défaites d'affilée, des murmures se faisaient entendre.

— Ridley, sans doute, répondit Papy sans hésiter.

Il pensait à son équipe depuis un an.

— J'aurais pas peur de Ridley ! m'écriai-je.

— Tu as une meilleure idée ? répliqua mon grand-père.

— Oui, Papy.

— Je meurs d'impatience de l'entendre !

— Choisis Cow-boy comme lanceur.

Tout le monde sourit. Quelle merveilleuse idée.

Mais les Mexicains ne pouvaient pas participer au match, pas plus que ceux des collines. Chaque équipe était uniquement composée de paroissiens ; les ouvriers agricoles, les parents de Jonesboro, les étrangers de tout poil n'étaient pas acceptés. Les règles étaient si nombreuses que si on les avait mises par écrit, elles auraient formé un livre plus gros qu'une bible. Les arbitres venaient de Monette ; on leur donnait cinq dollars plus toute la nourriture qu'ils pouvaient absorber. Personne n'était censé les connaître, mais après la défaite de l'année précédente, des rumeurs avaient couru chez les baptistes qu'ils étaient soit méthodistes soit mariés à des méthodistes.

— Ce serait bien, fit rêveusement mon père.

Il imaginait Cow-boy humiliant nos adversaires, les éliminant l'un après l'autre avec des balles à effet de toute sorte.

La conversation revenue sur des sujets souriants, les femmes ont pris le relais. Elles ont laissé le base-ball de côté pour parler du pique-nique, de la nourriture, de ce que porteraient les dames méthodistes et ainsi de suite.

Le souper s'est terminé paisiblement et nous nous sommes installés sous le porche.

J'avais décidé d'envoyer une lettre à Ricky pour lui parler de Libby Latcher. J'avais la certitude qu'aucun adulte ne le ferait ; ils étaient trop occupés à enfouir le secret. Mais Ricky devait être informé des accusations de Libby. Il devait réagir d'une manière ou d'une autre ; s'il apprenait ce qui s'était passé, il réussirait peut-être à se faire renvoyer dans ses foyers. Le plus tôt serait le mieux. Les Latcher vivaient en vase clos et, nous l'espérions, n'en parleraient à personne, mais il était difficile de garder des secrets à Black Oak.

Avant son départ pour la Corée, Ricky nous avait raconté l'histoire d'un de ses amis, un gars du Texas qu'il avait rencontré au camp d'entraînement. À dix-huit ans, il était déjà marié et sa femme attendait un bébé. L'armée l'avait envoyé quelques mois dans un bureau en Californie, pour qu'il ne risque pas de se faire tuer au combat et qu'il soit de retour au Texas avant la naissance de l'enfant. On appelait ça un soutien de famille.

Ricky était dans le même cas, mais il ne le savait pas ; c'est moi qui le lui apprendrais. Je me suis retiré en prétextant la fatigue et je suis allé dans la chambre de Ricky chercher de quoi écrire. J'ai emporté le matériel sur la table de la cuisine — l'éclairage était meilleur — et j'ai commencé à rédiger soigneusement ma lettre, en gros caractères.

Je suis passé rapidement sur le base-ball, le championnat, j'ai mentionné la fête foraine et Samson, j'ai écrit deux ou trois phrases sur les tornades. Je n'avais ni le temps ni le cœur de parler de Hank. Puis je suis entré dans le vif du sujet. J'ai dit que Libby Latcher avait eu un bébé, sans avouer que j'étais tout près au moment où c'était arrivé.

Ma mère est entrée pour voir ce que je faisais.

— J'écris à Ricky.
— C'est gentil. Maintenant, va te coucher.
— Oui, maman.

J'avais écrit une pleine page ; j'étais assez fier de moi. Le lendemain, je ferais une autre page. Deux, peut-être. J'avais décidé que ce serait la plus longue lettre jamais reçue par Ricky.

22

J'arrivais au bout d'un rang, près des buissons bordant le Siler, quand j'ai surpris un bruit de voix. J'étais noyé dans le feuillage touffu de cotonniers particulièrement hauts. Mon sac était à moitié plein ; je rêvais de l'après-midi en ville, du film au Dixie, avec une bouteille de Coca-Cola et du pop-corn. Le soleil arrivait presque à la verticale ; il ne devait pas être loin de midi. J'avais prévu de terminer mon rang et de repartir vers la remorque en finissant la matinée sur les chapeaux de roues.

Dès que j'ai entendu les voix, j'ai mis un genou à terre et je me suis assis avec précaution, sans faire de bruit. Pendant un long moment, ce fut le silence. Je commençais à me dire que je m'étais peut-être trompé quand m'est parvenue la voix d'une femme, étouffée par le feuillage dense. Elle venait de ma droite ; je n'aurais su dire à quelle distance.

Je me suis mis debout, lentement, pour regarder à travers le coton, mais je n'ai rien vu. Je me suis baissé et j'ai commencé à avancer à quatre pattes vers le bout du rang, en abandonnant mon sac. Je faisais quelques mètres en rampant, je m'arrêtais, je repartais silencieusement. J'ai entendu la voix. La femme était à quelques rangs de moi ; elle semblait se cacher au milieu des cotonniers. Je suis resté immobile plusieurs minutes et j'ai entendu son rire, un rire doux, assourdi par la végétation. C'était Tally.

Toujours à quatre pattes, je me suis longuement balancé d'avant en arrière, essayant d'imaginer ce qu'elle pouvait faire au bout de ce champ, au milieu des cotonniers, le plus loin possible de la remorque. Puis une autre voix s'est fait entendre, celle d'un homme ; j'ai décidé de me rapprocher.

J'ai trouvé un passage assez large entre deux tiges et je me suis glissé dans le rang suivant. Il n'y avait pas un souffle de vent pour faire frémir les feuilles ; il fallait que je sois parfaitement silencieux. Et patient. J'ai traversé un deuxième rang, à l'affût des voix.

Après un long moment de silence, j'ai commencé à me dire qu'ils m'avaient peut-être repéré. Puis j'ai perçu des petits rires — les deux voix en même temps —, et quelques mots échangés à voix trop basse pour que je comprenne. Je me suis mis à plat ventre pour observer la situation du sol ; les tiges y étaient plus épaisses, il n'y avait ni feuilles ni graines. J'ai cru distinguer quelque chose, à plusieurs rangs de ma cachette : peut-être la chevelure noire de Tally. J'ai décidé que j'étais assez près.

Il n'y avait personne aux alentours. Les autres — les Spruill et les Chandler — étaient en train de remonter vers la remorque. Les Mexicains se trouvaient loin de là ; seuls leurs chapeaux de paille étaient visibles.

J'étais protégé du soleil, mais je transpirais abondamment, le cœur battant, la bouche sèche. Cachée avec un homme au plus profond d'un champ de coton, Tally faisait quelque chose de mal ; sinon, pourquoi se serait-elle cachée ? J'aurais voulu l'en empêcher, mais je n'avais pas le droit. Je n'étais qu'un enfant, un petit garçon qui l'espionnait. Je voulais m'éloigner, mais les voix me retenaient.

C'était un mocassin, un de ces serpents qui vivaient nombreux dans notre région de l'Arkansas et se plaisaient près des cours d'eau. De temps en temps, ils s'aventuraient dans les terres pour prendre le soleil ou se nourrir. Au printemps, pendant les labours, il n'était pas rare d'en voir sortir derrière nos charrues. Le mocassin est court, noir et épais, agressif et venimeux. Sa morsure est rarement fatale, mais j'avais entendu quantité d'histoires de mort dans d'horribles souffrances.

Quand on en voyait un, on le tuait avec un bâton, une houe ou ce qui nous tombait sous la main. Pas aussi vifs que les serpents à sonnette, n'ayant pas la même portée, ils n'en étaient pas moins vicieux et méchants.

Celui-ci avançait entre deux rangs, droit sur moi, à moins d'un mètre cinquante. J'étais si occupé par Tally et ce qu'elle faisait que j'avais oublié tout le reste. J'ai poussé un cri d'horreur et me suis dressé d'un bond. J'ai traversé un rang, puis un deuxième.

Un homme a dit quelque chose à voix haute, mais mon unique préoccupation était le serpent. Je me suis retrouvé près de mon sac de coton, je l'ai passé sur mon épaule et j'ai pris à quatre pattes la direction de la remorque. Quand j'ai estimé être assez loin du mocassin, je me suis relevé et j'ai tendu l'oreille. Rien. Un silence profond. On ne me poursuivait pas.

Je me suis mis sur la pointe des pieds et j'ai regardé à travers les cotonniers. Sur ma droite j'ai vu Tally de dos, le sac sur l'épaule, le chapeau de paille incliné sur le côté, qui travaillait comme si de rien n'était.

Sur ma gauche, courbé entre les tiges, s'enfuyant comme un voleur, j'ai reconnu Cow-boy.

Le plus souvent, le samedi après-midi, Papy inventait un prétexte pour retarder notre départ. Nous avions fini de manger, j'avais subi l'outrage du bain et il trouvait encore quelque chose à faire, car il avait décidé que nous attendrions. Il faisait tout un plat d'un bruit qu'il avait entendu dans le moteur du tracteur, se glissait dessous avec ses vieilles clés, en répétant qu'il fallait effectuer la réparation tout de suite afin de pouvoir acheter les pièces en ville. Ou bien le moteur du pick-up ne tournait pas rond et le samedi après-midi était le moment idéal pour plonger le nez sous le capot. Ou encore la pompe à eau le préoccupait. Il lui arrivait aussi de s'installer à la table de la cuisine pour s'occuper des quelques papiers nécessaires à la bonne marche de la ferme.

Enfin, quand tout le monde était à bout, il prenait un bain interminable et nous nous mettions en route.

Ma mère était impatiente de voir le plus jeune habitant du comté de Craighead, même si c'était un Latcher. Profitant de ce que Papy bricolait dans la cabane à outils, nous avons rempli quatre cartons de légumes et pris la direction de la rivière. Mon père a réussi à se défiler. Le père présumé du bébé étant son frère, cela faisait de lui l'oncle présumé, ce qu'il n'était pas prêt à accepter. Et j'étais sûr qu'il ne tenait pas à revoir M. Latcher.

Ma mère conduisait, je priais ; nous avons franchi le pont sans encombre. Nous nous sommes arrêtés de l'autre côté de la rivière, moteur calé. Ma mère a respiré un grand coup.

— Maman, glissai-je, j'ai quelque chose à te dire.
— Ça ne peut pas attendre ? demanda-t-elle en avançant la main vers le contact.
— Non.

Nous étions seuls dans le pick-up, de l'autre côté du pont, sur un chemin de terre, sans une maison ni un autre véhicule en vue. Le lieu et le moment me paraissaient propices à une conversation sérieuse.

— Qu'y a-t-il ? demanda ma mère, les bras croisés sur la poitrine, comme si elle avait déjà décidé que j'avais fait quelque chose de terrible.

Il y avait tant de secrets. Hank et les frères Sisco. Le bain de Tally dans le ruisseau. L'accouchement de Libby. Je les avais enfouis au plus profond de moi-même ; j'étais devenu expert en la matière. Il y en avait un autre, pourtant, que je devais partager avec ma mère.

— Je crois que Tally et Cow-boy se plaisent.

Je me suis aussitôt senti plus léger.

— C'est vrai ? s'enquit-elle en souriant, comme si un enfant de mon âge ne pouvait pas savoir grand-chose.

Son sourire s'est lentement effacé tandis qu'elle réfléchissait à ce que je venais de dire. Je me suis demandé si elle était au courant, elle aussi, de cette relation secrète.

— Oui, maman.

— Qu'est-ce qui te laisse croire cela ?

— Je les ai surpris ce matin, dans le champ de coton.

— Que faisaient-ils ? poursuivit ma mère, redoutant sans doute que j'aie vu quelque chose que je n'aurais pas dû voir.

— Je ne sais pas. Ils étaient ensemble.

— Tu les as vus ?

J'ai raconté toute l'histoire, en commençant par les voix, puis le mocassin et la fuite de Cow-boy, sans omettre aucun détail. Aussi étonnant que cela paraisse, je n'ai rien exagéré. La taille du serpent, peut-être, mais, pour le reste, je m'en suis tenu à la vérité.

Elle m'a écouté jusqu'au bout ; elle paraissait sincèrement surprise.

— Qu'est-ce qu'ils faisaient, maman ?

— Je ne sais pas. Tu n'as rien vu ?

— Non. Tu crois qu'ils s'embrassaient ?

— Probablement, répondit-elle avec vivacité. J'en parlerai à ton père, poursuivit-elle en tendant de nouveau la main vers le contact.

Elle a démarré précipitamment. Je n'aurais su dire si je me sentais mieux. Elle m'avait si souvent répété qu'un petit garçon ne doit rien cacher à sa mère. Mais chaque fois que je lui avouais un secret, elle semblait l'accueillir avec dédain et racontait tout à mon père ; je ne sais pas ce que me rapportait ma franchise. Mais que faire d'autre ? Maintenant, les adultes étaient au courant pour Tally et Cow-boy. À eux de se préoccuper du problème.

Les Latcher cueillaient le coton près de chez eux ; quand le pick-up s'est arrêté, un groupe s'est aussitôt formé. Mme Latcher a esquissé un sourire en sortant de la maison ; elle nous a aidés à transporter les cartons sous le porche.

— J'imagine que vous voulez voir le bébé, souffla-t-elle en se tournant vers ma mère.

Moi aussi, je voulais le voir, mais je savais que mes chances étaient minces. Les femmes sont entrées dans la maison. J'ai trouvé un coin à l'ombre, sous un arbre, près du pick-up ; j'allais tuer le temps, sans rien demander à personne, en attendant que ma mère revienne. Je ne voulais pas voir les autres enfants ; savoir que nous étions probablement liés par le sang me rendait malade.

Trois d'entre eux sont apparus derrière le pick-up. Trois garçons menés par Percy. Les deux autres étaient plus jeunes et plus petits, mais aussi secs et nerveux que leur grand frère. Ils se sont approchés sans un mot.

— Salut, Percy, dis-je pour être poli.

— Qu'est-ce que tu fous ici ? gronda-t-il, encadré par ses frères.

— Je suis venu avec ma mère.

— T'as rien à faire ici, siffla-t-il entre ses dents.

J'avais envie de m'éloigner d'eux. En réalité, j'avais envie de prendre mes jambes à mon cou.

— J'attends ma mère.

— On va te flanquer une bonne raclée, déclara Percy.

Ils ont serré les poings tous les trois.

— Pourquoi ? demandai-je d'une voix étranglée.

— Parce que t'es un Chandler et que ton Ricky a fait ça à Libby.

— C'est pas ma faute.

— Ça fait rien.

Le plus petit avait l'air particulièrement féroce. Il plissait les yeux et retroussait les lèvres comme un animal qui gronde ; je me suis dit qu'il serait le premier à frapper.

— Trois contre un, c'est pas juste.

— Ce qui est arrivé à Libby, répliqua Percy, c'est pas juste non plus.

Vif comme un chat, il m'a lancé un coup de poing dans l'estomac. Le sabot d'un cheval n'aurait pas été pire ; je me suis plié en deux en hurlant de douleur.

J'avais déjà été pris dans quelques bagarres à l'école, des empoignades dans la cour de récréation auxquelles les instituteurs mettaient bon ordre avant qu'elles ne dégénèrent. Emma Enos, ma maîtresse, m'avait donné trois tapes pour avoir essayé de me battre avec Joey Stallcup ; Papy avait été très fier de moi. Ricky ne me ménageait pas : nous faisions de la lutte et de la boxe. La violence ne m'était pas étrangère. Papy aimait se battre ; j'ai pensé à lui quand je me suis retrouvé par terre. Quelqu'un m'a balancé un coup de pied, j'ai saisi une jambe et une mêlée de petits combattants frappant des pieds et des mains, griffant et jurant dans la poussière s'est aussitôt formée. J'ai tiré les cheveux d'un de mes adversaires pendant que les deux autres me bourraient de coups dans le dos. J'étais prêt à lui arracher la tête quand Percy m'a vicieusement balancé dans le nez un coup de pied qui m'a aveuglé quelques secondes. Ils se sont jetés tous les trois sur moi en glapissant comme des animaux sauvages.

J'ai entendu les femmes s'égosiller sous le porche.

Pas trop tard ! Arrivée la première, Mme Latcher a entrepris de séparer les combattants, criant après eux et les écartant sans ménagement. Comme j'étais dessous, je me suis relevé le dernier. Ma mère m'a lancé un regard horrifié ; mes habits propres étaient couverts de poussière, je saignais du nez.

— Tu n'as pas de mal, Luke ? demanda-t-elle en me prenant par les épaules.

J'avais les larmes aux yeux et la douleur commençait à me saisir. J'ai hoché la tête pour indiquer que tout allait bien.

— Percy, va chercher une baguette ! rugit Mme Latcher. Elle grommelait en continuant de repousser les deux petits.

— Qu'est-ce que ça veut dire de se jeter sur un petit garçon comme ça. Il a rien fait, le pauvre !

Le sang coulait pour de bon maintenant ; il gouttait de mon menton et tachait ma chemise. Ma mère m'a obligé à m'allonger et a renversé ma tête en arrière pour empêcher le sang de couler. Percy est revenu, une baguette à la main.

— Je veux que tu regardes ça, déclara Mme Latcher en se tournant vers moi.

— Non, Darla, protesta ma mère. Nous allons partir.

— Je tiens à ce que votre garçon voie ça. Penche-toi en avant, Percy.

— Je veux pas, maman, implora Percy, visiblement effrayé.

— Fais ce que je te dis ou je vais chercher ton père. En voilà des manières ! Taper sur un petit garçon qui vient te rendre visite !

— Non, fit Percy. Elle lui a donné un coup de baguette sur la tête ; quand il s'est mis à crier, elle l'a giflé à la volée.

Elle l'a forcé à se pencher en se tenant par les chevilles. Elle l'a menacé, s'il se relevait, d'être battu pendant une semaine. Il pleuvait avant qu'elle commence à le corriger. Nous étions, ma mère et moi, stupéfiés par sa colère et sa brutalité. Après huit ou dix coups appliqués avec violence, Percy s'est mis à couiner.

— La ferme ! hurla-t-elle.

Ses bras et ses jambes n'étaient pas plus gros que la baguette, mais elle compensait son manque de puissance par la vivacité. Les coups s'abattaient avec la régularité d'une mitraillette, rapides et secs, claquant comme un fouet. Dix, vingt, trente à la suite.

— Arrête, maman, s'il te plaît ! braillait Percy. Je le ferai plus !

La correction semblait ne jamais devoir se terminer. Quand la fatigue a alourdi son bras, elle a poussé Percy par terre ; il s'est roulé en boule en sanglotant. Ses frères étaient déjà en pleurs. Elle a saisi le deuxième par les cheveux — il s'appelait Rayford — et lui a ordonné de se pencher.

Rayford a refermé les mains sur ses chevilles et a résisté de son mieux à la grêle de coups.

— Allons-y, murmura ma mère. Tu pourras t'allonger à l'arrière.

Elle m'a aidé à monter sur le plateau du pick-up. J'ai vu Mme Latcher tirer le troisième garçon par les cheveux. Percy et Rayford restaient allongés dans la poussière, victimes de la bataille qu'ils avaient provoquée. Pendant que ma mère faisait demi-tour, Mme Latcher a continué de corriger le petit. Puis nous avons entendu des voix. En me redressant, j'ai vu M. Latcher arriver en courant, une ribambelle d'enfants dans son sillage. Il a crié à sa femme d'arrêter ; elle ne l'a pas écouté et a continué à frapper jusqu'à ce qu'il la prenne par les épaules. Des enfants arrivaient de partout. Tout le monde semblait être en train de crier ou de pleurer.

Je les ai perdus de vue dans le nuage de poussière soulevé par le pick-up. J'ai repris ma position allongée en priant pour n'avoir jamais à remettre les pieds chez eux. Je ne voulais plus voir ces gens-là jusqu'à la fin de mes jours. J'ai aussi prié avec ferveur pour qu'il ne se murmure jamais que les Chandler et les Latcher étaient apparentés.

Mon retour à la maison a été triomphal. Décrassés, les Spruill étaient prêts à partir en ville ; assis sous un arbre, ils buvaient du thé glacé avec mes grands-parents et mon père. Le pick-up s'est arrêté à cinq ou six mètres d'eux. Je me suis levé théâtralement et j'ai observé avec une profonde satisfaction leur réaction horrifiée quand ils m'ont vu : tuméfié, taché de sang, les vêtements sales et déchirés mais toujours debout.

Je suis descendu et tout le monde s'est rassemblé autour de moi. Ma mère est venue rejoindre le petit groupe.

— Vous n'allez jamais croire ce qui est arrivé ! lança-t-elle d'un ton vibrant de colère. Ils se sont jetés à trois sur Luke ! Percy et deux autres ont profité de ce que j'étais entrée pour tomber sur lui à bras raccourcis. Bande de petits voyous ! On leur apporte à manger et voilà comment ils nous remercient !

Tally aussi était inquiète. Je crois qu'elle aurait voulu me toucher pour s'assurer que j'allais bien.

— Ils étaient trois ? interrogea Papy, les yeux pétillants.

— Oui, répondit ma mère, et tous plus grands que Luke.

C'est ainsi qu'une légende prenait corps. La taille de mes trois assaillants ne ferait que croître dans les jours et les mois à venir.

Grand-mère s'est penchée vers moi, le regard fixé sur mon nez qui avait une petite coupure.

— Pourrait bien être cassé, déclara-t-elle.

Cela m'a rempli de joie, mais je redoutais qu'elle m'administre un de ses remèdes.

— Tu ne t'es pas enfui ? demanda Papy en s'avançant vers moi.

— Non, répondis-je fièrement.

Je serais encore en train de courir comme un dératé si on m'en avait laissé la possibilité.

— Il ne s'est pas enfui, assura gravement ma mère. Il s'est défendu bec et ongles.

Papy a pris un air rayonnant ; le visage de mon père s'est éclairé d'un sourire.

— Nous irons demain pour les achever, déclara Papy.

— Certainement pas, riposta ma mère avec irritation.

Elle savait que Papy aimait faire le coup de poing. Elle avait été élevée avec des filles et ne comprenait pas qu'on aime se battre.

— Tu leur as collé un ou deux pains ? insista Papy.

— Ils étaient tous en train de chialer quand je suis parti.

Ma mère a levé les yeux au ciel.

Hank s'est frayé un passage dans le petit groupe et s'est penché pour inspecter les dégâts.

— Tu dis qu'ils étaient trois contre un ? grommela-t-il.

— Oui, répondis-je en hochant vigoureusement la tête.

— Ça te fait du bien, petit. Ça va t'endurcir.

— Oui.

— Si tu veux, poursuivit-il en souriant, je te montrerai un ou deux trucs utiles quand on se bat à trois contre un.

— Allons nous laver, fit ma mère.

— Je crois qu'il est cassé, répéta Grand-mère.

— Ça ira, Luke ? demanda Tally.

— Oui, répondis-je en m'efforçant de jouer les durs.

J'ai fait un retour triomphal à la maison avec toute une escorte.

23

Le Pique-nique d'automne avait traditionnellement lieu le dernier dimanche de septembre, mais personne ne savait exactement pourquoi. C'était simplement une tradition, un rite aussi profondément enraciné que la fête foraine et le revival de printemps. Cette date était censée marquer le changement de saison, le commencement de la fin de la récolte du coton et la clôture du championnat de base-ball. Il n'était pas évident qu'un seul pique-nique suffise pour tout cela, mais c'était déjà quelque chose.

Nous passions la journée avec nos amis et rivaux méthodistes. La ville était trop petite pour être divisée. Il n'y avait pas de communautés ethniques, ni Noirs, ni juifs ni Asiatiques, pas d'étrangers établis de manière permanente. Nous étions tous de souche anglo-irlandaise, avec parfois une ou deux gouttes de sang allemand dans les veines ; tout le monde cultivait la terre ou vendait aux fermiers. Tout le monde était chrétien ou prétendait l'être. Des différends éclataient quand un supporter des Cubs parlait trop fort au salon de thé ou quand un idiot affirmait que telle marque de tracteurs était meilleure que John Deere, mais la vie était essentiellement paisible. Les jeunes gens aimaient se tabasser le samedi derrière la Coop, plus pour s'amuser qu'autre chose. Une dérouillée comme celle que Hank avait donnée aux Sisco était si rare que toute la ville en parlait encore.

Les rancunes personnelles n'avaient pas de fin — Papy en gardait largement sa part —, mais il n'existait pas de véritables ennemis. L'ordre social était bien défini, les métayers au bas de l'échelle, les commerçants en haut et tout le monde savait rester à sa place. Mais les gens s'entendaient bien.

La ligne de démarcation entre baptistes et méthodistes n'était pas vraiment tranchée. Il existait de légères différences dans les pratiques de la religion. Le rituel méthodiste du baptême administré aux tout-petits et non à des personnes en âge de raison constituait, de notre point de vue, une déviation flagrante par rapport aux Écritures. Et ils ne se réunissaient pas aussi souvent que nous pour la prière, ce qui, bien entendu, signifiait que la foi, pour eux, n'était pas une affaire aussi sérieuse. Personne ne priait autant que les baptistes, ce dont nous tirions une grande fierté. Pearl Watson, une méthodiste pour qui j'avais beaucoup d'affection, disait qu'elle aurait aimé être baptiste, mais qu'elle ne s'en sentait pas physiquement capable.

Ricky m'avait confié un jour sous le sceau du secret que lorsqu'il quitterait la ferme, il deviendrait peut-être catholique, pour n'avoir à prier qu'une fois par semaine. Comme je ne savais pas ce qu'était un catholique, Ricky avait essayé de m'expliquer, mais ses connaissances en théologie étaient pour le moins confuses.

Ce dimanche-là, les femmes ont consacré plus de temps que d'habitude au repassage. Et on m'a décrassé avec plus d'énergie qu'à l'accoutumée. À ma grande déception, mon nez n'était ni cassé ni gonflé ; la coupure se voyait à peine.

Tout le monde devait se mettre sur son trente et un,

car les dames méthodistes avaient de belles toilettes. Malgré toute cette agitation, j'attendais avec impatience le moment de partir en ville.

Nous avions invité les Spruill. Dans un souci de charité chrétienne. J'aurais préféré faire ma sélection : Tally était la bienvenue, les autres pouvaient rester. En observant leur campement après le petit déjeuner, je n'ai pas vu beaucoup d'animation ; leur camion n'avait pas été libéré de la multitude de fils de fer et de cordes qui soutenaient leurs abris.

— Ils ne viennent pas, annonçai-je à Papy qui étudiait sa leçon d'instruction religieuse.

— Tant mieux, répondit-il posément.

La perspective de voir Hank passer de table en table, se goinfrer et chercher querelle à tout le monde n'avait rien de réjouissant.

Les Mexicains n'avaient pas vraiment le choix. Ma mère avait invité Miguel en début de semaine et le lui avait discrètement rappelé à l'approche du dimanche. Mon père lui avait expliqué qu'un office spécial serait célébré en espagnol et qu'il y aurait ensuite de quoi ripailler. Il n'y avait pas grand-chose d'autre à faire un dimanche après-midi.

Ils se sont entassés à neuf à l'arrière du pick-up ; il ne manquait que Cow-boy. Son absence échauffait mon imagination. Où était-il, que fabriquait-il ? Où était Tally ? Je ne l'avais pas vue dans la cour au moment de notre départ. J'avais le cœur serré en évoquant le champ où je les avais surpris en train de s'occuper à je ne savais quoi. Au lieu de venir à l'église avec nous, Tally devait être partie furtivement pour commettre des choses qui n'étaient pas bien. Et si Cow-boy faisait maintenant le guet pour elle pendant qu'elle se baignait dans le Siler ? Cette pensée m'était insupportable ; elle m'a rendu malheureux jusqu'à la ville.

Un de ses rares sourires aux lèvres, le révérend Akers est monté en chaire. Le sanctuaire était bondé, des fidèles avaient trouvé place dans les allées ou s'adossaient au mur du fond. On avait ouvert les fenêtres et, au nord de l'église, sous un grand chêne, les Mexicains étaient rassemblés, le chapeau à la main, les têtes baissées formant un océan brun.

Le révérend Akers a souhaité la bienvenue à nos invités, à nos visiteurs des collines et aussi aux Mexicains. Ceux des collines étaient en petit nombre. Il leur a demandé, comme toujours, de se lever et de se présenter. Ils venaient de Hardy, de Mountain Home ou de Calico Rock et ils étaient endimanchés comme nous.

Un haut-parleur avait été placé sur l'appui d'une fenêtre. Les paroles du révérend Akers étaient diffusées dans la direction des Mexicains et traduites en espagnol par Carl Durbin, un missionnaire à la retraite de Jonesboro. Il avait travaillé trente ans au Pérou, chez de vrais Indiens de la montagne. Il venait de temps en temps nous parler, nous montrait des photos et des diapositives de cet étrange pays où il avait vécu. Outre l'espagnol, il parlait un dialecte indien, ce qui m'avait toujours fasciné.

Debout sous le chêne, au milieu des Mexicains assis sur l'herbe, M. Durbin portait un complet blanc et un chapeau de paille de la même couleur. Sa voix, quand il parlait en espagnol, portait jusqu'à l'église avec une ampleur proche de celle du vieux pasteur diffusée par le haut-parleur. Ricky avait dit un jour que l'ex-missionnaire avait plus de bon sens que le révérend Akers. Comme cela s'était passé à table, un dimanche soir, une vive discussion avait suivi : c'était un péché de critiquer son pasteur, du moins à voix haute.

J'étais assis au bout d'un banc, près de la fenêtre, ce qui me permettait de regarder et d'écouter M. Durbin.

Je ne comprenais pas un traître mot, mais je savais que son espagnol n'était pas aussi rapide que celui des Mexicains ; ils parlaient si vite que je me demandais comment ils pouvaient se comprendre. Ses phrases étaient lentes et mesurées, avec un fort accent de l'Arkansas. Je n'avais aucune idée de ce qu'il disait, mais il m'intéressait plus que le pasteur.

Rien d'étonnant, avec une assistance si nombreuse, que le prêche ait pris des allures de marathon. Quand l'église était bondée, comme c'était le cas pour Pâques, la Fête des mères ou le Pique-nique d'automne, le révérend Akers éprouvait le besoin de faire son numéro. Au bout d'un moment, M. Durbin a donné l'impression d'en avoir assez. Sans plus s'occuper du discours diffusé par le haut-parleur, il a commencé à prononcer son propre prêche. Quand le révérend Akers s'interrompait pour reprendre son souffle, l'ex-missionnaire continuait de parler. Quand les évocations apocalyptiques du pasteur atteignaient leur point culminant, M. Durbin buvait un verre d'eau, assis par terre au milieu des Mexicains, attendant que s'achèvent les vociférations.

J'attendais aussi. Je passais le temps en rêvant à toutes les bonnes choses que nous dégusterions bientôt, aux montagnes de poulet frit, aux litres de glace maison.

Les Mexicains lançaient des regards furtifs vers la fenêtre de l'église ; ils devaient penser que le révérend Akers était devenu fou. J'avais envie de leur dire que ce n'était pas grave, que cela arrivait tout le temps.

À la fin de l'office, j'ai retrouvé Dewayne à la porte de l'église et nous avons filé au terrain de base-ball pour voir si les méthodistes étaient arrivés. Comme on devait s'y attendre, ils étaient là ; ils ne priaient jamais aussi longtemps que nous.

Derrière l'écran de protection, sous les trois ormes qui avaient vu passer une multitude de balles hors champ, la nourriture était disposée sur des tables recouvertes de nappes à carreaux rouges et blancs. Les méthodistes s'affairaient tout autour, les hommes et les enfants apportant les plats tandis que les femmes dressaient les couverts. Je suis allé saluer Pearl Watson.

— Le révérend Akers n'a pas encore fini ? demanda-t-elle avec un sourire malicieux.

— Il vient de nous lâcher. Elle nous a donné à chacun un cookie au chocolat ; j'ai dévoré le mien en deux bouchées.

Les baptistes ont commencé à arriver. Les voitures et les camions se sont garés pare-chocs contre pare-chocs le long des barrières entourant le terrain. Un véhicule au moins, peut-être deux, recevrait une balle hors champ. Deux ans auparavant, le pare-brise de la Chrysler flambant neuve de M. Wilber Shifflett avait volé en éclats quand Ricky avait envoyé un home run pardessus la barrière du champ gauche. L'explosion avait été effrayante : d'abord un bruit sourd, puis le fracas du verre brisé. Comme M. Shifflett avait de l'argent, il n'en avait pas fait une maladie ; il connaissait les risques qu'il y avait à stationner à cet endroit. Cette année-là, les méthodistes nous ayant battus sept points à cinq, Ricky avait estimé que l'entraîneur — Papy — aurait dû changer de lanceur dans la troisième manche.

Ils ne s'étaient pas parlé pendant un certain temps.

Les tables étaient maintenant couvertes de saladiers de légumes, de grands plats de poulet frit, de paniers remplis de pain de maïs et de petits pains. Sous la direction de Mme Orr, l'épouse du pasteur méthodiste, les plats allaient et venaient jusqu'à ce qu'un ordre satisfaisant soit trouvé. Une table ne présentait que des crudités : tomates d'une douzaine de variétés, concombres, oignons blancs et jaunes macérés dans le vinaigre. Les haricots se trouvaient à côté : haricots noirs, haricots verts cuisinés au jambon, haricots beurre. Un pique-nique ne pouvait se concevoir sans une salade de pommes de terre ; chaque cuisinière avait sa recette. J'ai compté avec Dewayne onze saladiers, tous différents d'aspect. Les œufs à la diable étaient presque autant appréciés ; les plats occupaient la moitié d'une table. Enfin et surtout, il y avait le poulet frit. Les femmes avaient préparé de quoi nourrir la ville pendant un mois.

Elles s'affairaient autour des tables tandis que les hommes se saluaient, parlaient et riaient en gardant un œil sur le poulet. Il y avait des enfants partout. Nous nous sommes approchés, Dewayne et moi, d'une table à l'ombre d'un arbre, où quelques dames finissaient de présenter les desserts. J'ai compté seize glacières remplies de glace maison, enveloppées dans des serviettes contenant des glaçons.

Les préparatifs ayant reçu l'approbation de Mme Orr, son époux, le révérend Vernon Orr, s'est avancé au milieu des tables en compagnie de notre pasteur. L'année d'avant, le révérend Akers avait remercié le Seigneur pour ses bienfaits ; cette année, l'honneur revenait aux méthodistes. Nous avons incliné la tête en écoutant le révérend Orr remercier Dieu pour Sa bonté, pour la merveilleuse nourriture, pour la clémence du temps, pour le coton et ainsi de suite. Il n'a rien laissé de côté ; Black Oak débordait de reconnaissance.

Je sentais l'odeur du poulet, j'avais dans la bouche le goût des brownies et de la glace. Quand Dewayne m'a donné un coup de pied, j'ai eu envie de le lui rendre, mais je ne l'ai pas fait ; j'aurais reçu une correction pour m'être battu pendant une prière.

Le révérend Orr a enfin terminé, les hommes ont réuni les Mexicains et les ont alignés pour les servir les premiers. C'était la tradition : les Mexicains d'abord, ceux des collines ensuite, puis les enfants et les adultes pour finir. Stick Powers est arrivé, en uniforme, bien entendu, et a réussi à se glisser dans la file, entre les

Mexicains et ceux des collines. Je l'ai entendu expliquer qu'il était en service et qu'il n'avait pas beaucoup de temps. Il emportait deux assiettes, l'une remplie de poulet, l'autre sur laquelle il avait entassé tout ce qui lui tombait sous la main. Nous savions qu'il s'empiffrerait et s'endormirait, repu, sous un arbre, à la lisière de la ville.

Plusieurs méthodistes m'ont posé des questions sur Ricky — avions-nous des nouvelles de lui, comment allait-il ? Je me suis efforcé de répondre poliment, mais nous, les Chandler, n'avions que faire de leurs attentions. De plus, encore horrifiés par le secret de Libby Latcher, entendre prononcer le nom de Ricky en public nous effrayait au plus haut point.

« Tu lui diras que nous pensons à lui », assuraient-ils. Comme si nous avions le téléphone à la maison et que nous l'appelions tous les soirs. Ou bien : « Nous prions pour lui. » Je les remerciais.

Un événement aussi merveilleux que le pique-nique d'automne pouvait être gâché par une question au sujet de Ricky. Il était en Corée, dans les tranchées, sous le feu de l'ennemi, tuant pour survivre. Il ne savait pas s'il reviendrait un jour nous accompagner à l'église, pique-niquer avec toute la ville, jouer contre les méthodistes. Au milieu de l'excitation générale, je me suis senti soudain très seul, apeuré.

« Sois fort », aurait dit Papy. La nourriture m'a énormément aidé. Dewayne et moi, nous sommes allés nous asseoir avec nos assiettes derrière l'abri des joueurs de première base, où il y avait une bande d'ombre. On disposait des couvertures sur toute la surface du champ extérieur et on s'asseyait en famille au soleil. On ouvrait des parasols ; les dames éventaient leur visage, leurs enfants en bas âge et leur assiette. Les Mexicains étaient tassés sous un seul arbre, à la limite du champ droit, loin de nous. Juan m'avait avoué l'année précédente qu'il n'était pas sûr que ses amis aiment le poulet frit. Jamais je n'avais rien entendu d'aussi bête ! C'était cent fois meilleur que leur tortillas.

Mes parents et mes grands-parents déjeunaient ensemble près de la troisième base. Après d'âpres négociations, j'avais obtenu la permission de manger avec mes copains, une grande victoire pour un garçon de sept ans. La queue ne diminuait jamais. Quand les hommes arrivaient à la dernière table, les adolescents étaient déjà de retour pour chercher du rab. Une assiette m'a suffi ; je voulais garder de la place pour la glace. Nous nous sommes bientôt présentés devant la table des desserts où Mme Irene Flanagan montait la garde contre les bandes de jeunes pillards.

— Combien de chocolats avez-vous ? demandai-je en contemplant la collection de glacières groupées à l'ombre.

— Je ne sais pas, répondit-elle en souriant. Plusieurs.

— Est-ce que Mme Cooper a fait sa glace au beurre de cacahouète ?

— Tu as de la chance, répondit-elle en montrant une des glacières.

Mme Cooper mélangeait dans sa glace du chocolat et du beurre de cacahouète ; le résultat était extraordinaire. On lui en réclamait d'un bout à l'autre de l'année. L'année d'avant, deux garçons, un baptiste et un méthodiste, en étaient presque venus aux mains pour être servis avant l'autre. Pendant que le révérend Orr ramenait le calme, Dewayne avait réussi à faucher deux coupes de la précieuse glace. Il avait filé avec son butin et s'était caché derrière une remise pour le savourer jusqu'à la dernière goutte. Il n'avait parlé que de ça pendant un mois.

La veuve Cooper vivait dans une jolie petite maison, à deux pas de l'épicerie de Pop et Pearl. Quand elle avait du jardinage à faire, elle préparait une glacière de sa spécialité ; les enfants se bousculaient aussitôt à sa porte et elle avait le jardin le mieux entretenu de la ville. Il arrivait même que certains adultes passent lui proposer d'arracher les mauvaises herbes.

— On va devoir attendre, dit Mme Flanagan.
— Jusqu'à quand ?
— Jusqu'à ce que tout le monde ait terminé.

L'attente a semblé durer une éternité. Les jeunes gens ont commencé à s'échauffer en lançant des balles dans le champ extérieur. Les adultes n'arrêtaient pas de bavarder avec leurs voisins ; j'étais sûr que la glace avait fondu.

À l'arrivée des deux arbitres de Monette, un frisson a parcouru l'assistance. Il fallait, bien entendu, leur donner à manger avant le match ; ils étaient beaucoup plus intéressés par le poulet frit que par le base-ball. Les couvertures et les parasols ont progressivement libéré le terrain de jeu. Le pique-nique se terminait, place au base-ball.

Les dames se sont rassemblées autour de la table des desserts pour commencer à nous servir. Dewayne a enfin eu sa glace au beurre de cacahouète ; j'ai choisi un brownie au caramel de Mme Lou Kiner, arrosé de deux cuillères de chocolat. Pendant vingt minutes, les choses ont failli tourner à l'émeute autour de la table des desserts, mais l'ordre a été maintenu. Les deux pasteurs tenaient bon au cœur de la mêlée, en mangeant autant que les autres. Les arbitres ont refusé de prendre un dessert, invoquant la chaleur.

Quelqu'un a crié : « On joue ! » et la foule s'est placée autour du terrain. L'entraîneur des méthodistes était Duffy Lewis, un fermier établi à l'ouest de la ville, dont Papy qualifiait l'intelligence du jeu de limitée. Après quatre défaites d'affilée, il avait pourtant mis une sourdine à sa piètre opinion sur la compétence de M. Lewis. Les arbitres ont appelé les deux entraîneurs derrière le marbre ; ils ont longuement discuté de la version locale des règles. Ils montraient des barrières, des poteaux et des branches surplombant le terrain, qui tous avaient leurs propres règles et leur histoire. Papy étant le plus souvent en désaccord avec les arbitres, la discussion s'éternisait.

Comme nous avions lancé les premiers l'année précédente, nous avons pris la batte. Le lanceur des méthodistes était Buck Prescott, le fils de M. Sap Prescott, un des plus gros propriétaires terriens du comté. Âgé de vingt-quatre ou vingt-cinq ans, Buck avait étudié deux ans à l'université de l'État d'Arkansas, ce qui, chez nous, était très rare. Il avait essayé d'être le lanceur de l'équipe universitaire mais il avait eu des problèmes avec l'entraîneur. Il était gaucher, ne faisait que des balles courbes et nous avait battus l'année précédente neuf à deux. Quand il s'est dirigé vers le monticule, j'ai compris que nous souffririons. Son premier lancer était une balle haute et lente, à effet, à l'extérieur mais qui fut comptée bonne ; Papy a commencé à râler contre l'arbitre. Buck a fait avancer les deux premiers batteurs, a éliminé les deux suivants, puis mon père sur une balle montante au centre.

Duke Ridley, notre lanceur, un jeune fermier, avait sept enfants et une balle rapide que j'aurais été capable de toucher. Il prétendait avoir joué dans l'Alaska pendant la guerre, mais personne n'avait pu le vérifier. Papy n'en croyait rien et, d'après ce que j'avais vu l'année précédente, j'en doutais fortement, moi aussi. Il a fait avancer les trois premiers batteurs en réussissant un seul strike ; j'ai cru que Papy allait se jeter sur lui et l'étrangler. Leur quatrième batteur frappa une balle haute dans les mains du receveur. Le suivant en envoya une courte à gauche. Nous avons eu un coup de chance quand leur sixième batteur, M. Lester Hurdle, l'aîné de tous les joueurs avec ses cinquante-deux ans, envoya une longue chandelle sur la droite, que Bennie Jenkins, notre joueur de champ, sans gant ni chaussures, attrapa à mains nues.

La partie s'est transformée en un duel de lanceurs ; les lancers n'avaient rien d'impressionnant, mais aucune équipe ne disposait de bons batteurs. Nous sommes repartis vers la table des desserts où on servait les restes de glace en train de fondre. Dès la troisième manche, les dames des deux confessions bavardaient par petits groupes ; pour elles, la partie en cours était de moindre importance. Pas très loin, la radio d'une voiture était allumée et j'entendais la voix de Harry Caray. Les Cardinals recevaient les Cubs pour le dernier match de la saison.

En nous éloignant de la table des desserts, notre dernière coupe de glace à la main, nous avons contourné une couverture sur laquelle étaient assises une demi-douzaine de jeunes femmes.

— Quel âge a donc Libby ? demanda l'une d'elles.

Je me suis arrêté net. J'ai pris une cuillère de glace en faisant semblant de regarder les joueurs, comme si je n'accordais pas le moindre intérêt à ce qu'elles disaient.

— Elle vient d'avoir quinze ans, répondit une autre.
— C'est une Latcher. Elle en aura bientôt un autre.
— Un garçon ou une fille ?
— Un garçon, d'après ce qu'on m'a dit.
— Et le père ?
— Aucune idée. Elle n'a rien dit à personne.
— Viens, fit Dewayne en me donnant un coup de coude.

Nous sommes repartis vers l'abri des joueurs de première base. Je ne savais pas si je devais être effrayé ou soulagé. Le bruit courait donc que le bébé de Libby était arrivé, mais son père n'avait pas été identifié.

Je me suis dit que ce ne serait pas long. Et que nous

serions perdus de réputation. J'aurais pour cousin un Latcher et tout le monde le saurait.

Le duel des lanceurs s'est achevé dans la cinquième manche, quand chacune des deux équipes marqua six points. Pendant une demi-heure, des balles ont fusé dans toutes les directions. Nous avons changé deux fois de lanceur ; j'ai compris que les choses se présentaient mal quand Papy a indiqué le monticule à mon père qui n'était pas un lanceur. Mais il ne restait plus personne. Nous n'avons pas tardé à perdre la manche.

— Musial au lancer ! hurla quelqu'un.

Ce ne pouvait être qu'une blague ou une erreur. Stan Musial était un grand joueur, mais il n'avait jamais lancé. Nous nous sommes précipités derrière les gradins, où les voitures étaient garées. Un groupe s'était déjà formé autour de la Dodge 1948 de M. Rafe Henry. La radio hurlait à plein volume ; Harry Caray était surexcité. Le grand Stan Musial allait en effet lancer contre Frankie Baumholtz, des Cubs, celui contre qui il avait bataillé toute la saison pour le titre du meilleur batteur. C'était du délire au Parc des sports ; Harry Caray braillait dans son micro.

Baumholtz frappa un roulant jusqu'à la troisième base et Musial reprit sa place au champ centre. J'ai couru retrouver Papy pour lui annoncer que Stan Musial avait lancé, mais il ne m'a pas cru. Je l'ai dit à mon père qui m'a adressé un regard sceptique. Les méthodistes menaient huit à six à la fin de la septième manche et la tension était forte chez les baptistes. Une bonne inondation n'aurait pas suscité plus d'inquiétude.

Il faisait au moins 35 °C. Les joueurs étaient trempés de sueur, leur pantalon propre et leur chemise blanche du dimanche leur collaient à la peau. Ils jouaient plus lentement — la faute au poulet frit et à la salade de pommes de terre — et ne se bougeaient pas assez au goût de Papy.

Comme le père de Dewayne ne jouait pas, ils sont partis de bonne heure. Quelques autres se sont discrètement retirés. Les Mexicains n'avaient pas changé de place, mais ils étaient maintenant étalés par terre et semblaient dormir. Tout à leurs conversations, les dames se fichaient éperdument du match.

Des gradins où j'étais assis tout seul, j'ai regardé les méthodistes marquer trois nouveaux points dans la huitième manche. Je rêvais du jour où je serais sur le terrain, frappant des home runs, faisant des prises incroyables au champ centre. Ces fichus méthodistes n'auraient pas la moindre chance de gagner quand je serais assez grand pour jouer.

Ils l'ont emporté onze à huit ; pour la cinquième fois de suite, Papy avait dirigé l'équipe perdante. À la fin du match, les joueurs se sont serré la main en riant, puis ils sont allés se mettre à l'ombre d'un arbre où le thé glacé était servi. Papy n'a pas ri ni même souri, il n'a serré la main de personne. Il a disparu un moment ; je savais qu'il ferait la tête pendant une semaine.

Les Cardinals aussi ont perdu, trois à zéro. Ils terminaient la saison avec quatre points de retard sur les Giants, huit sur les Brooklyn Dodgers qui affronteraient les Yankees dans une finale cent pour cent new-yorkaise.

On a rassemblé les restes pour les transporter dans les voitures et les camions. On a nettoyé les tables et ramassé les détritus. J'ai aidé Duffy Lewis à ratisser le marbre et le monticule ; quand nous avons terminé, le terrain avait l'air en parfait état. Cela a pris une heure pour faire nos adieux à tout le monde. Nous avons eu droit aux promesses de revanche des perdants et aux railleries des vainqueurs.

Autant que je pouvais en juger, personne d'autre que Papy ne prenait vraiment les choses à cœur.

Sur la route de la maison, j'ai pensé à la fin de la saison de base-ball. Le championnat commençait au printemps, à l'époque des plantations, quand nous avions de grands espoirs. Il se prolongeait tout l'été et constituait souvent notre seule distraction quand il fallait, jour après jour, accomplir le travail fastidieux des champs. Nous ne manquions pas un match ; nous parlions des actions de jeu, des stratégies et des joueurs jusqu'au suivant. Pendant six mois, le base-ball faisait partie de notre vie quotidienne, puis il disparaissait. Comme le coton.

J'étais triste en arrivant à la maison. Plus de matches à écouter sous le porche. Six mois sans la voix de Harry Caray. Six mois sans Stan Musial. J'ai pris mon gant et je suis parti faire une longue balade sur un chemin, lançant la balle en l'air, me demandant comment j'occuperais mon temps d'ici le mois d'avril.

Pour la première fois de ma vie, j'en avais gros sur le cœur à cause du base-ball.

24

La chaleur est tombée dès les premiers jours d'octobre. Les nuits devenaient fraîches ; au petit matin, dans la remorque qui nous conduisait aux champs, il faisait frisquet. L'humidité étouffante n'était plus qu'un souvenir, l'ardeur du soleil s'affaiblissait. À midi, il faisait chaud — pas la chaleur du mois d'août — et, le soir, l'air était vif. Nous attendions le retour de la chaleur, mais elle ne venait pas. Les jours raccourcissaient, nous changions de saison.

Nos forces n'étant plus minées par le soleil, nous travaillions plus dur, nous récoltions plus. Comme on devait s'y attendre, le changement de temps plongeait Papy dans de nouvelles angoisses. L'hiver allant pointer le bout de son nez, il lui revenait à l'esprit des souvenirs de rangs entiers de coton noyés sous la boue et pourrissant sur pied à la Noël.

Au bout d'un mois dans les champs, l'école me manquait. La rentrée scolaire devait avoir lieu à la fin du mois d'octobre ; j'imaginais comme il serait agréable de passer la journée en classe, entouré de mes amis et non de cotonniers, sans avoir à m'inquiéter de ce que faisaient les Spruill. Maintenant que la saison de base-ball était terminée, j'étais bien obligé de rêver d'autre chose. Ne plus avoir que l'école pour nourrir mes rêves témoignait de mon désarroi.

Mon retour à l'école serait glorieux : je porterais mon maillot flambant neuf des Cardinals. Cachée dans ma boîte à cigares, au fond du tiroir du haut de mon bureau, il y avait la somme mirifique de quatorze dollars et cinquante *cents*, le fruit de mon labeur et de ma frugalité. Je donnais à contrecœur à l'église et j'investissais judicieusement dans le film et le pop-corn du samedi, mais la plus grande partie de ce que je gagnais finissait dans le tiroir, à côté de la carte de Stan Musial et du canif à manche de nacre que Ricky m'avait donné le jour de son départ pour la Corée.

J'avais envie de commander le maillot de Sears, Roebuck, mais ma mère voulait que j'attende la fin de la récolte. Nous étions en négociation. Il y avait quinze jours de délai de livraison et j'étais résolu à faire ma rentrée scolaire revêtu du maillot rouge des Cardinals.

Ce jour-là, en fin d'après-midi, Stick Powers nous attendait au retour des champs. J'étais avec Grand-mère et ma mère ; nous étions partis quelques minutes avant les autres. Comme à son habitude, Stick était à l'ombre, assis sous l'arbre près duquel Papy garait le pick-up ; ses yeux ensommeillés indiquaient qu'il avait pris le temps de faire une sieste.

Il a porté la main à son chapeau pour saluer les femmes.

— Bonjour Ruth. Kathleen.

— Bonjour, Stick, fit Grand-mère. Que pouvons-nous faire pour toi ?

— Je cherche Eli ou Jesse.

— Ils ne vont pas tarder. Il est arrivé quelque chose ?

Stick a longuement contemplé les champs en mâchonnant le brin d'herbe coincé entre ses dents, comme s'il hésitait à informer les femmes des graves nouvelles dont il était porteur.

— Que se passe-t-il, Stick ? insista Grand-mère.

Quand on a un fils à la guerre, chaque visite d'un homme en uniforme a de quoi glacer le cœur. En 1944, un des prédécesseurs de Stick était venu annoncer que mon père avait été blessé à Anzio.

Stick s'est retourné vers les femmes ; il a décidé qu'il pouvait avoir confiance en elles.

— L'aîné des Sisco, Grady, vous savez, celui qui était en prison pour avoir tué un homme à Jonesboro… eh bien, il s'est évadé la semaine dernière. Il paraît qu'on l'aurait vu dans le coin.

Les femmes ont gardé le silence un moment. Grand-mère était soulagée de savoir qu'il ne s'agissait pas de Ricky. Ma mère en avait par-dessus la tête de ces histoires de Sisco.

— Tu ferais mieux d'en parler à Eli, déclara Grand-mère. Nous allons préparer le souper.

Elles l'ont planté là et sont rentrées à la maison. Stick les a suivies des yeux ; il devait penser au repas.

— Qui a-t-il tué ? demandai-je dès que les femmes eurent disparu.

— J'en sais rien.

— Comment il s'y est pris ?

— Il lui a défoncé le crâne avec une bêche, à ce qu'on m'a dit.

— Ça devait être une sacrée bagarre.

— Sans doute.

— Vous croyez qu'il va chercher Hank pour lui faire la peau ?

— Écoute, petit, il faut que je voie Eli. Tu sais où il est ?

J'ai indiqué une direction, tout au fond des champs de coton. La remorque était à peine visible.

— Ça fait un bout de chemin, marmonna Stick. Tu crois que je peux y aller en voiture ?

— Bien sûr, répondis-je en me dirigeant vers la voiture de police.

— Ne touche à rien, ordonna Stick quand nous avons été installés à l'avant.

Je restais bouche bée devant les boutons et la radio. Stick n'a pas laissé passer l'occasion de faire l'important.

— Ça, c'est la radio, expliqua-t-il en prenant le micro. Ce bouton, c'est pour la sirène, l'autre pour les feux clignotants. Et ça, ajouta-t-il en montrant une manette sur le tableau de bord, c'est le projecteur.

— À qui parlez-vous à la radio ?
— Au poste, le plus souvent. Le poste de police.
— Où est-il ?
— À Jonesboro.
— Vous pourriez les appeler ?

Après un instant d'hésitation, Stick a saisi le micro et l'a collé à sa bouche en penchant la tête sur le côté.

— Unité quatre à base. À vous.

Sa voix était plus grave, son élocution plus rapide.

Nous avons attendu ; pas de réponse. Il a incliné la tête de l'autre côté en appuyant sur le bouton du micro.

— Unité quatre à base, répéta-t-il. À vous.
— C'est vous, l'unité quatre ?
— C'est moi.
— Il y a combien d'unités ?
— Ça dépend.

Sans détacher les yeux de la radio, j'ai attendu que la base réponde à Stick. Il me semblait impossible que quelqu'un à Jonesboro puisse parler directement à Stick et qu'il puisse répondre.

En théorie, cela se passait comme ça, mais, à l'évidence, Jonesboro ne s'intéressait pas trop à ce que faisait Stick.

— Unité quatre à base, répéta-t-il pour la troisième fois, d'un ton un peu plus vif.

Pour la troisième fois, la base garda le silence. Après de longues secondes d'attente, il a replacé le micro sur la radio.

— C'est certainement le vieux Theodore qui s'est encore endormi, marmonna-t-il.

— Qui est Theodore ?

— Un des contrôleurs. Il passe la moitié du temps à dormir. Comme vous, me suis-je dit.

— Vous pouvez mettre la sirène ?

— Non. Ça effraierait ta grand-mère.

— Et les feux ?

— Non plus. Ça tire sur la batterie.

Il a mis le contact mais le moteur n'a pas voulu démarrer. Il a réessayé. Juste avant que le carburateur soit noyé, le moteur s'est mis en marche avec des ratés. On avait visiblement refilé à Stick un vieux tacot ; Black Oak n'était pas véritablement un foyer de criminalité.

Avant qu'il ait pu passer en première, j'ai vu le tracteur apparaître sur la route des champs.

— Les voilà, annonçai-je.

Il a plissé les yeux pour regarder au loin, puis il a coupé le moteur. Nous sommes descendus pour aller les attendre sous l'arbre.

— Tu aimerais devenir shérif adjoint ?

Pour conduire une vieille guimbarde, passer la moitié de la journée à dormir et se colleter avec Hank Spruill, les Sisco et d'autres du même acabit ?

— Je jouerai au base-ball, répondis-je.

— Où ?

— À Saint Louis.

— Je vois, fit-il avec le drôle de petit sourire que les adultes réservent aux rêves des enfants. Tous les petits garçons veulent jouer pour les Cardinals.

J'avais encore un tas de questions qui me brûlaient

les lèvres, la plupart sur son arme de service et les balles dont elle était chargée. J'avais toujours eu envie de regarder de plus près ses menottes pour voir comment elles se fermaient et s'ouvraient. Tandis qu'il suivait des yeux la remorque qui avançait en cahotant, je me suis penché vers le revolver dans son étui.

Mais Stick m'avait consacré assez de temps ; il avait envie que je le laisse. J'ai retenu ma langue.

Le tracteur s'est arrêté, les Spruill et quelques Mexicains sont descendus de la remorque. Papy et mon père se sont dirigés vers nous ; quand ils sont arrivés sous l'arbre, la tension était déjà palpable.

— Qu'est-ce que tu veux, Stick ? lança hargneusement mon grand-père.

Papy ne supportait plus la présence continuelle de Stick dans notre vie. Nous avions la récolte à terminer ; le reste ne comptait pas. Stick nous harcelait en ville et dans notre propre ferme.

— Qu'est-ce qu'il y a, Stick ? reprit-il d'un ton lourd de mépris.

Papy venait de passer dix heures aux champs, à cueillir cinq cents livres de coton ; il savait que notre shérif n'en avait pas fichu une ramée depuis des années.

— C'est à propos de l'aîné des Sisco, Grady, celui qui était en prison pour meurtre. Il s'est évadé la semaine dernière et je crois bien qu'il est revenu par ici.

— T'as qu'à l'arrêter, grogna Papy.

— Je le cherche. Le bruit court qu'ils vont faire des bêtises.

— Quelles bêtises ?

— Comment le savoir, avec les Sisco. Ils vont peut-être essayer de régler son compte à Hank.

— On les attend de pied ferme, affirma Papy, toujours prêt à en découdre.

— J'ai aussi entendu dire qu'ils avaient des armes.

— Moi aussi, j'ai des fusils, Stick. Préviens les Sisco

que si je vois l'un d'eux traîner autour de la ferme, je lui fais sauter sa cervelle de moineau !

Papy avait terminé sa phrase d'une voix vibrante de colère. Mon père lui-même semblait s'animer à l'idée de protéger la propriété et sa famille.

— Ça se passera pas chez toi, reprit Stick. Mais dis à ton gars qu'il a pas intérêt à mettre les pieds en ville.

— Dis-le-lui toi-même ! riposta Papy du tac au tac. C'est pas mon gars. Je me contrefiche de ce qui peut lui arriver.

Stick a tourné la tête vers le fond de la cour, où les Spruill s'affairaient à la préparation du repas. Il n'avait à l'évidence aucune envie d'aller les voir.

— Avertis-le, Eli, conseilla-t-il en se retournant vers Papy.

Sans ajouter un mot, il s'est dirigé vers sa voiture.

Le moteur toussa, cracha avant de se mettre en marche.

Nous avons suivi des yeux la voiture de police tandis qu'elle s'éloignait.

Après le dîner, je regardais mon père réparer une chambre à air du tracteur quand j'ai reconnu au loin la silhouette de Tally. Il se faisait tard, mais la nuit n'était pas encore tombée. Elle se dirigeait vers le silo en restant dans l'ombre. Je ne la quittais pas des yeux ; elle s'est arrêtée et m'a fait signe de la rejoindre. Mon père bougonnait, la réparation ne se passait pas comme il voulait. Je me suis éclipsé en direction de la maison. Arrivé à la hauteur du tracteur, je me suis mis à courir vers l'ombre des arbres. Quelques secondes plus tard, nous marchions le long d'un champ, dans la direction du Siler.

— Où vas-tu comme ça ? finis-je par demander, quand il fut évident qu'elle ne serait pas la première à parler.

— Je ne sais pas. Je me balade.

— Tu vas au ruisseau ?

— Ça t'a plu, Luke ? fit-elle avec un petit rire. Tu aimerais bien me revoir, hein ? Les joues en feu, je n'ai rien trouvé à dire.

— Un autre jour, peut-être.

J'avais envie de l'interroger sur Cow-boy, mais le sujet semblait si intime et si déplaisant que je n'ai pas eu le cran de l'aborder. Je voulais aussi lui demander comment elle avait su que Libby Latcher disait que Ricky était le père du bébé, mais je n'ai pas pu non plus. Tally était un être mystérieux, d'humeur changeante ; je lui vouais une véritable adoration. En suivant à ses côtés le chemin étroit, j'avais l'impression d'avoir vingt ans.

— Qu'est-ce qu'il voulait, le policier ? demanda-t-elle.

Je lui ai tout raconté. Stick n'avait pas trahi de secrets. Les Sisco aimaient fanfaronner et ils étaient assez dingues pour tenter quelque chose. Je n'ai rien caché à Tally.

— Est-ce que Stick va arrêter Hank pour avoir tué l'autre ? reprit-elle après un long moment de réflexion.

Je devais faire attention à ce que je disais. Les Spruill n'arrêtaient pas de se disputer, mais, à la moindre menace venant de l'extérieur, ils serreraient les rangs.

— Papy a peur que vous partiez tous, lâchai-je.

— Qu'est-ce que ça a à voir avec Hank ?

— Si Stick le met en prison, vous allez tous partir.

— On ne va pas partir, Luke. On a besoin de l'argent.

Nous nous étions arrêtés sur le chemin. Tally me regardait ; j'avais les yeux fixés sur mes pieds nus.

— Je crois que Stick veut attendre que tout le coton soit rentré.

Elle a écouté sans rien dire, puis elle a fait demi-tour en direction de la maison. Je l'ai suivie, certain d'en avoir trop dit. Elle m'a souhaité bonne nuit devant le silo, puis s'est fondue dans l'obscurité.

Quelques heures plus tard, alors que j'aurais dû dormir, j'écoutais par une fenêtre ouverte les Spruill se chamailler. Hank était au centre de toutes les disputes. Je n'entendais pas toujours ce qui se disait, mais Hank, me semblait-il, était à l'origine de chaque nouvel accrochage. Ils étaient fatigués ; pas lui. Ils étaient debout avant le lever du jour et passaient plus de dix heures dans les champs ; Hank dormait autant qu'il le voulait et travaillait en prenant tout son temps.

Et il rôdait encore la nuit. Miguel attendait au pied des marches de la cuisine quand je suis sorti avec mon père chercher les œufs et le lait du petit déjeuner. Il a imploré notre aide. Le bombardement avait recommencé ; quelqu'un avait lancé sur la grange de grosses mottes de terre jusqu'à minuit passé. Épuisés et furieux, les Mexicains n'étaient pas décidés à se laisser faire.

Nous n'avons pas parlé d'autre chose au petit déjeuner ; hors de lui, Papy n'a presque rien mangé. Il a été décidé que Hank devait quitter la ferme. Si les Spruill partaient avec lui, nous nous débrouillerions. Dix Mexicains reposés et travailleurs valaient mieux que les Spruill.

Papy s'est levé de table et s'apprêtait à sortir pour adresser son ultimatum aux Spruill : mon père a réussi à le calmer. Ils ont décidé d'attendre le soir pour avoir une journée de travail supplémentaire de tous les Spruill. De plus, ils hésiteraient peut-être à lever le camp à l'approche de la nuit.

J'ai écouté sans rien dire. J'avais envie de parler de ma conversation avec Tally, surtout de ce qu'elle avait dit au sujet de l'argent dont sa famille avait besoin. À mon avis, ils ne partiraient pas et seraient ravis de se débarrasser de Hank. Mais on ne me demandait jamais mon avis quand les discussions familiales devenaient tendues. J'ai continué à grignoter mon biscuit sans perdre un mot de ce qui se disait.

— Et Stick ? demanda Grand-mère.
— Quoi, Stick ? lança Papy.
— Tu devais lui dire quand tu n'aurais plus besoin de Hank.

Papy a réfléchi en prenant une bouchée de jambon.

Grand-mère avait l'avantage de réfléchir sans être sous l'empire de la colère. Elle a bu tranquillement une gorgée de café.

— À mon avis, reprit-elle, la chose à faire, c'est de prévenir M. Spruill que Stick va venir chercher son fils. Hank profitera de la nuit pour s'enfuir. Il ne sera plus là, c'est tout ce qui compte, et les Spruill te seront reconnaissants d'avoir évité la prison à Hank.

Le plan de Grand-mère était parfait ; ma mère n'a pu retenir un petit sourire. Une fois de plus, les femmes avaient analysé la situation plus rapidement que les hommes.

Papy n'a rien dit. Son petit déjeuner terminé, mon père est sorti. Le soleil apparaissait à peine au-dessus des arbres, mais la journée était déjà fertile en événements.

— Luke, nous allons en ville, décida brusquement Papy à la fin du déjeuner. La remorque est pleine.

Elle n'était pas tout à fait pleine et nous n'allions jamais à l'égreneuse au milieu de la journée. Mais je n'ai rien dit ; il se préparait quelque chose.

À notre arrivée à l'égreneuse, il n'y avait que quatre remorques devant nous. En général, à ce stade de la récolte, nous en trouvions au moins dix, mais nous venions toujours après le souper, comme tout le monde.

— Midi est une bonne heure pour venir ici, déclara Papy.

Il a laissé les clés dans le pick-up et nous avons commencé à marcher.

— Il faut que j'aille à la Coop, dit-il. On va passer par la Grand-rue.

Je n'avais rien contre.

La ville de Black Oak compte trois cents habitants qui, tous ou presque, demeurent à cinq minutes de la Grand-rue. Je me disais souvent qu'il serait merveilleux d'avoir une jolie petite maison dans une rue ombragée, à quelques pas du cinéma et de l'épicerie de Pop et Pearl, sans un seul pied de coton à proximité.

À mi-chemin de la Grand-rue, nous avons brusquement tourné.

— Pearl veut te voir, expliqua Papy en indiquant la maison des Watson, sur notre droite.

Je n'étais jamais entré chez eux, mais j'avais vu la maison de l'extérieur. Une des rares de Black Oak à avoir des briques sur la façade.

— Quoi ? m'écriai-je, éberlué.

Papy n'a rien dit ; je l'ai suivi machinalement.

Pearl attendait à la porte. Quand nous sommes entrés, j'ai senti une bonne odeur qui sortait du four, mais j'étais trop désorienté pour me rendre compte que c'était en mon honneur. Pearl m'a tapoté la tête en adressant un clin d'œil à Papy. Dans un coin du salon, le dos tourné, courbé en deux, Pop tripotait quelque chose.

— Viens par ici, Luke, fit-il sans se retourner.

J'avais appris qu'ils avaient la télévision. Le premier poste du comté avait été acheté l'année précédente par M. Harvey Gleeson, le propriétaire de la banque, mais il vivait en reclus et personne, à notre connaissance, n'avait encore vu son téléviseur. Plusieurs baptistes avaient des parents à Jonesboro qui possédaient un téléviseur ; quand ils leur rendaient visite, ils parlaient avec émerveillement à leur retour de cette nouvelle invention. Dewayne avait vu un poste dans la vitrine d'un magasin, à Blytheville ; il en avait fait tout un plat pendant quinze jours.

— Assieds-toi là, reprit Pop en montrant le sol, juste devant le téléviseur.

Il a continué à tourner ses boutons.

— Tu vas voir les World Series, ajouta-t-il. Troisième match : les Dodgers au Yankee Stadium.

Mon cœur a fait un bond dans ma poitrine. Je suis resté bouche bée, incapable d'esquisser un geste. J'étais assis à un mètre d'un petit écran sur lequel dansaient des lignes blanches, au centre d'un meuble de bois sombre portant, sous une rangée de boutons, le mot Motorola en lettres chromées. Pop a tourné un des boutons ; nous avons entendu la voix éraillée d'un reporter décrivant la trajectoire d'une balle basse en direction d'un bloqueur. Pop a tourné deux boutons en même temps : l'image est devenue nette.

C'était un match de base-ball, en direct du Yankee Stadium, et nous recevions les images à Black Oak, Arkansas !

J'ai entendu un bruit de chaises derrière moi, j'ai senti Papy qui se rapprochait. Pearl n'était pas très intéressée. Elle s'est affairée quelques minutes dans la cuisine, puis elle m'a apporté une assiette de cookies au chocolat et un verre de lait. Je l'ai remerciée. Une odeur délicieuse s'élevait des cookies sortant du four, mais j'étais incapable d'avaler une bouchée.

Ed Lopat lançait pour les Yankees, Preacher Roe pour les Dodgers. Mickey Mantle, Yogi Berra, Phil Rizzuto, Hank Bauer, Billy Martin jouaient à domicile ; Pee Wee Reese, Duke Snider, Roy Campanella, Jackie Robinson et Gil Hodges pour les visiteurs. Ils étaient là, tous, dans le salon de Pop et Pearl, jouant devant soixante mille spectateurs, au Yankee Stadium. J'étais muet de fascination. J'avais le regard rivé sur l'écran, mais je n'en croyais pas mes yeux.

— Mange les cookies, Luke, fit Pearl en traversant la pièce.

C'était plus un ordre qu'autre chose ; j'ai commencé à en grignoter un.

— Pour qui tu es ? demanda Pop.

— Je sais pas.

Je ne savais vraiment pas. On m'avait appris à détester les deux équipes, ce qui était facile quand elles jouaient à New York, dans un autre monde. Mais là, elles étaient à Black Oak, jouant ce jeu qui était ma passion, en direct du Yankee Stadium. Ma haine perdait de sa force.

— Je dirais les Dodgers.

— Il faut toujours être pour les équipes qui jouent avec nous dans la National League, affirma Papy dans mon dos.

— Peut-être, acquiesça Pop sans conviction. Mais soutenir les Dodgers, c'est pas facile.

La rencontre était retransmise par une chaîne de Memphis, Channel 5, une filiale de NBC. Il y avait des publicités pour les cigarettes Lucky Strike, pour Cadillac, Coca-Cola, Texaco. Entre les manches le jeu laissait la place à la publicité ; quand les annonces étaient terminées, nous retrouvions le Yankee Stadium. J'en avais le vertige, j'étais totalement captivé. Pendant une heure, j'ai été transporté dans un autre monde.

Papy est sorti. Je ne l'ai même pas entendu partir et je ne me suis rendu compte de son absence que pendant une publicité.

Yogi Berra a réussi un home run ; je l'ai vu faire le tour des bases devant soixante mille personnes électrisées. J'ai compris que je ne pourrais plus jamais détester les Yankees comme je le devais. J'avais devant les yeux des joueurs légendaires, les meilleurs de la meilleure équipe de tous les temps. J'avais beaucoup plus d'indulgence pour eux, mais je me suis promis de ne rien montrer à Papy. Il n'accepterait jamais la présence d'un partisan des Yankees sous son toit.

Au début de la neuvième manche, Berra a laissé passer une balle. Les Dodgers ont marqué deux points et remporté la victoire. Pearl a enveloppé les cookies dans du papier d'aluminium et me les a donnés. Après avoir remercié Pop de m'avoir permis de partager cette incroyable aventure, j'ai demandé si je pourrais revenir quand les Cardinals joueraient.

— Bien sûr, mais ce n'est peut-être pas pour demain.

Sur le chemin du retour, j'ai posé quelques questions à Papy sur la technique de la télévision. Il a parlé de signaux, de tours dans des termes vagues et confus avant de reconnaître qu'il ne savait pas grand-chose sur une invention si récente. Je lui ai demandé quand nous pourrions en acheter une.

— Un de ces jours, répondit-il, comme si cela ne devait jamais se faire.

J'ai eu honte d'avoir posé la question.

Nous avons ramené la remorque vide à la ferme et j'ai cueilli du coton jusqu'à la fin de l'après-midi. Ce soir-là, pendant le souper, les adultes m'ont donné la parole. J'ai parlé sans pouvoir m'arrêter du match de base-ball, des publicités, de tout ce que j'avais vu sur le poste de télévision de Pop et Pearl.

Le modernisme envahissait progressivement la campagne de l'Arkansas.

25

Juste avant la tombée de la nuit, mon père et M. Spruill se sont éloignés ensemble en direction du silo. Mon père a expliqué que Stick Powers se disposait à arrêter Hank pour le meurtre de Jerry Sisco. Comme Hank ne faisait que créer des problèmes, le moment était peut-être bien choisi pour qu'il s'éclipse à la faveur de la nuit. Manifestement, M. Spruill l'a bien pris et n'a pas menacé de plier bagage. Tally avait vu juste : ils avaient besoin de l'argent. Et ils ne supportaient plus Hank. À ce qu'il semblait, ils resteraient jusqu'à la fin de la récolte.

Assis sous le porche, nous avons scruté l'obscurité et tendu l'oreille. Aucune explosion verbale, aucun signe de préparatifs de départ. Rien n'indiquait non plus que Hank allait prendre le large. Au milieu des ombres dansantes, nous l'apercevions de temps en temps assis auprès du feu ou fouillant partout pour dénicher des restes de nourriture. Un par un, les Spruill se sont couchés. Nous avons fait comme eux.

Après ma prière du soir, j'étais étendu sur le lit de Ricky, les yeux grands ouverts, rêvant des Yankees et des Dodgers, quand des éclats de voix, assourdis par la distance, me sont parvenus. J'ai rampé sur le plancher et levé lentement la tête pour regarder par la fenêtre. Tout était calme. J'ai vu des ombres bouger ; près de la route, j'ai distingué les silhouettes de M. Spruill et de Hank, face à face, parlant tous les deux en même temps. Je ne comprenais pas ce qu'ils disaient, mais, à l'évidence, ils étaient en colère.

Je ne voulais pas manquer ça. Je me suis glissé dans le couloir en prenant le temps de m'assurer que les adultes étaient endormis. Puis j'ai traversé la pièce commune, ouvert la porte de la cour et descendu les marches avant de filer à l'abri de la haie, à l'est de la maison. Des nuages épars couraient au clair de lune ; après quelques minutes de marche silencieuse, je me suis arrêté près de la route. Mme Spruill était venue se joindre à la discussion. Ils parlaient de l'affaire Sisco. Hank clamait son innocence ; ses parents ne voulaient pas qu'il aille en prison.

— Je vais lui crever la panse, à ce gros flic, gronda Hank.

— Rentre à la maison, fiston, laisse les choses se tasser, répétait Mme Spruill.

— Les Chandler veulent que tu partes, déclara M. Spruill.

— J'ai plus d'argent dans ma poche que ces péquenauds n'en verront de leur vie, ricana Hank.

La discussion partait dans toutes les directions. Hank disait des choses méchantes sur nous, les Mexicains, Stick Powers, les Sisco, les habitants de Black Oak dans leur ensemble ; il avait même des mots durs pour ses parents, Bo et Dale. Seuls Tally et Trot étaient épargnés. Son langage devenait de plus en plus ordurier, sa voix de plus en plus forte, mais ses parents ne lâchaient pas prise.

— Bon, d'accord, lança-t-il enfin, je vais me barrer !

Il s'est rué dans une tente pour prendre quelque chose. Je me suis faufilé jusqu'au bord de la route, je l'ai traversée à pas de loup et je me suis précipité dans le coton des Jeter. De ma cachette, j'avais une vue dégagée sur notre cour. Hank était en train de bourrer un vieux sac en toile de nourriture et de vêtements. Je me suis dit qu'il marcherait jusqu'à la nationale et ferait de l'auto-stop. J'ai coupé à travers les rangs de coton pour me tapir le long du petit fossé qui courait vers la rivière. Je voulais voir Hank passer sur la route.

Ils ont encore échangé des propos aigres-doux, puis j'ai entendu Mme Spruill dire : « On sera à la maison dans quelques semaines. » Les voix se sont tues, Hank est passé devant moi, le sac sur l'épaule, marchant d'un pas lourd au milieu de la route. J'ai lentement gagné le bout du rang et je l'ai vu qui se dirigeait vers le pont.

Je n'ai pu m'empêcher de sourire ; la paix allait revenir dans notre ferme. Je suis resté un long moment à croupetons, bien après qu'il eut disparu, remerciant le ciel qu'il soit enfin parti.

Je m'apprêtais à revenir sur mes pas quand j'ai vu quelque chose bouger, juste de l'autre côté de la route. Les tiges des cotonniers ont légèrement ondulé, un homme s'est levé. Il a avancé d'un pas léger, plié en deux, cherchant manifestement à ne pas être vu. Il s'est retourné pour regarder sur la route, en direction de notre maison, offrant un instant son visage à la clarté de la lune. C'était Cow-boy.

Je suis resté pétrifié quelques secondes, trop effrayé pour faire un geste. Caché dans le coton des Jeter, je ne risquais rien. J'avais envie de rebrousser chemin, de renter à la maison et de me glisser en vitesse dans le lit de Ricky.

Mais j'avais aussi envie de voir ce que mijotait Cow-boy.

Dans le fossé jusqu'aux genoux, il se déplaçait rapidement, sans un bruit. Il faisait quelques pas et s'arrêtait, l'oreille tendue. Il repartait, s'immobilisait. Trente mètres en arrière, toujours du côté des Jeter, j'avançais aussi vite que je l'osais. S'il m'entendait, je me cacherais entre les pieds des cotonniers.

J'ai bientôt distingué la silhouette massive de Hank, au milieu de la route, qui allait sans se presser. Voyant Cow-boy réduire son allure, j'ai aussitôt ralenti ma marche.

Je n'avais pas de chaussures ; si je posais le pied sur un mocassin, je mourrais dans d'horribles souffrances. Rentre à la maison, me disait une petite voix. Fiche le camp d'ici.

Si Cow-boy avait envie de se battre, qu'attendait-il ? Notre ferme était maintenant hors de portée de voix et invisible. La rivière n'était plus loin ; était-ce ce que Cow-boy attendait ?

Quand Hank ne fut plus qu'à quelques mètres du pont, Cow-boy est sorti du fossé et s'est placé au milieu de la route en accélérant le pas. Je suis resté à la lisière du coton, moite de sueur, le souffle court, me demandant pourquoi je me conduisais comme un imbécile.

Hank s'est engagé sur le pont ; Cow-boy s'est mis à courir. Quand Hank est arrivé au milieu, son poursuivant s'est arrêté, le temps de lancer une pierre. Elle a rebondi près de Hank qui s'est retourné en pivotant d'un bloc.

— Approche, petit Mexicain, gronda-t-il. Approche.

Cow-boy ne s'est pas arrêté. Il a continué d'avancer sur la route en légère montée sans montrer la moindre crainte tandis que Hank l'attendait en jurant entre ses dents. Il paraissait faire le double de Cow-boy. Les deux hommes allaient se trouver face à face au milieu du pont ; il ne faisait guère de doute que l'un d'eux finirait dans la rivière.

Quand il fut assez près, Cow-boy a plié le bras et lancé une autre pierre, presque à bout portant. Hank s'est baissé, l'a évitée de justesse. Puis il a chargé. Il y a eu un petit bruit sec quand la lame du couteau à cran d'arrêt s'est ouverte. Cow-boy a levé la main tenant l'arme. Hank a eu le temps de faire tournoyer son sac qui a effleuré le Mexicain et fait tomber son chapeau. Les deux adversaires ont commencé à tourner l'un autour de l'autre sur le pont étroit, cherchant à prendre l'avantage. Hank grondait et jurait sans quitter le couteau des yeux ; il a plongé la main dans le sac pour y prendre une sorte de petit bocal qu'il s'apprêtait à lancer comme une balle de base-ball. Genoux fléchis, buste cassé, Cow-boy attendait le moment propice.

Avec un grognement sourd, Hank a lancé le bocal de toutes ses forces en direction du Mexicain, à trois mètres de lui. Touché au cou ou à la gorge, Cow-boy a vacillé comme s'il allait s'affaisser. Hank a lancé le sac dans sa direction et s'est rué sur lui. Avec une vivacité stupéfiante, Cow-boy a fait passer son couteau d'une main à l'autre et a sorti de la poche droite de son pantalon une pierre qu'il a lancé plus fort que la plus violente de ses balles. La pierre a atteint Hank à la figure. Je n'ai pas vu où mais j'ai bien entendu. Il a poussé un hurlement en portant les mains à son visage. Il n'a pas eu le temps de se remettre en position de combat.

Les jambes toujours fléchies, Cow-boy a allongé le bras et plongé la lame dans l'estomac de Hank, avec un mouvement de bas en haut. Un cri de douleur a échappé à Hank, un gémissement de surprise et d'horreur mêlées.

Cow-boy a retiré le couteau et l'a replongé dans le corps de Hank. Il a recommencé plusieurs fois. Hank a mis un genou à terre, puis deux. Il avait la bouche ouverte, mais aucun son ne sortait. Il regardait Cow-boy, les yeux figés de terreur.

À coups de couteau rapides et vicieux, Cow-boy l'a achevé. Quand Hank n'a plus bougé, le Mexicain lui a prestement fait les poches. Puis il l'a traîné sur le pont et l'a poussé par-dessus le bord. Le corps a touché l'eau avec un grand plouf et a immédiatement coulé. Cow-boy a fouillé dans le sac ; ne trouvant rien d'intéressant, il l'a lancé dans la rivière. Il est resté un long moment au bord du pont, regardant couler l'eau.

N'ayant aucune envie de rejoindre Hank, je me suis tapi entre deux rangs de cotonniers, j'ai creusé un trou et je me suis collé contre le sol. Mon cœur battait à tout rompre. Je tremblais, je transpirais, je pleurais et je priais aussi. J'aurais dû être au lit, dormant d'un sommeil profond, avec mes parents dans la chambre voisine et mes grands-parents au bout du couloir. Mais ils semblaient si loin. J'étais seul dans le trou que j'avais creusé, seul, terrifié et en grand danger. Je venais de voir quelque chose, mais je n'en croyais toujours pas mes yeux.

Je ne sais combien de temps Cow-boy est resté sur le pont, regardant la rivière pour être sûr que Hank avait été emporté par le courant. Les nuages jouaient à cache-cache avec la lune ; parfois je discernais à peine sa silhouette. Quand les nuages s'éloignaient, je le retrouvais dans la même position, son chapeau de cow-boy incliné sur le côté. Au bout d'un long moment, il s'est enfin décidé à partir et s'est arrêté au bord de la rivière pour laver son couteau. Il a de nouveau regardé l'eau couler, puis il est revenu sur la route. Quand il est passé devant moi, il n'était pas à plus de six mètres ; j'aurais voulu être plus profondément enfoncé dans le sol.

J'ai attendu une éternité, longtemps après qu'il eut disparu, pour être absolument sûr qu'il ne m'entendrait pas. Je suis sorti à quatre pattes de mon trou et je suis reparti vers la maison. Je ne savais pas ce que j'allais faire, mais, au moins, je serais en sécurité.

Plié en deux, j'ai suivi le bord du champ en marchant dans l'herbe de Johnson. Les fermiers n'aimaient pas cette herbe, qui servait de fourrage ; pour la première fois de ma vie, j'étais content qu'elle soit si haute. J'aurais voulu progresser plus vite, courir ventre à terre jusqu'à la maison, mais j'étais terrifié, j'avais les jambes lourdes. La fatigue et la peur me saisissaient à intervalles réguliers ; parfois, je ne pouvais plus avancer. Au bout d'un temps qui m'a paru interminable, j'ai enfin distingué les contours de la maison et de la grange. J'ai scruté la route, certain que Cow-boy était là, quelque part, surveillant ses arrières. Je m'efforçais de ne pas penser à Hank. Une seule chose comptait : atteindre la maison.

Quand je me suis arrêté pour reprendre mon souffle, j'ai perçu l'odeur caractéristique d'un Mexicain. Ils ne prenaient pas souvent de bain et, après quelques jours de cueillette, l'odeur leur collait à la peau.

Elle s'est rapidement dissipée. Au bout de deux ou trois minutes d'attente haletante, je me suis demandé si ce n'était pas l'effet de mon imagination. Ne voulant pas prendre de risques, je me suis enfoncé dans le champ de coton, passant lentement, sans bruit, d'un rang à l'autre. Quand j'ai aperçu les toiles blanches du campement des Spruill, je me suis dit que j'étais presque arrivé.

Que raconterais-je sur ce que j'avais vu ? La vérité, rien que la vérité. Trop de secrets pesaient sur moi ; je ne pouvais plus en supporter d'autre, surtout aussi lourd que celui-là. J'allais me glisser dans la chambre de Ricky, essayer de trouver le sommeil. Quand mon père me réveillerait pour aller chercher les œufs et le lait, je déballerais toute l'histoire. Chaque pas, chaque action, chaque coup de couteau — je n'épargnerais rien à mon père. Il se rendrait en ville avec Papy pour informer Stick Powers de ce qui s'était passé et Cow-boy serait derrière les barreaux à l'heure du déjeuner. Il serait probablement pendu avant la Noël.

Hank était mort ; Cow-boy irait en prison. Les

Spruill plieraient bagage, mais cela m'était égal. Je ne voulais plus jamais voir aucun des Spruill, même Tally. Je voulais que tout le monde disparaisse de notre ferme et de notre vie.

Je voulais voir Ricky revenir à la maison et les Latcher déménager, pour que tout redevienne normal.

J'ai décidé de courir sans m'arrêter jusqu'à la maison. J'étais à bout de nerfs et de patience. Je me cachais depuis des heures ; je n'en pouvais plus. J'ai filé jusqu'à l'extrémité du champ et franchi le fossé qui le séparait de la route. Je me suis accroupi un moment pour écouter et j'ai commencé à courir. Je n'avais pas fait plus de deux ou trois foulées quand j'ai entendu un bruit derrière moi. Une main m'a saisi les pieds et je suis tombé. Cow-boy s'est jeté sur moi, un genou m'écrasant la poitrine, la lame de son couteau à deux centimètres de mon nez.

— Silence ! siffla-t-il, les yeux étincelants.

Nous respirions fort tous les deux et nous transpirions. Son odeur a empli mes narines ; c'était celle que j'avais sentie quelques minutes plus tôt. J'ai cessé de me débattre et j'ai serré les dents. Son genou m'empêchait de respirer.

— Tu étais à la rivière ? souffla-t-il.

J'ai secoué la tête sans rien dire. La sueur coulant de son menton me brûlait les yeux. Il a agité la lame, comme si je ne la voyais pas d'assez près.

— Alors tu étais où ? J'ai remué la tête ; je ne pouvais pas parler. Je me suis rendu compte que tout mon corps tremblait, paralysé par la terreur.

Quand il a compris que j'étais incapable d'articuler une parole, il m'a tapoté le front de la pointe de sa lame.

— Un seul mot sur cette nuit, articula-t-il lentement, parlant plus clairement avec les yeux qu'avec la bouche, et je tuerai ta mère. Compris ?

J'ai hoché vigoureusement la tête. Il s'est relevé et a

disparu dans l'obscurité, me laissant étendu sur notre petite route poussiéreuse. Le visage inondé de larmes, avançant à quatre pattes, j'ai réussi à atteindre le pick-up avant de perdre connaissance.

Ils m'ont découvert sous leur lit. Dans l'affolement général, mes parents hurlant et me pressant de questions sur mes habits couverts de poussière, les coupures sur mes bras, la raison pour laquelle je dormais sous leur lit, j'ai réussi à inventer une histoire. J'avais fait un rêve affreux : Hank s'était noyé ! J'étais allé voir si c'était vrai.

— Tu es somnambule ! s'écria ma mère, horrifiée.

J'ai saisi la balle au bond.

— Je crois, répondis-je avec conviction.

Après cela, tout s'est brouillé dans ma tête. J'étais mort de fatigue, terrifié et je ne savais plus si ce que j'avais vu sur le pont s'était réellement passé ou si ce n'était qu'un rêve. J'étais horrifié à l'idée de revoir Cow-boy.

— Ricky aussi faisait ça, lança Grand-mère du couloir. Une nuit, on l'a rattrapé derrière le silo.

Cela a contribué à apaiser les esprits. On m'a emmené dans la cuisine et on m'a fait asseoir à table. Ma mère m'a lavé pendant que Grand-mère soignait les coupures de l'herbe de Johnson sur mes bras. Voyant qu'elles avaient les choses en main, les hommes sont sortis chercher le lait et les œufs.

Un orage a éclaté juste au moment où nous nous apprêtions à manger. Les coups de tonnerre m'ont apporté un grand soulagement : nous ne partirions pas aux champs avant quelques heures. Je ne serais pas près de Cow-boy.

Tout le monde m'a observé pendant que je mangeais du bout des lèvres. J'ai dit que tout allait bien pour les rassurer.

Le fracas de la pluie tambourinant sur le toit de tôle couvrait la conversation. Nous avons mangé en silence ; les hommes s'inquiétaient pour le coton, les femmes pour moi.

J'avais assez de soucis pour tous nous accabler.

— Je pourrai finir plus tard ? demandai-je en repoussant lentement mon assiette. Je me sens tout endormi.

Ma mère a décidé que je retournerais au lit et dormirais aussi longtemps qu'il le faudrait. Pendant qu'elle débarrassait la table, je lui ai soufflé que j'aimerais bien qu'elle vienne s'allonger avec moi. Elle m'a dit oui.

Elle s'est endormie avant moi. Nous étions dans le lit de mes parents, j'écoutais la pluie tomber dans la pénombre de la chambre fraîche et calme. Tout près, dans la cuisine, les hommes attendaient en buvant du café. Je me sentais en sécurité.

J'aurais voulu que la pluie ne s'arrête jamais. Les Mexicains et les Spruill partiraient. Cow-boy serait expédié dans son pays où il pourrait jouer du couteau autant qu'il voulait ; je n'en saurais jamais rien. L'été suivant, quand on prendrait des dispositions pour la récolte, je m'assurerais que Miguel et son groupe de Mexicains ne reviennent pas dans notre comté.

Je voulais ma mère tout contre moi et mon père à portée de voix. Je voulais dormir, mais, quand je fermais les yeux, je voyais Hank et Cow-boy sur le pont. Je me suis pris à espérer que Hank était encore là, mettant tout sens dessus dessous dans le campement des Spruill pour trouver un biscuit, lançant des pierres sur la grange en pleine nuit. Tout cela n'aurait été qu'un mauvais rêve.

26

Je suis resté toute la journée dans les jupes de ma mère, après l'orage, après le déjeuner, après le départ des autres pour les champs. Des paroles ont été échangées à voix basse entre mes parents, mon père a pris un air contrarié, mais elle est restée inflexible. Un petit garçon a parfois besoin de rester avec sa mère. Il fallait que je sois dans la même pièce qu'elle.

À la seule pensée de raconter ce que j'avais vu sur le pont, je sentais une faiblesse me prendre. Je faisais tout pour ne pas penser à la mort de Hank ni au moment où je devrais en parler, mais je ne pouvais penser à rien d'autre.

Nous sommes allés cueillir des légumes dans le potager. Je suivais ma mère, le panier à la main, lançant des regards en tous sens, m'attendant à tout moment à voir Cow-boy surgir de nulle part et se jeter sur nous, le couteau à la main. Je sentais son odeur, je percevais sa présence, je l'entendais. Je voyais ses yeux méchants suivant chacun de nos gestes. La pression de la lame sur mon front devenait plus forte.

Incapable de chasser ces images de mon esprit, je restais collé à ma mère.

— Qu'est-ce que tu as, Luke ? demanda-t-elle pour la énième fois.

Je ne parlais pas, j'en avais conscience, mais il m'était impossible d'articuler un mot. Les oreilles me tintaient, tout semblait se dérouler au ralenti. Je ne pensais qu'à trouver un endroit où me cacher.

— Rien, répondis-je.

Même ma voix était différente : rauque, éraillée.

— Tu es encore fatigué ?

— Oui, maman. Je serais fatigué pendant un mois si cela pouvait m'éviter d'aller aux champs et de voir Cow-boy.

Nous nous sommes arrêtés pour examiner les travaux de peinture de Trot. Comme nous étions restés à la maison, Trot ne se montrait pas. Si nous partions aux champs, il reprendrait son activité. Une bande blanche d'un mètre de haut courait maintenant de la façade presque jusqu'à l'arrière. Un travail soigneux, propre, manifestement réalisé par quelqu'un qui avait tout son temps.

À l'allure où il peignait, il serait absolument impossible à Trot de mener son projet à bonne fin avant le départ des Spruill. Que se passerait-il alors ? Nous ne pourrions pas vivre dans une maison ayant un mur en partie peint.

Mais j'avais de plus graves soucis.

Ma mère a décidé de cuisiner quelques bocaux de tomates. En été et au début de l'automne, elle passait des heures avec Grand-mère à mettre en bocaux des légumes du potager — tomates, pois, haricots, gombos, maïs. Début novembre, les étagères de l'arrière-cuisine croulaient sous les bocaux ; il y avait de quoi nous permettre de passer l'hiver et le début du printemps. Elles faisaient naturellement aussi des réserves pour ceux qui pouvaient avoir besoin d'un peu d'aide. J'étais sûr, dans les mois à venir, que nous apporterions de la nourriture aux Latcher, maintenant que nous étions apparentés.

Cette idée m'a rendu furieux, mais c'était le cadet de mes soucis.

On m'a confié le soin de peler les tomates. Elles étaient ensuite découpées, cuites juste assez pour les ramollir et placées, avec une cuillère de sel, dans des bocaux d'un litre. Nous utilisions les mêmes bocaux d'une année sur l'autre, mais toujours avec des couvercles neufs. Si la fermeture n'était pas parfaitement hermétique, le contenu du bocal se gâtait. C'était un mauvais moment à passer quand Grand-mère ou ma mère ouvrait en hiver un bocal dont le contenu était immangeable ; cela n'arrivait pas souvent.

Les bocaux remplis et correctement fermés étaient placés dans un grand autocuiseur à demi rempli d'eau. On les laissait cuire une demi-heure sous pression, de manière à chasser tout l'air du récipient et à en assurer la fermeture hermétique. Grand-mère et ma mère apportaient un soin maniaque à leurs conserves. C'était une source de fierté pour les femmes ; j'avais souvent entendu les dames de l'église se vanter d'avoir fait tant de bocaux de haricots beurre ou d'autre chose.

Les conserves commençaient dès que le potager donnait des légumes. On me demandait à l'occasion de donner un coup de main, mais je détestais cela. Ce jour-là, c'était différent. Ce jour-là, j'étais bien content d'être dans la cuisine avec ma mère, loin de Cow-boy.

J'avais pris place devant l'évier avec un couteau à éplucher ; quand j'ai coupé la première tomate avec l'instrument tranchant, j'ai pensé à Hank sur le pont. Le sang, le couteau à cran d'arrêt, le cri de douleur de Hank, puis l'expression d'horreur sur son visage pendant que la lame lui labourait le ventre. Je pense que Hank avait compris dès le début qu'il allait se faire éventrer par quelqu'un qui n'en était pas à son coup d'essai. Il savait qu'il allait mourir.

Ma tête a heurté le pied d'une chaise. Quand je me suis réveillé, sur le canapé, ma mère pressait au-dessus de mon oreille droite de la glace dans un linge noué.

— Tu es tombé dans les pommes, Luke, fit-elle en souriant.

J'ai essayé de parler, mais ma bouche était trop sèche. Elle m'a fait boire une gorgée d'eau en disant que je ne devais pas bouger pendant un moment.

Quand elle a voulu savoir si j'étais fatigué, j'ai hoché la tête et fermé les yeux.

Deux fois par an, le comté envoyait quelques chargements de cailloux pour notre route. Les camions déversaient leur charge ; juste derrière eux arrivait une niveleuse qui égalisait le sol. L'engin était conduit par un vieux monsieur qui vivait près de Caraway. Il portait un bandeau noir sur un œil et le côté gauche de son visage était défiguré par des cicatrices, au point que j'avais un mouvement de recul en le voyant. Il avait été blessé pendant la Première Guerre mondiale, à en croire Papy qui prétendait en savoir long sur le vieil homme. Il s'appelait Otis.

Otis avait deux singes qui l'aidaient à aplanir les routes des environs de Black Oak. Deux petits animaux noirs à longue queue qui couraient le long de l'engin de terrassement, sautant parfois sur la lame orientable, à quelques centimètres au-dessus de la terre et des cailloux. Parfois encore, ils se juchaient sur l'épaule d'Otis, sur le dossier de son siège ou sur la longue barre courant du volant à l'avant de l'engin. Tandis qu'Otis allait et venait sur la route, actionnait ses manettes, changeait l'angle et la hauteur de la lame en crachant le jus de sa chique, les singes bondissaient et se balançaient sans peur. Ils semblaient s'en donner à cœur joie.

Si, pour une raison inimaginable, nous ne réussissions pas à entrer dans l'équipe des Cardinals, nous étions nombreux à vouloir devenir conducteurs de niveleuse. C'était un engin gros et puissant, contrôlé par un seul homme, et toutes les manettes devaient être actionnées avec la plus grande précision — les mains et les pieds travaillant avec une parfaite coordination. Sans compter qu'il était essentiel, pour les fermiers de l'Arkansas, d'avoir des routes planes. Peu de métiers, à notre sens, étaient aussi importants.

Quand j'ai entendu le bruit du diesel, j'ai compris qu'Otis était revenu. J'ai pris la main de ma mère pour aller au bord de la route et j'ai découvert, entre notre maison et le pont, trois tas de cailloux fraîchement déchargés. Otis avait commencé à les étaler et se dirigeait lentement vers nous. Nous avons reculé sous un arbre.

J'avais les idées claires et je me sentais fort. Ma mère n'arrêtait pas de me serrer l'épaule, comme si elle craignait que je perde de nouveau connaissance. Quand Otis s'est rapproché, je me suis avancé au bord de la route. Le moteur grondait, la lame retournait la terre et les cailloux. On réparait notre route ; pour rien au monde, je n'aurais manqué cela.

Parfois Otis nous saluait de la main, parfois non. Je voyais ses balafres et son bandeau noir. Que de questions cet homme faisait naître en moi !

Mais je ne voyais qu'un seul singe. Assis sur la carrosserie, près du volant, il avait l'air triste. J'ai regardé partout pour trouver son petit compagnon, mais il n'y avait pas d'autre singe.

Nous avons fait des signes à Otis qui a tourné la tête dans notre direction mais n'a pas répondu. C'était dans notre monde une grave impolitesse, mais Otis était différent. À cause de ses blessures de guerre, il n'avait ni femme ni enfants et vivait dans la solitude.

La niveleuse s'est brusquement arrêtée. Otis s'est retourné vers moi, m'a regardé de son bon œil et m'a invité à grimper. J'ai fait un pas en avant, ma mère s'est élancée pour m'empêcher de le rejoindre.

— Vous inquiétez pas ! s'écria Otis. Il ne risque rien !

J'avais déjà commencé à monter. Il m'a pris par la main, m'a hissé sur la plate-forme où il était assis.

— Mets-toi là, bougonna-t-il en indiquant un petit coin près de lui. Accroche-toi, ajouta-t-il.

J'ai saisi une poignée proche d'un levier imposant que j'avais peur de toucher. J'ai regardé ma mère au bord de la route ; elle avait les mains sur les hanches et secouait la tête comme si elle avait voulu m'étrangler. Puis j'ai vu un sourire se dessiner sur ses lèvres.

Otis a appuyé sur l'accélérateur ; derrière nous le moteur a produit un bruit de tonnerre. Il a débrayé, passé la première et nous sommes partis. Je serais allé plus vite à pied, mais avec le vacarme du diesel, j'avais l'impression d'avancer à toute allure.

Je me tenais sur la gauche d'Otis, à la hauteur de sa tête, et j'essayais de ne pas regarder son visage tout couturé. Au bout de deux minutes, il semblait m'avoir oublié. Le singe, de son côté, était plein de curiosité. Il m'a d'abord observé comme si je n'avais rien à faire là, puis il s'est mis à marcher à quatre pattes, lentement, l'air sournois, comme s'il s'apprêtait à sauter sur moi. Il s'est perché d'un bond sur l'épaule droite d'Otis, est passé derrière son cou et s'est installé sur l'autre épaule, sans me quitter des yeux.

Je l'ai regardé avec attention. Pas plus gros qu'un bébé écureuil, il avait une fourrure noire et luisante, et de petits yeux noirs séparés par l'arête aplatie du nez. Sa longue queue tombait sur le devant de la chemise d'Otis qui actionnait les manettes en marmonnant entre ses dents, sans paraître se rendre compte de la présence du singe sur son épaule.

Quand il fut évident que le singe se contentait de m'étudier, j'ai tourné mon attention vers le travail de la niveleuse. Otis avait fait descendre la lame dans le fossé, lui donnant un angle oblique afin de racler la boue et les herbes, avant de les pousser sur la route. Je savais, d'après de précédentes observations, qu'il passerait plusieurs fois, curant les fossés, aplanissant le centre, étalant les cailloux. Papy estimait qu'Otis et le comté auraient dû entretenir plus régulièrement notre route, mais la plupart des fermiers disaient la même chose.

Otis a fait demi-tour pour nettoyer l'autre fossé en repartant vers la maison. Le singe n'avait pas bougé.

— Où est l'autre singe ? criai-je dans l'oreille d'Otis.

— Tombé, répondit-il en montrant la lame.

J'ai été horrifié à la pensée du pauvre petit animal tombant de la lame pour trouver une mort affreuse. Cela ne semblait pas tracasser Otis, mais le singe survivant souffrait de la perte de son compagnon. Il restait sur l'épaule d'Otis, tantôt tourné vers moi, tantôt le regard fixé au loin, donnant l'impression de se sentir seul. Il ne s'approcherait certainement pas de la lame.

Ma mère n'avait pas bougé. Je lui ai fait des signes, elle m'a répondu, mais, cette fois encore, Otis n'a pas esquissé un geste. Il crachait, à intervalles réguliers, un long jet brun qui touchait le sol devant les roues arrière. Il s'essuyait la bouche sur sa manche sale, tantôt d'un côté, tantôt de l'autre, selon la main qui était libre. Papy disait d'Otis qu'il était très équilibré ; le jus de chique coulait aux deux coins de ses lèvres.

Après être passé devant la maison, j'ai vu de ma position élevée la remorque au milieu d'un champ et quelques chapeaux de paille disséminés autour. J'ai fouillé les cotonniers du regard jusqu'à ce que je trouve les Mexicains et j'ai pensé à Cow-boy, le couteau dans la poche, sans doute très fier de son dernier exploit. Je me suis demandé s'il en avait parlé à ses copains. Probablement pas.

Un frisson de peur m'a parcouru en songeant à ma mère, seule derrière nous. C'était absurde, je le savais, mais une grande partie de mes pensées étaient irrationnelles.

En voyant les arbres qui bordaient la rivière, la peur s'est de nouveau emparée de moi. Je redoutais de voir le pont, la scène du crime. Il devait y avoir des traces de sang, des indices révélant qu'il s'était passé quelque chose d'horrible. La pluie avait-elle fait disparaître les taches ? Il pouvait s'écouler plusieurs jours sans qu'une voiture ou un camion franchisse ce pont. Quelqu'un avait-il vu le sang de Hank ? Il y avait de fortes chances que les indices aient disparu.

Le meurtre avait-il vraiment eu lieu ? Ou n'était-ce qu'un mauvais rêve ?

Je ne voulais pas voir la rivière non plus. Le courant n'avait pas de vitesse à cette époque de l'année et le corps de Hank était grand et lourd. Avait-il déjà touché la rive ? S'était-il échoué comme une baleine sur un lit de galets ? Je ne souhaitais vraiment pas être celui qui le découvrirait.

Hank avait été lardé de coups de couteau. Tout le monde avait vu celui de Cow-boy et il avait un mobile évident. Même Stick Powers était capable d'élucider cette affaire.

J'étais le seul témoin, mais j'avais décidé d'emporter ce secret dans ma tombe.

Otis a changé de vitesse et fait demi-tour, une prouesse avec un engin de la taille de la niveleuse. J'ai aperçu le pont, mais nous étions trop loin pour voir grand-chose. Le singe s'est lassé de me regarder ; il a changé d'épaule. Il a continué un moment à m'observer derrière la tête d'Otis, puis il s'est redressé et a scruté la route de son perchoir, comme une chouette.

Ah ! si Dewayne pouvait me voir ! Il serait rongé d'envie. Humilié. Tellement accablé qu'il ne m'adresserait pas la parole pendant un long moment. J'attendais le samedi avec impatience, pour raconter dans la Grand-rue que j'avais passé la journée avec Otis, sur la niveleuse. Otis et son singe. Un seul singe, oui ; je serais obligé d'expliquer ce qui était arrivé à l'autre. Et toutes ces manettes, ces commandes qui, du sol, paraissaient si intimidantes, mais qui, en réalité, ne me posaient plus de problème. J'avais appris à les faire fonctionner ! Ce serait un grand moment.

Otis s'est arrêté devant la maison ; je suis descendu et j'ai crié : « Merci ! » Il était déjà reparti, sans un mot, sans un regard.

J'ai pensé au singe mort ; mes yeux se sont embués. Je ne voulais pas pleurer, j'ai essayé de retenir mes larmes, mais elles coulaient malgré moi et je ne pouvais m'empêcher de sangloter. Ma mère est accourue, m'a demandé ce qui se passait. Je ne savais pas ce qui se passait ; je pleurais, c'est tout. J'étais effrayé, fatigué, sur le point de perdre connaissance. Je désirais que tout redevienne comme avant, que les Mexicains et les Spruill disparaissent de notre vie, que Ricky revienne à la maison, que les Latcher s'en aillent, que le cauchemar de la mort de Hank s'efface de mon esprit. J'en avais ma claque des secrets, de voir des choses que je n'étais pas censé voir.

Je ne pouvais rien faire d'autre que pleurer.

Ma mère m'a serré contre elle. J'ai compris qu'elle avait peur pour moi et je lui ai raconté d'une voix entrecoupée de sanglots l'histoire du singe mort.

— Tu l'as vu ? lança-t-elle d'un ton horrifié.

J'ai secoué la tête et achevé mon histoire. Nous

sommes repartis vers la maison et avons passé un long moment sous le porche.

Le départ de Hank a été confirmé dans la journée. Pendant le souper, mon père a raconté que M. Spruill lui avait confié que son fils était parti pendant la nuit. Il allait rentrer en auto-stop chez eux, à Eureka Springs.

Le corps de Hank reposait au fond de la Saint Francis. L'image des poissons-chats rôdant dans le lit du cours d'eau m'a coupé l'appétit. Les adultes m'observaient avec plus d'attention qu'à l'accoutumée. Dans les dernières vingt-quatre heures, j'avais tourné de l'œil, cauchemardé, fondu en larmes deux ou trois fois et, du moins le croyaient-ils, fait une crise de somnambulisme. Quelque chose ne tournait pas rond chez moi ; ils étaient inquiets.

— Je me demande si ce garçon arrivera chez lui, fit pensivement Grand-mère.

Cela donna le signal des histoires de disparition. Un cousin de Papy avait quitté le Mississippi avec femme et enfants pour venir s'établir dans l'Arkansas. Ils voyageaient dans deux vieux camions. Sur la route, le premier camion, conduit par le cousin en question, avait franchi un passage à niveau. Le second avait laissé passer un train qui arrivait. Le convoi était long ; quand la voie ferrée avait enfin été dégagée, il n'y avait aucun signe du premier camion de l'autre côté. Après être reparti, le second camion était arrivé à l'embranchement de deux routes. On n'avait plus jamais revu le cousin ni le premier camion ; l'histoire remontait à une trentaine d'années.

J'avais souvent entendu cette histoire ; je savais que Grand-mère allait prendre le relais. En effet, elle a raconté l'histoire du père de sa mère, un homme qui avait engendré six enfants avant de sauter un jour dans un train à destination du Texas. Quelqu'un de la famille était tombé sur lui vingt ans plus tard. Il avait une nouvelle femme et six autres gamins.

— Ça va, Luke ? demanda Papy à la fin du repas.

Il n'avait plus son ton bourru. Les adultes avaient raconté ces histoire pour moi, pour me distraire. Je les inquiétais.

— Je suis fatigué.

— Tu veux te coucher de bonne heure ? demanda ma mère.

J'ai acquiescé en silence.

Pendant que les femmes faisaient la vaisselle, je suis allé dans la chambre de Ricky. La lettre que je lui écrivais atteignait deux pages, un effort considérable. Elle était toujours sous le matelas et contenait le récit de la majeure partie de l'affaire Latcher. Je l'ai relue avec satisfaction. J'ai envisagé de parler à Ricky de Cowboy et de Hank, mais j'ai préféré attendre son retour. Les Mexicains seraient partis, il n'y aurait plus de danger et Ricky saurait comment agir.

Quand j'ai estimé que la lettre était prête à poster, j'ai commencé à m'interroger sur la manière de le faire. Nous envoyions tout notre courrier en même temps, souvent dans une grosse enveloppe de papier kraft. J'ai décidé d'en parler à M. Lynch Thornton, le receveur de la poste.

Ma mère m'a lu l'histoire de Daniel dans la fosse aux lions, une de mes préférées. Quand le temps changeait et que les soirées devenaient plus fraîches, nous restions moins longtemps sous le porche et nous passions plus de temps à lire avant le coucher. Ma mère et moi étions les seuls à lire. Elle aimait par-dessus tout les récits de la Bible ; cela me convenait parfaitement. Elle commençait à lire, puis elle m'expliquait avant de poursuivre sa lecture. Il y avait une leçon à chaque récit ; elle s'assurait que je comprenais bien. Rien ne m'irritait plus que d'entendre le révérend Akers se tromper lors d'un de ses interminables prêches.

Quand j'ai été prêt à me coucher, je lui ai demandé si elle voulait rester avec moi, dans le lit de Ricky, jusqu'à ce que je m'endorme. « Bien sûr », a-t-elle répondu.

27

Après une journée de repos, il était impossible à mon père de tolérer de son fils une absence plus longue aux champs. Il m'a tiré du lit à 5 heures pour faire avec lui la tournée quotidienne des œufs et du lait.

Comme je ne pouvais continuer à me cacher dans la maison avec ma mère, j'ai pris mon courage à deux mains et je me suis préparé. À un moment ou à un autre, il faudrait bien que je me retrouve face à Cow-boy. Autant en finir tout de suite et le faire avec du monde autour de nous.

Les Mexicains partaient à pied. Ils gagnaient ainsi quelques minutes de travail et cela leur permettait de se tenir à l'écart des Spruill. Nous avons quitté la maison juste avant l'aube. Agrippé au siège de Papy sur le tracteur, j'ai regardé le visage de ma mère s'estomper à la fenêtre de la cuisine. J'avais prié de toutes mes forces la veille au soir ; quelque chose me disait qu'elle ne risquait rien.

En chemin, j'ai observé le tracteur. J'avais passé des heures dessus, à labourer, herser, planter ou transporter le coton en ville avec mon père ou Papy et son fonctionnement m'avait toujours paru assez compliqué et délicat. Après une demi-heure sur la niveleuse, avec son assortiment impressionnant de manettes et de pédales, le tracteur semblait d'une grande simplicité. Papy était sur son siège, les mains sur le volant, les pieds immobiles, à moitié endormi, contrairement à Otis qui ne cessait de s'activer. Encore une bonne raison pour conduire une niveleuse plutôt que de cultiver la terre, si jamais ma carrière de joueur de base-ball tournait court, ce qui était très improbable.

Les Mexicains avaient déjà un demi-rang d'avance et ne s'occupaient pas de nous. Je savais que Cow-boy était parmi eux, mais, dans la lumière indécise de l'aube, j'étais incapable de les distinguer les uns des autres.

J'ai réussi à l'éviter jusqu'au déjeuner. À l'évidence, m'ayant vu pendant la matinée, il s'était dit qu'il serait bon de me rafraîchir la mémoire. Pendant que ses amis mangeaient des restes à l'ombre de la remorque, Cowboy est rentré avec nous, seul d'un côté du plateau. J'ai fait comme s'il n'existait pas.

Quand j'ai enfin trouvé le courage de le regarder, juste avant d'arriver à la maison, il se curait les ongles à l'aide de son couteau. Il attendait que je tourne la tête. Il a souri — un sourire mauvais qui valait de longues phrases — et a lentement remué la pointe du couteau dans ma direction. Personne n'avait rien vu ; j'ai aussitôt détourné les yeux.

Notre pacte venait d'être consolidé.

À la fin de l'après-midi, la remorque était pleine. Après avoir expédié le dîner, Papy a annoncé qu'il transportait le coton en ville avec moi. Nous avons pris le camion pour aller aux champs, nous avons attelé la remorque et quitté la ferme sur la route fraîchement nivelée. Otis avait fait du bon travail. La route était lisse, même dans le vieux camion de Papy.

Comme à son habitude, il conduisait en silence. Cela

me convenait parfaitement : je n'avais rien à dire non plus. Des tas de secrets mais pas moyen de m'en délivrer. Nous avons traversé le pont à faible allure ; j'ai scruté les eaux sombres et lentes sans rien remarquer de particulier. Pas de traces de sang, aucun signe de ce dont j'avais été témoin.

Près de deux jours s'étaient écoulés depuis le meurtre et la vie suivait son cours. Le secret me hantait à chaque instant, mais il était bien enfoui. Ma mère ne risquait rien, c'est tout ce qui comptait.

Quand nous sommes passés devant la route des Latcher, Papy a regardé dans la direction de leur ferme. Ils n'étaient dans l'immédiat qu'un souci mineur.

Sur la nationale, je me suis dit qu'il me serait peut-être bientôt possible de me débarrasser de mon fardeau. Je pourrais en parler à Papy, entre quat'z'yeux. Cowboy repartirait bientôt au Mexique sans avoir été inquiété. Les Spruill rentreraient chez eux ; ils n'y trouveraient pas Hank. Si j'en parlais à Papy, il saurait quoi faire.

Nous sommes entrés dans Black Oak derrière une autre remorque que nous avons suivie jusqu'à l'égreneuse. À notre arrivée, après être descendu du camion, je suis resté tout près de Papy. Une discussion animée était en cours entre quelques fermiers rassemblés devant le bureau ; nous nous sommes approchés pour écouter.

Il y avait de mauvaises nouvelles, très inquiétantes. De grosses pluies s'étaient abattues dans la nuit sur le comté de Clay, au nord de chez nous. On signalait à certains endroits quinze centimètres d'eau en six heures. Le comté de Clay se trouvait en amont de la Saint Francis ; tous les affluents en crue se déversaient dans la rivière. Le niveau s'élevait.

La question qui préoccupait tout le monde était de savoir si nous serions touchés. Une minorité était d'avis que l'orage n'aurait pas de grosses conséquences sur la rivière aux environs de Black Oak. Nous étions trop loin et, en l'absence d'autres pluies, une légère élévation de la Saint Francis n'inonderait pas les terres. Mais la majorité se montrait infiniment plus pessimiste. Comme ils étaient, pour la plupart, inquiets de nature, la nouvelle suscitait une profonde émotion.

Un fermier déclarait que son almanach prévoyait de fortes pluies pour la mi-octobre.

Un autre affirmait que son cousin de l'Oklahoma était inondé ; comme le vent soufflait le plus souvent de l'ouest, il y voyait le signe de pluies inévitables.

Papy a marmonné quelque chose sur le temps qu'il faisait dans l'Oklahoma.

La conversation allait bon train et chacun exprimait son opinion, mais les visages étaient sombres. Nous avions si souvent été victimes des conditions atmosphériques, du marché du coton ou du prix des semences et des engrais que nous nous attendions au pire.

— On n'a pas eu une crue en octobre depuis vingt ans, affirma M. Red Fletcher.

Cette déclaration a déclenché une vive discussion sur les crues d'automne du temps passé. Les versions et les souvenirs étaient si contradictoires que rien ne pouvait en sortir.

Papy ne s'en est pas mêlé. Au bout d'une heure, nous nous sommes éloignés. Il a détaché la remorque et nous avons repris la route de la maison, en silence comme il se doit. Je l'ai regardé deux ou trois fois à la dérobée et je l'ai vu exactement tel que je m'y attendais : muet, sombre, le front plissé par l'inquiétude, les deux mains sur le volant et l'esprit tout entier occupé par l'inondation prochaine.

Nous nous sommes arrêtés près du pont et avons fait quelques mètres dans la boue jusqu'à la rive de la Saint Francis. Papy a observé la surface de l'eau, comme s'il pouvait voir le niveau monter. J'étais terrifié à l'idée que le corps de Hank remonte du fond et vienne toucher la rive juste devant nous. Sans un mot, Papy a saisi une branche flottant sur l'eau, de trois centimètres de diamètre et moins d'un mètre de long. Il en a détaché un rameau qu'il a enfoncé à l'aide d'une pierre dans le banc de sable, à un endroit où l'eau n'avait pas plus de cinq centimètres de profondeur. Avec son canif il a taillé une encoche au niveau de l'eau.

— On viendra voir demain matin, fit-il, ouvrant la bouche pour la première fois depuis bien longtemps.

Nous avons observé un moment le repère, certains, tous deux, de voir l'eau monter. Constatant qu'il n'en était rien, nous sommes repartis vers le camion.

La rivière me terrifiait, non parce qu'elle risquait de déborder, mais parce que le corps de Hank s'y trouvait, lardé de coups de couteau, gonflé d'eau, prêt à flotter jusqu'à la rive où quelqu'un le trouverait. Nous aurions un vrai meurtre sur les bras, pas une bagarre qui avait mal tourné, comme pour Jerry Sisco, mais un véritable assassinat.

Les pluies nous débarrasseraient de Cow-boy. Et les pluies feraient monter la rivière et rendraient le courant plus rapide. Hank, ou ce qui restait de lui, serait emporté par les eaux dans un autre comté, peut-être un autre État, où on le retrouverait un jour sans avoir la moindre idée de son identité.

Ce soir-là, avant de m'endormir, j'ai prié pour qu'il pleuve. J'ai prié de toutes mes forces. J'ai demandé au Seigneur de nous envoyer un déluge, comme pour Noé.

Le matin du samedi, nous étions en train de prendre le petit déjeuner quand Papy est entré bruyamment par la porte de la cuisine. Un coup d'œil a son visage a suffi pour satisfaire notre curiosité.

— L'eau a monté de dix centimètres, Luke, m'a-t-il dit en s'asseyant. Et il y a des éclairs à l'ouest.

Le front de mon père s'est assombri, mais il continué de manger. Dès qu'il s'agissait des conditions atmosphériques, il était pessimiste. Qu'il fasse beau, ce n'était qu'une question de temps avant que cela se gâte. Qu'il fasse mauvais, il s'y attendait. Grand-mère a accueilli la nouvelle sans rien manifester. Son fils cadet se battait en Corée ; c'était bien plus important que des pluies à venir. Elle n'avait jamais quitté la terre et savait que certaines années étaient bonnes, d'autres mauvaises, mais que la vie ne s'arrêtait pas pour autant. Le Seigneur nous avait donné la vie, la santé et de quoi manger à notre faim ; bien des gens ne pouvaient en dire autant. Et puis, toutes ces inquiétudes au sujet du temps l'exaspéraient. « Personne n'y peut rien », ne cessait-elle de répéter.

Ma mère n'était ni souriante ni sombre, mais sur son visage se peignait une curieuse expression de satisfaction. Elle était résolue à ne pas passer sa vie à arracher de la terre un maigre profit. Et encore plus résolue à ne pas faire de moi un fermier. Il lui restait peu de temps à vivre dans la ferme ; une mauvaise récolte de plus ne pourrait que hâter notre départ.

Le repas achevé, nous avons entendu le tonnerre. Les femmes ont débarrassé la table et refait du café. Assis à la table de la cuisine, nous avons discuté en tendant l'oreille, essayant d'évaluer la force de l'orage. Je me suis dit que ma prière allait être exaucée et je m'en suis voulu d'avoir l'esprit si tortueux.

Mais le tonnerre et les éclairs se sont éloignés vers le nord. Pas une goutte de pluie n'est tombée. À 7 heures du matin, nous étions dans les champs, attendant midi avec impatience.

Au moment de partir en ville, Miguel a été le seul à sauter à l'arrière du camion. Il a expliqué que ses amis travaillaient et qu'il avait quelques achats à faire pour eux. Avec un soulagement indicible, je me suis dit que je ne serais pas forcé de voyager avec Cow-boy.

Nous avons trouvé la pluie à l'entrée de Black Oak, un crachin froid au lieu d'une grosse pluie d'orage. Sur les trottoirs, les gens passaient sous les balcons et les auvents des boutiques pour essayer, mais en vain, de ne pas se mouiller.

Le mauvais temps avait dissuadé de nombreuses familles de fermiers de venir en ville. Ce fut évident à l'heure de la séance de l'après-midi, au Dixie ; la moitié de la salle était vide, signe indiscutable qu'il ne s'agissait pas d'un samedi normal. Au milieu du premier film, les lumières des allées se sont mises à clignoter, puis l'écran est devenu noir. Nous sommes restés assis dans l'obscurité, écoutant le tonnerre, prêts à nous enfuir dans un sauve-qui-peut général.

— L'électricité est coupée, annonça au fond de la salle la voix d'un responsable. Veuillez sortir tranquillement.

Nous nous sommes regroupés dans le hall d'entrée en regardant la pluie tomber à torrents dans la Grand-rue. Le ciel était d'un gris presque noir et les rares voitures qui passaient avaient leurs phares allumés.

Même les enfants savaient qu'il y avait trop de pluie, trop d'orages, trop de rumeurs de cours d'eau en crue. Les inondations se produisaient au printemps, rarement à l'époque de la récolte. Dans ce pays où tout le monde cultivait la terre ou commerçait avec les fermiers, quoi de plus déprimant que de grosses pluies à la mi-octobre ?

Quand la pluie s'est calmée, tout le monde s'est précipité sur le trottoir pour aller retrouver ses parents. Les routes deviendraient boueuses, la ville se viderait rapidement, les fermiers et leur famille partiraient tôt pour rentrer chez eux avant la nuit. Comme mon père avait parlé d'acheter une lame de scie, je suis entré dans la quincaillerie dans l'espoir de le trouver. Le magasin était bondé ; les gens attendaient ou scrutaient le ciel. Entourés d'un modeste auditoire, des vieux faisaient le récit d'inondations du temps passé. Des femmes parlaient des pluies tombées sur d'autres villes — Paragould, Lepanto ou Manila. Les allées étaient pleines de gens qui parlaient, sans rien acheter ni même regarder les marchandises.

Je me suis frayé un chemin dans la foule, à la recherche de mon père. Le magasin était ancien ; vers le fond, il devenait sombre, un peu comme une grotte. Le plancher était trempé par les chaussures et s'affaissait par endroits. En me retournant au bout d'une allée, je me suis trouvé face à face avec Tally et Trot. Elle tenait un bidon de quatre litres de peinture blanche. Trot en avait un autre d'un litre. Ils traînaient comme les autres, attendant la fin de l'orage. En me voyant, Trot a essayé de se cacher derrière sa sœur.

— Bonjour, Luke, dit-elle en souriant.
— Ça va ? répondis-je, le regard fixé sur le pot de peinture qu'elle posait par terre. C'est pour quoi faire, la peinture ?
— Oh ! pour rien ! fit-elle avec un nouveau sourire.

Je me suis dit une fois encore que Tally était la plus jolie fille que j'aie jamais vue. Quand elle m'a souri, j'ai eu l'impression que ma tête se vidait. Quand on a vu une jolie fille nue, on éprouve pour elle un certain attachement.

Trot s'est collé derrière elle, comme un tout-petit qui se cache derrière les jambes de sa mère. Nous avons parlé de l'orage, Tally et moi ; je lui ai fait le récit excitant de la coupure d'électricité au beau milieu du film. Elle a écouté avec intérêt. Plus je parlais, plus j'avais envie de parler. Je l'ai informée des rumeurs au sujet de la montée des eaux, j'ai mentionné la branche que nous avions enfoncée avec Papy dans le banc de sable pour mesurer le niveau de la rivière. Elle a demandé des nouvelles de Ricky ; nous avons parlé de lui un long moment.

J'avais oublié la peinture. Les lumières ont trembloté, le courant est revenu. Comme il pleuvait encore, personne n'a quitté le magasin.

— Et la fille Latcher ? demanda-t-elle en lançant un regard circulaire, comme si on pouvait l'entendre.

C'était un de nos grands secrets.

Je m'apprêtais à dire quelque chose quand il m'est brusquement venu à l'esprit que son frère était mort et qu'elle n'en savait rien. Les Spruill devaient croire que Hank était arrivé, qu'il avait retrouvé Eureka Springs et leur jolie petite maison peinte. Ils pensaient le revoir dans quelques semaines, plus tôt s'il continuait de pleuvoir. Je l'ai regardée dans les yeux et j'ai essayé de dire quelque chose, mais j'ai songé qu'elle serait horrifiée si j'avouais à quoi je pensais.

J'avais de l'adoration pour Tally, malgré ses humeurs et ses secrets, malgré cette drôle d'histoire avec Cowboy. C'était plus fort que moi et je ne voulais lui faire absolument aucun mal. À l'idée que je pouvais révéler par mégarde la mort de Hank, mes genoux se sont mis à flageoler.

J'ai bafouillé quelque chose en regardant le plancher. D'un seul coup, j'avais froid et peur. J'ai bredouillé « Il faut que j'y aille », et je suis reparti vers l'avant du magasin.

À la première interruption de la pluie, les boutiques se sont vidées et les gens se sont élancés sur les trottoirs, vers les véhicules. Les nuages étaient encore noirs et nous voulions être rentrés avant que la pluie reprenne.

28

Le dimanche matin, le ciel était gris et bouché ; mon père n'avait pas envie de se tremper à l'arrière du pick-up, en allant à l'église. En outre, le véhicule n'était pas véritablement étanche ; les femmes dans la cabine recevaient quelques gouttes quand nous prenions une bonne averse. Nous manquions rarement l'office du dimanche, mais il nous arrivait de rester à la maison par crainte de la pluie. Cela ne s'était pas produit depuis plusieurs mois. Quand Grand-mère a proposé d'écouter la radio après le petit déjeuner, nous avons accepté sans hésiter. L'office religieux de l'église baptiste Bellevue, la plus grande de Memphis, était diffusé en direct sur la station WHBQ. Papy n'aimait pas le pasteur, qu'il trouvait trop libéral, mais nous l'écoutions quand même avec plaisir. Et le chœur comptait une centaine de chanteurs, quatre-vingts de plus que les choristes de l'église baptiste de Black Oak.

Longtemps après le petit déjeuner, assis à la table de la cuisine devant un café — j'avais eu droit à une tasse —, nous avons écouté le prêche prononcé pour trois mille fidèles tout en nous rongeant les sangs à cause du brusque changement de temps. Les adultes se rongeaient les sangs ; je faisais semblant.

L'église Bellevue possédait un orchestre. Quand nous l'avons entendu jouer, Memphis nous sembla à des années-lumière. Un orchestre dans une église, pensez donc ! La fille aînée de Grand-mère, ma tante Betty, vivait à Memphis. Elle ne fréquentait pas l'église Bellevue, mais connaissait un des fidèles. Tous les hommes y portaient un costume, les familles arrivaient dans de belles voitures. C'était véritablement un autre monde.

J'ai accompagné Papy à la rivière pour vérifier la hauteur de l'eau sur notre repère. Les pluies endommageaient les récents travaux de terrassement d'Otis. Les fossés bordant la route débordaient en formant des rigoles et l'eau s'accumulait dans des fondrières. Nous nous sommes arrêtés au milieu du pont pour regarder la rivière d'un côté puis de l'autre. L'eau montait : elle avait pris une teinte brunâtre, signe que les petits cours d'eau traversant les champs charriaient de la boue. Le courant, plus rapide, formait des tourbillons. Des débris — morceaux de bois, troncs d'arbre et même une ou deux branches vertes — flottaient à la surface.

Notre repère était toujours en place, mais il ne dépassait plus l'eau que de quelques centimètres. Papy a mouillé ses bottes pour aller chercher la branche. Il l'a examinée, le sourcil froncé, comme si elle avait fait quelque chose de mal.

— Pas loin de vingt-cinq centimètres en vingt-quatre heures, fit-il entre ses dents.

Il s'est accroupi pour tapoter la branche sur un caillou ; en l'observant, j'ai pris conscience du bruit de la rivière. Il n'était pas vraiment fort, mais l'eau coulait avec impétuosité et se précipitait contre les piles du pont. Le courant traversait déjà les buissons bordant la rive et commençait à dénuder les racines d'un saule. C'était un bruit menaçant que je n'avais jamais entendu.

Papy aussi avait entendu. Avec sa branche, il a montré le coude de la rivière, sur la droite.

— Les Latcher seront les premiers touchés. Leur maison est sur les basses terres.

— Dans combien de temps ?

— Ça dépend. S'il cesse de pleuvoir, la rivière ne débordera peut-être pas ; si la pluie continue, elle sortira de son lit.

— La dernière inondation, c'était quand ?

— Il y a trois ans, mais elle a eu lieu au printemps. La dernière inondation d'automne remonte à bien longtemps.

J'avais plein de questions à poser, mais Papy ne voulait pas s'étendre sur le sujet. Nous avons encore observé la rivière un moment, nous l'avons écoutée, puis nous sommes rentrés à la maison.

En arrivant, il a proposé d'aller voir le Siler. Les chemins étant trop boueux pour le pick-up, il a fait démarrer le John Deere. Le tracteur a quitté la cour sous le regard curieux de la plupart des Spruill et de tous les Mexicains. Jamais ils ne le voyaient rouler le dimanche ; Eli Chandler n'allait certainement pas travailler le jour du Seigneur.

Le Siler avait changé du tout au tout. Disparus l'onde limpide où Tally s'était baignée et les petits bras d'eau contournant les rochers et les souches. Le ruisseau, bien plus large, charriait une eau boueuse en direction de la Saint Francis, à moins d'un kilomètre. Nous sommes descendus du tracteur pour avancer jusqu'à la rive.

— C'est d'ici que viennent nos inondations, expliqua Papy. Pas de la Saint Francis. Le sol est plus bas et, quand le ruisseau est en crue, il déborde dans nos champs.

La surface de l'eau était encore à trois mètres au-dessous de la rive, loin du bord du lit encaissé qui traversait nos terres. Il semblait impossible que le niveau de l'eau s'élève assez pour que le ruisseau déborde.

— Tu crois qu'il y aura une crue, Papy ?

Il a réfléchi en prenant son temps, mais peut-être ne réfléchissait-il pas du tout. Sans quitter le ruisseau des yeux, il a fini par répondre d'une voix qui manquait totalement de conviction.

— Non. Tout ira bien.

Un roulement de tonnerre a retenti à l'ouest.

Quand je suis entré dans la cuisine, le lundi matin, Papy était à table devant son café. Il essayait de capter une station de radio de Little Rock pour écouter le bulletin météorologique. Devant sa cuisinière Grand-mère faisait frire du bacon. La maison était froide, mais de la chaleur et une bonne odeur se dégageaient du poêlon. Mon père m'a tendu une vieille veste de flanelle que Ricky ne mettait plus ; je l'ai prise sans enthousiasme.

— On va aux champs aujourd'hui, Papy ?

— On va le savoir tout de suite, répondit-il, les yeux rivés sur la radio.

Grand-mère s'est penchée pour m'embrasser sur le front.

— Il a plu cette nuit ?

— Sans arrêt, répondit-elle. Maintenant, va chercher les œufs.

J'ai suivi mon père qui sortait. En descendant les marches du porche, j'ai remarqué quelque chose qui m'a arrêté net. Le soleil était juste levé, mais il y avait déjà beaucoup de lumière. Ma vue ne me jouait pas des tours.

Le bras tendu, je n'ai pu dire qu'un seul mot.

— Regarde.

Dix pas devant moi, mon père se dirigeait vers le poulailler.

— Qu'est-ce qu'il y a, Luke ?

Sous le chêne, à l'endroit où j'avais toujours vu le pick-up de Papy garé, il n'y avait que les ornières. Le pick-up avait disparu.

— Le camion !

Mon père est lentement revenu sur ses pas. Côte à côte, nous avons gardé les yeux fixés sur l'endroit où nous garions le camion, où il avait toujours été, comme un des chênes ou une des remises. Nous le voyions tous les jours sans y prêter attention : il était toujours là.

Sans un mot, mon père est reparti vers la maison ; il a remonté les marches, a poussé la porte de la cuisine.

— Y a une raison pour que le camion soit plus là ? demanda-t-il à Papy qui avait l'oreille collée à la radio pour entendre, malgré les parasites, le bulletin météo d'une station lointaine.

Figée sur place, Grand-mère a penché la tête sur le côté, comme si elle avait besoin qu'on lui répète la question. Papy a éteint la radio.

— Qu'est-ce que tu dis ?

— Le camion n'est plus là.

Pappy a regardé Grand-mère, qui a regardé mon père. Tout le monde m'a regardé, comme si j'avais encore mal agi. Sur ces entrefaites, ma mère est entrée dans la cuisine ; toute la famille est sortie à la queue leu leu pour aller constater que le camion ne se trouvait plus à sa place habituelle.

Nous avons cherché partout, comme si le véhicule avait pu se déplacer tout seul.

— Je l'ai laissé là, affirma Papy, qui n'en revenait toujours pas.

Bien sûr qu'il l'avait laissé là. Jamais le camion n'avait été garé ailleurs le soir.

— Tally ! cria M. Spruill du fond de la cour.

— Quelqu'un a pris notre camion, murmura Grand-mère d'une voix à peine audible.

— Où était la clé ? demanda mon père.

— À côté de la radio, comme d'habitude, répondit Papy.

Il y avait une petite coupe en étain au bout de la table, près de la radio, où Papy laissait toujours la clé. Mon père est allé vérifier si elle s'y trouvait ; il est revenu très vite.

— La clé a disparu.

— Tally ! cria M. Spruill d'une voix plus forte.

Il y avait de l'agitation dans le campement des Spruill. Mme Spruill est sortie d'une tente et s'est dirigée d'un pas vif vers la maison. Quand elle nous a vus tous ensemble, plantés devant l'endroit où le camion aurait dû se trouver, elle a accéléré l'allure.

— Tally a disparu, annonça-t-elle. On ne la trouve nulle part.

Les autres Spruill n'ont pas tardé à la rejoindre et les deux familles se sont bientôt trouvées face à face. Mon père a expliqué que notre pick-up avait disparu ; M. Spruill a expliqué que sa fille avait disparu.

— Elle sait conduire ? demanda Papy.

— Non, répondit M. Spruill.

Cela ne faisait que compliquer les choses.

Il y a eu un silence pendant que chacun réfléchissait à la situation.

— Vous croyez pas que Hank aurait pu revenir pour prendre le camion ? hasarda Papy.

— Hank n'aurait jamais volé votre camion, répondit M. Spruill d'une voix où se mêlaient la colère et le doute.

Toutes les hypothèses, à ce stade, semblaient à la fois plausibles et impossibles.

— Hank est déjà à la maison, glissa Mme Spruill, au bord des larmes.

J'ai eu envie de m'écrier : « Hank est mort ! » et de m'enfuir à la maison pour me cacher sous un lit. Ces pauvres gens ne savaient pas que leur fils n'arriverait jamais chez eux. Ce secret devenait trop lourd à porter seul. Je me suis dissimulé derrière ma mère.

— Va voir si Cow-boy est là, murmura-t-elle à l'oreille de mon père. Comme je lui avais parlé de Cow-boy et de Tally, ma mère avait de l'avance sur les autres.

Mon père a réfléchi une seconde, puis il a tourné la tête vers la grange. Papy et Grand-mère ont fait comme lui ; bientôt, tout le monde a regardé dans la même direction.

Miguel s'avançait lentement vers nous ; il prenait son temps et laissait des traces de pas sur l'herbe mouillée. Il tenait son chapeau de paille crasseux à la main. En le voyant approcher, j'ai compris qu'il n'avait vraiment pas envie de dire ce qu'il avait à dire.

— Bonjour, Miguel, lança Papy, comme si c'était une journée semblable à toutes les autres.

— *Señor*, répondit le Mexicain en inclinant la tête.

— Il y a un problème ? demanda Papy.

— *Sí, señor*. Un petit problème.

— Dites-moi.

— Cow-boy est parti. Je pense qu'il a profité de la nuit pour filer en douce.

— Ça doit être contagieux, marmonna Papy en crachant par terre.

Il a fallu quelques secondes aux Spruill pour faire le rapprochement. Pour eux, au début, la disparition de Tally était sans rapport avec celle de Cow-boy. À l'évidence, ils ignoraient tout de l'idylle entre les jeunes gens. Les Chandler avaient compris avant les Spruill, grâce à ce que je leur avais raconté.

La réalité s'est lentement imposée à tous les esprits.

— Vous pensez qu'il l'a enlevée ? lança M. Spruill, près de céder à l'affolement. Sa femme reniflait en s'efforçant de retenir ses larmes.

— Je ne sais pas quoi penser, fit Papy, beaucoup plus préoccupé par la disparition de son pick-up que par l'escapade des jeunes gens.

— Cow-boy a emporté ses affaires ? demanda mon père à Miguel.

— *Sí, señor*.

— Et Tally ? poursuivit mon père en se tournant vers M. Spruill.

La question est restée sans réponse, jusqu'à ce que Bo prenne la parole.

— Oui, monsieur. Son sac n'est plus là.

— Qu'est-ce qu'il y avait dans son sac ?

— Des habits, toutes ses affaires. Et l'argent de la cueillette.

Mme Spruill s'est mise à sangloter, puis elle a laissé échapper un gémissement.

— Oh ! ma petite fille !

J'aurais voulu être à cent pieds sous terre. Les Spruill étaient accablés. Ils avaient tous la tête basse, les épaules affaissées, les yeux mi-clos. Leur chère Tally s'était enfuie avec un moins-que-rien, un étranger à la peau basanée venu d'un pays misérable. Leur humiliation était totale, la douleur insupportable.

Moi aussi j'avais mal. Comment avait-elle pu faire une chose aussi affreuse ? Elle était mon amie ; elle me traitait comme un confident, me protégeait comme une grande sœur. J'aimais Tally et elle venait de s'enfuir avec un assassin sans pitié.

— Il l'a enlevée ! gémit Mme Spruill.

Bo et Dale l'ont emmenée, laissant Trot et M. Spruill poursuivre la discussion. Le regard habituellement vide de Trot exprimait le désarroi et une profonde tristesse. Tally avait été sa protectrice, à lui aussi, et elle avait disparu.

Les hommes se sont lancés dans une longue discussion pour décider de ce qu'il convenait de faire. La priorité était de retrouver Tally — et le pick-up — avant qu'elle soit trop loin. Rien n'indiquait à quelle heure les fugitifs étaient partis ; ils avaient mis l'orage à profit pour couvrir leur fuite. Les Spruill n'avaient rien entendu, rien d'autre que la pluie et le tonnerre, alors que la route passait à une vingtaine de mètres de leurs tentes.

Ils devaient être partis depuis des heures, assez pour avoir atteint Jonesboro, Memphis ou même Little Rock.

Mais les hommes semblaient persuadés de pouvoir retrouver Tally et Cow-boy en peu de temps. M. Spruill est allé dégager son camion ; j'ai supplié mon père de me laisser les accompagner, mais il a refusé. Je me suis retourné vers ma mère qui s'est montrée aussi inflexible, disant que ce n'était pas ma place.

Papy et mon père se sont tassés à l'avant avec M. Spruill ; le camion s'est éloigné en dérapant, en patinant et en projetant de la boue derrière lui.

Derrière le silo s'élevaient les vestiges d'un vieux fumoir envahi par les mauvaises herbes. Je suis resté une heure sous le toit crevé, regardant la pluie dégouliner. J'étais soulagé de savoir que Cow-boy avait quitté notre ferme ; j'ai remercié le Seigneur en lui adressant une prière courte mais sincère. Ce soulagement était pourtant obscurci par la déception que Tally m'avait infligée. Je la détestais pour ce qu'elle avait fait. Je l'ai maudite en employant les gros mots que Ricky m'avait appris ; après avoir vomi toutes les grossièretés que je connaissais, j'ai demandé au Seigneur de me pardonner.

Et je Lui ai demandé de protéger Tally.

Il a fallu deux heures aux hommes pour mettre la main sur Stick Powers. Il prétendait être allé sur la route de Jonesboro, mais Papy a dit qu'il donnait l'impression d'avoir dormi une semaine. Stick était visiblement ravi d'avoir à enquêter sur un délit d'une telle importance. Pour nous, le vol du camion d'un fermier venait juste après un meurtre ; Stick s'est démené comme jamais. Il a appelé tous les comtés voisins sur sa vieille radio ; en peu de temps la nouvelle s'est répandue dans la plus grande partie du nord-est de l'Arkansas.

D'après Papy, Stick ne s'inquiétait pas trop pour Tally. Il soupçonnait, avec juste raison, qu'elle s'était volontairement enfuie avec un Mexicain, ce qui était honteux et déshonorant, mais ne pouvait être véritablement considéré comme un délit, même si M. Spruill continuait de parler d' « enlèvement ».

Il était douteux que les tourtereaux prennent le risque de voyager longtemps dans notre camion. Ils devaient avant tout chercher à quitter l'Arkansas ; Stick estimait qu'ils choisiraient probablement le car comme moyen de transport. S'ils faisaient de l'auto-stop, ils éveilleraient les soupçons ; les automobilistes du coin ne s'arrêteraient certainement pas pour prendre un individu au teint basané, surtout accompagné d'une jeune fille blanche. « Ils doivent avoir pris un autocar en direction du nord », avait déclaré le shérif adjoint.

Quand Papy nous a raconté cela, je me suis souvenu du rêve que nourrissait Tally de vivre au Canada, loin de la chaleur et de l'humidité. Elle voulait de la neige en abondance et avait choisi Montréal.

Mon père avait calculé que Cow-boy avait gagné près de quatre cents dollars en cueillant notre coton, mais personne ne savait combien il avait envoyé au pays. Tally, qui en avait touché près de la moitié, n'avait pas dû dépenser grand-chose. À part la peinture pour Trot, nous n'avions aucune idée de ce qu'elle avait acheté.

À ce moment du récit de Papy, j'ai eu envie de vider mon sac. Cow-boy avait dévalisé Hank après l'avoir tué. Impossible de savoir combien il restait à Hank de l'argent du coton, mais j'avais la certitude que les deux cent cinquante dollars de Samson étaient maintenant dans la poche du Mexicain. J'ai failli dire tout ce que je savais pendant que nous étions réunis dans la cuisine, mais la peur m'a retenu. Cow-boy était parti, mais on le rattraperait peut-être.

Je me suis dit qu'il valait mieux attendre ; ce n'était qu'une question de temps. Le moment viendrait où je pourrais ouvrir mon cœur.

Quel que fût l'état de leurs finances, il était évident que Tally et Cow-boy avaient de quoi faire un long voyage en autocar.

De notre côté, comme d'habitude, nous n'avions pas un sou. Les adultes ont échangé quelques mots pour savoir comment remplacer le camion si on ne le retrouvait pas, mais le sujet était trop douloureux. Et puis, j'écoutais.

Nous avons déjeuné de bonne heure et nous nous sommes installés sous le porche pour regarder la pluie tomber.

29

La vieille voiture de police est entrée bruyamment dans la cour, suivie par notre pick-up. Stick est descendu en faisant l'important : il avait résolu la partie la plus urgente de son enquête. L'autre shérif adjoint de Black Oak conduisait le camion qui, autant que nous puissions en juger, n'avait pas été endommagé. Les Spruill sont accourus, impatients d'avoir des nouvelles de Tally.

— On l'a retrouvé à Jonesboro, à la gare routière, annonça Stick tandis que tout le monde se rassemblait autour de lui. Comme je l'avais dit.

— Où était la clé ? demanda Papy.

— Sous le siège. Et le réservoir est plein. Je ne sais pas comment il était quand ils ont quitté la ferme, mais maintenant il est plein.

— À moitié vide, fit Papy, qui n'en revenait pas.

Tout le monde était surpris non seulement de revoir le pick-up, mais de le récupérer intact. Nous avions passé la journée à nous demander avec anxiété comment nous ferions sans notre seul moyen de transport. Nous aurions été logés à la même enseigne que les Latcher, obligés d'arrêter les véhicules qui passaient pour nous transporter. Une telle situation dépassait l'entendement et j'étais plus déterminé que jamais à vivre un jour dans une ville où les gens avaient une voiture.

— On dirait qu'ils ont juste emprunté le camion, dit M. Spruill, comme pour lui-même.

— C'est comme ça que je vois les choses, approuva Stick. Tu veux toujours porter plainte, Eli ?

Papy et mon père se sont regardés.

— Je crois pas, répondit Papy.

— Quelqu'un les a vus ? demanda Mme Spruill d'une petite voix.

— Oui, madame. Ils ont acheté deux billets pour Chicago et ils ont traîné cinq heures dans la gare routière. L'employé du guichet a soupçonné quelque chose, mais il s'est dit que c'étaient pas ses oignons. S'enfuir avec un Mexicain, c'est pas très malin, mais c'est pas un crime. Il les a tenus à l'œil toute la nuit ; ils ont fait comme s'ils ne se connaissaient pas. Ils n'étaient même pas assis côte à côte. Mais quand les passagers sont montés dans le car, ils ont pris deux sièges voisins.

— À quelle heure est parti ce car ? demanda M. Spruill.

— 6 heures du matin.

Stick a pris dans sa poche une enveloppe pliée qu'il a tendue à M. Spruill.

— J'ai trouvé ça sur le siège du camion. Je crois que c'est une lettre de Tally pour vous ; je l'ai pas lue.

M. Spruill a donné l'enveloppe à sa femme qui l'a ouverte avec fébrilité ; elle contenait une feuille de papier. Dès les premières lignes, elle a commencé à s'essuyer les yeux. Tous les regards étaient fixés sur elle, tout le monde attendait en silence. Caché derrière Bo et Dale, Trot s'est penché pour mieux voir.

— Ce qu'il y a d'écrit, madame, c'est pas mes

affaires, glissa Stick, mais si la lettre contient des renseignements utiles, il vaudrait mieux me le dire.

Mme Spruill a lu la lettre jusqu'au bout et elle a baissé la tête.

— Elle dit qu'elle ne reviendra pas. Elle dit qu'elle va se marier avec Cow-boy et qu'ils vont vivre dans le Nord, où il sera facile de trouver du travail et tout.

Les reniflements et les larmes avaient cessé ; Mme Spruill était maintenant plus fâchée qu'autre chose. Sa fille n'avait pas été enlevée ; elle s'était enfuie avec un Mexicain et elle allait l'épouser.

— Ils vont rester à Chicago ? demanda Stick.

— Elle le dit pas. Elle dit dans le Nord, c'est tout.

Sur ce, les Spruill ont commencé à battre en retraite. Mon père a remercié Stick et son collègue de nous avoir ramené le pick-up.

— Vous avez eu de la pluie par ici, fit Stick en ouvrant sa portière.

— Y a de l'eau partout, grogna Papy.

— La rivière monte au nord et il va encore pleuvoir, ajouta Stick, comme s'il s'y connaissait.

— Merci, Stick, répondit Papy.

Le policier s'est installé au volant de la voiture de police, son collègue à ses côtés. Au moment où il s'apprêtait à claquer la portière, il est redescendu.

— À propos, Eli, j'ai appelé le shérif d'Eureka Springs. Il a pas vu arriver le fils Spruill, Hank. Il devrait être rentré maintenant, non ?

— Sans doute. Il est parti il y a une semaine.

— Je me demande où il est passé, celui-là.

— Ça me regarde pas.

— J'en ai pas fini avec lui, tu sais. Quand j'aurai mis la main sur ce gars, je le collerai en prison, à Jonesboro, et il sera jugé.

— Fais ce que tu as à faire, Stick, approuva Papy.

Les pneus lisses de la voiture de police ont patiné dans la boue, mais elle a fini par atteindre la route. Ma mère et Grand-mère sont reparties dans leur cuisine.

Papy est allé chercher ses outils et les a alignés sur le hayon du pick-up ; il a ouvert le capot pour inspecter minutieusement le moteur. Assis sur un garde-boue, je lui passais les outils sans perdre un de ses gestes.

— Pourquoi une jolie fille comme Tally veut épouser un Mexicain ?

Papy retendait une courroie de ventilateur. Il ne faisait aucun doute que Cow-boy n'avait pas touché au moteur pendant qu'il s'enfuyait avec Tally, mais Papy se sentait obligé de tout vérifier, régler et bricoler, comme si le pick-up avait été saboté.

— Les femmes, soupira-t-il.

— Comment ça ?

— Les femmes agissent stupidement.

J'ai attendu des précisions, mais rien ne venait.

— Je ne comprends pas, insistai-je au bout d'un moment.

— Moi non plus. Et tu ne comprendras jamais. On peut pas comprendre les femmes.

Après avoir retiré le filtre à air, il a considéré le carburateur d'un air soupçonneux. Il a donné un moment l'impression d'avoir découvert la preuve qu'on avait touché à son moteur, puis il a serré un boulon, la mine satisfaite.

— Tu crois qu'on la retrouvera ?

— Personne ne la recherche. Comme on a récupéré le camion, il n'y a pas eu de vol et la police n'a pas à les rechercher. Je ne crois pas que les Spruill essaieront de les retrouver. À quoi bon ? Imaginons qu'ils aient un coup de chance et qu'ils mettent la main sur eux, qu'est-ce qu'ils feront ?

— Ils peuvent obliger Tally à rentrer chez eux ?

— Non. Dès qu'elle sera mariée, elle deviendra majeure. On ne peut pas obliger une femme mariée à faire quoi que ce soit.

Il a lancé le moteur à la manivelle, l'a écouté tourner au ralenti. Pour moi, le bruit était le même, mais Papy croyait distinguer un cognement.

— On va faire un tour, déclara-t-il.

Gaspiller de l'essence était un péché à ses yeux, mais il semblait impatient d'utiliser un peu du carburant gratuit que Cow-boy et Tally avaient laissé.

Il a manœuvré pour reprendre la route. J'étais à la place occupée par Tally quelques heures plus tôt, pendant l'orage, quand elle s'était enfuie avec Cow-boy. Je ne pensais qu'à elle ; je n'en revenais toujours pas.

La route était trop glissante pour permettre à Papy d'atteindre sa vitesse idéale de soixante kilomètres à l'heure, mais il avait encore l'impression que le moteur ne tournait pas rond. Nous nous sommes arrêtés au pont pour regarder la rivière. Les bancs de sable avaient disparu ; on ne voyait plus qu'une masse d'eau entre les rives. De l'eau et des débris charriés par le courant. Jamais je ne l'avais vue couler aussi vite. Le repère de Papy avait été depuis longtemps emporté par les eaux tourbillonnantes. Nous n'en avions pas besoin pour savoir que la Saint Francis allait bientôt déborder.

Papy était comme hypnotisé par l'eau et le bruit qu'elle faisait. Je n'aurais su dire s'il avait envie de jurer ou de pleurer. Cela n'aurait, de toute façon, pas servi à grand-chose ; je pense que Papy, à ce moment-là, a compris qu'il allait perdre une nouvelle récolte.

Le bruit dans le moteur avait disparu de lui-même à notre arrivée à la maison ; Papy a annoncé à table que le camion roulait normalement. Après quoi, nous nous sommes lancés dans une longue discussion sur Tally et Cow-boy, chacun y allant de sa théorie sur l'endroit où ils étaient et ce qu'ils pouvaient faire. Mon père avait entendu dire que la colonie mexicaine était nombreuse à Chicago ; il supposait que Cow-boy et sa jeune épouse se fondraient dans la population de la grande ville et qu'on n'entendrait plus jamais parler d'eux.

J'étais si inquiet pour Tally que j'avais toutes les peines du monde à avaler mon repas.

Le lendemain, en milieu de matinée, tandis que le soleil s'efforçait de percer les nuages, nous avons repris le chemin des champs. Nous en avions assez de rester assis dans la maison, à scruter le ciel. Même moi, j'avais envie d'aller aux champs.

Exilés à trois mille kilomètres de chez eux sans être payés, les Mexicains étaient impatients de se remettre au travail.

Mais le coton était trop mouillé et le sol détrempé. La boue formait une croûte sur mes bottes et collait à mon sac ; au bout d'une heure, j'avais l'impression de tirer un tronc d'arbre derrière moi. Nous avons renoncé une heure plus tard pour rentrer à la maison, découragés.

Les Spruill n'en pouvaient plus. Sans surprise, nous les avons vus lever le camp en prenant leur temps, comme s'ils avaient du mal à s'avouer vaincus. M. Spruill a dit à Papy qu'il ne servait à rien de rester s'ils ne pouvaient travailler. Ils en avaient plein le dos de la pluie. Comment leur en vouloir ? Ils campaient depuis six semaines dans notre cour ; leurs tentes et leurs vieilles bâches ployaient sous le poids de l'eau. Les matelas sur lesquels ils dormaient, mal protégés, étaient couverts de taches de boue. À leur place, je serais parti depuis longtemps.

Assis sous le porche, nous les avons regardés emballer leurs maigres possessions et les charger au petit bonheur dans le camion et la remorque. Sans Hank et Tally, il y avait plus de place.

D'un seul coup, la peur m'a saisi. Ils seraient bientôt de retour chez eux, mais ils ne trouveraient pas Hank.

Ils attendraient, puis ils commenceraient à le chercher, à poser des questions. Je ne savais pas si cela me concernerait un jour, mais j'avais peur.

Ma mère m'a entraîné dans le potager où nous avons cueilli de quoi nourrir vingt personnes. Après avoir lavé le maïs, les concombres, les tomates, les gombos et les légumes verts dans l'évier de la cuisine, elle a soigneusement disposé le tout dans un grand carton. Grand-mère a ajouté une douzaine d'œufs, deux livres de jambon de pays, une livre de beurre et deux bocaux de fraises. Les Spruill ne partiraient pas sans avoir à manger pour le voyage.

En milieu d'après-midi, ils étaient prêts, le camion et la remorque surchargés. Des cartons et des sacs de toile dépassaient sur les côtés, retenus par des fils de fer et sur le point de tomber. Quand il fut évident qu'ils s'apprêtaient à partir, toute notre famille a traversé la cour pour faire ses adieux. M. et Mme Spruill se sont avancés à notre rencontre ; ils ont accepté la nourriture. Ils se sont excusés de partir avant la fin de la cueillette, mais tout le monde savait que, selon toute vraisemblance, la récolte était terminée. Ils ont fait des efforts pour être aimables et souriants, mais leur chagrin sautait aux yeux. En les observant, je me suis dit qu'ils regretteraient jusqu'à la fin de leur vie le jour où ils avaient décidé de travailler dans notre ferme. S'ils étaient allés ailleurs, Tally n'aurait pas rencontré Cow-boy. Et Hank serait peut-être encore vivant, même si, étant donné son penchant pour la violence, il était certainement voué à une mort prématurée. « Celui qui vit par l'épée périra par l'épée », aimait à dire Grand-mère.

J'avais honte de toutes les mauvaises pensées que j'avais nourries contre eux. Et j'avais le sentiment d'être un voleur, moi qui connaissais la vérité sur Hank.

J'ai dit au revoir à Bo et à Dale, aussi peu causants que d'habitude. Trot était caché derrière la remorque.

Quand les adieux ont touché à leur fin, Trot s'est approché de moi et a marmonné quelque chose que je n'ai pas compris. Puis il a tendu la main d'un geste vif pour m'offrir son pinceau. Je ne pouvais pas refuser.

Les adultes ont assisté à la scène ; tout le monde a gardé le silence.

— Là, fit Trot en indiquant l'arrière du camion des Spruill.

Bo a compris : il a passé la main derrière le hayon pour prendre quelque chose. Un pot de quatre litres de laque blanche, qui n'était pas ouvert et portait sur le couvercle le gros logo brillant de la marque Pittsburgh Paint. Bo l'a posé par terre, devant moi, et il en a pris un autre.

— C'est pour toi, annonça Trot.

J'ai regardé les deux pots de peinture, puis j'ai regardé mes grands-parents. Nous n'avions pas parlé de la peinture de la maison depuis plusieurs jours mais nous savions depuis un moment que Trot n'achèverait jamais ce qu'il avait entrepris. Il me passait le relais. En regardant ma mère, j'ai vu un curieux sourire jouer sur ses lèvres.

— C'est Tally qui l'a achetée, déclara Dale.

En donnant de petits coups de pinceau sur ma jambe, j'ai réussi à articuler un « Merci ». Trot m'a adressé une grimace comique qui a fait sourire tout le monde. Les Spruill sont repartis vers leur camion et, cette fois, ils sont montés. Trot a pris place dans la remorque, seul ; à l'aller, Tally était avec lui. Il avait l'air triste, abandonné.

Le camion a démarré avec difficulté. L'embrayage a patiné en grinçant ; quand il a entraîné les roues, tout l'attelage a bondi en avant. Les Spruill prenaient la route, les ustensiles de cuisine s'entrechoquant, les cartons glissant d'un côté sur l'autre, Bo et Dale tressautant sur un matelas, Trot roulé en boule dans un coin de la remorque. Nous avons fait des signes de la main jusqu'à ce que les véhicules bringuebalants aient disparu.

Il n'avait pas été question de l'année suivante. Les Spruill ne reviendraient pas ; nous savions que nous ne les reverrions jamais.

Le peu d'herbe qui restait dans la cour avait été écrasé. En inspectant les dégâts, je me suis réjoui de leur départ. J'ai donné un coup de pied dans les cendres de leur feu, juste à l'endroit où se trouvait le marbre ; certaines personnes, décidément, ne respectaient rien. Il y avait des ornières creusées par les pneus de leur camion, des trous par les piquets de leur tente. L'année suivante, je construirais une barrière pour empêcher ceux des collines de s'installer sur mon terrain de base-ball.

J'avais dans l'immédiat le projet d'achever ce que Trot avait commencé. J'ai transporté la peinture sous le porche avant, un pot à la fois, étonné par son poids. J'attendais que Papy dise quelque chose, mais il n'a pas fait la moindre remarque. Ma mère a donné à voix basse des instructions à mon père qui a rapidement dressé un échafaudage le long du mur est de la maison. C'était une planche de chêne de cinq centimètres d'épaisseur, large de quinze centimètres et longue de deux mètres quarante, soutenue d'un côté par un chevalet, de l'autre par un bidon de fioul vide. Elle penchait légèrement vers le bidon, mais pas assez pour déséquilibrer le peintre. Mon père a ouvert le premier pot, a remué la peinture avec une baguette et m'a aidé à monter sur l'échafaudage. Il m'a donné des instructions succinctes, mais il n'y connaissait pas grand-chose. À moi de me débrouiller. Je me suis dit que si Trot était capable de le faire, il n'y avait pas de raison que je n'y arrive pas.

Ma mère m'observait avec attention en prodiguant des conseils tels que : « Ne la laisse pas couler », ou « Prends ton temps ». Trot avait peint les six premières planches à partir du sol, de l'angle de la façade à l'arrière de la maison. Grâce à l'échafaudage, j'arrivais un mètre plus haut en levant le bras. Je ne savais pas comment je m'y prendrais pour aller jusqu'au toit ; je me suis dit que je m'en préoccuperais plus tard.

Les vieilles planches ont bu la première couche. La deuxième, parfaitement étalée, avait un aspect brillant. Au bout de quelques minutes, j'étais fasciné par ce travail dont le résultat était immédiatement visible.

— Je me débrouille bien ? demandai-je à ma mère sans baisser la tête.

— C'est magnifique, Luke. Travaille soigneusement et prends ton temps. Et ne tombe pas.

— Je ne tomberai pas. Pourquoi me mettait-elle toujours en garde contre des dangers si évidents ?

Mon père a déplacé deux fois l'échafaudage dans l'après-midi ; à l'heure du souper, j'avais utilisé tout un pot de quatre litres. Je me suis lavé les mains avec du savon noir, mais la peinture était incrustée sous mes ongles. Je m'en fichais. J'étais fier de ma nouvelle activité ; je faisais ce qu'aucun Chandler n'avait jamais fait.

Le sujet de la peinture n'a pas été abordé pendant le repas ; tout le monde avait des soucis bien plus graves. Nos ouvriers des collines avaient plié bagage alors qu'il restait des quantités de coton sur pied. Nous n'avions pas entendu dire que d'autres ouvriers agricoles avaient été chassés par la pluie. Papy ne voulait pas qu'on apprenne que nous baissions les bras ; le temps allait changer, il en était sûr. Jamais il n'y avait eu autant d'orages à cette époque de l'année.

À la nuit tombante, nous nous sommes installés sous le porche. Les Cardinals semblaient déjà un lointain souvenir et nous écoutions rarement autre chose après le souper : Papy ne voulait pas gaspiller de l'électricité. Assis sur les marches, j'ai regardé la cour vide et silencieuse. Pendant six semaines, elle avait été envahie par des abris et tout un bric-à-brac dont il ne restait plus rien.

Quelques feuilles mortes voletaient ; la nuit était froide et pure. Cela a incité mon père à prédire une belle journée et douze heures de travail dans les champs. Tout ce que je voulais, c'était continuer à peindre.

30

J'ai levé la tête pour regarder la pendule au-dessus de la cuisinière : elle indiquait 4 h 10. Jamais nous n'avions pris le petit déjeuner si tôt. Mon père nous a fait part de ses prévisions météorologiques : temps frais et sec, sans un nuage à l'horizon, sol meuble, parfait pour la cueillette du coton.

Les adultes ne cachaient pas leur inquiétude. Une grande partie du coton n'avait pas été récoltée ; si les choses devaient rester en l'état, nous allions nous enfoncer encore plus dans les dettes. Les femmes ont lavé la vaisselle en un temps record et nous sommes tous sortis ensemble. Les Mexicains sont venus avec nous, agglutinés sur un côté de la remorque pour essayer de se réchauffer.

Les journées de beau temps sec étaient devenues rares ; nous avons attaqué celle-là comme si elle devait être la dernière. Au lever du soleil, j'étais épuisé, mais me plaindre n'aurait servi qu'à m'attirer des remontrances. Un nouveau désastre nous menaçait : nous devions travailler jusqu'à ce que nous tombions de fatigue. J'avais besoin de me reposer un moment, mais je savais que mon père me punirait à coups de ceinture s'il me surprenait en train de dormir.

Pour le déjeuner, nous avons eu des biscuits froids et du jambon mangés en hâte à l'ombre de la remorque. Il faisait chaud, mais pas question de s'endormir. Nous sommes restés assis sur nos sacs, grignotant nos biscuits, le nez levé. Même en parlant, nous n'avons pas cessé de scruter le ciel.

Un ciel dégagé signifiait que les orages arrivaient ; après une pause de vingt minutes, mon père et Papy ont déclaré que nous reprenions le travail. Les femmes se sont levées aussi vite que les hommes pour prouver qu'elles étaient capables de travailler aussi dur. J'étais le seul à traîner les pieds.

Cela aurait pu être pire : les Mexicains n'avaient même pas pris le temps de manger.

J'ai passé l'interminable après-midi à penser à Tally, puis à Hank et encore à Tally. J'ai aussi pensé aux Spruill que j'enviais d'avoir fui la ferme. J'ai essayé d'imaginer ce qu'ils feraient en arrivant chez eux et en constatant que Hank n'était pas là. Je me suis répété que ce n'étaient pas mes oignons.

Nous n'avions pas reçu de nouvelles de Ricky depuis plusieurs semaines ; j'avais surpris les adultes chuchotant entre eux. Je ne lui avais pas encore envoyé ma longue lettre, essentiellement parce que je ne savais pas comment la poster sans me faire prendre. Et je commençais à me demander s'il était bien de l'accabler avec l'histoire du bébé de Libby. Il avait assez de soucis comme ça. Si Ricky avait été à la maison, nous serions partis à la pêche et je lui aurais tout raconté. J'aurais commencé par la mort de Jerry Sisco avant de passer au bébé Latcher, à Hank et Cow-boy, sans lui épargner les détails. Ricky aurait su quoi faire. Comme il me manquait !

J'ignore quelle quantité de coton j'ai cueillie ce jour-là, mais je suis sûr que c'était un record pour un enfant de sept ans. Quand le soleil a commencé à plonger derrière les arbres de la rivière, ma mère est venue me rejoindre pour m'emmener à la maison. Grand-mère est restée avec les hommes.

— Combien de temps encore vont-ils travailler ? demandai-je.

Nous étions si fatigués que mettre un pied devant l'autre devenait une pénible épreuve.

— Jusqu'à la nuit, j'imagine.

Il faisait déjà sombre quand nous sommes arrivés à la maison. J'avais envie de me jeter sur le canapé et de dormir pendant une semaine, mais ma mère m'a demandé de me laver les mains et de l'aider à préparer le souper. Elle a confectionné du pain de maïs et réchauffé des restes pendant que je pelais et coupais des tomates. Nous avons mis la radio : pas un mot sur la Corée.

Malgré la journée éreintante qu'ils venaient de vivre, Papy et mon père étaient de bonne humeur quand nous sommes passés à table. À eux deux, ils avaient cueilli onze cents livres. À cause des pluies des derniers jours le prix du coton avait grimpé à Memphis ; encore quelques journées de temps sec et nous pourrions avoir une autre année de répit. Grand-mère écoutait de loin. Elle écoutait mais n'entendait pas ; je savais qu'elle était repartie en Corée. Ma mère était trop épuisée pour parler.

Papy détestait manger des restes, mais il a remercié le Seigneur pour la nourriture. Il L'a aussi remercié pour le temps sec et a demandé que cela dure. Nous avons mangé lentement, écrasés de fatigue ; la conversation était réduite au minimum.

J'ai été le premier à entendre le tonnerre, un roulement lointain. J'ai regardé autour de moi pour voir si les adultes l'avaient entendu, eux aussi. Papy était en train de parler du cours du coton sur le marché. Quelques minutes plus tard, le bruit sourd et prolongé s'était rapproché ; quand un éclair a illuminé le ciel, tout le monde s'est immobilisé. Le vent s'est levé, le toit de tôle a commencé à vibrer. Nous avons évité de nous regarder.

Les mains jointes, Papy a posé les coudes sur la table comme pour faire une nouvelle prière. Il venait de demander au Seigneur que le beau temps dure un peu et nous allions encore recevoir des trombes d'eau.

Les épaules de mon père se sont affaissées. Il a passé la main sur son front en regardant le mur. La pluie a commencé à tambouriner sur le toit, un peu trop fort.

— La grêle, déclara Grand-mère.

La grêle, cela signifiait des vents forts, des pluies violentes : l'orage redouté s'est abattu sur notre ferme. Nous sommes restés à table un long moment, écoutant le tonnerre et la pluie devant nos assiettes à moitié pleines, nous demandant quelle quantité d'eau tomberait et combien de temps il faudrait attendre avant de reprendre la cueillette. La Saint Francis était proche de la cote d'alerte ; quand elle déborderait, la récolte serait fichue.

L'orage est passé, mais la pluie a continué, redoublant de violence par à-coups. Nous avons fini par nous lever. Je suis sorti sous le porche avec Papy : entre la maison et la route s'étendait une grande mare. J'ai eu de la peine pour mon grand-père, assis dans la balancelle, qui considérait d'un regard incrédule les trombes d'eau que le Ciel déversait sur nous.

Plus tard, ma mère m'a lu des récits de la Bible d'une voix qui couvrait à peine le bruit de la pluie sur le toit. Nous avons laissé de côté Noé et le Déluge. Je me suis endormi avant que David abatte Goliath d'un coup de fronde.

Le lendemain, mes parents ont annoncé qu'ils se rendaient en ville. Ils m'emmenaient avec eux — il aurait été cruel de me priver du voyage —, mais Papy et Grand-mère restaient à la maison. C'était une petite sortie en famille ; il a même été question d'une glace. Grâce à Cow-boy et à Tally, nous avions de l'essence et il n'y avait rien à faire à la ferme. Les cotonniers avaient les pieds dans l'eau.

Je suis monté entre eux à l'avant et j'ai surveillé le compteur. Après avoir tourné sur la nationale en direction de Black Oak, mon père a accéléré jusqu'à ce que l'aiguille du compteur atteigne soixante-douze kilomètres à l'heure. Je ne voyais pas de différence avec une vitesse de soixante kilomètres à l'heure, mais je n'en parlerais certainement pas à Papy.

Il était étrangement réconfortant de voir qu'il n'y avait aucune activité dans les autres fermes. Pas âme qui vive dans les champs, pas un Mexicain en vue.

Nos terres étaient basses, aisément inondables ; il nous était arrivé de perdre des récoltes quand d'autres fermiers avaient échappé aux crues. Cette fois, tout le monde se trouvait dans le même bain.

Il était midi, il n'y avait rien à faire d'autre qu'attendre ; sous les porches des familles entières regardaient passer les voitures. Les femmes écossaient des pois, les hommes parlaient, le front soucieux. Les enfants jouaient dans la boue ou restaient assis sur les marches. Nous les connaissions tous, dans chaque maison. Nous faisions des signes de la main, ils répondaient et nous avions l'impression de les entendre : « Je me demande bien ce que les Chandler vont fabriquer en ville ».

La Grand-rue était peu animée ; nous nous sommes garés à la hauteur de la quincaillerie. Trois maisons plus loin, devant la Coop, un groupe de fermiers en tenue de travail discutait, la mine grave. Mon père s'est senti obligé de leur parler de notre situation et d'écouter leurs prévisions. J'ai suivi ma mère au drugstore ; on vendait de la glace au fond du magasin, à un petit comptoir. Il était tenu par Cindy, une jolie fille de la ville, que j'avais toujours vue travailler là-bas. Elle n'avait pas d'autres clients. J'ai commandé une glace à la vanille avec des cerises confites ; elle m'a copieusement servi. Pendant que ma mère payait avec une pièce de cinq *cents*, je me suis juché sur un tabouret. Sachant que je ne bougerais pas pendant une demi-heure, elle est partie faire quelques achats.

Cindy avait perdu son frère aîné dans un terrible accident de voiture ; chaque fois que je la voyais, je pensais aux histoires que j'avais entendues. La voiture avait pris feu et on n'avait pu dégager son frère de la carcasse en flammes. Il y avait eu quantité de témoins et autant de versions de l'épouvantable tragédie. Cindy était jolie, mais elle avait un regard triste ; je savais que c'était à cause du drame. Elle n'avait pas envie de parler, ce qui me convenait parfaitement. Je mangeais avec lenteur, décidé à faire durer longtemps ma glace, en regardant Cindy s'affairer derrière le comptoir.

J'avais surpris des conversations à voix basse entre mes parents et je savais qu'ils avaient l'intention de téléphoner à quelqu'un. Comme nous n'avions pas le téléphone à la ferme, il devait trouver un appareil ailleurs ; je supposais que ce serait celui du magasin de Pop et Pearl.

En ville il y avait le téléphone dans la plupart des maisons et dans tous les commerces. Les fermiers qui habitaient à quatre ou cinq kilomètres de la ville avaient, eux aussi, le téléphone ; les lignes allaient jusque-là. Ma mère m'avait confié un jour que cela prendrait plusieurs années avant qu'elles passent devant chez nous. De toute façon, Papy n'en voulait pas. Quand on a le téléphone, disait-il, on est obligé de parler aux gens quand ça les arrange. Il pourrait être intéressant d'avoir la télévision, mais, le téléphone, pas question.

Jackie Moon est entré et s'est avancé vers le comptoir.

— Salut, petit Chandler, lança-t-il en m'ébouriffant les cheveux.

Il s'est assis à côté de moi.

— Qu'est-ce qui t'amène ici ? poursuivit-il.

— La glace à la vanille.

Il a éclaté de rire.

— Comme d'habitude ? demanda Cindy en se plantant devant nous.

— Oui, mademoiselle, répondit-il. Comment vas-tu ?

— Bien, Jackie, roucoula Cindy.

Ils se sont regardés longuement ; j'ai eu l'impression qu'il y avait quelque chose entre eux. Cindy s'est retournée pour préparer la commande habituelle de Jackie pendant qu'il l'examinait de la tête aux pieds.

— Des nouvelles de Ricky ? demanda-t-il sans quitter Cindy des yeux.

— Pas depuis un moment, répondis-je en suivant son regard.

— Ricky est un dur. Il s'en sortira.

— Je sais. Il a allumé une cigarette, a commencé à fumer en silence.

— Il y a de la flotte chez vous ? reprit-il au bout d'un moment.

— Tout est trempé.

Cindy a placé devant lui une coupe de glace au chocolat et une tasse de café noir.

— J'ai entendu dire qu'il devrait pleuvoir pendant quinze jours, poursuivit Jackie. Ça m'étonnerait pas.

— La pluie, la pluie, la pluie, glissa Cindy. J'entend que ça. Vous n'en avez pas marre de ne parler que du temps ?

— De quoi veux-tu parler ? répliqua Jackie. Il n'y a rien d'autre pour les fermiers.

— Faut être idiot pour être fermier !

Cindy a lancé son torchon sur le comptoir et s'est dirigée vers la caisse enregistreuse.

— Elle a certainement raison, approuva Jackie en goûtant sa glace.

— Certainement.

— Ton père va partir dans le Nord ?

— Où ?

— Dans le Nord, à Flint. J'ai entendu dire qu'il y avait déjà des gars qui téléphonaient pour essayer de se faire embaucher chez Buick. Il paraît que les places sont chères cette année ; les gars se battent pour être pris. Pour le coton, c'est mal barré : une grosse pluie et la rivière déborde. Ceux qui auront de la chance récupéreront une demi-récolte. C'est un peu bête, tout ça. On travaille comme des fous pendant six mois, on perd tout et on file dans le Nord pour gagner de quoi payer les dettes. Et on recommence l'année d'après.

— Tu vas aller dans le Nord, toi aussi ?

— Je me tâte. Je suis trop jeune pour choisir de rester toute ma vie coincé dans une ferme.

— Moi aussi.

Il a pris une gorgée de café. Nous avons passé un moment à réfléchir en silence à la stupidité de la vie de fermier.

— Il paraît que votre gars des collines, le balèze, est rentré chez lui, reprit Jackie.

Par bonheur, j'avais de la glace plein la bouche ; je me suis contenté de hocher la tête.

— J'espère qu'on l'arrêtera, celui-là. Je voudrais voir son procès, pour qu'il ait ce qu'il mérite. J'ai déjà dit à Stick Powers que je témoignerai. J'ai tout vu. Et il y en a d'autres maintenant, qui vont raconter à Stick ce qui s'est vraiment passé. Il était pas obligé de tuer Jerry Sisco.

J'ai pris une autre cuillerée en continuant à hocher la

tête. J'avais appris à me taire et à prendre un air bête quand il était question de Hank Spruill.

Cindy était revenue. Elle s'affairait derrière le bar, donnant de-ci, de-là un coup de torchon tout en fredonnant ; Jackie a oublié Hank Spruill.

— T'as bientôt fini ? demanda-t-il en regardant ma glace. J'ai pensé qu'ils avaient des choses à se dire.

— Bientôt. Elle a continué à fredonner, lui à me regarder, jusqu'à ce que j'aie terminé ma glace.

Je leur ai dit au revoir et je suis passé chez Pop et Pearl, espérant en savoir un peu plus sur le coup de téléphone. Pearl était seule à la caisse, les lunettes sur le bout du nez ; j'ai croisé son regard dès que j'ai poussé la porte. On racontait qu'elle connaissait le bruit de chaque camion passant dans la Grand-rue et qu'elle était non seulement capable de reconnaître qui était au volant mais de dire depuis combien de temps le conducteur n'était pas venu en ville. Rien ne lui échappait.

— Où est Eli ? demanda-t-elle après les politesses d'usage.

— Il est resté à la maison, répondis-je, le regard braqué sur les Tootsie Rolls.

— Prends-en un, proposa-t-elle.

— Merci. Pop n'est pas là ?

— Dans la réserve. Tu es venu avec tes parents ?

— Oui. Vous les avez vus ?

— Pas encore. Ils ont des achats à faire ?

— Oui. Et je crois que mon père a besoin de téléphoner.

Cela a arrêté net le feu de ses questions. Pendant qu'elle passait en revue les différentes raisons pour lesquelles mon père aurait eu besoin de téléphoner, j'ai ouvert mon Tootsie Roll.

— Qui veut-il appeler ?

— Je ne sais pas.

Je plaignais le malheureux qui empruntait le téléphone de Pearl et aurait voulu avoir une conversation confidentielle. Elle en savait plus à la fin que le correspondant.

— C'est trempé chez vous ?
— Oh oui ! Complètement.
— C'est pas des bonnes terres. On dirait que vous, avec les Latcher et les Jeter, vous êtes toujours les premiers inondés. Elle s'est tournée vers la vitrine en secouant lentement la tête à la perspective de cette nouvelle récolte catastrophique.

Comme je n'avais encore jamais vu une inondation — du moins je n'en avais pas gardé le souvenir —, je n'ai rien trouvé à dire. Le mauvais temps avait sapé le moral de tout le monde, y compris Pearl. Avec les menaces qui pesaient sur notre région, il était difficile de faire preuve d'optimisme. Un nouvel hiver de privations s'annonçait.

— Il paraît qu'il y a des gens qui vont partir dans le Nord, hasardai-je.

Si les rumeurs étaient fondées, Pearl connaîtrait tous les détails.

— J'en ai entendu parler, fit-elle. Ils essaient de trouver un emploi, au cas où la pluie continuerait.
— Qui est-ce qui va partir ?
— J'en sais rien.

J'ai compris au son de sa voix qu'elle était au courant des dernières nouvelles. Certains fermiers avaient dû utiliser son téléphone.

Je l'ai remerciée pour le Tootsie Roll et je suis sorti. Les trottoirs étaient vides ; c'était agréable d'avoir la ville pour moi tout seul. Le samedi, il y avait tellement de monde qu'on pouvait à peine marcher. J'ai aperçu mes parents dans la quincaillerie ; je suis entré voir ce qu'ils achetaient.

Ils achetaient de la peinture, en quantité ; cinq pots de quatre litres de laque blanche Pittsburgh Paint étaient alignés sur le comptoir, avec deux pinceaux dans leur emballage. Quand je suis entré, le vendeur était en train de calculer le total. Mon père fouillait dans sa poche, ma mère à ses côtés, digne et droite. Il me paraissait évident qu'elle l'avait poussé à acheter la peinture. Elle m'a souri d'un air de profonde satisfaction.

— Ça fera quatorze dollars et quatre-vingts *cents*.

Mon père a sorti une poignée de billets et a commencé à les compter.

— Je peux le mettre sur votre compte, proposa le vendeur.

— Non, fit ma mère. Pas ça.

Papy aurait eu une crise cardiaque en voyant sur son relevé mensuel une telle somme consacrée à de la peinture. Nous avons transporté les pots dans le pick-up.

31

Les pots de peinture étaient alignés à l'arrière de la maison, comme des soldats préparant une embuscade. Sous la surveillance de ma mère, mon père a déplacé l'échafaudage pour l'installer à l'angle nord-est de la maison, ce qui me permettait de peindre du pied du mur presque jusqu'au toit. J'avais dépassé l'angle ; Trot aurait été fier de moi.

Pendant que mon père ouvrait un pot, j'ai déballé un des nouveaux pinceaux et passé le doigt dans les poils. Large de douze centimètres, il était bien plus lourd que celui que Trot m'avait donné.

— Nous allons travailler au potager, annonça ma mère.

Elle s'est éloignée, mon père dans son sillage, portant trois gros paniers. Grand-mère faisait des conserves de fraises dans la cuisine ; Papy devait se ronger les sangs quelque part. Je me suis retrouvé seul.

L'investissement de mes parents dans ce projet ajoutait du poids à ma mission. La maison serait peinte dans sa totalité, que cela plaise ou non à Papy. Et je me chargerais du plus gros du travail. Mais rien ne pressait. Si l'inondation arrivait, je peindrais quand la pluie nous laisserait des moments de répit ; si nous parvenions à terminer la cueillette, j'aurais tout l'hiver pour achever mon chef-d'œuvre. La maison avait cinquante ans et n'avait jamais été peinte. Il n'y avait pas urgence.

Au bout d'une demi-heure, j'étais fatigué. J'entendais mes parents discuter dans le potager. Il y avait deux autres pinceaux — un neuf et celui que Trot avait laissé — sous le porche, près des pots de peinture. Pourquoi mes parents ne se mettaient-ils pas au travail ? Ils avaient certainement l'intention de m'aider.

Le pinceau devenait de plus en plus lourd. Je peignais lentement, à petits coups soigneux. Ma mère m'avait déconseillé d'appliquer trop de peinture à la fois. « Ne la fais pas couler. »

Au bout d'une heure, j'avais besoin de souffler. Absorbé par mon projet titanesque, j'ai commencé à en vouloir à Trot de m'avoir collé cela sur les bras. Après avoir peint le tiers d'un des murs, il avait tiré sa révérence. Je me demandais si, au fond, Papy n'avait pas raison. La maison n'avait pas besoin de peinture.

Tout cela, c'était la faute de Hank. Il s'était moqué de moi, avait insulté ma famille, parce que notre maison n'était pas peinte. Trot avait pris ma défense. En accord avec Tally, il avait mis le travail en chantier sans se douter que le plus gros reposerait sur mes épaules.

J'ai entendu des voix derrière moi. Miguel, Luis et Rico s'étaient approchés et m'observaient avec curiosité. Nous avons échangé des *buenas tardes* en souriant. Ils avaient l'air perplexe, se demandant visiblement pourquoi le plus petit des Chandler s'était attelé à une tâche si colossale. Je me suis concentré sur mon travail en prenant mon temps. Sous le porche, Miguel inspectait le matériel de peinture.

— On peut jouer ? demanda-t-il au bout de quelques minutes.

Quelle idée merveilleuse !

Nous avons ouvert deux autres pots. J'ai donné mon

pinceau à Miguel ; Luis et Rico se sont assis sur l'échafaudage, pieds nus, les jambes ballantes et se sont mis à peindre comme s'ils avaient fait cela toute leur vie. Miguel a attaqué le porche arrière. Peu après, les six autres Mexicains sont venus s'asseoir à l'ombre pour nous regarder.

Attirée par le bruit, Grand-mère est sortie, un torchon à la main. Elle s'est mise à rire en me regardant, puis elle est retournée à ses conserves.

Les Mexicains étaient ravis de pouvoir s'occuper à quelque chose. La pluie les avait obligés à passer de longues heures d'oisiveté dans la grange. Ils n'avaient pas de véhicule pour se rendre en ville, pas de radio à écouter, pas de livres à lire. (Nous n'étions même pas sûrs qu'ils sachent lire.) Ils jouaient aux dés de temps en temps, mais s'arrêtaient dès que l'un de nous approchait.

Ils se sont attaqués à la maison avec ardeur. Ceux qui ne peignaient pas abreuvaient les peintres de conseils. Certaines suggestions devaient être hilarantes ; par moments, les peintres riaient tellement qu'ils ne pouvaient plus travailler. Ils parlaient espagnol de plus en plus vite et de plus en plus fort, discutant et riant en même temps. Il s'agissait de convaincre un de ceux qui tenaient un pinceau de l'abandonner un moment pour permettre au suivant de montrer ce qu'il était capable de faire. La palme allait à Roberto : avec des poses théâtrales, il initiait les novices, principalement Pablo et Pepe, à la technique. Il passait derrière ceux qui travaillaient, donnait un conseil, lançait une plaisanterie ou une critique. Les pinceaux changeaient de main et, malgré les railleries et les reproches, un travail d'équipe se mettait en place.

Assis sous l'arbre avec les autres Mexicains, je suivais la transformation du porche arrière. Papy est arrivé sur le tracteur ; il s'est garé devant la cabane à outils et a observé de loin le travail en cours. Puis il a fait le tour de la maison pour entrer par-devant. Je n'aurais su dire s'il trouvait ça bien ou non, mais je pense que cela n'avait plus grande importance pour lui. Il n'y avait plus de dynamisme dans sa démarche, plus de résolution dans ses gestes ; Papy était un fermier vaincu, sur le point de perdre une nouvelle fois une partie de sa récolte.

Mes parents sont revenus du potager, les paniers remplis de légumes.

— On dirait Tom Sawyer, fit ma mère en souriant.
— Qui ?
— Je te raconterai l'histoire ce soir.

Ils ont posé les paniers sous le porche en prenant soin de ne pas s'approcher de la peinture fraîche. Les adultes se sont rassemblés dans la cuisine ; je me suis demandé s'ils parlaient de moi et des Mexicains. Grand-mère est arrivée avec du thé glacé et des verres sur un plateau : c'était bon signe. Les Mexicains ont fait une pause pour déguster le thé, puis ils ont aussitôt commencé à se chamailler pour savoir qui allait prendre les pinceaux.

Le soleil a essayé de repousser les nuages au long de l'après-midi. À certains moments, la lumière était belle et pure, et il faisait presque aussi chaud qu'en été. Tout le monde levait la tête dans l'espoir que les nuages se retirent enfin du ciel de l'Arkansas pour ne plus jamais revenir, du moins pas avant le printemps. Puis le ciel s'assombrissait, la température baissait.

Les nuages allaient s'imposer, nous le savions. Les Mexicains quitteraient bientôt notre ferme, comme les Spruill. On ne pouvait leur demander de passer des journées entières à scruter le ciel en essayant de rester au sec, sans être payés.

En fin d'après-midi, il ne restait plus de peinture. L'arrière de la maison, le porche compris, était terminé ; le résultat était stupéfiant. Les planches recouvertes de laque d'un blanc éclatant offraient un contraste saisissant avec le bois naturel. Le lendemain, nous attaquerions le côté ouest, à condition que je réussisse à négocier l'achat de peinture supplémentaire.

J'ai remercié les Mexicains qui ont repris en riant le chemin de la grange. Ils allaient préparer leurs tortillas et se coucher de bonne heure en espérant travailler le lendemain.

Assis sur l'herbe, j'ai admiré leur travail. Je ne voulais pas rentrer à la maison. Les adultes n'avaient pas le moral ; ils m'accueilleraient avec le sourire, essaieraient de trouver quelque chose d'amusant à dire, mais le cœur n'y serait pas.

J'aurais aimé avoir un frère — grand ou petit, cela m'était égal. Mes parents voulaient d'autres enfants, mais il y avait des problèmes. Il me fallait un ami, un autre enfant avec qui parler, jouer, comploter. J'en avais assez d'être le seul petit à la ferme.

Et Tally me manquait. Je faisais de mon mieux pour la détester, mais ça ne marchait pas.

Papy est apparu au coin de la maison ; il s'est arrêté pour examiner la peinture. Je ne savais pas s'il était fâché.

— Allons jeter un coup d'œil au ruisseau, fit-il.

Nous nous sommes dirigés en silence vers le tracteur et nous avons pris la route des champs en suivant les ornières. L'eau recouvrait le chemin où le tracteur et la remorque étaient passés et repassés depuis le début de la récolte. Les roues avant projetaient de la boue, les roues arrière mordaient dans le sol détrempé et creusaient un peu plus les ornières. Nous nous sommes engagés dans un champ qui se transformait en marécage.

Les cotonniers offraient un spectacle pitoyable. Les graines alourdies par le poids de l'eau s'inclinaient vers le sol, les tiges étaient courbées par le vent. Une semaine de grand soleil parviendrait peut-être à sécher la terre et le coton pour nous permettre de terminer la cueillette, mais ce temps-là n'était plus de saison.

Nous avons tourné dans un chemin encore plus détrempé, celui que j'avais suivi avec Tally et qui aboutissait au ruisseau.

Je me tenais légèrement derrière Papy, une main sur le manche du parasol, l'autre sur le garde-boue ; je le voyais de profil. Il avait les mâchoires serrées et les yeux plissés. À part ses flambées de colère, il n'était pas homme à montrer ses émotions. Je ne l'avais jamais vu pleurer ni même avoir les larmes aux yeux. Il se faisait du souci parce qu'il avait une ferme à exploiter, mais il ne se plaignait pas. Si la pluie noyait la récolte, il y avait une raison. Le Seigneur nous protégeait et pourvoyait bon an mal an à nos besoins. Pour nous, les baptistes, Dieu avait la haute main sur tout.

J'étais sûr qu'il y avait une raison pour que les Cardinals aient perdu le championnat, mais je ne voyais pas pourquoi Dieu en avait décidé ainsi. Pourquoi aurait-Il permis que deux équipes de New York se disputent le titre ? C'était pour moi un mystère insondable.

D'un seul coup, l'eau est devenue plus profonde : les pneus avant s'enfonçaient d'une quinzaine de centimètres ; le chemin était inondé. Nous étions tout près du ruisseau. Papy a arrêté le tracteur.

— Il a débordé, dit-il simplement, d'un ton résigné.

L'eau coulait sous un buisson que j'avais vu bien au-dessus du lit du ruisseau, à peu près à l'endroit où Tally avait pris son bain dans une eau fraîche et limpide.

— Nous sommes inondés, reprit Papy en coupant le moteur.

Nous avons écouté le bruit de l'eau qui passait par-dessus les rives du Siler et se répandait sur nos terres du bas. Elle se glissait entre les rangs de coton en suivant la légère inclinaison du terrain. Elle s'arrêterait vers le milieu du champ, à mi-chemin de la maison, à l'endroit où le terrain remontait. Puis l'eau s'accumulerait et finirait par se répandre à l'est et à l'ouest pour recouvrir la majeure partie de nos terres.

J'avais enfin devant les yeux une inondation. Il y en avait eu d'autres, mais j'étais trop petit pour en avoir gardé le souvenir. Toute ma petite enfance, j'avais entendu d'incroyables récits de cours d'eau sortant de leur lit et de terres submergées. Le plus terrifiant était qu'on ne pouvait savoir quand cela s'arrêterait. Rien ne contenait l'avancée des eaux ; elles coulaient où elles voulaient. Atteindraient-elles notre maison ? La Saint Francis déborderait-elle à son tour pour tout recouvrir. Allait-il pleuvoir quarante jours et quarante nuits et allions-nous périr comme ceux qui s'étaient moqués de Noé ?

Probablement pas. Il ne fallait pas oublier l'arc-en-ciel symbolisant la promesse de Dieu de ne plus jamais inonder la terre. C'est pourtant bien une inondation que je contemplais. La vue d'un arc-en-ciel était presque une manifestation divine pour nous, mais le dernier remontait à plusieurs semaines. Je ne comprenais pas comment Dieu pouvait permettre qu'une telle catastrophe se produise.

Papy était déjà venu au moins trois fois dans la journée : il avait constaté la montée des eaux, attendu et probablement prié.

— Ça a commencé quand ? demandai-je.

— Il y a une heure, à peu près. Je sais pas exactement.

J'avais envie de demander quand cela s'arrêterait, mais je connaissais la réponse.

— C'est de l'eau qui reflue de la Saint Francis ; la rivière est trop pleine, elle ne peut aller nulle part.

Nous avons longuement regardé l'eau se déverser et s'approcher de nous. Elle est encore montée de quelques centimètres sur les pneus avant. J'avais envie de rentrer à la maison ; pas Papy. Ses pires craintes se réalisaient et il était comme fasciné par ce qu'il voyait.

Fin mars, il avait commencé les labours avec mon père, retournant le sol, enfouissant les tiges, les racines et les feuilles de la récolte précédente. Ils étaient heureux de retrouver la nature après une longue hibernation. Ils observaient le ciel, étudiaient l'almanach. Ils avaient commencé à traîner autour de la Coop pour écouter ce que les autres disaient. Les semailles avaient lieu début mai, si le temps s'y prêtait ; le 15 mai représentait la limite à ne pas dépasser pour ensemencer la terre. On me mettait à contribution à partir de début juin, quand l'école était terminée et que les mauvaises herbes commençaient à pousser. On me donnait une houe, on m'indiquait la bonne direction et je passais des heures à éclaircir le coton, une tâche presque aussi difficile et abrutissante que la cueillette. Elle se poursuivait tout au long de l'été, à mesure que le coton et les herbes poussaient. Si les premières fleurs apparaissaient avant le 4 juillet, la récolte serait exceptionnelle. Fin août, nous étions prêts pour la cueillette. Dès le début septembre, nous nous mettions en quête d'ouvriers agricoles, ceux des collines et des Mexicains.

Et là, à la mi-octobre, nous regardions les champs envahis par les eaux. Tout le travail, la sueur, les muscles endoloris, tout l'argent investi dans l'achat de semences, d'engrais et de carburant, tous les projets, tous les espoirs, tout s'en allait à vau-l'eau.

Nous attendions, mais la montée des eaux se poursuivait. Le niveau avait atteint la moitié des roues avant du tracteur quand Papy s'est enfin décidé à redémarrer. La lumière était incertaine, le chemin recouvert par les eaux. Du train où allaient les choses, les terres du bas seraient inondées au lever du soleil.

Jamais un tel silence n'avait régné pendant le souper. Même Grand-mère ne trouvait pas un mot gentil à dire.

J'ai mangé mes haricots beurre du bout des dents en essayant d'imaginer à quoi pensaient mes parents. Mon père devait se faire du souci pour l'avance sur la récolte, une dette qu'il serait impossible de rembourser ; ma mère préparait certainement sa fuite. Elle n'était pas aussi abattue que les autres adultes. Une récolte désastreuse suivant un printemps et un été si prometteurs lui fournirait une panoplie d'arguments à utiliser contre mon père.

L'inondation m'empêchait de penser à des choses plus graves — Hank, Tally, Cow-boy —, ce qui n'était pas désagréable. Mais je gardais le silence.

L'école n'allait pas tarder à reprendre ; ma mère a décidé que je ferais tous les soirs des exercices de lecture et d'écriture. L'école me manquait — ce que je n'aurais reconnu pour rien au monde — et l'idée de faire ces devoirs me plaisait.

Ma mère a trouvé que ma cursive avait perdu de sa rondeur et qu'il fallait que je m'entraîne beaucoup. Je lisais aussi d'une manière heurtée.

— Tu vois le résultat du travail dans les champs ?

Nous étions seuls dans la chambre de Ricky ; nous lisions chacun notre tour avant le coucher.

— J'ai un secret à te dire, murmura ma mère. Tu sauras le garder ?

Si tu savais, me dis-je.

— Bien sûr.

— Tu promets ?

— Oui.

— Tu ne dois en parler à personne, même à Papy et Grand-mère.

— D'accord. Tu me le dis ?

— Ton père et moi, annonça-t-elle en se rapprochant encore, nous envisageons de partir dans le Nord.

— Et moi ?

— Tu viens avec nous.

Quel soulagement !

— Pour travailler comme Jimmy Dale ?

— C'est ça. Ton père a discuté avec Jimmy Dale qui peut lui trouver du travail à l'usine Buick de Flint, dans le Michigan. La paye est bonne. Nous n'y resterons pas indéfiniment, mais il faut que ton père trouve un emploi stable.

— Et Papy et Grand-mère ?

— Ils ne partiront jamais d'ici.

— Tu crois qu'ils continueront à cultiver le coton ?

— Je suppose. Je ne vois pas ce qu'ils pourraient faire d'autre.

— Comment y arriveront-ils sans nous ?

— Ils se débrouilleront. Écoute, Luke, on ne peut pas continuer à perdre de l'argent tous les ans et à en emprunter de plus en plus. Nous sommes prêts, ton père et moi, à essayer autre chose.

J'étais partagé. Je voulais que mes parents soient heureux et jamais ma mère ne se sentirait bien dans une ferme, surtout si elle était obligée de vivre avec ses beaux-parents. Il n'était pas question que je devienne fermier, mais mon avenir était assuré chez les Cardinals. L'idée de quitter l'endroit où j'avais toujours vécu me déboussolait pourtant. Et je ne pouvais imaginer la vie sans Papy et Grand-mère.

— C'est un projet excitant, Luke, poursuivit-elle en chuchotant. Aie confiance en moi.

— Je te crois. Y fait froid, dans le Nord ?

— »Il fait », rectifia-t-elle. Il y a beaucoup de neige en hiver, mais je pense que ce sera amusant. Nous construirons un bonhomme de neige et nous aurons un beau sapin de Noël enneigé.

Je n'avais pas oublié ce que Jimmy Dale avait dit sur les matches des Tigres de Detroit auxquels il assistait, sur les bons salaires, les bonnes écoles et les postes de télévision. Puis j'ai pensé à sa femme, l'odieuse Stacy à la voix nasillarde, à qui j'avais fait la peur de sa vie dans nos toilettes.

— Ils parlent tous du nez là-bas ?

— Nous nous y ferons. Ce sera une aventure, Luke. Et si la vie ne nous plaît pas, nous reviendrons.

— Nous reviendrons ici ?

— Dans l'Arkansas ou ailleurs dans le Sud.

— Je ne veux pas voir Stacy.

— Moi non plus. Allez, couche-toi maintenant et penses-y. N'oublie pas que c'est notre secret.

— D'accord, maman.

Elle m'a bordé avant d'éteindre la lumière.

Encore des nouvelles à ajouter dans la lettre que j'enverrais à Ricky.

32

La dernière bouchée de ses œufs brouillés à peine avalée, Papy s'est levé pour regarder par la fenêtre de l'évier. Il y avait assez de lumière pour voir ce qu'il voulait.

— Allons jeter un coup d'œil, fit-il.

Nous sommes sortis derrière lui et nous avons traversé la cour en direction de la grange. Enveloppé dans un gros pull-over, j'essayais de ne pas me laisser distancer par mon père. L'herbe était trempée, mes bottes aussi, après quelques pas. Nous nous sommes arrêtés à la limite du premier champ pour regarder la ligne sombre des arbres bordant le Siler, à plus d'un kilomètre de là. Dix-sept hectares de coton s'étendaient devant nous, la moitié de nos terres. Ils étaient en partie recouverts par les eaux, mais nous ne savions pas dans quelle proportion.

Papy s'est engagé entre deux rangs ; nous n'avons bientôt plus vu que ses épaules et son chapeau de paille. Il s'arrêterait à la limite des terres inondées. S'il allait loin, la crue n'aurait pas provoqué autant de dégâts que nous le redoutions. Peut-être les eaux se retiraient-elles, peut-être le soleil allait-il apparaître. Peut-être pourrions-nous sauver quelque chose.

Au bout d'une vingtaine de mètres, à peu près la distance entre le monticule du lanceur et le marbre, il s'est arrêté, la tête penchée en avant. Nous ne pouvions pas voir le sol ni s'il était recouvert par les eaux, mais nous avons compris.

— L'eau est déjà là, lança-t-il par-dessus son épaule. Il y a cinq centimètres.

L'inondation progressait plus vite que les hommes ne l'avaient prédit, ce qui, étant donné leur pessimisme naturel, avait de quoi étonner.

— Jamais on n'a vu ça en octobre, affirma Grand-mère en tortillant son tablier.

Papy continuait à regarder autour de ses pieds ; nous ne le quittions pas des yeux. Le soleil se levait, mais le ciel était couvert et les nuages projetaient des ombres mouvantes. En entendant une voix sur la droite, je me suis retourné. Les Mexicains étaient là, formant un groupe silencieux ; ils nous regardaient. Un cortège funèbre n'aurait pas été plus sinistre.

Nous étions tous curieux de voir de plus près la montée des eaux. J'en avais été témoin la veille, mais je voulais voir l'inondation gagner du terrain, avancer lentement vers notre maison, comme un serpent géant dont rien ne pouvait arrêter la progression. Mon père s'est enfoncé dans les rangs. Il s'est arrêté près de Papy, les mains sur les hanches, comme son père. Grand-mère et ma mère ont suivi le mouvement ; je leur ai emboîté le pas. Les Mexicains nous ont imités et nous nous sommes déployés en éventail dans le champ. Chacun s'est arrêté à la limite de l'inondation ; nous formions une ligne dans le champ.

J'ai cassé un bout de tige et je l'ai enfoncé dans le sol, à l'endroit où l'eau arrivait ; en une minute, il était submergé.

Pendant que nous revenions lentement sur nos pas, mon père et Papy ont parlé aux Mexicains. Ils étaient prêts à partir, soit pour rentrer chez eux, soit pour chercher une autre ferme où la récolte se poursuivait. Comment leur en vouloir ? Je suis resté en arrière du groupe, juste assez près pour entendre ce qu'ils disaient. Il a été décidé que Papy les accompagnerait sur les terres du haut, où le sol était un peu plus élevé, et qu'ils essaieraient de travailler quelques heures. Le coton était trempé, mais si le soleil réussissait à percer les nuages, peut-être pourraient-ils cueillir une centaine de livres chacun.

Mon père irait en ville — cela ferait deux jours de suite — et se renseignerait à la Coop pour essayer de trouver une autre ferme où nos Mexicains pourraient travailler. Il y avait de meilleures terres au nord-est du comté, loin des ruisseaux et de la Saint Francis. À ce qu'on disait, la région de Monette n'avait pas été aussi arrosée que nous, plus au sud.

J'étais dans la cuisine avec les femmes quand mon père est venu nous exposer le programme de la journée.

— Le coton est trempé, déclara Grand-mère d'un ton désapprobateur. Ils ne feront pas cinquante livres. C'est une perte de temps.

Papy, qui était encore dehors, n'a pas entendu. Mon père n'avait pas envie de discuter avec sa mère.

— Nous allons essayer de les envoyer dans une autre ferme, expliqua-t-il.

— Je peux aller en ville avec toi ? demandai-je.

Si je ne partais pas, je risquais d'être enrôlé pour une marche forcée avec les Mexicains jusqu'aux terres du haut où on m'obligerait à traîner un sac dans l'eau et dans la boue, et à cueillir le coton imbibé de pluie.

— Oui, répondit ma mère avec un bon sourire. Nous avons besoin de peinture.

Grand-mère nous a lancé un regard réprobateur. Pourquoi dépenser en peinture de l'argent que nous n'avions pas alors que nous étions sur le point de perdre une autre récolte ? Mais la maison était déjà à demi peinte, le blanc éclatant de la laque offrant un contraste marqué avec les vieilles planches : il fallait achever le travail.

Mon père aussi avait l'air gêné à l'idée de dépenser encore de l'argent, mais il a donné son accord.

— Je reste, fit ma mère. J'ai des conserves de gombos à faire.

Encore un tour en ville : j'avais de la chance. Débarrassé de la corvée du coton, j'allais me laisser conduire en imaginant un moyen de me faire offrir une glace ou des bonbons à Black Oak. Mais je devais être prudent : j'étais le seul Chandler qui se sentait heureux.

Quand nous nous sommes arrêtés au pont, la Saint Francis semblait sur le point de déborder.

— Tu crois qu'on ne risque rien ?
— J'espère, répondit mon père.

Il est passé en première et nous nous sommes engagés sur le pont, évitant de regarder en contrebas. Avec le poids du pick-up et la force du courant, le pont a commencé à trembler quand nous avons atteint le milieu. Nous avons pris de la vitesse ; en atteignant sains et saufs l'autre rive, nous avons poussé un soupir de soulagement.

Ce serait une catastrophe si le pont était emporté par la rivière en crue. La ferme serait isolée, les eaux s'élèveraient tout autour, nous serions coupés du monde. Même les Latcher seraient mieux lotis : ils habitaient sur l'autre rive, du côté de Black Oak et de la civilisation.

Nous avons tourné la tête en passant devant chez eux.

— Leur maison est inondée, affirma mon père. Nous ne pouvions voir aussi loin, mais leurs champs étaient bel et bien sous les eaux.

En nous approchant de la ville, nous avons vu des Mexicains au travail, mais moins que d'habitude. Nous

nous sommes garés devant la Coop. Assis au fond, devant un café, une poignée de fermiers au visage fermé discutaient de leurs problèmes. Avant de les rejoindre, mon père m'a donné une pièce de cinq cents pour acheter un Coca-Cola.

— Vous continuez la cueillette, chez vous ? demanda un des fermiers.

— Un peu, j'espère.

— Et le ruisseau ?

— Il a débordé hier soir. L'eau a avancé de huit cents mètres avant le lever du jour ; les terres du bas sont inondées.

Un long silence a accueilli la mauvaise nouvelle, chacun baissant les yeux et plaignant les pauvres Chandler. La vie de fermier m'apparaissait de plus en plus détestable.

— Je pense que la rivière ne déborde pas, glissa un autre homme.

— Pas par chez nous, fit mon père. Mais ça va pas tarder.

Tout le monde a hoché la tête ; ils semblaient partager son pessimisme.

— Il y a d'autres terres inondées ? reprit mon père.

— J'ai entendu dire que les Triplett ont huit hectares sous les eaux, lança un fermier, mais je l'ai pas vu de mes propres yeux.

— L'eau reflue dans tous les ruisseaux, ajouta un autre. La Saint Francis a du mal à contenir tout ça.

Chacun a considéré la situation en silence.

— Quelqu'un a besoin de Mexicains ? demanda enfin mon père. J'en ai neuf qui n'ont plus de travail. Ils sont prêts à rentrer chez eux.

— Et le dixième, qu'est-ce qu'il est devenu ?

— J'en sais rien. Il est parti depuis longtemps et on n'a pas eu le temps de s'en faire pour lui.

— Riggs connaît une ferme au nord de Blytheville, où on prendrait des Mexicains.

— Où est Riggs ? demanda mon père.

— Il revient tout de suite.

Ceux des collines partaient en masse ; la conversation a roulé un moment sur eux et sur les Mexicains. L'exode de la main-d'œuvre constituait le signe évident que la récolte était terminée. De maussade, le climat qui régnait dans l'arrière-salle de la Coop est devenu sinistre ; je suis parti dire bonjour à Pearl, dans l'espoir de me faire offrir un Tootsie Roll.

Pour la première fois, j'ai trouvé l'épicerie fermée. Une petite pancarte donnait les horaires d'ouverture : de 9 heures à 6 heures, du lundi au vendredi, et de 9 heures à 9 heures, le samedi. Le magasin était fermé le dimanche, cela allait sans dire. Sparky Dillon, le mécanicien du garage Texaco, s'est planté derrière moi.

— Ça n'ouvre qu'à 9 heures, petit.

— Il est quelle heure ?

— 8 h 20.

Je n'étais jamais venu à Black Oak de si bonne heure. J'ai regardé des deux côtés de la Grand-rue en me demandant où je pouvais aller. J'ai choisi le drugstore en pensant aux glaces de Cindy ; je commençais à marcher dans cette direction quand j'ai entendu des bruits de moteur. Deux camions arrivaient du sud, notre partie du comté. C'étaient à l'évidence des ouvriers des collines qui rentraient chez eux avec tout leur bataclan entassé et débordant des deux côtés des véhicules. On aurait pu prendre la famille du premier camion pour les Spruill, avec des adolescents accroupis sur un vieux matelas, qui regardaient d'un air morne les devantures des magasins. Le second camion était bien plus beau et plus propre. Il avait aussi un chargement de cartons et de sacs de toile, mais tout était soigneusement rassemblé au milieu. L'homme était au volant, la femme à ses côtés. Sur les genoux de sa mère un petit enfant m'a fait un signe de la main en passant ; je lui ai répondu.

Grand-mère disait que, chez ceux des collines, certains avaient de plus belles maisons que nous. Je n'avais jamais compris pourquoi ils quittaient les monts Ozarks avec armes et bagages pour venir cueillir le coton.

Voyant mon père entrer dans la quincaillerie, je l'ai suivi. Je l'ai trouvé au fond, au rayon peinture, avec le vendeur ; quatre pots de quatre litres de laque blanche Pittsburgh Paint étaient alignés sur le comptoir. Cela m'a fait penser aux Pirates de Pittsburgh. Ils avaient encore terminé à la dernière place de la National League ; leur seul grand joueur était Ralph Kiner, auteur de trente-sept home runs.

Un jour, je jouerais à Pittsburgh sous le maillot rouge des Cardinals et j'écraserais les pauvres Pirates.

Il avait fallu toute la peinture que nous avions pour terminer l'arrière de la maison. Les Mexicains ne tarderaient pas à partir. Il me paraissait sensé d'acheter de la peinture en grande quantité et de profiter de cette main-d'œuvre gratuite. Sinon, après leur départ, je me retrouverais avec tout le travail sur les bras.

— Il n'y a pas assez de peinture, murmurai-je dans l'oreille de mon père pendant que le vendeur faisait ses comptes.

— Ça suffira pour aujourd'hui, répliqua-t-il, le front plissé, pensant au prix que cela allait coûter.

— Dix dollars, plus trente-six *cents* de taxe, annonça le vendeur.

Mon père a fouillé dans sa poche. Il en a sorti une petite liasse de billets qu'il a comptés avec lenteur, comme s'il hésitait à s'en séparer.

Il s'est arrêté à dix : dix billets d'un dollar. Quand il fut évident qu'il n'avait pas assez, il est parti d'un rire qui sonnait faux.

— On dirait que j'ai que dix dollars. Je paierai la taxe la prochaine fois.

— Bien sûr, monsieur Chandler, dit le vendeur.

Prenant chacun deux pots, ils ont chargé la peinture à l'arrière du pick-up. Mon père a vu M. Riggs entrer à la Coop ; il est allé le rejoindre pour parler de nos Mexicains. Je suis rentré dans la quincaillerie pour aller voir le vendeur.

— Combien coûtent deux pots ?

— Deux dollars cinquante le pot ; cinq dollars les deux. J'ai pris mon argent dans ma poche.

— Voilà cinq dollars, fis-je en tendant les billets.

Il a d'abord refusé de les prendre.

— C'est l'argent que tu as gagné en cueillant le coton ?

— Oui, monsieur.

— Ton père sait que tu achètes de la peinture avec ?

— Pas encore.

— Qu'est-ce que vous peignez donc, chez vous ?

— La maison.

— Pourquoi vous faites ça ?

— Parce qu'elle a jamais été peinte.

Il a pris mon argent à contrecœur.

— Plus dix-huit *cents* de taxes, ajouta-t-il.

— Combien doit mon père pour les taxes ? demandai-je en prenant un autre billet d'un dollar.

— Trente-six *cents*.

— Prenez-les là-dessus.

— Très bien.

Après m'avoir rendu la monnaie, il a transporté les deux pots dans le pick-up. Je suis resté sur le trottoir pour surveiller notre peinture, comme si quelqu'un pouvait essayer de la voler.

Derrière le magasin de Pop et Pearl, j'ai vu M. Lynch Thornton ouvrir la porte du bureau de poste et entrer. Je suis parti dans cette direction en me retournant pour regarder le pick-up. M. Thornton était souvent grincheux, à cause de sa femme qui était portée sur le whisky, disaient les mauvaises langues. L'alcool sous toutes ses formes était mal vu à Black Oak. Le magasin de vins et spiritueux le plus proche se trouvait à Blytheville, mais quelques contrebandiers d'alcool faisaient de bonnes affaires. C'est Ricky qui me l'avait dit. Il m'avait confié qu'il n'aimait pas le whisky mais qu'il buvait une bière de temps en temps. J'avais entendu tant de prêches sur les méfaits de l'alcool que j'étais inquiet pour le salut de l'âme de Ricky. Et s'il était honteux pour un homme de boire en douce, pour une femme, c'était proprement scandaleux.

Je voulais demander à M. Thornton comment faire pour envoyer ma lettre à Ricky de telle manière que personne ne soit au courant. Elle comportait trois pages et j'étais fier de ce que j'avais accompli. Mais elle contenait tous les détails sur le bébé de Libby ; je me demandais encore s'il fallait l'envoyer en Corée.

— Bonjour, dis-je à M. Thornton qui coiffait sa visière derrière son guichet.

— Tu es le petit Chandler ? demanda-t-il en levant à peine la tête.

— Oui, monsieur.

— J'ai quelque chose pour toi.

Il a disparu quelques secondes ; quand il est revenu, il avait deux lettres à la main. L'une était de Ricky.

— Ce sera tout ?

— Oui, monsieur. Merci.

— Comment va-t-il ?

— Bien, monsieur. Je suppose.

Je suis reparti en courant vers le pick-up, tenant les deux lettres dans ma main serrée. L'autre venait du concessionnaire John Deere, à Jonesboro. J'ai étudié celle de Ricky. Elle nous était adressée à tous : Famille Chandler, Nationale 4, Black Oak, Arkansas. Dans l'angle supérieur gauche figurait l'adresse de l'expéditeur, une succession déroutante de lettres et de chiffres. La dernière ligne indiquait San Diego, Californie.

Ricky était vivant et nous envoyait une lettre ; rien d'autre ne comptait. Mon père venait à ma rencontre. Je me suis élancé vers lui, la lettre à la main ; nous nous sommes assis dans l'embrasure de la porte de la mercerie pour la lire de la première à la dernière ligne. Ricky était encore pressé, sa lettre ne faisait qu'une page. Il écrivait que son unité restait loin du théâtre des opérations ; il paraissait déçu, mais rien n'aurait pu nous réjouir davantage. Il ajoutait que les rumeurs d'un cessez-le-feu se faisaient de plus en plus insistantes et qu'il était même question d'être de retour au pays pour Noël.

Le dernier paragraphe avait de quoi nous effrayer. Un de ses copains, un gars du Texas, avait péri dans l'explosion d'une mine terrestre. Ils avaient le même âge et avaient fait leurs classes ensemble. Quand Ricky serait revenu, il irait à Fort Worth pour voir la mère de son copain.

Mon père a plié la lettre et l'a fourrée dans sa poche. Nous sommes montés dans le pick-up et avons repris la route de la ferme.

De retour pour Noël : le plus beau des cadeaux qu'on puisse imaginer.

Nous nous sommes garés sous le chêne et mon père a fait le tour du pick-up pour décharger la peinture. Il s'est immobilisé, a compté les pots, s'est tourné vers moi.

— Comment est-il possible qu'il y en ait six ?
— J'en ai acheté deux autres. Et j'ai payé les taxes.
— Tu as utilisé l'argent du coton ? demanda-t-il après un moment d'hésitation.
— Oui, papa.
— J'aurais préféré que tu ne t'en serves pas.

— Je voulais participer.

Il s'est gratté le front en réfléchissant.

— Ça me paraît honnête, déclara-t-il enfin.

Nous avons transporté la peinture sous le porche arrière, puis il a annoncé qu'il allait voir sur les terres du haut comment les choses se passaient pour Papy et les Mexicains. S'il était possible de cueillir le coton, il y resterait. Il m'a donné la permission de commencer la peinture du mur ouest de la maison. Je voulais travailler seul. Je voulais donner l'impression d'être écrasé par l'énormité de la tâche, afin que les Mexicains prennent pitié de moi à leur retour.

Ils sont arrivés à midi, crottés, fatigués, déçus par une matinée peu productive. J'ai entendu Papy murmurer à Grand-mère : « Le coton est trop mouillé. » Après un repas de gombos frits accompagnés de biscuits, je suis retourné à mon travail.

Je surveillais la porte de la grange du coin de l'œil, mais une éternité s'est écoulée sans que personne vienne à mon aide. Que pouvaient-ils bien fabriquer là-dedans ? Le déjeuner était terminé, les tortillas englouties depuis longtemps. Ils devaient aussi avoir achevé leur sieste. Ils savaient que la maison n'était qu'à demi peinte. Pourquoi ne venaient-ils pas me donner un coup de main ?

Le ciel s'est assombri à l'ouest, mais je n'ai rien remarqué avant l'arrivée de Papy et Grand-mère.

— Il pourrait bien pleuvoir, Luke, fit Papy. Il vaut mieux arrêter la peinture.

J'ai nettoyé mon pinceau et caché mon pot sous un banc, comme si la pluie risquait de l'endommager. Je me suis assis sur le banc entre mes grands-parents et nous avons écouté une fois de plus les bruits sourds et prolongés qui venaient de l'ouest. La pluie était inévitable.

33

Le lendemain matin, après un petit déjeuner assez tardif, nous sommes sortis évaluer les dégâts, comme la veille. Après avoir marché dans l'herbe trempée en direction de la grange, nous nous sommes arrêtés au bord du champ de coton et nous avons vu l'eau. Pas l'eau de pluie accumulée pendant la nuit, mais l'eau boueuse de la crue du ruisseau. Elle avait sept ou huit centimètres de profondeur et semblait prête à se répandre hors du champ et à entamer sa lente progression vers la grange, la cabane à outils, les poulaillers et, pour finir, la maison.

Les tiges inclinées vers l'est témoignaient de la force du vent qui avait assailli la ferme toute la nuit. Les graines pendaient, alourdies par le poids de l'eau.

— Tu crois que la maison va être inondée, Papy ? Il a secoué la tête en passant un bras autour de mes épaules.

— Non, Luke, répondit-il. L'eau n'est jamais arrivée jusqu'à la maison. Elle s'en est approchée une ou deux fois, mais la ferme est encore à un mètre au-dessus de l'endroit où nous sommes. Ne t'inquiète pas.

— Elle est entrée dans la grange une fois, glissa mon

père. L'année d'après la naissance de Luke, il me semble.

— En 46, confirma ma Grand-mère qui avait la mémoire des dates. Mais c'était en mai, ajouta-t-elle. Deux semaines après les semailles.

Il faisait froid, le vent effilochait dans le ciel des nuages élevés ; la pluie ne semblait pas devoir reprendre. Des conditions idéales pour peindre, en supposant que je puisse trouver de l'aide. Les Mexicains sont passés près de nous, mais pas assez pour engager la conversation.

Ils allaient bientôt partir, peut-être dans les heures qui venaient. Nous les emmènerions à la Coop où un fermier dont les terres n'étaient pas inondées viendrait les chercher. En entendant les adultes en parler pendant qu'ils buvaient leur café, j'avais failli céder à l'affolement. Neuf Mexicains pouvaient peindre en moins d'une journée tout le côté ouest de la maison ; il me faudrait un mois. La timidité n'était plus de mise.

Tandis que les adultes repartaient vers la maison, je suis allé à la rencontre des Mexicains.

— *Buenos días. Cómo está ?*

Ils m'ont répondu tous les neuf, chacun avec un mot ou un geste. Ils retournaient à la grange, avec la perspective d'une nouvelle journée perdue. Je les ai accompagnés jusqu'à ce que nous soyons assez loin pour que mes parents n'entendent pas.

— Vous voulez faire un peu de peinture ? Miguel a traduit à la vitesse d'une mitraillette ; j'ai vu des sourires se former sur tous les visages.

Dix minutes plus tard, trois des six pots de laque étaient ouverts et il y avait des Mexicains tout le long du mur à peindre, qui se disputaient les trois pinceaux. Une autre équipe installait un échafaudage. Je m'agitais en donnant des instructions dont personne ne semblait tenir compte. Miguel et Roberto lançaient leurs propres directives en espagnol, sans plus de résultat que moi.

Ma mère et Grand-mère nous observaient par la fenêtre de la cuisine en lavant la vaisselle. Papy est allé dans la cabane à outils chercher quelque chose pour le tracteur. Mon père était parti tout seul ; il devait évaluer les dégâts causés aux récoltes en se demandant ce qu'il allait faire.

Il y avait urgence pour la peinture. Les Mexicains blaguaient, rigolaient et se taquinaient, mais ils travaillaient deux fois plus vite que l'avant-veille. Pas une seconde n'était perdue. Les pinceaux changeaient de main toutes les demi-heures : il y avait toujours du sang frais. En milieu de matinée ils avaient peint la moitié du mur ; ce n'était pas une grande maison.

J'étais content de rester à l'écart. Ils travaillaient si vite que je ne voyais pas l'intérêt de prendre un pinceau et de ralentir la cadence. Et nous ne disposerions pas longtemps de cette main-d'œuvre gratuite. Le moment approchait où je me retrouverais seul pour achever le travail.

Ma mère a apporté du thé glacé et des cookies sans que le travail s'interrompe. Ceux qui étaient sous l'arbre avec moi ont grignoté, puis trois d'entre eux ont remplacé les peintres.

— Auras-tu assez de peinture ? m'a glissé ma mère à l'oreille.

— Non, maman.

Elle est repartie dans la cuisine.

Avant le déjeuner, tout le mur était recouvert d'une épaisse couche blanche qui étincelait sous les rayons intermittents du soleil. Il restait un pot de quatre litres. J'ai emmené Miguel voir le mur opposé, là où Trot avait commencé ses travaux un mois plus tôt et je lui ai montré une bande de bois brut que je n'avais pas réussi à atteindre. Il a aboyé un ordre ; une équipe est venue nous rejoindre.

Ils ont employé une nouvelle méthode. Au lieu de mettre en place un échafaudage de fortune, Pepe et Luis, deux des plus petits, se sont juchés sur les épaules de Pablo et de Roberto, les deux plus forts, et ont commencé à peindre juste au-dessous du toit. Cela a bien entendu suscité de la part de leurs compagnons une salve de remarques et de plaisanteries.

À l'heure du repas, il ne restait plus de peinture. J'ai serré la main à tous les Mexicains en les remerciant avec effusion. Ils ont repris le chemin de la grange en riant et en jacassant. Il était midi, le soleil brillait, la température montait. En les regardant s'éloigner, j'ai tourné la tête vers le champ proche de la grange. L'eau était visible. Il semblait curieux que l'inondation progresse pendant que le soleil brillait.

Je me suis retourné pour inspecter la maison. L'arrière et les deux côtés paraissaient presque neufs. Seule la façade n'était pas peinte ; avec mon expérience toute fraîche, je savais que je pourrais achever le travail sans l'aide des Mexicains.

— À table, Luke ! lança ma mère en s'avançant sous le porche.

J'ai hésité une seconde, admirant notre réalisation. Elle est venue me rejoindre et nous avons contemplé la maison ensemble.

— C'est du très bon travail, Luke.
— Merci.
— Combien de peinture reste-t-il ?
— Plus rien. On a tout utilisé.
— Combien en faudra-t-il pour la façade ?

Elle n'était pas aussi longue que les murs latéraux, mais comprenait un porche, comme sur l'arrière.

— Je dirais quatre ou cinq pots, déclarai-je, comme si je peignais des maisons depuis dix ans.

— Je ne veux pas que tu dépenses ton argent comme ça, poursuivit ma mère.

— C'est mon argent. Vous avez dit que j'en ferais ce que je voulais.

— C'est vrai, mais tu ne devrais pas le dépenser pour des choses comme ça.

— Je m'en fiche. Je veux participer.

— Et ton maillot de base-ball ?

Le maillot des Cardinals qui m'avait fait perdre le sommeil paraissait maintenant de peu d'importance. Et puis je m'étais dit qu'il existait un autre moyen de l'avoir.

— Le père Noël m'en apportera peut-être un.

— Peut-être, approuva-t-elle en souriant. Viens déjeuner.

Mon père a attendu que Papy ait remercié le Seigneur pour la nourriture, sans un mot sur le temps ni la récolte, pour annoncer d'un ton funèbre que l'eau avait commencé à traverser la route des champs pour gagner les terres du haut. Personne n'a trouvé grand-chose à dire ; les mauvaises nouvelles ne nous faisaient plus réagir.

Rassemblés autour du pick-up, les Mexicains attendaient Papy. Chacun portait un petit sac contenant ses affaires, le même qu'à leur arrivée, six semaines plus tôt. Je leur ai dit au revoir en leur serrant la main, l'un après l'autre. J'étais aussi impatient que d'habitude d'aller faire un tour en ville, même si ce voyage n'avait rien d'agréable.

— Luke, va aider ta mère dans le potager, ordonna mon père tandis que les Mexicains montaient à l'arrière et que Papy démarrait le pick-up.

— Je croyais que j'allais en ville.

— Ne m'oblige pas à répéter ce que j'ai dit.

Pendant que le pick-up s'éloignait, tous les

Mexicains ont agité la main en regardant tristement notre maison pour la dernière fois. Mon père avait expliqué qu'on les conduirait dans une grande ferme au nord de Blytheville, à deux heures de route, où ils auraient, si le temps le permettait, trois ou quatre semaines de travail avant de rentrer chez eux. Ma mère avait demandé s'ils feraient le voyage de retour en bétaillère ou en car, mais elle n'avait pas insisté. Nous n'avions pas voix au chapitre et cette question avait perdu de son importance devant l'inondation qui envahissait nos champs.

La nourriture, en revanche, était importante. De la nourriture pour le long hiver qui suivrait une mauvaise récolte, au cours duquel tout ce que nous mangerions viendrait du potager. Cela n'avait rien d'inhabituel, mais nous n'aurions pas un sou pour acheter autre chose que de la farine, du sucre et du café. Après une bonne récolte, il y avait un peu d'argent caché sous un matelas, quelques billets précieusement mis de côté, qui pouvaient être utilisés pour s'offrir de temps en temps un luxe : un Coca-Cola, une glace, une boîte de biscuits salés ou du pain blanc. Après une mauvaise récolte, si nous n'avions pas produit assez, il n'y avait pas à manger.

L'automne était la saison des haricots, des navets et des pois, les légumes tardifs semés en mai et juin. Il restait quelques tomates, les dernières.

Le potager changeait au fil des saisons, sauf en hiver, où la terre se reposait et reprenait des forces pour les mois à venir.

Grand-mère était dans la cuisine ; elle faisait bouillir des haricots à cosse violette pour les mettre en conserve. Ma mère m'attendait dans le potager.

— Je voulais aller en ville.

— Désolée, Luke. Nous n'avons pas de temps à

perdre. S'il continue de pleuvoir, les haricots vont pourrir. Et imagine que le potager soit inondé.

— Ils vont acheter de la peinture ?
— Je ne sais pas.
— Je voulais acheter de la peinture.
— Nous verrons cela demain. Pour l'instant, nous avons ces navets à arracher.

La robe retroussée, ma mère était pieds nus, dans la boue jusqu'aux chevilles ; jamais je ne l'avais vue aussi sale. Je me suis baissé pour me mettre au travail. En quelques minutes, j'étais couvert de boue, de la tête aux pieds.

J'ai arraché des navets et cueilli des légumes pendant deux heures, puis je les ai lavés dans le tub, sous le porche arrière. Grand-mère les a emportés dans la cuisine pour les mettre en conserve.

La ferme était calme : ni vent ni tonnerre, pas de Spruill dans la cour, pas de Mexicains autour de la grange. Nous nous retrouvions seuls, entre Chandler, pour lutter contre les éléments et essayer de rester au sec. Je me répétais que la vie serait plus agréable quand Ricky reviendrait : j'aurais quelqu'un avec qui jouer et à qui parler.

Ma mère a apporté un autre panier du potager. Fatiguée, en sueur, elle a commencé à se laver avec un linge et un seau d'eau. Elle ne supportait pas d'être sale ; une phobie qu'elle avait essayé de me transmettre.

— Allons faire un tour dans la grange, proposa-t-elle. Je n'y avais pas mis les pieds depuis six semaines, quand les Mexicains étaient arrivés.

Nous avons parlé à Isabel, notre vache à lait, avant de monter à l'échelle menant au fenil. Ma mère s'était donné du mal pour aménager l'endroit où les Mexicains allaient vivre. Elle avait passé l'hiver à rassembler de vieilles couvertures et des oreillers, elle avait placé dans le fenil le ventilateur qui, depuis des années, avait été bien utile pour rafraîchir l'air sous le porche avant. Elle avait obligé mon père à tirer un fil électrique de la maison à la grange.

« Ce sont des êtres humains, contrairement à ce que certains pensent, par ici », l'avais-je souvent entendue dire.

Le fenil était aussi propre et net que le jour de l'arrivée des Mexicains. Les couvertures et les oreillers étaient empilés près du ventilateur. Le plancher avait été balayé ; pas une saleté, pas un détritus n'était visible. Ma mère était fière des Mexicains : elle les avait traités avec respect et ils l'avaient payée de retour.

Nous avons ouvert la porte du fenil, celle par laquelle Luis avait passé la tête quand Hank bombardait les Mexicains avec des pierres et des mottes de terre ; nous nous sommes assis sur le rebord, les jambes ballantes. À neuf mètres au-dessus du sol, on ne pouvait avoir une meilleure vue sur la ferme. À l'ouest la ligne des arbres marquait les rives de la Saint Francis ; juste devant nous le champ le plus proche de la grange était recouvert par les eaux du Siler.

À certains endroits, l'eau arrivait presque en haut des tiges des cotonniers. De notre poste d'observation, nous pouvions mieux constater l'avancée de l'inondation. Entre les rangs parfaitement alignés, elle se dirigeait droit sur la grange ; recouvrant la route des champs, elle atteignait les terres du haut.

Si la Saint Francis débordait, la maison serait menacée.

— Je pense que la cueillette est terminée.

— On le dirait, fit ma mère avec juste une pointe de tristesse dans la voix.

— Pourquoi nos terres sont-elles inondées si vite ?

— Elles sont basses et proches de la rivière. Ce ne sont pas de très bonnes terres, Luke, et cela ne changera jamais. Il n'y a pas beaucoup d'avenir ici : voilà une des raisons pour lesquelles nous partons.

— Où irons-nous ?

— Dans le Nord. Là où il y a du travail.

— Combien de temps...

— Pas longtemps. Nous resterons jusqu'à ce que nous ayons mis un peu d'argent de côté. Ton père travaillera à l'usine Buick, avec Jimmy Dale ; les ouvriers sont payés trois dollars l'heure. Nous nous débrouillerons, nous nous serrerons la ceinture et tu iras à l'école, dans une bonne école.

— Je ne veux pas aller dans une nouvelle école.

— Ça te plaira, Luke. Il y a de grandes et belles écoles dans le Nord.

Ça ne me plaisait pas du tout. Mes amis vivaient à Black Oak ; à part Jimmy Dale et Stacy, je ne connaissais absolument personne dans le Nord. Ma mère a posé la main sur mon genou ; elle a commencé à le caresser, comme si cela pouvait me réconforter.

— Le changement est toujours difficile, Luke, mais il peut aussi être excitant. Pense à cela comme à une aventure. Tu veux toujours jouer au base-ball avec les Cardinals ?

— Oui, maman.

— Eh bien, il faudra aussi que tu partes dans le Nord, que tu t'installes dans une nouvelle maison, que tu te fasses de nouveaux amis et que tu fréquentes une nouvelle église. C'est excitant, non ?

— Sans doute.

Nos jambes nues se balançaient doucement. Un nuage cachait le soleil, un vent léger nous caressait le visage. Les arbres bordant notre champ commençaient à jaunir ou à roussir et perdaient leurs feuilles.

— On ne peut pas rester ici, Luke, reprit doucement ma mère, comme si elle s'était déjà transportée en esprit dans le Nord.

— Qu'est-ce qu'on fera, quand on reviendra ?

— On ne reviendra pas à la terre. On trouvera du travail à Memphis ou à Little Rock, on se fera construire une maison avec la télévision et le téléphone. On aura une jolie voiture et tu joueras au base-ball dans une équipe où les joueurs auront une vraie tenue de sport. Qu'est-ce que tu en dis ?

— Ça me paraît bien.

— Nous viendrons régulièrement voir Papy, Grand-mère et Ricky. Ce sera une nouvelle vie, Luke, une vie bien meilleure que ça.

Elle a accompagné ses paroles d'un mouvement de tête en direction du champ où le coton était en train de pourrir sur pied.

J'ai pensé à mes cousins de Memphis, les enfants des sœurs de mon père. Ils venaient rarement à Black Oak, sinon pour les enterrements et parfois pour Thanksgiving. Je ne m'en plaignais pas : c'étaient des enfants de la ville, mieux habillés, plus vifs d'esprit. Je ne les aimais pas trop mais je les enviais. Ils n'étaient ni impolis ni méprisants, juste différents, assez pour me mettre mal à l'aise. J'ai pris la décision, quand je vivrais à Memphis ou à Little Rock, de ne jamais, en aucune circonstance, traiter quelqu'un de haut.

— J'ai un secret, Luke, poursuivit ma mère.

Encore un. Je n'en pouvais plus, de tous ces secrets qui s'accumulaient.

— Dis-moi.

— Je vais avoir un bébé, annonça-t-elle en souriant.

Je n'ai pu m'empêcher de sourire aussi. J'étais content d'être un enfant unique, mais, au fond, j'avais envie d'avoir quelqu'un avec qui jouer.

— C'est vrai ?

— Oui. C'est pour l'été prochain.

— Tu crois que ce sera un garçon ?

— Je vais essayer, mais je ne peux rien te promettre.

— Si tu dois en avoir un, j'aimerais que ce soit un petit frère.

— Tu trouves cela excitant ?
— Oui, maman. Papa le sait ?
— Oh oui ! Il est dans le coup.
— Il est heureux, lui aussi ?
— Très.
— Tant mieux.

Il faudrait un peu de temps pour m'habituer à cette idée, mais j'ai tout de suite su que ce serait une bonne chose. Tous mes amis avaient des frères et sœurs.

Une idée m'est venue, que je n'ai pas pu chasser. Comme nous en étions au chapitre des bébés, je me suis senti poussé par le besoin de me débarrasser du fardeau d'un de mes secrets. Il me paraissait maintenant de peu de conséquence et déjà ancien. Il s'était passé tant de choses depuis que j'avais pris en douce avec Tally le chemin de la maison des Latcher que cela me semblait plutôt drôle.

— Je sais comment les bébés viennent au monde, annonçai-je, un peu sur la défensive.
— Vraiment ?
— Oui, maman.
— Comment le sais-tu ?
— Tu peux garder un secret, toi aussi ?
— Certainement.

Je me suis lancé dans mon récit en rejetant sur Tally la responsabilité de tout ce qui pourrait me valoir des ennuis. Elle avait tout préparé. Elle m'avait imploré de la suivre. Elle m'avait mis au défi de le faire, et ainsi de suite. Quand ma mère a compris ce dont il s'agissait, ses yeux se sont mis à pétiller. « Tu n'as pas fait ça, Luke ! »

Elle était accrochée. J'ai enjolivé mon récit pour faire monter la tension, mais, pour l'essentiel, je m'en suis tenu à la réalité. Je la tenais en haleine.

— Tu m'as vue par la fenêtre ? lança-t-elle, incrédule.

— Oui, maman. Il y avait aussi Grand-mère et Mme Latcher.

— As-tu vu Libby ?

— Non, mais nous l'avons entendue. Cela fait toujours aussi mal ?

— Pas toujours. Continue ton histoire.

Je ne lui ai épargné aucun détail. Notre course folle pour retourner à la maison, les phares du pick-up qui nous poursuivaient. Ma mère me serrait le coude avec force, comme si elle avait voulu le briser.

— Nous ne nous sommes doutés de rien ! s'écria-t-elle.

— Bien sûr que non. Quand je suis arrivé à la maison, juste avant vous, Papy ronflait. J'avais peur que quelqu'un vienne me voir et découvre que j'étais en nage, couvert de poussière.

— Nous étions trop fatigués.

— Heureusement. J'ai dû dormir deux heures avant que Papy me réveille pour partir aux champs. Jamais je n'ai eu autant sommeil de ma vie.

— Je n'arrive pas à croire que tu aies fait ça, Luke.

Elle aurait voulu me gronder, mais le récit l'avait trop captivée.

— C'était amusant.

— Tu n'aurais pas dû.

— C'est Tally qui m'a forcé.

— N'en rejette pas la responsabilité sur Tally.

— Si elle n'avait pas été là, jamais je n'aurais fait ça.

— Je n'arrive toujours pas y croire, répéta ma mère, l'air impressionné.

Puis elle a souri en secouant la tête.

— Cela vous est arrivé souvent de sortir comme ça, la nuit ?

— C'est la seule fois.

— Tu aimais bien Tally, hein ?

— Oui, maman. C'était mon amie.

— J'espère qu'elle est heureuse.

— Moi aussi.

Elle me manquait, mais je ne voulais pas le reconnaître.

— Maman, tu crois qu'on verra Tally dans le Nord ?

— Non, répondit-elle en souriant, je ne crois pas. Là-bas les villes — Saint Louis, Chicago, Cleveland, Cincinnati — ont des millions d'habitants. On ne verra pas Tally.

J'ai pensé aux Cardinal, aux Cubs, aux Reds. J'ai pensé à Stan Musial faisant le tour des bases devant trente mille spectateurs, au Parc des sports. Comme la plupart des équipes étaient établies dans le Nord, j'irais tôt ou tard. Pourquoi ne pas avancer mon départ de quelques années ?

— Je crois que je vais partir avec vous.

— Ça te plaira, Luke, assura-t-elle avec conviction.

Quand Papy et mon père sont revenus de la ville, ils donnaient l'impression d'avoir été roués de coups. C'est certainement ce qu'ils ressentaient. Les ouvriers mexicains avaient changé de ferme, le coton était trempé. Si le soleil réussissait à l'emporter et si les eaux refluaient, ils n'auraient pas assez de main-d'œuvre pour effectuer la cueillette. Et ils n'étaient pas sûrs que le coton sécherait. Dans l'immédiat, le soleil était invisible et l'eau continuait de monter.

Après avoir laissé Papy entrer, mon père a pris à l'arrière du pick-up deux pots de laque blanche qu'il a transportés sans un mot sous le porche avant. Je suivais chacun de ses gestes. La peinture déchargée, il s'est éloigné en direction de la grange.

Huit litres ne suffiraient pas pour peindre la façade. Cela m'a d'abord agacé, puis j'ai compris pourquoi mon père n'en avait pas acheté plus. C'était une question d'argent. Après avoir payé les Mexicains, il ne restait plus rien aux Chandler.

J'ai eu honte d'avoir voulu poursuivre la peinture de la maison après le départ de Trot. En activant les travaux avec l'aide des Mexicains, j'avais forcé mon père à dépenser jusqu'à son dernier dollar.

En considérant les deux pots de laque posés côte à côte, les larmes me sont montées aux yeux. Je n'avais pas imaginé que nous étions sans le sou.

Mon père avait travaillé d'arrache-pied pendant six mois et il ne lui restait plus rien. Au moment où les pluies s'abattaient sur nous, j'avais décidé, pour des raisons sans importance, que la maison devait être peinte.

Je me suis dit que cela partait d'un bon sentiment. Alors, pourquoi en avais-je si gros sur le cœur ?

J'ai pris mon pinceau, j'ai ouvert un pot neuf et j'ai entamé la dernière étape de ma réalisation, étalant la peinture de la main droite, m'essuyant les yeux de l'autre.

34

La première gelée viendrait à bout de ce qui restait dans notre potager. Elle arrivait en général à la mi-octobre, mais l'almanach que mon père consultait avec la même dévotion que la Bible s'était déjà trompé deux fois dans ses prévisions. Sans se décourager, mon père continuait d'ouvrir l'almanach tous les matins en buvant son premier bol de café ; il fournissait d'inépuisables sujets d'inquiétude.

La cueillette du coton restant impossible, toute notre attention s'est tournée vers le potager. Nous nous y sommes rendus tous les cinq, après le petit déjeuner. Ma mère était certaine que la première gelée serait pour la nuit à venir, sinon, pour celle qui suivait.

J'ai passé une heure épouvantable à cueillir des haricots noirs. Papy, qui détestait encore plus que moi le jardinage, cueillait de son côté des haricots beurre avec une ardeur louable. Grand-mère aidait ma mère pour le reste des tomates. Mon père transportait les paniers sous la surveillance de ma mère.

— J'ai vraiment envie de faire de la peinture, murmurai-je à un moment où il passait près de moi.
— Demande à ta mère.

J'ai demandé l'autorisation. Elle me l'a accordée, à

condition que je remplisse un panier de plus de haricots noirs. Jamais le potager n'avait été exploité de la sorte ; à midi, il ne resterait plus un seul haricot.

J'ai bientôt repris mon activité solitaire de peintre. Après la conduite de la niveleuse, c'était le travail que je préférais à tous les autres. La différence étant que je n'étais pas réellement en mesure de conduire une niveleuse et que je n'en serais pas capable avant plusieurs années, alors que je pouvais peindre. Après avoir observé les Mexicains, ma technique s'était améliorée. J'appliquais une couche aussi fine que possible pour essayer de faire durer les deux pots.

En milieu de matinée, j'en avais vidé un. Dans la cuisine, ma mère et Grand-mère mettaient les légumes en bocaux.

Je n'ai pas entendu l'homme s'approcher derrière moi. Il a toussoté pour attirer mon attention ; j'ai sursauté en me retournant et j'ai lâché mon pinceau.

C'était M. Latcher, tout crotté des pieds à la ceinture, sans chaussures, la chemise déchirée. Il était visiblement venu à pied de chez lui.

— Où est M. Chandler ? demanda-t-il.

Je ne savais pas auquel il voulait parler. J'ai ramassé mon pinceau et couru au coin de la maison pour appeler mon père ; il a passé la tête entre des rames soutenant les tiges des haricots. En voyant M. Latcher à côté de moi, il s'est redressé.

— Qu'est-ce qui se passe ? cria-t-il en s'élançant vers nous.

En entendant les voix, Grand-mère est sortie, ma mère sur ses talons. En regardant M. Latcher, on voyait du premier coup d'œil qu'il se passait quelque chose de grave.

— L'eau est entrée dans la maison, annonça-t-il, incapable de regarder mon père dans les yeux. On est obligés de partir.

Mon père m'a d'abord regardé, puis il s'est tourné vers les femmes. Elles réfléchissaient déjà à toute vitesse.

— Pouvez-vous nous aider ? reprit M. Latcher. Nous ne savons pas où aller.

J'ai cru qu'il allait se mettre à pleurer ; j'étais au bord des larmes, moi aussi.

— Bien sûr que nous vous aiderons, déclara Grand-mère en prenant sans tarder les choses en main. Je savais que mon père ferait exactement ce que sa mère lui demanderait ; les autres aussi, d'ailleurs.

Elle m'a envoyé chercher Papy. Il était dans la cabane à outils, bricolant une vieille batterie du tracteur, histoire de dire qu'il avait quelque chose à faire. Tout le monde s'est rassemblé près du pick-up pour élaborer un plan de sauvetage.

— On peut prendre le camion pour aller chez vous ? demanda Papy.

— Non, répondit M. Latcher. On a de l'eau jusqu'à la taille sur notre chemin. Elle recouvre le porche et il y en a quinze centimètres dans la maison.

Je n'arrivais pas à imaginer toute la marmaille des Latcher pataugeant dans quinze centimètres d'eau.

— Comment vont Libby et le bébé ? interrogea Grand-mère, incapable de refréner sa curiosité.

— Libby va bien. Le bébé est malade.

— Il nous faudrait une barque, glissa mon père. Jeter en a une à l'étang de Cockleburr.

— Il ne nous en voudra pas de l'emprunter, affirma Papy.

Les hommes ont passé plusieurs minutes à discuter des opérations de sauvetage : comment aller chercher la barque, jusqu'où le pick-up pouvait s'engager sur le chemin, combien d'allers et retours seraient nécessaires. Mais personne n'abordait la question de savoir où iraient les Latcher après leur évacuation.

— Nous pouvons vous héberger, déclara Grand-mère. Le fenil est propre, les Mexicains viennent de partir. Vous aurez des lits chauds et de quoi manger.

J'ai levé les yeux vers elle. Papy l'a regardée. Mon père lui a lancé un coup d'œil en coin, puis il a baissé le nez. Une horde de Latcher affamés vivant dans notre grange ! Un bébé malade braillant jour et nuit. Nos réserves de nourriture distribuées en quantité. Cette pensée m'horrifiait et j'en voulais à Grand-mère d'avoir fait cette proposition sans nous avoir consultés.

Puis je me suis tourné vers M. Latcher. Ses lèvres tremblaient, ses yeux étaient humides. Les mains crispées sur son vieux chapeau de paille, il avait tellement honte qu'il gardait les yeux obstinément baissés. Je n'avais jamais vu un homme plus pauvre, plus sale, plus humilié que lui.

Ma mère aussi avait les larmes aux yeux. Je n'avais jamais vu mon père pleurer et il n'était pas question pour lui de se laisser aller, mais il était visiblement touché par la détresse de M. Latcher. Mon cœur de pierre s'est serré.

— Mettons-nous au travail, déclara Grand-mère avec autorité. Nous allons préparer la grange.

Nous sommes passés à l'action : les hommes sont montés dans le camion tandis que les femmes prenaient la direction de la grange. Avant de partir, Grand-mère a pris Papy par le coude.

— Tu amènes Libby et le bébé d'abord, souffla-t-elle.

C'était un ordre formel ; il a incliné la tête sans rien dire. J'ai sauté à l'arrière du pick-up avec M. Latcher ; assis sur ses talons, ses jambes maigres repliées, il n'a pas ouvert la bouche. Nous nous sommes arrêtés au pont. Mon père est descendu et s'est éloigné le long de la rive. Il avait pour mission de trouver la barque de M. Jeter et de lui faire descendre le courant jusqu'au pont, où nous l'attendrions. Nous sommes passés sur l'autre rive et avons tourné dans le chemin des Latcher. Nous n'avons pas fait plus de trente mètres avant d'arriver devant un bourbier au-delà duquel il n'y avait plus que de l'eau.

— J'vais leur dire que vous arrivez, lança M. Latcher.

Sur ce, il s'est engagé dans la boue, puis dans l'eau qui lui est rapidement montée aux genoux.

— Attention aux serpents ! cria-t-il par-dessus son épaule. Il y en a partout !

Il marchait au milieu d'un lac bordé de champs inondés.

Nous l'avons suivi des yeux jusqu'à ce qu'il disparaisse, puis nous sommes retournés à la rivière pour attendre mon père.

Assis sur une souche, près du pont, nous avons regardé le courant impétueux. Comme nous n'avions rien à dire, j'ai pensé que le moment était venu de raconter une histoire à Papy. Mais je lui ai d'abord fait jurer de garder le secret.

J'ai commencé par le commencement, quand j'avais entendu des voix dans la cour, en pleine nuit. Les Spruill se disputaient ; Hank allait partir. Je l'avais suivi dans l'obscurité et, avant de comprendre ce qui se passait, je filais non seulement Hank, mais aussi Cow-boy.

— Ils se sont battus ici, expliquai-je en montrant le milieu du pont.

Papy ne pensait plus à l'inondation ni à sa récolte ni même au sauvetage des Latcher ; il fixait sur moi un regard étincelant. Il croyait tout ce que je racontais, sans parvenir à cacher son étonnement. J'ai fait le récit de la bagarre sans omettre un détail, puis j'ai montré la rivière.

— C'est là que Hank est tombé dans l'eau. Son corps n'est pas remonté.

Papy a grogné sans rien dire. Je me tenais nerveusement devant lui, parlant à toute vitesse. Quand je suis arrivé à ma rencontre avec Cow-boy sur la route, près de la maison, Papy a étouffé un juron.

— Tu aurais dû m'en parler tout de suite.
— Je ne pouvais pas. J'avais trop peur.

Il s'est levé, a fait deux ou trois fois le tour de la souche.

— Il a tué leur fils et enlevé leur fille, murmura-t-il. Comment est-ce possible ?
— Qu'est-ce qu'on va faire, Papy ?
— Il faut que je réfléchisse.
— Tu crois que le corps de Hank va remonter à la surface quelque part ?
— Non. Le Mexicain l'a éventré. Le corps a coulé au fond ; il a dû être dévoré par les poissons-chats. Il n'en reste plus rien.

Cela m'a soulevé le cœur, mais, en même temps, je me suis senti soulagé. Je ne voulais jamais revoir le corps de Hank. Je pensais à lui chaque fois que je traversais le pont. J'avais rêvé du cadavre noyé, tout gonflé, qui remontait des profondeurs de la rivière.

— J'ai mal agi ? demandai-je.
— Non.
— Tu vas en parler à quelqu'un ?
— Non, je crois pas. Gardons le secret. Nous en reparlerons plus tard.

Nous avons repris place sur la souche et continué à observer le courant. J'ai essayé de me convaincre que j'allais me sentir mieux maintenant que j'avais parlé de la mort de Hank à quelqu'un de ma famille.

— Hank n'a eu que ce qu'il méritait, reprit Papy au bout d'un long moment. Nous n'allons en parler à personne. Tu es le seul témoin et il ne sert à rien que tu te fasses de la bile pour ça. Ce sera notre secret ; nous l'emporterons dans la tombe.

— Et M. et Mme Spruill ?
— Ce qu'on ne sait pas ne fait pas de mal.
— Tu vas le dire à Grand-mère ?
— Non. À personne. Ça restera entre nous.

Je pouvais me fier à lui ; j'ai commencé à me sentir mieux. J'avais partagé mon secret avec quelqu'un qui saurait en assumer le poids. Et nous avions décidé que Hank et Cow-boy seraient définitivement rejetés dans l'oubli.

Mon père est enfin arrivé dans le petit bateau à fond plat de M. Jeter. Il manquait le moteur, mais le courant rendait la navigation facile. En se servant d'une rame comme gouvernail, il a touché la rive sous le pont, juste au-dessous de nous. Avec l'aide de Papy, il a soulevé la barque pour la transporter jusqu'au pick-up. Nous avons repris le chemin des Latcher et déchargé la barque pour la pousser jusqu'au bourbier. Nous sommes montés tous les trois dans l'embarcation, les pieds couverts de boue. Les adultes ont pris les rames pour faire avancer la barque sur l'eau, soixante centimètres au-dessus du sol, le long des rangs de cotonniers noyés.

La profondeur de l'eau allait en augmentant ; un coup de vent nous a poussés au milieu des cotonniers. Papy et mon père ont scruté le ciel en secouant la tête.

Les Latcher étaient réunis sous le porche, apeurés, suivant tous nos mouvements tandis que nous avancions sur le lac qui entourait leur maison. Les marches étaient submergées, trente centimètres d'eau recouvraient le plancher du porche. Nous avons manœuvré pour nous approcher de la façade. M. Latcher a tiré la barque vers la maison ; il avait de l'eau jusqu'à la poitrine.

J'ai regardé les petits visages tristes et effrayés qui se tournaient vers nous. Les vêtements des enfants étaient encore en plus piteux état qu'à mon dernier passage. Ils n'avaient que la peau sur les os et devaient être affamés.

J'ai vu chez les plus petits deux ou trois figures s'éclairer d'un sourire et je me suis pris pour quelqu'un d'important. Libby s'est avancée, portant son bébé enveloppé dans une vieille couverture. Je n'avais jamais vu Libby ; je l'ai trouvée incroyablement jolie. Elle avait de longs cheveux châtain clair retenus en queue-de-cheval et des yeux lumineux d'un bleu très clair. C'était une grande fille, aussi maigre que ses frères et sœurs. Mon père et Papy l'ont aidée à monter dans la barque. Elle s'est assise à côté de moi avec son bébé ; je me suis trouvé face à face avec mon nouveau cousin.

— Je m'appelle Luke.

C'était un drôle de moment pour se présenter.

— Et moi, Libby, répondit-elle avec un sourire qui m'a fait battre le cœur.

Le bébé dormait. Il n'avait pas beaucoup grandi depuis que je l'avais vu par la fenêtre, la nuit de sa naissance. Il était tout petit, le visage flétri ; il devait avoir faim. Mais Grand-mère l'attendait.

Rayford est monté à son tour, prenant soin de s'asseoir aussi loin de moi que possible. C'était l'un des trois qui m'avaient tabassé la dernière fois. Percy, l'aîné, restait caché sous le porche. Deux autres enfants ont pris place à bord de la barque, précédant leur père.

— Nous revenons dans quelques minutes, lança-t-il à sa femme et au reste des enfants qui donnaient l'impression d'être abandonnés à une mort certaine.

La pluie s'est mise à tomber avec violence, le vent a tourné. Papy et mon père avaient beau ramer de toutes leurs forces, l'embarcation avançait à peine. M. Latcher a sauté dans l'eau où il a disparu un instant. Quand il s'est redressé, il avait de l'eau jusqu'en haut de la poitrine. Il a saisi une amarre et a commencé à tirer la barque.

Le vent continuait à nous entraîner vers le coton ;

mon père s'est mis à l'eau pour pousser l'arrière de l'embarcation.

— Attention aux serpents, répéta M. Latcher en se retournant vers mon père.

— Percy a failli se faire mordre, glissa Libby, penchée sur le bébé, essayant de le tenir au sec. Il avait flotté jusque sous le porche.

— Comment s'appelle-t-il ? demandai-je.

— Je lui ai pas encore donné de nom.

Je n'avais jamais rien entendu d'aussi stupide : un bébé qui n'avait pas de prénom. Ceux qui venaient au monde dans l'Église baptiste avaient reçu deux ou trois prénoms avant leur naissance.

— Quand revient Ricky ? poursuivit-elle à voix basse.

— Je ne sais pas.

— Il va bien ?

— Oui.

Elle semblait avide d'avoir de ses nouvelles ; cela m'a mis mal à l'aise. Mais il était plutôt agréable d'être assis à côté d'une si jolie fille qui me parlait en chuchotant. Les petits Latcher qui vivaient une aventure incroyable ouvraient des yeux comme des soucoupes. En approchant de la route, le niveau de l'eau a baissé et la barque a fini par s'immobiliser dans la boue. Tout le monde a quitté l'embarcation ; les Latcher sont montés à l'arrière du pick-up. Papy a pris le volant.

— Luke, tu restes avec moi, fit mon père.

Tandis que le pick-up s'éloignait en marche arrière, mon père et M. Latcher ont manœuvré la barque et commencé à la pousser et à la tirer vers la maison. Le vent était si fort qu'ils devaient rester pliés en deux. Tout seul dans l'embarcation, je gardais la tête baissée pour ne pas être trempé par la pluie de plus en plus violente qui tombait en grosses gouttes glacées.

L'étendue d'eau qui entourait la maison bouillonnait

quand nous nous sommes approchés. M. Latcher a hurlé des instructions à sa femme. Un petit Latcher a failli tomber dans l'eau quand une rafale a brusquement écarté la barque. Percy a tendu un manche à balai que j'ai saisi pour ramener l'embarcation au pied du porche. Mon père hurlait de son côté, M. Latcher faisait pareil du sien. Il restait quatre enfants qui voulaient tous embarquer en même temps. Je les ai aidés, l'un après l'autre.

— Tiens bon, Luke ! cria mon père au moins une dizaine de fois.

Quand les enfants furent en sécurité dans la barque, Mme Latcher a lancé un sac de toile qui semblait bourré de vêtements. Je me suis dit qu'il devait contenir toutes leurs possessions. Il est tombé à mes pieds ; je l'ai agrippé comme s'il avait une grande valeur. À côté de moi était assise une petite Latcher, pieds nus — aucun des enfants n'avait de chaussures —, portant une chemise à manches courtes qui laissait ses bras nus. Elle grelottait, accrochée à ma jambe comme si elle redoutait d'être emportée par le vent. Elle avait les yeux embués de larmes ; quand je l'ai regardée, elle a soufflé : « Merci. »

Mme Latcher a embarqué à son tour, essayant de trouver une place au milieu des enfants, criant contre son mari qui criait contre elle. La barque était pleine, il ne manquait pas un Latcher ; nous avons lentement repris la direction de la route. Ceux qui étaient à bord se recroquevillaient pour se protéger de la pluie.

Mon père et M. Latcher avaient toutes les peines du monde à faire avancer la barque contre le vent. Tantôt, ils n'avaient de l'eau qu'aux genoux, mais, quelques pas plus loin, elle leur montait à la poitrine. Ils s'efforçaient de la maintenir au milieu du chemin englouti, loin du coton. Le trajet de retour a été bien plus lent que l'aller.

Papy n'était pas là. Il n'avait pas eu le temps de déposer ses premiers passagers et de revenir prendre les autres. La barque de M. Jeter s'est arrêtée dans la boue ; mon père l'a attachée à un poteau. « Ça sert à rien d'attendre ici », déclara-t-il. Nous nous sommes mis en route, pataugeant dans la boue, luttant contre le vent et la pluie. Les petits Latcher étaient terrifiés par la traversée du pont ; jamais je n'avais entendu de tels braillements. Ils s'accrochaient de toutes leurs forces à leurs parents. Au milieu du pont, j'ai remarqué que Mme Latcher, comme ses enfants, n'avait pas de chaussures.

En atteignant sains et saufs l'autre rive, nous avons vu Papy arriver avec le pick-up.

Grand-mère et ma mère attendaient sous le porche arrière pour accueillir la seconde vague de Latcher qu'elles ont dirigée vers l'endroit où s'élevait une pile de vêtements. Les Latcher se sont déshabillés, certains cherchant pudiquement à cacher leur nudité, d'autres non, pour passer de vieux habits des Chandler, qui étaient dans la famille depuis des décennies. Une fois équipés de vêtements chauds et secs, ils entraient dans la cuisine où il y avait de quoi manger pour plusieurs jours. Grand-mère avait préparé des saucisses et du jambon de pays, fait deux poêlons de biscuits maison et rempli des saladiers de légumes récoltés par ma mère depuis six mois.

Les Latcher se sont serrés autour de la table, tous les dix ; le bébé dormait dans un coin. Ils ne parlaient pas ou presque ; je n'aurais su dire s'ils avaient honte, s'ils étaient soulagés ou simplement s'ils mouraient de faim. Ils faisaient passer les saladiers avec un « merci » de temps en temps. Aux petits soins pour eux, ma mère et Grand-mère servaient du thé. J'observais la scène de la porte du couloir. Papy et mon père étaient devant ; ils buvaient un café en regardant la pluie qui diminuait d'intensité.

Laissant les Latcher à table, nous sommes passés tous les cinq dans la pièce commune. Autour du feu que Grand-mère avait allumé dans l'âtre, nous avons écouté les Latcher dans la cuisine. Les voix étaient assourdies, mais le cliquetis des couverts ne ralentissait pas. Ils étaient à l'abri, au chaud, ils ne mouraient plus de faim. Comment pouvait-on être aussi pauvre ?

Je ne pouvais plus éprouver de l'aversion pour eux. C'étaient des gens comme nous, qui avaient le malheur d'être nés métayers ; je n'avais pas à les mépriser. Et puis, Libby me plaisait.

Je me suis pris à espérer que, peut-être, elle m'aimait bien.

Tandis que nous nous réjouissions de notre bonté, le bébé s'est mis à hurler. Grand-mère s'est levée d'un bond ; elle a disparu en un éclair.

— Je m'occupe de lui, lança-t-elle dans la cuisine. Terminez votre repas.

Je n'avais pas entendu un seul raclement de chaise. Le bébé braillait sans arrêt depuis sa naissance ; les Latcher s'y étaient habitués.

Pas les Chandler. Le bébé n'a pas cessé de hurler jusqu'à la fin du repas. Grand-mère l'a bercé en marchant pendant une heure tandis que mes parents et Papy conduisaient les Latcher dans leur nouveau logement. Libby est revenue avec eux pour s'occuper du bébé qui pleurait toujours. Comme il ne pleuvait plus, ma mère l'a emmené faire le tour de la maison, mais le grand air ne l'a pas calmé. Je ne pensais pas qu'on pouvait brailler aussi longtemps et aussi violemment.

En milieu d'après-midi, nous étions sur les nerfs. Grand-mère avait expérimenté sur le nourrisson plusieurs de ses remèdes qui n'avaient fait qu'aggraver les choses. Libby l'avait assis dans la balancelle, sans résultat. Grand-mère avait chantonné pour lui en dansant dans la maison : les braillement avaient redoublé d'intensité. Ma mère avait essayé de l'endormir en le berçant. Papy et mon père s'étaient éclipsés depuis longtemps. J'avais envie de filer à toutes jambes pour me cacher dans le silo.

— Jamais vu une colique pareille, marmonna Grand-mère.

Plus tard, tandis que Libby berçait le bébé sous le porche, j'ai surpris une autre conversation. Il semblait que, lorsque j'étais bébé, j'avais eu une terrible crise de colique. Mon autre grand-mère, qui vivait à la ville dans une maison peinte et était maintenant décédée, m'avait donné quelques bouchées de glace à la vanille. J'avais aussitôt arrêté de pleurer ; au bout de quelques jours, la colique n'était plus qu'un souvenir.

Un peu plus tard, toujours dans ma petite enfance, j'avais eu une autre crise. Comme Grand-mère n'avait pas de glace à la maison, mes parents m'avaient emmené en ville. Chemin faisant, j'avais cessé de pleurer et je m'étais endormi ; ils avaient supposé que j'avais été bercé par le roulement du véhicule.

Ma mère m'a envoyé chercher mon père. Elle a pris le bébé dans les bras de Libby qui ne demandait pas mieux que d'en être débarrassée, et nous nous sommes dirigés vers le pick-up.

— Nous allons en ville ?

— Oui, répondit ma mère.

— Et lui ? interrogea mon père en montrant le bébé. Personne ne connaît son existence.

Ma mère avait oublié. Si on nous voyait en ville accompagné d'un bébé mystérieux, cela ferait tellement jaser que la circulation serait paralysée.

— On avisera quand on sera arrivés, déclara-t-elle en claquant sa portière. En route.

Mon père a passé la marche arrière. J'étais au milieu,

le bébé à quelques centimètres de mon épaule. Après un silence de courte durée, il s'est remis à hurler. En arrivant à la rivière, j'étais prêt à le balancer par la vitre.

Pendant que nous traversions le pont, il s'est produit quelque chose de curieux. Le bébé s'est calmé ; il a fermé la bouche et les yeux, et s'est endormi. Ma mère a souri à mon père, comme pour dire : « Tu vois, je te l'avais dit. »

Pendant le trajet, ils se sont concertés à voix basse. Il a été décidé que le pick-up serait garé près de l'église et que ma mère descendrait seule pour aller acheter de la glace à l'épicerie. Pearl s'étonnerait qu'elle achète de la glace — seulement de la glace, nous n'avions besoin de rien d'autre — et chercherait à savoir pourquoi elle venait en ville un mercredi après-midi. La curiosité de Pearl ne devait en aucun cas être satisfaite ; il serait même amusant de la laisser sur sa faim. Pearl était une fine mouche, mais jamais elle ne devinerait que la glace était pour un petit bâtard que nous cachions dans le camion.

Nous nous sommes garés devant l'église ; personne ne regardait. Ma mère m'a donné le bébé en m'expliquant comment il fallait tenir dans ses bras cette petite chose. Au moment où elle fermait sa portière, il avait déjà la bouche ouverte, les yeux brillants, les poumons gonflés de colère. Il a poussé deux vagissements en me faisant une peur de tous les diables ; mon père a démarré et nous avons commencé à rouler dans les rues de Black Oak. Le bébé m'a regardé et s'est tu. J'ai demandé à mon père de ne pas s'arrêter.

Nous avons dépassé l'égreneuse dont l'absence d'activité offrait un spectacle démoralisant, puis contourné l'école et l'église méthodiste avant de reprendre la Grand-rue. Ma mère est sortie de l'épicerie avec un petit sac en papier ; comme il fallait s'y attendre, Pearl la suivait en jacassant. Elles étaient en grande discussion quand nous sommes passés devant elles. Mon père a fait un signe de la main, comme si tout était normal.

Nous allions nous faire surprendre avec le bébé Latcher, je le savais. Un seul cri sortant de sa bouche et toute la ville serait au courant de notre secret.

Nous avons refait le tour de l'égreneuse ; sur la route de l'église, nous avons vu ma mère qui attendait. Quand le pick-up a commencé à freiner, le bébé a ouvert les yeux. Sa lèvre inférieure s'est mise à trembler. Il s'apprêtait à hurler quand je l'ai jeté dans les bras de ma mère.

— Tiens, prends-le !

Je suis descendu avant qu'elle ait eu le temps de monter. Ma vivacité les a surpris.

— Où vas-tu, Luke ? s'écria mon père.

— Faire un petit tour d'une minute. Je dois acheter de la peinture.

— Reviens ici !

Le bébé s'est mis à pleurer ; ma mère est montée à toute vitesse. Je me suis baissé pour contourner le pick-up et je suis parti ventre à terre.

J'ai entendu un autre cri, pas aussi fort que le premier, et le camion s'est mis en marche.

J'ai couru jusqu'à la quincaillerie. Au fond du magasin, j'ai demandé au vendeur trois pots de quatre litres de laque blanche.

— Il ne m'en reste plus que deux.

La surprise m'a coupé la parole. Comment une quincaillerie pouvait-elle manquer de peinture ?

— Je dois en recevoir lundi prochain, reprit le vendeur.

— Donnez-moi les deux.

J'étais sûr que deux pots ne suffiraient pas pour terminer la façade. J'ai tendu six billets d'un dollar ; le vendeur m'a rendu la monnaie.

— Je vais vous aider à les porter, fit-il.

— Non, je m'en occupe.

J'ai saisi les poignées des deux pots que j'ai eu de la peine à soulever. Je les ai portés dans l'allée en manquant perdre l'équilibre. Je les ai traînés pour franchir la porte du magasin et posés sur le trottoir. J'ai regardé des deux côtés de la Grand-rue, redoutant d'entendre les vagissements d'un bébé. Heureusement tout était calme.

Pearl est réapparue sur le trottoir, devant son magasin ; elle lançait des coups d'œil dans toutes les directions. Je me suis caché derrière une voiture en stationnement. Le pick-up arrivait du sud, roulant si lentement qu'il attirait l'attention. Mon père m'a vu ; il s'est arrêté au milieu de la chaussée. J'ai soulevé les deux pots de peinture en y mettant toute ma force et j'ai couru jusqu'au pick-up. Mon père est descendu m'aider. J'ai sauté à l'arrière et il m'a fait passer les deux pots. Je préférais rester là, loin du dernier des Latcher. Au moment où mon père s'installait au volant, le bébé a poussé un couinement.

Le pick-up a démarré avec une secousse ; le bébé s'est tu.

— Bonjour, Pearl ! criai-je au moment où nous sommes passés devant elle.

Libby nous attendait avec Grand-mère sur les marches du porche. Dès que le pick-up s'est arrêté, le bébé s'est mis à brailler. Les femmes l'ont emmené dans la cuisine pour le bourrer de glace.

— Y a pas assez d'essence dans tout le comté pour que ce mioche se taise, déclara mon père. Heureusement la glace a calmé le petit Latcher qui s'est endormi dans les bras de sa mère.

Comme la glace à la vanille avait agi quand j'avais eu la colique, cela a donné une indication supplémentaire que le bébé était à moitié un Chandler. Je n'ai pas vraiment trouvé ça rassurant.

35

Nous n'avions certainement pas prévu d'avoir un jour une grange remplie de Latcher. Satisfaits dans un premier temps par cette marque de charité chrétienne et notre sens de l'hospitalité, nous n'avons pas tardé à nous demander combien de temps ils resteraient chez nous. J'ai été le premier à mettre le sujet sur le tapis, pendant le souper, après une longue discussion sur les événements de la journée.

— Je me demande combien de temps ils vont rester.

Papy était d'avis qu'ils partiraient dès que les eaux commenceraient à redescendre. Vivre dans la grange du voisin était acceptable dans une situation d'extrême urgence, mais on n'y restait pas une journée de plus que nécessaire quand on avait le moindre amour-propre.

— Et que mangeront-ils quand ils seront retournés chez eux ? demanda Grand-mère. Il ne reste plus un croûton de pain dans leur bicoque.

Elle est même allée jusqu'à prédire qu'ils resteraient chez nous jusqu'au début du printemps.

Mon père estimait que leur maison délabrée ne résisterait pas à l'inondation et qu'ils n'auraient aucun endroit où se réfugier. De plus, ils n'avaient pas de camion, pas de moyen de transport. Ils crevaient de faim dans leur ferme depuis dix ans. Où pourraient-ils aller ? Papy a donné l'impression d'être un peu démoralisé par ce point de vue. Ma mère se contentait d'écouter. Elle a quand même tenu à dire que les Latcher n'étaient pas du genre à être gênés d'occuper la grange du voisin. Et elle se faisait du souci pour les enfants, non seulement à cause des problèmes évidents de santé et de malnutrition, mais aussi pour leur éducation et leur formation spirituelle.

La position de Papy prédisant un départ rapide n'a rallié aucun suffrage. Trois voix contre une. Quatre, si on comptait la mienne.

— Nous nous en sortirons, affirma Grand-mère. Nous avons de quoi nourrir tout le monde, eux et nous, tout l'hiver. Ils sont ici, ils ne savent pas où aller, nous prenons soin d'eux.

Personne n'avait envie de discuter avec elle.

— Si Dieu nous a donné un jardin fécond, ce n'est pas sans raison, ajouta-t-elle avec un signe de tête à l'adresse de ma mère. Jésus a dit : « Invite le pauvre, l'infirme, le paralytique, l'aveugle et tu seras béni. »

— Nous tuerons deux cochons au lieu d'un, déclara Papy. Nous aurons toute la viande dont nous aurons besoin pour l'hiver.

On tuait le cochon début décembre, quand il faisait froid et que les bactéries étaient mortes. Tous les ans un cochon était tué d'un coup de fusil, échaudé, suspendu à un arbre près de la cabane à outils, étripé et découpé en une infinité de morceaux. Il nous procurait le bacon, le jambon, les filets, les côtelettes et les saucisses. Tout était utilisé : la langue, la cervelle, les pieds. « Dans le cochon, tout est bon. » J'avais entendu cela toute ma vie. M. Jeter, notre voisin d'en face, s'y connaissait. Il surveillait l'étripage et se chargeait de découper la carcasse. Pour payer son temps, il prenait le quart des meilleurs morceaux.

La première fois que j'avais assisté à cette opération, j'avais couru derrière la maison pour vomir. Maintenant, j'attendais ce moment avec une certaine impatience. Si l'on voulait manger du jambon et du bacon, il fallait tuer un cochon. Mais deux ne suffiraient pas pour nourrir les Latcher jusqu'au printemps. Ils étaient onze, y compris le bébé qui, pour l'instant, se contentait de manger de la glace.

À force de parler des Latcher, j'ai commencé à rêver de notre voyage dans le Nord. Cette perspective me paraissait maintenant plus agréable. J'avais de la sympathie pour les Latcher et j'étais fier que nous leur soyons venus en aide. Je savais qu'un bon chrétien devait aider les pauvres. Je comprenais tout cela, mais je ne me voyais pas passer l'hiver avec tous ces mioches courant dans notre ferme. L'école allait bientôt reprendre. Les Latcher m'accompagneraient-ils ? Comme ils seraient des nouveaux, me demanderait-on de les guider ? Qu'en penseraient mes amis ? Je ne voyais là-dedans qu'une suite d'humiliations.

Maintenant qu'ils vivaient avec nous, ce n'était qu'une question de temps avant que le grand secret soit éventé. Ricky serait montré du doigt. Pearl devinerait où passait toute la glace à la vanille. Le bruit se répandrait et c'en serait fini de notre réputation.

— Luke, tu as terminé ?

La voix de mon père m'a arraché à ma rêverie.

Mon assiette était propre ; tout le monde la regardait. Ils voulaient avoir une discussion entre adultes. À moi de trouver quelque chose pour m'occuper.

— Le repas était bon. Je peux quitter la table ?

Grand-mère a incliné la tête. J'ai poussé la porte de derrière de manière qu'elle claque en se refermant. Je me suis glissé dans l'obscurité. Il y avait un banc près de la porte de la cuisine d'où j'entendais tout. C'est l'argent qui les inquiétait. L'avance sur la récolte serait reportée au printemps ; ils s'en préoccuperaient le moment venu. Le règlement des autres factures pouvait aussi être différé, même si Papy détestait l'idée de faire attendre ses créanciers.

La question était de savoir comment passer l'hiver. La nourriture ne constituerait pas un problème. Mais l'argent était nécessaire pour payer l'électricité, l'essence et l'huile pour le camion, des articles de première nécessité tels que le café, la farine et le sucre. Et si quelqu'un tombait malade et avait besoin du médecin ou de médicaments ? Et s'il fallait acheter des pièces détachées pour le camion ?

— Nous n'avons rien donné à l'église cette année, observa Grand-mère.

Papy estimait que trente pour cent de la récolte était en train de pourrir sur pied. Si le beau temps revenait, il serait possible d'en sauver une petite partie, mais l'égreneuse garderait le plus gros de ce que cela rapporterait. Ni lui ni mon père n'étaient optimistes ; pour eux, la récolte de l'année était terminée.

Le problème était le liquide. Ils n'en avaient presque plus et il n'y avait pas d'espoir qu'il en rentre d'autre. Ils avaient à peine de quoi payer l'électricité et l'essence jusqu'à Noël.

— Jimmy Dale a du travail pour moi à l'usine Buick, annonça mon père. Mais il ne peut pas attendre longtemps ; les places se font rares. Nous devons aller là-bas.

D'après Jimmy Dale, le salaire horaire était de trois dollars pour quarante heures de travail hebdomadaire, mais il était possible de faire des heures supplémentaires.

— Il dit que je pourrais gagner près de deux cents dollars par semaine, ajouta mon père.

— Nous enverrons tout ce que nous pourrons, glissa ma mère.

Papy et Grand-mère ont fait mine de protester, mais tout le monde savait que la décision était déjà prise. J'ai entendu du bruit au loin, un son vaguement familier. Quand il s'est rapproché, j'ai regretté de ne pas avoir choisi l'autre côté de la maison.

Le bébé était revenu, sans doute malade et en manque de glace à la vanille. Je me suis écarté du porche et j'ai fait quelques pas en direction de la grange. J'ai aperçu dans l'obscurité Libby et Mme Latcher qui s'approchaient de la maison. Je me suis caché derrière un poulailler ; les vagissements ininterrompus du bébé se répercutaient dans toute la ferme.

Grand-mère et ma mère sont venues à leur rencontre. Une lumière s'est allumée ; j'ai vu les femmes se serrer autour du petit monstre avant de le porter à l'intérieur. J'ai aperçu par la fenêtre mon père et Papy qui filaient de l'autre côté de la maison.

Quelques minutes ont suffi aux quatre femmes pour faire cesser les pleurs. Quand le calme est revenu, Libby est sortie. Elle s'est assise au bord du porche, à l'endroit occupé par Cow-boy le jour où il m'avait montré son couteau à cran d'arrêt. Je me suis avancé vers la maison.

— Salut, Libby, lançai-je en m'arrêtant à deux mètres d'elle.

Elle a sursauté, s'est aussitôt ressaisie. Les nerfs de la pauvre fille étaient tendus à craquer à cause du bébé.

— Luke ! Qu'est-ce que tu fais ici ?
— Rien.
— Viens t'asseoir, poursuivit-elle en indiquant une place à côté d'elle.
— Est-ce que le bébé pleure vraiment tout le temps ?
— On dirait. Mais ça me dérange pas.
— Ah bon ?
— Oui. Il me fait penser à Ricky.
— C'est vrai ?

— C'est vrai. Quand est-ce qu'il va revenir, Luke ? Tu le sais ?

— Non. Il a dit dans sa dernière lettre qu'il espérait être là pour la Noël.

— Dans deux mois ?

— Oui, mais c'est peut-être pas sûr. Grand-mère dit que tous les soldats écrivent qu'ils seront chez eux pour la Noël.

— Vivement Noël ! s'écria-t-elle, visiblement excitée par cette perspective.

— Qu'est-ce qui va se passer quand il sera revenu ? Je me demandais si j'avais envie d'entendre la réponse.

— On se mariera, affirma-t-elle avec un sourire éclatant, les yeux brillants de plaisir anticipé.

— C'est vrai ?

— Il me l'a promis.

Je ne voulais pas que Ricky se marie ; il était à moi. Je pêcherais et je jouerais au base-ball avec lui, il me raconterait des histoires de guerre. Il serait mon grand frère, pas le mari de cette fille.

— C'est le plus tendre des hommes, susurra-t-elle, les yeux levés au ciel.

Ricky avait des qualités, mais jamais je n'aurais dit qu'il était tendre. Comment savoir ce qu'il avait fait pour lui donner cette impression.

— Il ne faut en parler à personne, fit-elle d'une voix redevenue grave. C'est notre secret.

J'ai failli répondre que j'étais un spécialiste.

— Ne t'inquiète pas, je sais garder un secret.

— Tu sais lire et écrire, Luke ?

— Oui, et toi ?

— Assez bien.

— Mais tu ne vas pas à l'école.

— J'y suis allée jusqu'à dix ans, et puis ma mère a eu tous les petits. J'ai été obligée d'arrêter. J'ai écrit une lettre à Ricky, tu sais, pour lui parler du bébé. Tu as son adresse ?

Je me demandais si cela ferait plaisir à Ricky de recevoir cette lettre. J'ai hésité à faire celui qui ne savait pas, mais j'aimais bien Libby. Elle était folle de Ricky ; il aurait été mal de ne pas lui donner l'adresse.

— Oui, je l'ai.
— Et une enveloppe, tu en as une ?
— Oui.
— Tu pourrais poster ma lettre, Luke ? Je t'en prie ! Je pense que Ricky n'est pas au courant pour le bébé.

Une voix me disait de ne pas me mêler de ça ; c'était leur affaire.

— Je crois que je peux la poster.
— Oh ! merci, Luke ! lança-t-elle en me prenant par le cou. Je te donnerai la lettre demain, ajouta-t-elle. Et tu me promets de la poster ?
— Promis.

En pensant à M. Thornton, derrière son guichet, je me suis dit qu'il trouverait curieux de voir une lettre de Libby Latcher adressée à Ricky Chandler, en Corée. Il fallait que je trouve une solution ; peut-être devrais-je en parler à ma mère.

Les femmes ont ramené le bébé Latcher endormi sous le porche. Pendant que Grand-mère le berçait, ma mère et Mme Latcher parlaient du nourrisson, épuisé à force de pleurer, qui s'endormait d'un seul coup quand il ne pouvait plus résister à la fatigue. Je n'ai pas écouté longtemps ces histoires de bébé.

Ma mère m'a réveillé juste après le lever du soleil. Au lieu de prendre une grosse voix pour m'obliger à me lever, elle s'est assise au bord du lit, tout près de mon oreiller.

— Nous partons demain matin, Luke. je fais les

bagages aujourd'hui. Ton père va t'aider à terminer la peinture de la façade ; tu ferais mieux de te lever.

— Il pleut ? demandai-je en me mettant sur mon séant.

— Non. Le ciel est couvert, mais tu peux peindre.

— Pourquoi partons-nous demain ?

— Il le faut.

— Quand est-ce qu'on reviendra ?

— Je ne sais pas. Va prendre ton petit déjeuner. La journée sera longue.

Je me suis mis à la peinture avant 7 heures ; le soleil pointait juste au-dessus des arbres. L'herbe était mouillée, le bois aussi, mais je n'avais pas le choix. Heureusement, les planches n'ont pas tardé à sécher et le travail avançait bien. Mon père est venu me rejoindre ; nous avons déplacé l'échafaudage pour lui permettre d'atteindre le haut du mur. M. Latcher s'est approché.

— J'aimerais donner un coup de main, fit-il après nous avoir observés quelques minutes.

— Ne vous sentez pas obligé, répondit mon père, la tête à la hauteur du toit.

— Je veux me rendre utile, insista M. Latcher qui ne savait pas quoi faire.

— D'accord. Luke, va chercher l'autre pinceau.

J'ai couru jusqu'à la cabane à outils, ravi d'avoir une fois de plus de la main-d'œuvre gratuite. M. Latcher s'est mis au travail avec ardeur, comme pour montrer ce dont il était capable.

Une petite foule s'est rassemblée pour regarder les peintres. J'ai compté sept Latcher, tous les enfants, sauf Libby et le bébé. Assis dans l'herbe, ils fixaient sur nous un regard sans expression.

Je me suis dit qu'ils devaient attendre le petit déjeuner. Sans m'occuper d'eux, je me suis remis au travail.

Je n'allais pas tarder à être dérangé. Papy est venu

me dire qu'il voulait m'emmener voir si les eaux continuaient de monter. J'ai répondu que j'avais de la peinture à faire.

— Vas-y, Luke, ordonna mon père, coupant court à mes protestations.

Nous sommes partis en tracteur à travers les champs inondés jusqu'à ce que l'eau recouvre presque les roues avant. Quand il est devenu impossible d'aller plus loin, Papy a coupé le moteur. Nous sommes restés un long moment sur le tracteur, au milieu des cotonniers gorgés d'eau, dont la culture avait demandé tant de travail.

— Tu pars demain, fit-il enfin.
— Oui, Papy.
— Mais tu reviendras bientôt.
— Oui, Papy.

C'était à ma mère, pas à lui, de décider quand nous reviendrions. Si Papy s'imaginait que nous reprendrions un jour notre petite place dans la vie de la ferme familiale pour préparer une autre récolte, il se trompait. J'avais de la peine pour lui et il me manquait déjà.

— J'ai repensé à Hank et Cow-boy, reprit-il sans quitter des yeux l'étendue d'eau devant le tracteur. Faisons comme on a dit. Ça n'apporterait rien de bon d'en parler aux gens. Ce sera notre secret ; nous l'emporterons dans la tombe. Tope là ! conclut-il en me tendant la main.

— D'accord, fis-je en serrant sa grosse paluche calleuse.

— Tu n'oublieras pas ton grand-père, hein ?
— Je ne t'oublierai pas. Il a redémarré, a passé la marche arrière. Le tracteur est reparti à travers les champs inondés.

De retour à la maison, j'ai vu que Percy Latcher avait mis la main sur mon pinceau et qu'il travaillait avec ardeur. Sans un mot, il me l'a rendu et il est allé s'asseoir sous un arbre. Au bout de dix minutes, Grand-mère est sortie.

— Viens voir, Luke, fit-elle. J'ai quelque chose à te montrer.

Nous avons fait le tour de la maison et pris la direction du silo. Il y avait des flaques boueuses partout ; l'eau était arrivée à moins de dix mètres de la grange. Grand-mère avait envie de se promener un peu avec moi en bavardant, mais nous étions cernés par l'eau et la boue. Nous nous sommes assis sur le bord de la remorque.

— Qu'est-ce que tu voulais me montrer ? demandai-je après un long silence.

— Rien. J'avais envie d'être seule avec toi un moment. Demain, tu seras parti. Je me demandais si tu avais déjà passé une nuit ailleurs que dans cette maison.

— Je ne crois pas.

Je savais que j'étais venu au monde dans la chambre maintenant occupée par mes parents. Que les mains de Grand-mère avaient été les premières à se poser sur moi. Qu'elle avait accouché ma mère et pris soin d'elle. Non, je n'avais jamais quitté la maison, même pour une nuit.

— Tu verras, poursuivit-elle, tout se passera bien dans le Nord. Il y a des tas de gens d'ici qui vont y chercher du travail. Ils se débrouillent bien et ils reviennent toujours. Tu seras de retour ici sans avoir vu le temps passer.

Je l'aimais aussi fort qu'un enfant pouvait aimer sa grand-mère, mais je savais au fond de moi-même que plus jamais je ne vivrais dans sa maison, plus jamais je ne travaillerais dans ses champs.

Nous avons parlé un peu de Ricky, puis des Latcher. Elle a passé le bras autour de mes épaules et m'a serré contre elle en me faisant promettre de lui écrire. J'ai dû aussi promettre de bien travailler à l'école, d'obéir à mes parents, d'aller à l'église, de suivre les leçons d'instruction religieuse et de m'appliquer à bien parler pour ne pas avoir l'air d'un Yankee.

Quand elle a fini de m'arracher toutes ces promesses, j'étais épuisé. Nous sommes repartis à la maison en contournant les flaques.

Cette matinée n'en finissait pas. La horde des Latcher qui s'était dispersée après le petit déjeuner s'est regroupée à l'heure du déjeuner. Toute la marmaille regardait mon père et M. Latcher rivaliser d'ardeur.

Nous leur avons servi à manger sous le porche arrière. Après le repas, Libby m'a pris à part pour me remettre la lettre destinée à Ricky. J'avais subtilisé une enveloppe blanche dans la pile posée au bout de la table de la cuisine. J'y avais écrit l'adresse de Ricky, via le centre de tri de l'armée, à San Diego, et j'avais collé un timbre. Impressionné par mon efficacité, Libby a glissé sa missive dans l'enveloppe et l'a cachetée.

— Merci, Luke, fit-elle en m'embrassant sur le front.

J'ai glissé l'enveloppe sous ma chemise afin que personne ne la voie. J'avais décidé d'en parler à ma mère, mais l'occasion ne s'était pas encore présentée.

Tout semblait s'accélérer. Ma mère et Grand-mère ont passé l'après-midi à laver et à repasser les vêtements que nous devions mettre pour le voyage. Pendant ce temps, mon père et M. Latcher terminaient les deux pots de peinture. J'aurais voulu que le temps s'écoule plus lentement, mais il filait de plus en plus vite.

À table, la conversation était languissante ; chacun, pour des raisons différentes, pensait au voyage du lendemain. Je me sentais triste et n'avais pas d'appétit.

— C'est ton dernier souper à la maison avant un bon bout de temps, Luke, fit Papy.

Je ne comprenais pas pourquoi il disait ça. Cela n'allait certainement pas arranger les choses.

— Il paraît qu'on mange mal dans le Nord, glissa Grand-mère pour essayer de détendre l'atmosphère.

Cette remarque aussi est tombée à plat.

Il faisait trop froid pour s'installer sous le porche. Nous nous sommes rassemblés dans la pièce commune en nous efforçant de converser comme si de rien n'était. Mais aucun sujet ne retenait notre attention. Les choses de l'église était assommantes, la saison de base-ball venait de s'achever. Personne ne voulait parler de Ricky. Même l'inondation ne suscitait guère d'intérêt.

De guerre lasse, nous sommes allés nous coucher. Ma mère m'a bordé et embrassé en me souhaitant une bonne nuit. Grand-mère l'a imitée. Papy est venu me dire quelques mots, ce qui ne s'était jamais produit.

Quand je me suis enfin retrouvé seul, j'ai fait mes prières. Les yeux grands ouverts, fixés sur le plafond, j'ai essayé de me convaincre que c'était ma dernière nuit à la ferme.

36

Mon père avait été blessé en Italie, en 1944. Il avait d'abord été soigné sur place, puis sur un bateau-hôpital avant d'être envoyé à Boston, dans un centre de rééducation. À son arrivée à la gare routière de Memphis, il avait deux sacs de soldat pleins de vêtements et contenant quelques souvenirs. Deux mois plus tard, il épousait ma mère. Dix mois après la cérémonie, je faisais mon apparition.

Je n'avais jamais vu les sacs ; à ma connaissance, ils n'avaient pas été utilisés depuis la guerre. Je les ai découverts en entrant dans la pièce commune, le matin du départ, à demi remplis de vêtements. Ma mère préparait le reste des bagages. Le canapé était recouvert de robes, de couvertures, de chemises repassées la veille. Je lui ai demandé d'où venaient les sacs ; elle a répondu qu'ils avaient passé les huit dernières années dans un espace de rangement, au-dessus de la cabane à outils.

— Maintenant, fit-elle en pliant une serviette, va prendre ton petit déjeuner. En vitesse.

Pour notre dernier repas à la maison, Grand-mère n'avait pas lésiné sur la nourriture : œufs, saucisses, jambon, gruau de maïs, pommes de terre frites, tomates au four, biscuits.

— Le trajet en car sera long, fit-elle.
— Combien de temps ? demandai-je.

J'avais déjà pris place à table, attendant ma première tasse de café. Les hommes étaient dehors.

— Dix-huit heures, d'après ton père. Dieu sait quand viendra ton prochain bon repas.

Elle a délicatement posé la tasse de café devant moi en m'embrassant sur la tête. Pour Grand-mère, un bon repas ne pouvait qu'être préparé dans sa cuisine avec des ingrédients venant directement de la ferme.

Les hommes avaient déjà mangé. Grand-mère est venue s'asseoir à côté de moi avec son café et m'a regardé me jeter sur le festin disposé sur la table. Elle est revenue sur les promesses : écrire, être obéissant, lire la Bible, dire mes prières, bien parler pour ne pas être pris pour un Yankee. On aurait dit des commandements. J'ai continué à manger en hochant la tête quand il fallait.

Elle a expliqué que ma mère aurait besoin d'aide quand le nouveau bébé serait arrivé. Il y avait d'autres gens de l'Arkansas à Flint, de bons baptistes sur qui nous pourrions compter, mais je serais obligé de donner un coup de main pour certaines tâches ménagères.

— Lesquelles ? demandai-je, la bouche pleine.

Je croyais ces tâches limitées à la ferme, je croyais m'en être débarrassé.

— Des tâches ménagères, répéta Grand-mère, incapable de préciser.

Elle n'avait jamais passé une nuit dans une ville et, pas plus que nous, ne savait où nous allions vivre.

— Aide-la quand le bébé sera arrivé.
— Et s'il pleure tout le temps, comme celui de Libby ?
— Ne t'inquiète pas. Aucun autre bébé ne pleure comme celui-là.

Ma mère est passée, portant une pile de vêtements. Son pas était vif ; elle rêvait de ce jour depuis des années. Mes grands-parents et peut-être même mon père croyaient que notre départ marquerait une absence temporaire. Pour ma mère, il s'agissait d'un événement déterminant, d'un moment décisif dans sa vie et plus encore dans la mienne. Elle m'avait convaincu dès la petite enfance que je ne deviendrais jamais fermier ; en partant, nous tranchions nos attaches avec la terre.

Papy est entré dans la cuisine. Il s'est servi une tasse de café, a pris place au bout de la table, près de Grand-mère, et m'a regardé manger. Il ne supportait pas les adieux.

Après m'être bourré de nourriture au point d'avoir mal à l'estomac, j'ai accompagné Papy sous le porche. Mon père transportait les sacs dans le pick-up. Il avait mis un pantalon kaki et une chemise blanche amidonnée, ma mère une jolie robe du dimanche. Nous ne voulions pas avoir l'air de réfugiés des champs de coton de l'Arkansas.

Papy m'a entraîné dans la cour, jusqu'à l'endroit où nous avions notre deuxième base ; de là, nous nous sommes retournés pour regarder la maison. Elle étincelait aux premiers rayons du soleil.

— C'est bien, Luke. Tu as fait du bon travail.
— J'aurais aimé terminer.

Sur la droite, à l'angle où Trot avait commencé, un petit pan de bois n'avait pas été peint. Nous avions essayé de faire durer les derniers pots, mais il en manquait un peu.

— Deux litres devraient suffire.
— Oui, Papy. C'est ce que je dirais aussi.
— Je finirai cet hiver.
— Merci, Papy.
— Quand vous reviendrez, tout sera terminé.
— Ça me ferait plaisir.

Tout le monde s'est dirigé vers le pick-up, tout le monde a serré une dernière fois Grand-mère dans ses bras. J'ai cru un instant qu'elle allait encore récapituler les promesses que je lui avais faites, mais elle était trop émue. Nous sommes montés dans le pick-up : Papy au volant, ma mère de l'autre côté, moi au milieu. Mon père était à l'arrière avec les deux sacs.

Quand nous avons démarré, Grand-mère était assise sur les marches du porche ; elle s'essuyait les joues. Mon père m'avait recommandé de ne pas pleurer, mais c'était plus fort que moi. J'ai agrippé le bras de ma mère et baissé la tête.

Nous nous sommes arrêtés à Black Oak. Mon père avait une petite affaire à régler à la Coop. Je voulais dire au revoir à Pearl. Ma mère a pris la lettre de Libby pour la poster. Nous en avions longuement parlé ; elle estimait, comme moi, que cela ne nous regardait pas. Si Libby voulait envoyer une lettre à Ricky pour lui annoncer la naissance de leur bébé, nous n'avions pas à l'en empêcher.

Comme il fallait s'y attendre, Pearl savait que nous partions. Elle m'a serré le cou si fort que j'ai cru qu'elle allait le briser, puis elle m'a tendu un sachet de bonbons.

— Tu en auras besoin pour le voyage.

Je suis resté bouche bée devant les chocolats et l'assortiment de confiseries : le voyage s'annonçait bien. Sur ces entrefaites, Pop est arrivé. Il m'a serré la main, comme à un adulte, et m'a souhaité bonne chance.

Je suis reparti en hâte au camion ; j'ai montré mes bonbons à Papy qui n'était pas descendu. Mes parents n'ont pas tardé à nous rejoindre. Nous n'avions pas envie de faire des adieux interminables. Notre départ était dû à la récolte gâchée et nous ne tenions pas à ce que toute la ville sache que nous prenions la fuite. Heureusement, comme nous n'étions qu'en milieu de matinée, il n'y avait pas grand monde.

Tous les champs que j'ai vus sur la route de Jonesboro étaient dans le même état que les nôtres. Les fossés débordaient, tous les cours d'eau étaient sortis de leur lit.

Nous sommes passés à l'intersection de la route empierrée où j'avais attendu avec Papy l'arrivée de ceux des collines. C'est là que nous avions rencontré les Spruill, que j'avais vu Hank, Tally et Trot pour la première fois. Si un autre fermier s'était trouvé là avant nous ou si nous étions arrivés plus tard, les Spruill seraient maintenant de retour à Eureka Springs avec leur famille au complet.

Quand elle était partie avec Cow-boy, Tally avait suivi le même trajet, dans le même véhicule, en pleine nuit et sous l'orage. Elle fuyait dans l'espoir d'une vie meilleure dans le Nord, exactement comme nous. Je n'arrivais toujours pas à croire qu'elle avait disparu comme cela.

Je n'ai pas vu une seule personne dans les champs de coton avant Nettleton, une petite ville proche de Jonesboro. À partir de là, les fossés étaient moins pleins, le sol moins mouillé ; des Mexicains travaillaient dans les champs.

Aux abords de la ville, la circulation est devenue plus dense. Je me suis redressé pour ne rien perdre du spectacle des magasins, des belles maisons, des voitures propres et des gens bien habillés.

Je ne me souvenais plus de ma dernière visite à Jonesboro. Quand un enfant de chez nous allait à la ville, il en parlait pendant une semaine ; s'il c'était à Memphis, cela pouvait durer un mois.

La circulation rendait visiblement Papy nerveux. Cramponné au volant, le pied sur la pédale de frein, il murmurait entre ses dents. Nous avons tourné dans une rue et nous sommes arrivés à la gare routière, un lieu animé où stationnaient trois cars Greyhound rutilants. Nous nous sommes garés le long du trottoir, devant le panneau Départ, et sommes rapidement descendus.

Papy n'aimait pas les effusions ; les adieux ont été brefs. Mais quand il m'a pincé la joue, j'ai vu qu'il avait les yeux brillants. Il a repris le volant sans attendre et a démarré précipitamment. Nous avons fait des signes de la main et mon cœur s'est serré quand le vieux pick-up a disparu au coin de la rue. Papy allait retrouver la ferme, les champs inondés, les Latcher et passer un hiver interminable. J'étais soulagé de ne pas être avec lui.

Nous sommes entrés dans le hall de la gare routière ; c'était le début de notre aventure. Mon père a calé les sacs contre des sièges, puis il m'a dit de l'accompagner au guichet.

— Je voudrais trois billets pour Saint Louis.

Bouche bée, je lui ai lancé un regard stupéfait.

— Saint Louis ? répétai-je.

Il a souri sans rien dire.

— Le départ est à midi, annonça le préposé au guichet.

Mon père a payé les billets et nous sommes retournés nous asseoir près de ma mère.

— Maman, nous allons à Saint Louis !

— Ce n'est qu'une étape, Luke, expliqua mon père. De là nous prendrons un autre car pour Chicago, puis pour Flint.

— Tu crois que nous verrons Stan Musial ?

— J'en doute.

— On pourra aller voir le Parc des sports ?

— Pas cette fois. La prochaine, peut-être.

Au bout de quelques minutes, j'ai obtenu la permission de me balader dans le hall. Il y avait un petit bar où deux militaires buvaient un café. J'ai pensé à Ricky et je me suis dit que je ne serais pas là pour l'accueillir à son retour. J'ai vu une famille de Noirs ; ils n'étaient pas nombreux dans notre coin de l'Arkansas. Ils serraient leurs bagages contre eux et paraissaient aussi perdus que nous. J'ai également vu deux autres familles de fermiers, des victimes de l'inondation.

Quand j'ai rejoint mes parents, ils étaient en grande conversation, la main dans la main. L'attente m'a paru interminable, mais on a enfin annoncé notre départ. Nos sacs sont partis dans la soute à bagages et nous sommes montés dans le car.

Je me suis assis à côté de ma mère, juste devant mon père. J'avais choisi le siège côté vitre ; je n'ai rien raté de la traversée de Jonesboro. Puis le car s'est engagé sur l'autoroute, filant vers le Nord au milieu des champs de coton détrempés.

Quand j'ai enfin réussi à m'arracher à la contemplation du paysage, j'ai regardé ma mère. Les yeux fermés, elle avait la tête renversée sur le dossier de son siège. Un sourire relevait les coins de sa bouche.

"Chantage à l'ombre"

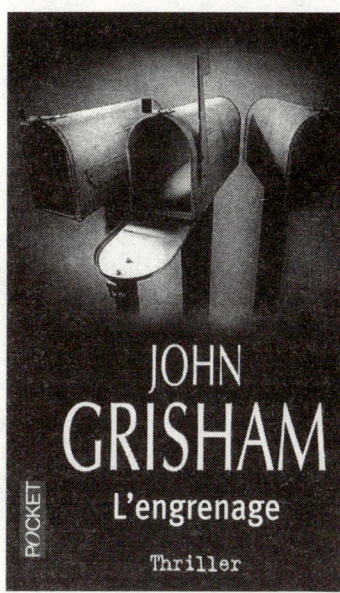

JOHN GRISHAM
L'engrenage
Thriller

(Pocket n°11706)

Trois anciens juges sont enfermés dans une prison qui abrite des voleurs et des escrocs de la haute finance aux États-Unis. Ils passent leur journée dans la bibliothèque à écrire des lettres, sans que personne ne les surveille. Les trois hommes mettent ainsi en place une terrible machination. Ils ont trouvé le moyen de faire chanter en dehors de la prison des hommes qui ont des penchants homosexuels inavouables et de gagner une fortune considérable, surtout lorsque, à leur insu, ils menacent le candidat aux élections présidentielles…

Il y a toujours un Pocket à découvrir

"Combat pour la justice"

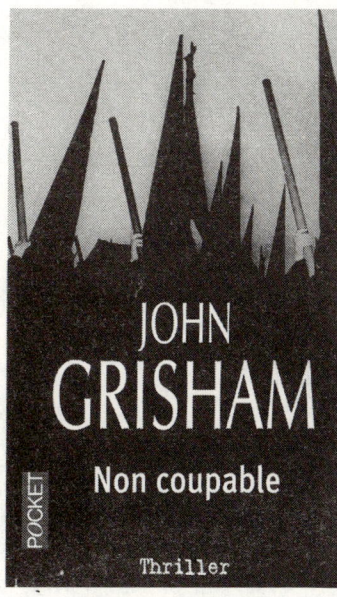

JOHN GRISHAM
Non coupable
Thriller

(Pocket n°10043)

À Clanton, Mississippi, une fillette noire a été sauvagement violée et torturée par deux garçons blancs. Appelés à comparaître, ils arrivent assez confiants au tribunal, assurés du soutien de leurs camarades. Au beau milieu du procès, le père de la victime se lève et abat froidement les deux accusés. Bien que son sort semble tout tracé (la condamnation à mort), un jeune avocat blanc, courageux et ambitieux, accepte de le représenter. Ce choix surprenant fait aussitôt réagir le Ku Klux Klan…

Il y a toujours un Pocket à découvrir

"Égarements familiaux"

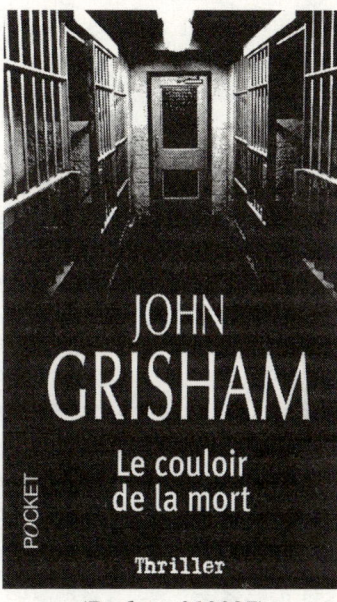

(Pocket n°10087)

Mississippi, 1967. À la suite d'un attentat du Ku Klux Klan, deux enfants trouvent la mort. Sam Cayhall, complice des terroristes, est arrêté, mais son procès est ajourné dans de mystérieuses circonstances. *Octobre 1981.* Alors que la ségrégation est officiellement abolie, le dossier est réouvert. Sam Cayhall est condamné à la chambre à gaz. Chargé de sa défense, Adam Hall, un jeune avocat, découvre avec stupeur que le prisonnier n'est autre que son grand-père…

Il y a toujours un Pocket à découvrir

Impression réalisée sur Presse Offset par

BRODARD & TAUPIN

GROUPE CPI

23697 – La Flèche (Sarthe), le 28-04-2004
Dépôt légal : mai 2004

POCKET – 12, avenue d'Italie - 75627 Paris cedex 13
Tél. : 01.44.16.05.00

Imprimé en France